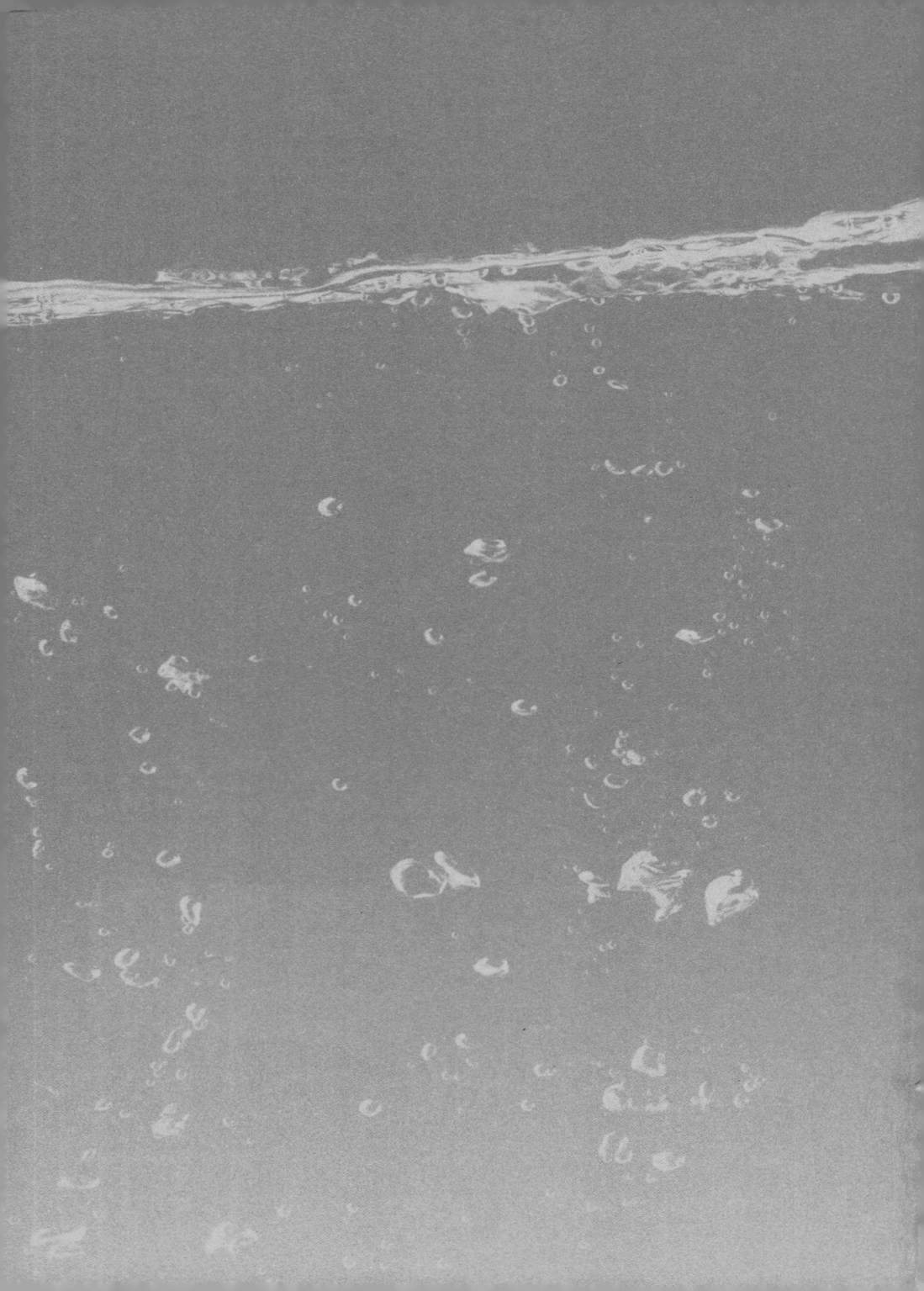

欧茨作品集

迷人的，昏暗的，幽深的 短篇小说集

LOVELY, DARK, DEEP stories

〔美〕乔伊斯·卡罗尔·欧茨 著

邱 颀 译

人民文学出版社

LOVELY, DARK, DEEP

Copyright © 2014 by The Ontario Review.

Published by arrangement with Ecco, an imprint of HarperCollins Publishers.

Simplified Chinese translation copyright © 2021 by People's Literature Publishing House

All rights reserved.

图书在版编目(CIP)数据

迷人的,昏暗的,幽深的:短篇小说集/(美)乔伊斯·卡罗尔·欧茨著;邱颀译. —北京:人民文学出版社,2021

(欧茨作品集)

ISBN 978-7-02-016766-1

Ⅰ.①迷… Ⅱ.①乔… ②邱… Ⅲ.①短篇小说—小说集—美国—现代 Ⅳ.①I712.45

中国版本图书馆 CIP 数据核字(2020)第 268252 号

责任编辑	冯 娅 张海香
装帧设计	崔欣晔
责任印制	任 祎

出版发行	人民文学出版社
社 址	北京市朝内大街 166 号
邮政编码	100705
印 刷	三河市中晟雅豪印务有限公司
经 销	全国新华书店等
字 数	279 千字
开 本	880 毫米×1230 毫米 1/32
印 张	12.875 插页 3
印 数	1—4000
版 次	2021 年 5 月北京第 1 版
印 次	2021 年 5 月第 1 次印刷
书 号	978-7-02-016766-1
定 价	49.00 元

如有印装质量问题,请与本社图书销售中心调换。电话:010-65233595

目 录

I

骆驼故事……003

马斯提夫獒……020

距离……038

殉道者之书……047

"斯特法内死了"……077

II

猎手……105

消失……144

逝者如斯……175

III

叉河路圣堂,南泽西……215

杰斯特一家……234

背叛……268

迷人的,昏暗的,幽深的……286

IV

弑父……325

致谢……410

I

骆驼故事

"很多事都被过度关注,比如自杀。"男孩为自己的小聪明笑起来。祖母在上午的车流中开着车,显得有些心不在焉。

男孩加重语气说:"光是在美国邦多克县就有两条青少年自杀热线,它们之间互相竞争。"

"邦多克县——是哪儿啊?"

"开什么玩笑,奶奶?就是这儿。"

"哦,这儿。我明白了——这儿。"

祖母笑了笑,没出声。不是因为男孩说了什么有趣的话,而是因为无论男孩说什么,即使没意思,祖母也会笑。

"在学校我们总是收到各种电子邮件,在你觉得孤独、困惑、需要倾诉的时候。危机顾问期待你的电话,会严格保密通话的所有信息。最近又有一封——'你觉得在家里安全吗?'"男孩笑着说。

"那么,你觉得安全吗?"

"你在开玩笑吧,奶奶?根据统计,百分之九十的致命事故都发生在家里。"

他们一起大笑起来。这样很好。

他喜欢逗别人高兴——嗯,逗任何人。他从刚学会说话的时候开始就很聪慧,大概十一岁的时候最为可爱。

明年过完生日他就十七岁了。

祖母正开车去新医院，她出门的时候像平时一样衣着高雅——别出心裁的白色丝质包头巾，白色羊绒毛外套，中缝熨得笔挺的淡蓝色裤子，质地上乘的鞋。男孩当然想开车，但祖母不同意，因为人到了一定年龄，如果不常练习开车这样的基本技能，这些技能就会退化，她已接近这样的年龄（她还没到那个年龄，但她觉得快了）。

退化。祖母不想那样，她一定会说。男孩非常喜欢这个他已收为己有的词。

还是小男孩的时候他就喜欢收集词汇。例如受精卵、视差、放血。现在是退化。

这个上午的行驶是种冒险——从男孩打印出来的谷歌地图上看，新医院比原来的医院离家远了六点七英里。

他们已经对原来的医院感到厌烦。是该试试这个上星期才开业的医院了，它在繁忙的六道州际高速路的另一边。

"自杀，就像是一种愚蠢的爱好。百分之九十的自杀都是意外——他们并不想死。"

"为什么我们讨论这个？"祖母问道，带着一种不解、怀疑的语气。多年前她曾是一所小型文理学院的行政人员。祖母朝身旁的男孩看了一眼，如果男孩懂事儿的话，他就该知道这个冷眼的含义了。

男孩耸耸肩。他只是想找点乐子而已，说的话其实没什么意义，也没深度。

"是谁先说起这个话题的？"男孩问，"不是我。"

"也不是我。"

事实上祖母开车的时候，男孩不时查看他手机上的电子邮件和短信。在那些最没用的邮件中有一个提供了紧急热线的链接，男孩当即把它删掉。

"给我讲点笑话吧!我指真的好笑的笑话。"

"在一个完美的秋日,有个小孩陪着奶奶,而没有和朋友一起或独自带着尼康 D200 相机徒步穿过和平河峡谷。"

"好玩。"

"一个有阅读障碍的小伙子走到胸罩里①。"

"什么?"

"胸罩。"

祖母笑起来:"这个好玩。"

"你好丑,猫咪都想把你埋在沙堆里。"

"这个没意思。"

"得了吧,奶奶——恨不得有一万个'你好丑'的笑话。这算是最友善的了。"

"我不喜欢嘲笑人丑、蠢,或者——"祖母故意变了声调,男孩知道她在说笑,"有修养的笑话。"

男孩想告诉奶奶笑话本来就源于嘲笑讥讽。她这辈子怎么过的呢?他从朋友那里听到的笑话、自己讲的笑话都很粗俗,这些笑话大多来自网络或有线电视。

"有个家伙在沙漠里骑骆驼旅行。他一个人好多天了,所以有点性需求。可是放眼望去根本没有女人,于是他就开始打骆驼的主意。不过这骆驼很机警,就像以前有过类似的经历一样。他想找个机会跟骆驼干事,骆驼却跑了。这家伙跑去追骆驼,结果却只能骑到它背上。不久他又想要了,又试图做同样的事——但骆

---

① 原文是"into a bra",该笑话意为"有阅读障碍的小伙子"把"bar(酒吧)"看成了"bra(胸罩)"。

驼又跑了。最后他穿过沙漠来到一条大路上,路边停着一辆坏了的车,里面坐着两位金发美女。这家伙问美女是不是需要帮助,她们说是的,并答应如果他能把车修好,她们可以为他做任何事情。他捣鼓了半天竟然把车修好了,美女很感激,问:'现在我们能为你做什么呢?'这家伙说:'你们能帮我把骆驼按住吗?'"

祖母想了一会儿,后来还是笑了。

"好吧,这还行。只是不特别好笑。"

"更好笑的就更粗俗了,奶奶。不过我猜你不想听那种。"

男孩的语气里有些让人不舒服的地方。祖母不去理睬。

祖母继续开车,这会儿正被来来往往的车流旋涡淹没。男孩已经知道要在祖母找高速路出口的时候保持安静——不是第一个,也不是第二个,而是第三个出口。

男孩有时感到自己很苍老。不过这是他的秘密。

当祖母驶下正确的环岛出口又以正常速度行驶时,她说:"至少有五个人在电话里问我谁和我一起来医院,谁开车带我回家。他们不想看到有人'治疗'醒来后走出大门时晕倒。或者更糟,比如跌下楼梯。"

"他们不想要的是打官司。"男孩说。

祖母咬住下嘴唇,若有所思。

"我想你是对的。我从来没这么想过。我还以为他们很关心我。"

"他们也许关心你,奶奶,但也不想被起诉。"

"你能把行驶路线念给我听吗?拜托。"

"我已经念了呀。一直在念。老天!"

祖母正沿着一条新铺的马路慢慢行驶,前面有一座亮闪闪的暗绿色玻璃大楼和几座配楼。再往前是几座稍小、稍矮些的建筑。

所有的楼四周都有停车场。男孩试图比对谷歌地图与实际景观,但不那么容易。

"新医院"是在城市边缘地带建造的一些时新建筑,周围是停车场,地面大多用推土机推过,酷似月球表面。尽管如此,还是有些地方种上了娇嫩的新草,自动喷淋器在阳光中一升一降。

医院虽然刚落成,但是最近的停车场几乎停满了车。这可是些巨大的、令人生畏的停车场。连男孩都觉得有些吓人。

亮晶晶的绿色高楼正门处有让病人和访客下车的地方,而从停车场走过来要走足足一英里路。男孩和祖母琢磨着怎样才能让祖母省去这段路程。最后男孩说:"你下车,奶奶。我来停这该死的车,反正新泽西交警不会到医院停车场来查我的驾照。"

祖母同意了,可见她的焦虑感越来越强烈。祖母一下车男孩便挪到驾驶座,把车开到 B 停车场。

当祖母走进亮晶晶的新楼那冷气逼人的前厅,正环顾四周寻求帮助的时候,男孩已经停好讴歌车,跑着来到祖母身边。

男孩很能跑。尤其是这种时候。

在学校运动项目中,男孩总是太懒散,或者说心不在焉。他对别人在意的东西不以为然。那些无聊的东西,就像脸贴着镜子生活,你连自己的脸都看不见,更别说周围的事物了。小孩的玩意儿提不起他的兴趣,况且他已经不是孩子了。

新医院里所有的东西都是全新的。一抬头便能看见几层楼高的天顶下面飘着欢迎气球。

"您——好!您需要帮助吗?"

一位微笑的年轻女子,穿着和前厅的嫩粉、绿、蓝同色系的衣服出现在他们身旁。祖母说是的,谢谢。好像记不住她要说的话一样,祖母皱着眉头看她手上拿的表格,小心翼翼地说:"我们在找门诊手术科。"

约诊时间为九点半,现在是九点二十二分。

微笑的年轻女子告诉他们走错了楼——他们所在的地方是医院大楼,手术科在医疗馆,在医院的另一边。"你们应该在东停车场停车,从那个门进来。"

"我们怎么会知道?'东停车场'。"男孩显出敌意。

"如果你们有预约,应该会收到相关信息和到医疗馆的路线图。"

"馆?那是什么东西——嘉年华吗?还有乐队在'馆'中演奏?"

微笑的年轻女子看上去有点糊涂了。"'馆'——就是那个地方的名字。就是医疗部门所在的地方。"

祖母快速打断了他们:"医疗馆是往——这个方向吗?从这儿走?"

微笑的年轻女子说是。她指向医院的内部空间——你可以看到很多电梯,一条长长的、亮晶晶的宽阔走廊,有盆栽植物的大堂和"户外"咖啡馆。工人还在闹哄哄地安装电气设备,一旁的指示牌善解人意地写着"请谅解我们的工作!"。

男孩因为刚从 B 停车场快速跑到这里,已经血流加速,他对笑着的女子说:"有谁会知道呢?他们叫我们到医院来。"

严格地说,这也许并不准确。祖母说到她在"新医院"约诊的时候,只是泛指医院,男孩却从字面上去理解,而且现在并不愿意缴械投降,就像一条忠诚的狗,不会把主人扔出去让它接住的东西交给错误的人。

"如果你们来动手术,应该会收到一页包括路线图的相关信息。"年轻女子平静地说。她还在微笑,但笑容变得僵硬。"不过没问题,我可以带你们去。"

男孩愤怒起来。很难解释为什么。也许是因为他在用这位年轻女子训练有素的眼光来看祖母,一位快七十岁的女士,在这种场合穿得过于优雅,而且下定决心扮演沉着、冷静的角色。

"告诉我们方向就行,我们自己可以找到。"男孩说。但祖母却说:"谢谢!你真是太好了。"

微笑的年轻女子走在前面,他们一起走进高楼。

男孩紧紧咬着臼齿。

男孩碰了碰祖母,被她抓着那价格过高、尺寸过大的手提包的样子惹恼了。

"祖母那一套过时了,很快。"

"坏孙子的更快。"

男孩笑了,笑声急促。男孩用充满讥讽的语调说他们一定走错了出口才来到这里——"我想我们在万豪酒店。"

走廊通向另一座楼,就是所谓的"馆"——确实像一座豪华酒店。前厅中央是一座流水汩汩的喷泉,虽然大楼几天前才投入使用,水池中却已经有不少许愿者扔的一分铜币。大厅上方有飞鸟形状的装置,翅膀伸展,就像迪士尼风格的朴素的考尔德雕塑作品。

但男孩反感亮亮的铜币和悬浮的飞鸟。医疗诊所不是玩乐的地方。

微笑的年轻女子准备离开了。"乘右边的第一个电梯,到了二层右拐。一下就能看到——'门诊手术科'。"

这时,奇怪的事出现了。出乎意料的事。最近一段时间在男孩的生活中总是这样——出这种节外生枝的事。

年轻女子仍在对他们微笑,但以一种新的方式。就像她一直都没有把祖母和男孩当回事,直到此刻。男孩感到不寒而栗。

"你知道吗?我好像记得你。在原来的医院?你们两个?还有一个人?"年轻女子四下张望,仿佛某个失踪的人会突然出现,又或者从走廊经过的某个人会转过身微笑,并认出她。

你好。你一定在想我去哪儿了。

让人料想不到的是,陌生的环境会比熟悉的地方更危险。男孩已经发现不熟悉的地方比熟悉的地方更容易"闹鬼",仅仅因为那里没有什么可以让记忆分神的东西。

"不是。我想你认错人了。"祖母淡然一笑,果断地转过身,男孩则沉默地盯着发亮的地板。

到了二楼他们往右拐。这里可不是一个医疗科室,而是一个套间,装修豪华,配有落地玻璃隔断。

祖母低声咕哝:"还有比万豪更糟的地方。"

男孩在门诊手术科的门外停下来。他的腿就像漫画机器人的腿一样拒绝移动。

男孩又开始有那种感觉——它没有名称,也无法形容,消失之后更无从记起。

祖母说:"你在外面等我吧,比利·鲍勃。你可以到处走走,也可以在咖啡厅坐坐。孩子们都爱做什么呢?"

比利·鲍勃是个好玩的名字。玩笑般的名字。

比利·鲍勃好像永远也不会赶上特别不幸的事。

男孩扬了扬他的新手机,正好是他手掌大小。"奶奶,根本没必要问孩子爱做什么。"

男孩没有陪祖母走进门诊手术科的套间,而是站在外面看。

透过落地玻璃隔断你可以看见候诊室里的人,他们可以是你在任何地方看见的人,也许在机场,只是这其中的有些人坐着轮椅,有些人谢顶——(在错误的年纪,错误的性别谢顶)——男孩根据过去的经验知道,如果他走进房间,那种气氛的改变会使他不安——他会有一种奇怪、悲伤、失措的感觉,那感觉就像沙子从你脚下滑走,但你却无法阻止。

祖母向接待人员报上自己的名字。她会被询问你是否立有遗嘱。

在有冷气的地方,男孩仍在出汗。

祖母转过身,把男孩指给接待人员——那就是她的指定司机,他会带她回家。

男孩向接待人员招了招手,表示是这么回事。我会在这里。不用担心!

男孩个子很高:五英尺十英寸。高个子在这种时候让他自信。

男孩在玻璃隔断外大约站了十分钟,冲漫不经心翻阅杂志的祖母做鬼脸(这是祖母自己带的杂志:她知道候诊室读物没看头),祖母不时看看男孩,微笑,或是半带笑容——她并不专注。男孩看到了,但却假装没在看,或没看到。

作为一个孙辈你很容易回到过去。你经历过的各个年龄都被祖辈回忆,被一种迷离的爱之雾气包围,就像电视上那些身份被掩盖的模糊面容。

男孩在外面走廊的表现很奇怪。走廊人来人往,到处是门诊病人和陪他们来的人。男孩不想走开,但也不想待在那里。

你希望最后会发生一些事。你希望有决定,有结果。

你不希望发生任何事。你不想要任何结果。

男孩知道结果意味着什么。男孩知道某些结果不可挽回。

祖母的名字一定被叫到了,因为祖母突然站起来,看上去有点害怕的样子。男孩希望自己没看见这一幕,可是他看到了,于是他试着忘记他的所见,而这也并不像你想象的那么难。一位穿着淡色罩衫和长裤、还算年轻的护士微笑着走过来把祖母带到诊室里间,她和祖母一起走进去,像是在扶着她,然后消失了。男孩感到嘴发干,看着这一切。男孩后退了几步,转身离开。

祖母大概会在门诊手术科待九十分钟。这段时间像复杂的纸牌游戏一样在男孩面前慢慢展开。

男孩很喜欢他的智能手机,可以玩很长时间。他的手机上有数不清的应用软件——简直就像一个小小的银河系。不过男孩除了汗湿的手里攥着的手机之外还有别的东西——卡其布裤袋里厚厚的几何课本。他已经成了那种自以为是的孩子,告诉大人们他喜欢几何,喜欢它的秩序与理性。

男孩在二楼转悠。他发现楼梯,走了上去。实在没心情待在一个地方玩手机。

他想,我应该拿着车钥匙。如果出现什么情况,奶奶必须在医院过夜的话。

通常都是这样开始。化验,过夜。

透过三楼的落地玻璃隔断男孩看到一个候诊室,和门诊手术科候诊室的装修一模一样。这里也有成排的椅子,几个轮椅。只是这里的病人全是年轻女孩。

身材纤细的女孩们有着长长的直发,从肩膀垂到后背。零号身材①的女孩。姑娘们如天使般美丽,她们的面容深深吸引着他。

---

① "零号"是美国服装标准中的最小号,"零号身材"多用来形容身形极其瘦削的人(尤其是女性)。

很漂亮,只是第二眼你便能看出她们太瘦了——瘦得可怕。即使衣着宽松也能看出她们瘦得吓人,因为在他的学校也有这种女孩,不太多但有几个,你已经学会不去盯着她们中最漂亮的女孩看,但你还是要看。他想转身离开,但在玻璃隔断另一边的一张脸吸引了他的目光,让他无法移动。候诊室里一共九个女孩。和她们在一起的——他开始并没有注意——年纪大一些的女人一定是她们的母亲。一个全部是女性的候诊室。

男孩把这些信息储存起来准备回家路上告诉祖母——"猜猜这是什么地方?——进食障碍科。"

祖母会说:"进食障碍!我真羡慕她们,那种状态。"

男孩会责备地说:"实际上,她们会死的。很多人会死。"

他知道,他看过这方面的统计数字。他班上的一个女孩死了——(死于心脏病?)——她十五岁的时候才七十七磅①。

男孩愿意逗祖母高兴,但也许不会用进食障碍这个话题。

男孩走出大楼,急速穿过巨大停车场的阵阵热风扑面而来。

男孩绕医院散步,想去看看半英里之外的 B 停车场。只是想确认他知道车停在哪里。(他真的去了。)地上没有完全修好,还有挖出来的土,一堆堆的红土。呼呼的热风让他无法呼吸。你好。你一定在想我去哪儿了。

回到医疗馆,男孩喜欢那种在不间断的陌生人流中隐身的感觉。十六岁是个不被注意的年纪。他趴在喷泉旁边的人造革沙发上,忍不住去数池子里他看得见的亮闪闪的铜币:三十二枚。

如果再数一遍也许会得到另一个数字。他怔怔地想,为什么?人为什么会做这种他妈的愚蠢无用的事?他感到的是羡慕,而不

---

① 约 34.9 千克。

是轻蔑。

男孩在那个早上第十五次查看他的智能手机。大多只是删除信息。他的拇指已经成为训练有素的刺客。他的生活已经变成一连串快速删除——你删掉它们，在它们删掉你之前。

无聊！男孩突然躁动起来，跳起来坐电梯到四楼——肺科、急性哮喘科——然后又走楼梯下到三楼，靠在栏杆上盯着下面的喷泉看。从这个高度你看不清闪亮的铜币，也不会去想它们都是些什么没屁用的愿望。

进食障碍科的一个女孩正朝他慢慢走过来。要不是她的眼睛睁得很大，显得不自然，她就像是在梦游。

她也许十九岁，但看上去只有十五岁。拳曲的红褐色头发垂在背部。和其他进食障碍女孩不同，她穿着紧身衣服——黑色七分裤，紧身毛衣衬出像迪克西纸杯一样细巧的胸部。她的手腕极细，男孩一边盯着看一边想，他那粗粗的男人的手指一定能在那手腕上绕两圈。他看得那么专注，女孩不禁注意到他，笑了。

"你认识我吗？还是——你是我应该认识的人？"

女孩美极了。男孩希望自己的嘴没有像狗一样张着流口水。

厌食症女孩的呼气都带着酸味。但她们并不自知，一如很多关于她们自己的事她们都不知道。男孩知道，她们照镜子时看到的自己，和正常人看到的自己大相径庭，但他想象不出她们看到了什么。

"对不起，我吓着你了吗？"

女孩的问题本没什么意义，但又有所含义。女孩笑了，笑声像毕剥燃烧的小火苗。

男孩笨拙地说："我在找电梯。"

"没好好找，是吧？电梯在那边。"

男孩可以对哥们吹吹牛,我碰到的这个女孩真酷。她比我大一点。很聪明……

"你在'进食障碍科'吗?那里几乎没有男生,我从来没碰到过男生。"

男孩笑了,他不知道这是吹捧还是侮辱。

"我看着像'进食障碍者'吗?"

"嗯,可别这么自信,弗里德,"女孩说,"有一天你也可能这样。"

"我想不会。我吃得太多。"

"我们都喜欢吃太多。这就是'进食障碍'的定义,傻瓜。"

她是他在现实生活中见过的最漂亮的女孩,不过被称为弗里德或傻瓜可让他倒胃口。

他转过身。他有地方可去。女孩看到他惊讶和受伤害的表情,有点不好意思。

"对不起?怎么了?"

男孩转回头,但不是很情愿。身体语言表明他并不信任她,但也许他会感到意外。

"我他妈的在吃药,懂吗?那就是为什么我说了那些并不是真心要说的他妈的蠢话,弗里德。"

男孩说没关系,挺酷的。

"是,但你并不是真没事。你看上去就像是要逃跑。我的意思是,我刚才不是有意的。我不是有意的。"

男孩说没关系,但他现在得走了。

女孩提高了嗓门说:"这有关系,混蛋!我在跟你说话。"

"米兰达!"——一个女人朝女孩走过来,情绪激动。女孩退了几步,用少女特有的厌恶表情看着那个看上去像母亲的女人。

015

男孩感到震惊。

"你想干什么?你从哪儿冒出来的?"

女人想让女孩平静下来,却不合时宜地碰到她甩动的胳膊。

"去你妈的。我说了——去你妈的。"

男孩逃到电梯那边。他听到气愤的啜泣声,气愤的低语声,挣扎的声音,但他没有回头看。

这个我昨天遇到的女孩,她真的对我有意思。她肯定有,嗯,二十岁了。漂亮极了……

"他妈的,弗里德。没戏的。"

男孩响亮的声音有些沙哑,听上去不太友好。男孩感觉像一个电子被甩到太空般轻松——没有重力,没有"轨道"。

他那个早晨没吃早饭,这会儿已经饥肠辘辘。

他在一楼咖啡厅吃了点东西。嘴里塞满食物。用一桶巨大的化学可乐给冲下去。你以为在医院咖啡厅不会买到这种有毒食品,但你错了。

他松了松皮带扣。他是个很瘦的孩子,瘦孩子肚子胀得也快。

人们为什么对自杀有这么多偏见?人应该他妈的做他们自己想做的事。

男孩平均每三分钟看一次智能手机。他没有上瘾,他只是这么做了。其他事要么很无聊,要么很老套。你已经做过。你已经听过。他把几何课本带到医院,本来想把作业补一补,不过在这样的环境里没法集中注意力学习。祖母一开始说,不应该为了她不上学,但随后又改口说,他可以在等她的时候做一做老师布置的功课。男孩不耐烦地说,他本来就是这么打算的,老天。

咖啡厅的每张桌子旁都有这种被困住的人——如果你在这儿你肯定是被困住了,没有人会选择在这里,即使是有着迎宾气球的亮闪闪的新医院。虽然咖啡厅还算可人,不是个差劲的地方——这样的地方有这样的食物已经很不错了。咖啡厅的每个人都是医院或医疗中心的访客,每人都有一个或悲伤或糟心的故事。(医疗中心有一个很大的肿瘤科。)一直在胡吃海塞的男孩一个这样的故事都不想听。男孩对自己的伤心事都感到厌倦。

不过他还是听着邻桌两个女人聊天:一个穿平常衣服,另一个穿医院的蓝色睡衣、外袍和袜子。女人的手背插着一根静脉注射针管,她随身带着注射管,快活地笑着。这两个女人看上去像姐妹——不年轻,但也不难看——只是笑得有点太多。

在原来的医院里,病人会带着注射管溜出去抽烟。虽然违反医院规定,也违背常识,但男孩不止一次帮这些病人溜出去。

有一次她说:"有好消息,也有不怎么好的消息。"

"我分得清吗?"

病人笑了。笑声变成一阵剧烈咳嗽。她的塑料注射袋抖得厉害:"你说得对。其实没什么区别。"

后来她说:"好消息是,他们不做化疗了。坏消息是,他们不做化疗了。"

原来的医院就那个德性。男孩想,让那该死的医院见鬼去吧。

男孩坐电梯到二楼,右拐。这时他感到有点慌神。

正好是九十分钟。他故意不让自己早到,因为谁都知道看病从来不会提早结束。

这次男孩推开门走了进去。男孩来到接待处,告诉接待人员祖母的名字和自己的名字。接待人员与诊室联系。"请坐!"——

接待人员告诉男孩,祖母还没有完全恢复。但男孩装作没听见,因为他不想被困在一个座位上,男孩想自由活动他的腿。只有小孩儿才会在候诊区走来走去。男孩已经不是小孩子了,个头儿很大,在候诊区走来走去只会让坐在椅子或轮椅上的病人烦心。他也不能在候诊室晃悠,只是随便翻翻《史密斯索尼亚》《科学美国》或是《你的健康》这样的杂志,然后把它们放回到架子上。

大约二十分钟后祖母坐着轮椅出现了,一个护士推着她。

男孩盯着祖母看,脑子里似乎有东西开始消散。他感觉很奇怪,但随即回过神来;当祖母被推到他身边朝他伸出手的时候,他差不多已经完全正常了。

"比利·鲍勃:你看上去像是生病了。"

祖母快活地说着。她已经在毫无血色的嘴唇上抹了唇膏,这说明她心情很好,经过超微创手术后感觉很好,气色也不错。

只是——只是看见祖母坐在轮椅上——有一点令人震惊……

"是的,我的小朋友。你看上去很糟糕。"

祖母幽默的话语把推着她的护士逗乐了。护士帮祖母从轮椅上站起来时,祖母谢过护士,用很清晰的声音说她已经"百分之百没事了",不再需要帮助了。

不管病人需不需要,用轮椅送刚刚清醒的病人出来只是规定而已,它并不代表什么,男孩很清楚。

男孩感觉有点站不稳,想找一句玩笑话来回答。祖母取笑他。

"骗到你了,对吧?我看见你的表情了。"

"问题是,我看见你的表情了。"

(这回答只是勉勉强强。男孩在脑中搜寻经典短句。可他满脑子只有你这么丑的笑话。就像你的手在口袋里找餐巾纸——却绝望地发现什么都没有。只好把鼻涕擤在手里。)

祖母说她感觉还好。哦也许脑袋有点轻飘飘的,但还好。不疼——一点都不疼!或者说,如果有一点,它也就像在另一个房间——不切近。祖母拉起男孩的手,男孩感到祖母手指冰凉,有一刻他感到自己会晕倒,但没有。

哦上帝,祖母的手指多么纤细。

男孩带祖母离开门诊手术科,下楼来到大厅。男孩让祖母在门口等着,男孩跑着——跑去 B 停车场——取车接祖母。

"麻醉很有意思——你晕过去了,但你不记得。你醒来的时候不确定自己是不是死了,不过你感觉也不是完全活着。"

男孩嘿嘿地笑,似乎这应该是祖母的一个特别有洞见的观察。

祖母上车坐好。现在,祖母没那么坚持了,也许觉得有些——累。也许她在回家的路上会闭上眼睛。也许到了家她会打个盹。

男孩激动不已,开这辆白色讴歌新款车跑路真是棒极了。安静的引擎,像不怦怦乱跳的心脏。

他帮祖母挑的这辆车。他们把那辆差一点的旧车卖给了车行。

开车的感觉真好。男孩感觉非常好。

"医生怎么说?照了 X 光吗?验血了吗?"

男孩本来并没有打算问这些问题,但却听见自己在问这些问题。

祖母沉默了一会儿。男孩假装没注意到。

然后,祖母很有技巧地用她细细的女高音模仿一个拿腔拿调的男声,应该是个亚裔。

"结果还没出来,考斯比太太。明天早晨会电话通知。"

男孩笑了,感到浑身轻松。

马斯提夫獒

早些时候在山间小路上,他们见过它。一只巨大的狗。

这狗戴着项圈一个劲儿地走,年轻男子不得不用力拽着项圈把狗往后拉,小腿肌肉都鼓起来了。他发出的咕噜声像是用又爱又恨的口气在念叨该死的罗伯·罗伊①!该死的狗。

小道边的告示写着禁止不戴链的狗进入。至少,这只巨大的狗戴着狗链。

女人盯着不到十二英尺远的大口喘气的狗。它的脑袋比她自己的还大,黑色的嘴和鼻子非常显眼,像玻璃一样的眼睛鼓鼓的。它的下巴强壮但松弛;嘴唇闪亮,又大又长的玫瑰粉色舌头流着口水,像性器官一样。狗的全身有淡褐色花斑,胸部宽厚,肩膀和腿肌肉发达,尾巴很短。它也许有二百磅重。它的喘气声非常清晰,令人感到不安。脸上有小胡子的年轻男人两只手抓着皮带,穿着米色连帽衫、多口袋卡其色短裤和登山靴,他的表情显出歉意,像在防卫,他瞪着女人和她身后的男人;或许,女人想,年轻人在笑话他们,他们太普通了,没有一条巨大、吓人的狗傍身。

女人想,那不是一条狗。它是用手和膝盖走路的人。那张脸!

无论是清醒时还是在睡梦中,女人的脑子里总是充斥着这种超现实的想法。只要别人不知道女人在走神就行了。

---

① 罗伯·罗伊于1671年出生于苏格兰,曾是士兵、部族首领,苏格兰民族英雄。

好在那条巨犬和主人走了另一条路去野猫谷。狗急切地一边嗅着地面,一边向前冲,主人骂骂咧咧地在后面跟着。女人感到释然,这只丑陋的狗没有攻击她!她和男伴继续在主路上行走,那地方离野猫谷地区的最高峰还有两英里半的上山路。

男人感觉到女人看到狗时很紧张,便开了几句玩笑,但女人并没有听清楚,也没有什么反应。他们一前一后,女人走在前面。她等着男人拍拍她肩膀,就像别的男人会做的那样安慰她,但她知道他不会,他也确实没有这样做。男人用略带责备的口吻说,那是只英国獒——"漂亮的狗"。

女人觉得男人的话是一种回击。男人对女人说的大部分话在她看来都是对她狭隘见解和胆怯方式的回击。有时候正因为这样,女人让男人觉得好笑。还有些时候女人让男人觉得心烦,她在他绅士般的脸上能看到惊讶、不赞成的表情和被掩饰的轻蔑。她想他看透了我。我的小伎俩,我的无知。我的绝望。

女人转过头,大笑着说:"对!漂亮。"

那天爬上野猫谷峰顶的路是迎着太阳的上山路。路上有斑驳的光影,间或出现一阵阵炫目的阳光。女人很兴奋能出门和男人一起爬山。七个星期零四天以前,在北伯克利山他们一位共同朋友家里的晚宴上,有人满怀希望地把她介绍给他。

是男人提出远足的。或许,他以间接的方式,其实是(女人想)一种委婉的说法,就像她自己一样,他只是告诉她那个周末他要去远足,她愿不愿意一道去?

这样,男人就不会有被拒绝的危险。这种做法同时暗示女人如果她来,也只是陪伴他。

在这之前,女人和男人一起散过步。但是这样的远足,攀登野猫谷峰顶,在女人看来完全不同。

她豪爽地笑道:"好的!我想去。"

这是下午将尽的时候。男人和女人已经走了几个小时。现在正一前一后小心地从野猫谷峰顶走下山。女人走在前面,男人在后面。因为男人更有经验,他要看好女人,不让她受伤。她坚持穿轻便跑步鞋而不是像他那样的登山靴,这让他非常吃惊。

她也没想到要带水。男人带了一瓶十二盎司的塑料瓶装水,给两个人喝。

男人觉得女人可笑。也有可能,他觉得她有点烦人。

不过,他还是被她吸引。他希望自己更喜欢她一些——他希望能崇拜她。因为他已经孤单了太久,已经开始痛恨自己孤独的生活。

远足开始的时候天气异常的暖和,不像三月底的天气。中午时分的温度也许到了华氏68度。而现在太阳像破碎的血红鸡蛋一样西沉,昏暗和寒冷开始笼罩地面。男人建议女人在背包里带一件轻便防寒服,他知道黄昏时山间小路气温会下降得多快,但女人仍只穿了一件套头毛衣、牛仔裤,戴了一顶夏天的遮阳帽。(即使戴了墨镜女人的眼睛仍对阳光敏感。她痛恨自己轻易流泪的眼睛,泪水顺着面颊而下无异于对女性弱点的昭示。)她竟然没有带背包,借口是她不喜欢"有负担"的感觉,男人对此非常不理解。

寒意渐深,女人在发抖。不咬紧牙关的话,她的牙齿一定会咯咯作响。

小路在松林中盘旋而上直到野猫谷峰顶,那里风景绝美,有一块石碑。这块石碑是为了纪念二十世纪早期一位环保主义者,为了建这个公园他赠给加利福尼亚州数千公顷土地。然后,小路盘旋而下,绕弯绕得让人头疼,得走上一个小时才到小路的尽头。小路尽头是停车场,停车场的告示写着下午六点"关门"。现在已经四点四十分了。

在峰顶,男人用新相机拍照,女人则眺望远处欣赏美景。地平线上出现一道闪亮的蓝色风景——数英里外的太平洋。近处有湖泊和小溪。山石形状奇特,像托马斯·哈特·本顿画作中那些光秃秃的山。

男人给女人水喝。她说不渴,但他还是坚持这么做。他说,人在消耗体力的时候很容易脱水。他说话的语气很坚决,像父母说话的语气,让你没法拒绝。

男人说话时很自信,一种很少被挑战的自信。有时女人喜欢这种权威感,有时憎恨它。男人似乎总是对女人感到困惑,就像科学家对令人好奇的标本感到困惑一样。她不愿意去想——(尽管她无法不去想)——他一定在把她和他认识的其他女人做比较,并且发现了她的某些缺点。

在峰顶,男人完全沉浸于摄影中,似乎忘记了女人的存在。这种做法多幼稚,多自我又疯狂!女人从来没有这样完全沉浸于自我之中。

男人在峰顶大概花了一个小时拍照。这期间,其他旅客来来往往。女人很自然地与这些人搭话闲聊,而男人似乎并没注意到他们。他告诉女人,他不喜欢与"随便"什么人搭话聊天。为什么不?女人问。男人用一种认为她的问题不可思议的表情看着她,说,为什么不?因为我不会再看到他们。

女人轻轻笑着,笑声中有些挑衅意味,她说但那正是跟陌生人说话最好的理由——你再也不会看到他们。

至少那个带着巨犬——英国獒——的小胡子年轻人没有爬到野猫谷峰顶。

但是其他带着狗的旅行者上到了峰顶。实际上这些狗大小和品种各异,好在它们大多很懂规矩,不乱叫;有几只老狗跟在主人后面,像是受过责备,喘不过气来。这几只狗湿润柔和的眼睛似乎在找寻女人的眼睛。

"好漂亮的狗!它叫什么名字?"

或者,她会睁大眼睛问:"它是什么品种的狗?"

女人知道,她的男伴注意到她在徒步旅行开始的时候害怕那只马斯提夫獒。她看到那只丑陋的、喘着粗气的东西时太紧张了,那是她见过的最大的狗,几乎和圣伯纳德一样大,但完全没有它那种温柔软和的感觉。她盯着那流着口水的下巴和看上去如失明般、像玻璃一样的眼睛——好像认出了不可名状的什么东西。

就这样,在野猫谷峰顶,女人用一种明快、欢欣而友好的方式与狗的主人们交谈。她会问问它们的情况,甚至拍拍其中那些温顺的狗。

女人九岁或者十岁的时候曾被一只凶猛的德国牧羊犬袭击过。她并没有惹它,只记得当时狗对着她狂吠,咬她的光腿,她尖叫着逃跑。幸而大人跑来救了她,她想。

女人没有对男人讲太多她生活中的事。还没讲。也许永远不会讲。她的原则是决不暴露你的弱点。

特别是对陌生人,这点至关重要。决不暴露你的弱点。

表面上看女人和男人是"情人",但他们并不亲密。你可以说——(女人也许说过)——他们其实是陌生人。

女人喜欢对她的朋友们说,纯属消遣,她不想结婚但想已婚。她想要一种从一开始就显得成熟的关系,虽然这种关系还不长久、稳定。新鲜和生疏的关系对她没有吸引力。

"对不起?你想什么时候走呢?"——女人很犹豫地问,不愿意打扰他。

在他们的交往中,女人还没有表现出任何不耐烦。她没提高过嗓门,一次都没有。

终于,男人把照相机放进背包,那是一个很重,装置也很复杂的机器。还有水瓶,里面只剩下两三英寸水①——"我们之后没准用得上。"男人的动作精确、仔细,就像他是独自一人,女人突然有一种不喜欢他的刺痛感,他对琐碎的事如此在意,却不爱她。

这该死的小路上没有卫生间——当然。这是给专业的徒步者准备的。非常专业的徒步路线。女人急切地想到小路尽头有卫生间,但还在下面很远的地方。要走下去得多久呢?一个小时?对男人来说,停下来在树林里小便不是什么大事;但对女人来说,又费劲又丢人。她还是小女孩时,曾被困在阿迪朗达克夏令营可恨的长距离徒步旅行中,那时她不得不在树林里小便,自那之后再没有过。那段记忆模糊,夹杂着羞愧、丢人、不适的感觉。如果她把这件事告诉男人他会笑话她。

那天开车去公园的路上,男人和女人在一起非常快乐。他们有时会有这种无法预测的感觉——在彼此的陪伴下,感到一种突如其来的快乐,甚至是兴奋。男人比平时健谈。女人被他的话逗乐,很惊讶他竟能说出如此睿智的话。几天前男人来到女人的画廊买了一个小型滑石雕塑,女人很开心。

女人在副驾驶位置上靠过去,为了离男人近一点,就像年轻女孩冲动之下会做的那样。这一切感觉多么自然,一场亲密的预演!

他们之前已经在女人家里待了一会儿,在楼上她的床上——但是他们还没有共度良宵。男人在女人家里觉得不自在,女人觉

---

① 相当于约5厘米到8厘米。

得男人是客人,应该礼貌待客而不是亲密接触。女人还无法在男人身边入睡,因为他的存在让她太过分神,他在她的床上占了太大地方。男人光着身子横躺着,比穿衣直立显得宽大得多。他呼吸声很重,张开的嘴里发出口水的声音。虽然女人推他时他会态度很好地醒过来,但她并不想经常弄醒他。她情愿就在那里躺着,听他呼吸。不过,她明显感到心里不舒服——我不能入睡,如果这个男人在我床上我永远无法入睡。

女人从来无法和一个男人在局促的空间里相处自如,除非醉酒的时候。但男人很少喝酒。而经历过这些,女人再也不会在酒精中迷失自己。

汽车收音机放着捷克作曲家雅纳切克的钢琴曲,曲名被翻译为《在薄雾中》。女人只听了几个音符就辨识出了这首乐曲。她小时候弹过钢琴。回想往事让她眼中充满泪水。

在忧郁、清晰的钢琴小调声中——"薄雾"——男人继续说话,似乎没有听到音乐。女人热切地听钢琴曲,没听见男人在说什么,但男人的声音与音乐的忧郁之美融为一体,她感到自己爱上了他,或者说会爱上他。

他就是对的人。到时候了。

女人四十一岁。她相信男人比她大几岁。他们两人是经一位共同的朋友介绍认识的,那个朋友跟男人感情上更亲近些,他对男人说你会喜欢马丽拉的。你会喜欢她的脸。然后对女人说西蒙是个很棒的人但不会立刻表现出来。给他点时间。

男人在加州伯克利一个著名研究实验室担任主任一职已有多年。他的工作是生活的重要部分。科学真相是神圣不可动摇的,而且是客观、超越一切的。他的工作将会是他留给后人的遗产。他很理想主义,推崇科学教育和环境保护。他对年轻科学家可是出了名地慷慨。他还是他那些研究生和博士后的传奇导师。他从没结过婚。他也不确定他是否恋爱过。他没有孩子，虽然他一直想要孩子。他对实验室之外的生活并不满意。一想到别人也许会怜悯他，他就有种被欺骗的感觉，感觉自己很愚蠢。尤其是那些他曾在事业上帮助过的年轻同事。

那一年早些时候，他在拜访索克研究院的一个学生时感到很不安。那个学生已婚，有几个孩子，妻子也是科学家，他们住在三公顷林地中的一栋错层雪松木房子里。这处居所让男人感到他的生活非常空虚，他在大学附近设施简单的出租房里住了二十多年。他也感到骄傲，因为从这个房子他可以很方便地骑车或走路到实验室。

他离开学生家时心情破碎。不久以后，他被介绍给这个女人，这个被认为"你会喜欢马丽拉的脸"的女人。

女人也感到孤独和不满，不过她主要是对别人不满意，不是对自己。从上大学开始，她就和不同男人有过亲密关系，但她总是同时和几个男人都保持关系，同时和他们约会，这样她就不会对其中任何一个男人的感情太强烈。同时，如果一个男人除了她以外还和别的女人有关系，她会感到很受伤。她知道她母亲在婚姻中就是低三下四的。她高大英俊的父亲并不珍惜顺从自己的妻子；女人年纪还不大的时候他离开了她，而且也很少来看孩子们。她整个一生都渴望着这个不在场的男人，即使是憎恨他的时候。她总是幻想父亲回家，而她和母亲用阵阵大笑把他赶走。

她会想，脆弱是很愚蠢的事，女人们总是这样。人们不该承受这样的伤害。

然而，她是一个很有魅力的女人。她在自己的朋友小圈子里人缘很好，讨人喜欢。她衣着时尚。她参加很多社交活动。她精明地给一个画廊做投资。尽管如此,她大部分的精神生活都取决于自己在别人眼中的形象。她几乎无法面对镜子里的自己:根本谈不上美丽,连漂亮也算不上,她的脸太小,呈心形,下巴太尖,眼睛太大,眼窝太深。她痛恨自己身材娇小。她希望自己有五英尺十英寸高①,走路飒爽英姿,性感自信。五英尺三英寸②的身高让她别无选择,她只能接受,变成男人欲望的容器。

她和家庭、亲戚以及少女时期的朋友关系疏远,这让她不安。在欢快的社交场合中,她似乎封闭着心底的一些东西。她能感觉到一种死寂在心里蔓延,一种冷漠。当她亲如姐妹的女性朋友在晚上结束时拥抱她、轻吻她的时候,当她朋友的丈夫用胳膊搂住她的腰亲吻她的时候(只是有点太用力,太过热烈)——"晚安,马丽拉!"她心中的冷漠感仿佛在说再见到你们任何人时我一点感觉都不会有。

她嘲笑自己,如此空虚的自己。心里有个洞。

她可以为此哭泣。她马上就四十二岁。

但现在情况不一样了,这个新认识的男人让女人有了一种少有的希望。如果她不能爱上男人而他能爱她也足够了;至少他们能生个孩子,这也够了。

(如果男人知道了女人的心思,他会怎么想?还是这些只是无谓的幻想,不可能实现?)

(在女人最软弱的时候,她恨自己没有孩子;很快她的年纪就不能要孩子了。但是,年幼的孩子让她心烦,甚至是她漂亮可爱的小侄子侄女们。)

---

① 约 1.78 米。
② 约 1.60 米。

现在,走在下山路上,女人急切想要离开几小时前还显得那么美的公园,她感到惆怅。在山顶待了很长时间,她有些虚弱无力。男人的漠不关心让她无力。当太阳在天空远去时她的力量也离她而去。

男人沉默地走在女人身后,有时跟得太近,他差点碰到她的后脚跟。她想转过身朝他大喊:"不要这样!我已经快得不能再快了!"

女人太专注于头脑里的这个声音,以至于只是隐约听到附近又出现了一个熟悉的声音——湿答答的呼哧声,像是费力的呼吸声。小路一直往下,然后又绕回来;另一条与此平行的路地势低一些,两条路在前面几码远的地方交会,这条路上两个影子在急匆匆行进,走在前面的是一只四肢着地的大块头动物。

女人听到前方的喘气声,一种恐惧感袭遍全身。

她别无选择,只能继续往前。她惊诧地看到前面的巨犬,让人无处可躲。那湿润闪亮的眼睛看定她,此刻不再像失明,而是精准地聚焦。一种犬类的愤怒迅速转为狂躁,狗开始冲着惊慌失措的女人大叫,在小胡子年轻人使劲叫狗坐下时被狗链拉住。

女人知道不应该惊慌,也知道不应该刺激巨犬。暴露弱点永远是错的。她对那些牙和利爪能带来的伤害莫名感到恐惧。

她无法控制自己——她大叫起来,躲闪不迭。这是最不该有的反应,狗被女人的恐惧激怒,它向她扑去,狂吠不止,挣脱了主人手中的狗链。

一瞬间马斯提夫獒已经扑到女人身上,龇牙咧嘴地咬她,几乎把她推倒在地。即使在惊恐中女人也在想我的脸。我必须保护我的脸。

男人在她身后迅速采取行动。在她的惊惧中他显得令人吃惊——把女人拉到他身后,冲狗主人大喊,让他把该死的狗叫回去。

年轻人枉然地大喊——"罗伯·罗伊！罗伯·罗伊！"狗对主人的话毫不在意,它疯狂地攻击男人,用后腿踢他,好像要把他击倒,要用它赤裸的、龇出的黄黄的犬牙撕裂他的喉咙。

激烈的搏斗只持续了几秒钟。男人尽全力拳打脚踢,试图把狗推开。小胡子年轻人一边使劲拉狗的项圈,一边咒骂。好不容易他才把凶恶的狗从男人身上拉开,男人的手、胳膊和脸已经被撕裂,血流不止。

男人被打得单膝跪地。狗本来可以咬破他的喉咙,幸而年轻人使劲地拉住狗,恨不得要折断狗的脖子。

吓坏了的女人在男人身后哭。她永远会记得男人是怎样毫不犹豫地冲上前保护她,丝毫不顾自己的安危。

在慌乱的打斗中,女人感到脸上有热乎乎的东西。不是血,而是让人恶心的狗的唾液。

狗主人已经把狗和这一对恋人分开,但它仍在歇斯底里地嚎叫,露着犬牙往前冲。

女人喊道:"救救他！找人来救他！他会失血而死的。"

年轻人不停地道歉。他用双手按住挣扎的狗,说狗从来没有做过这样的事——从来没有……"天啊！我会找人来救他。"小路往下半英里有个护林站,年轻人说,他会跑过去,找护林人来救他。

只剩下她和受伤的男人时,女人用胳膊抱着他,而他疼得不断呻吟、扭动着。他好像有点晕眩,不知所措。他受到惊吓了吗？女人感到他的皮肤发凉。她几乎无法理解刚才发生的事,就这么一瞬间的事。

那只发狂的狗也咬破了她的手。她的身上有口子和擦伤,也在出血。但她只为男人担心。她摸到了她的手机,想拨911,但电话拨不出去。她在想——她应该做一个止血带防止男人前臂失血过多吗?多年前还是高中生的时候她上过一堂急救课,但是——她现在还能记得吗?做止血带需要一根棍子吧?她的眼睛在四处迅速巡视——什么呢?她思维很慢,就像在梦中要走过泥浆地那么艰难。她的心跳很快,像一只笨笨的被抓住的小鸟。

男人坚持说他还好,他可以走到护林站——"嗨,我不会死的。"

很诡异的是,他竟然想笑。他完全不知道他的脸被毁得有多厉害,出了多少血。

女人帮男人站了起来。他怎么那么重,动作又那么不协调!他的脸完全成了血面具,面颊和额头上耷拉下来的皮肤看起来很吓人。男人的一个耳垂也被咬破了。

至少,男人的眼睛没事。

女人笨拙地扶住男人的腰。他几乎靠在女人身上,吃力地走着。女人想安慰他——但除了很快就会有人来救他,他会好的,她完全不知道自己在说什么……她看到自己毛衣前面和袖子上满是暗色的血迹。

这时太阳已经落到树林后面。黄昏的空气又冷又湿,就像下过雨一样。女人的牙齿在打战。女人和男人跌跌撞撞地沿着小路走着。他们开始听见声音,大喊声——两个护林员拿着手电筒从影影绰绰的小路跑来,一边跑一边喊。男人痛得一瘸一拐。他的衣服像被巨大的剪子剪开。虽然他至少比她重六十磅[1],女人还是设法扶着他站住,她由于太使劲而颤抖。她快要倒下时,护林员

---

[1] 约27.2千克。

把男人接了过去。

他们被带到护林站,进行急救处理。消毒液、绷带。年纪较大的护林员熟练地给男人被撕开的前臂上了止血带。男人很幸运——"动脉没有被咬断。"被狗咬伤属于重伤,有可能染上狂犬病。必须立刻找到那只狗。

小胡子年轻人带着马斯提夫獒逃走了。真难以相信,他没有上报这起攻击事件。但别人看到了他,举报了这件事。一个回到停车场准备开车的游客记下了年轻人吉普车的车牌号。

绷带之下,男人面如死灰。他呼吸急促。他被要求躺在担架上。尽管他反对,人们还是叫了救护车。护林员说狗的咬伤非常危险。严重的咬伤必须报告。狗主人会被起诉。逃离攻击现场——这狗娘养的也会因此被起诉。

很明显,男人脸上的伤口需要缝针。急救护理还不够。女人已经惊惶地看到狗的牙齿和爪子给她朋友带来的伤害。他脸上的纱布绷带已经开始呈现血色。

救护车几分钟后就到达了几乎空空如也的公园。女人想和受伤的男人一起坐救护车,但是男人坚持要她把他的旅行车开走,到医院会合。他不想把车锁在停车场过夜。

这个男人虽然受了伤,因为受到攻击陷入半昏迷状态,说话也很困难,但他似乎仍然能够平静、理性地思考。

女人从男人颤抖的手指间取走车钥匙,还有钱包和背包,开着他的旅行车跟在后面,在盘山路上跟在救护车后面。她呼吸困难,孤独感袭来,像棉球一样让人窒息。

她坐在男人的车里,开车的却不是他!这似乎让她感到不自然,令人困惑。

她想他会没事的。那么,我们也会没事的。

她那时可以离开他。她可以叫一辆出租车回家,她家在十二英里以外。

但这件事让她很震惊,她怎么也无法理解,那只狗的年轻主人居然没有上报这起攻击事件就从公园逃走了。小胡子年轻人看上去那么担心他们,却竟然如此不关心他们的安危,他完全知道如果当局找不到他的狗,两个被咬伤的人就需要打狂犬疫苗,他竟然跑掉了。

护林人已经告诉她,不出几小时,狗主人就会被逮捕。攻击事件已经上报给当地警察局。狗主人的逮捕令马上就会签发。他们告诉她当局会找到那个人,会检查狗有没有狂犬病,但她处在焦虑不安的情绪中什么也听不见,也不在意。

女人急匆匆地走进明亮的医疗诊所。她知道自己目光慌乱,身上血迹斑斑,看上去神情恍惚。她看见——男人躺在担架上被推进急诊室令她害怕的是,她发现男人意识并不完全清醒。他似乎对周围环境没有反应。她向一个医务人员了解情况,医务人员告诉她,她的朋友在救护车里有过一次类似"休克"的症状,他失去了意识,血压升高的速度惊人,心跳加速,心房纤颤。

房颤!女人只是隐约知道这是什么意思。

"噢,救救他吧,上帝,"女人乞求,"别让他死!"

她被挡在急诊室外,不能跟着男人进去。她在柜台边回答各种问题。她泪流满面,就像被雨雪侵蚀的广告牌。她在男人的钱包里翻找医疗保险卡、大学 ID 卡。她动作极慢,绑了绷带的手像戴了手套一样笨拙。把男人推进急诊室的护士告诉女人她也需要治疗,她手和手腕受伤,应该在急诊室治疗,护林人的急救护理还不够。但是女人不听。她有更重要的事情要处理。当柜台的女人问她和受伤的男人是什么关系时,她情绪激动涨红了脸,清楚地说:

"我是他的未婚妻。"

女人后来怎么也想不起来她到底在急诊室的候诊室等了多久。时间变得不连贯、混乱。她的眼皮很沉,简直无法睁开。但她知道她连一分钟都没有睡。

她询问了几次男人的情况,得到的消息都是他还在接受心律失常的紧急治疗,她还不能去看他。这听上去很吓人,让她无法接受。他只是被该死的狗咬伤!一开始他看上去伤势并没有那么重,他还坚持自己走……女人感到脑袋发沉,呼吸急促。她绑着绷带的手和手腕阵阵抽痛。她听见自己细弱悲伤的声音乞求着——"别让他死!"

她透过自己受到惊吓的眼睛看到别人是怎么看她的。一个有点发疯、担惊受怕的女人。一个乱了方寸而高声说话的女人。一个你即使对她保持距离也依然会同情她的女人。

女人的衣服被血浸湿了。有她的血,也有他的。

她看到她的粗线毛衣,这是她最好的一件衣服,一件最漂亮、最贵的苏格兰毛衣,已经被扯破,让巨犬给彻底毁了。

从野猫谷峰顶下来的路上,因为天太冷她的手冻僵了,但是此刻她的手指在绷带下感到灼热刺痛。在急诊室外面被荧光灯照得通亮的卫生间里,她在水池上方镜子里的脸变得模糊,像电视上那些为了掩饰身份而打上马赛克的脸。她回想着巨犬扑向她的样子,以及男人出人意料挺身保护她的样子。她的脑袋好像在突突跳,几乎无法思考。那么,男人爱她吗?或者——她注定要爱他?她多么懦弱啊,那么胆小地躲在男人身后保护自己,她只会绝望地抓住他,一如抓住任何人,像一个被吓坏了的孩子,蜷缩在后面,啜泣不停。男人却挺身而出替她受袭。一个几乎陌生的男人为了她不顾自己的安危。

现在女人发现自己正拿着男人的钱包。她还有他装着照相机的背包。在不安、害怕中她翻着钱包,这是一个质地上乘但很旧的皮包。信用卡、大学 ID 卡、图书馆卡、驾照。一张小照片中是一个笑得有些紧张的中年男人,他前额有皱纹,披肩发已经不再浓密,她一定会说以前从没见过这个人。她发现他是 1956 年出生的——他五十七岁了!比她猜测的大十岁,比她大十六岁。

另一张卡显示男人有心脏问题——二尖瓣脱垂。还有一张叠得很小的几年前的内用药处方。紧急联系人是一个和男人同姓的女人,也许是姐妹,住在圣地亚哥。

女人急忙走到急诊室找护士。她把处方交给护士,护士答应把这一发现报告给负责的心脏专家。

女人寻思着他们只会笑话她。神经质的未婚妻!他们自会给受伤的男人做各种测试。

"女士?"——一名助理人员过来告诉她她的朋友需要晚上留院观察,做第二天的晨检和心脏科相关检查,这时候诊室几乎空无一人。值班的心脏病专家已经控制住了男人的房颤,他的心跳也接近正常水平,但血压和白血球数仍然很高。女人试着去体会一种松口气的感觉,试着去想现在我可以回家了,危险过去了。

但是,她却走上了三楼的心脏科。她在 3112 诊室的门外站了几分钟,想着是不是要进去。里面是一个灯光柔和的房间,男人躺在床上,非常不自然地直直躺着,护士在一旁帮助他。一台机器正监测他的心跳和呼吸。女人看见当时匆忙缠在他脸上的急救绷带已经被拿掉,身上众多的伤口已经被缝合,重新上了绷带,男人的脸像一个更加精细也更加惨白的用交叉白纱布条组成的面具,男人的胳膊和手也已经裹上了绷带。

让人恐惧的是,那只丑陋的狗想撕咬男人的喉咙。撕掉他的脸。这是多么轻而易举。

在女人看来,这是一张还算漂亮的脸。

她走进医院的房间,膝盖因劳累而发软。她有种要晕倒的感觉。一种恶心、沉重的感觉从她的肠子蹿到胸部,比恶心更让人不舒服。但是她感激男人的勇气,感激他的善良。她为自己之前对男人的轻视感到羞愧。

在房间里,女人拉过一把椅子坐在男人床边。女人行动缓慢,有些心不在焉。

男人的衣服被脱掉了,他那撕破了的沾满血迹的衣服被脱掉了。他穿着医院的病人服,很不自然地静静躺着,双眼紧闭。他呼吸快而浅,但是很有节奏。床被调到30度角好让他更容易呼吸。

他的眼皮动了动,显出有些吃惊的样子。他看见她了吗?他认出她了吗?

被撕破的脸。绑着绷带的手和手腕。女人想他已经忘记了我的名字。

从男人绷带下被缝合的脸上,女人可以看出,他想说话。或者——想微笑?

他问她——什么呢?她想听明白但他的声音含糊。

女人靠过来,拉住男人的手。他的手指也缠着绷带,很凉。她捏了捏男人的手指,男人回应地捏了一下。

她听见自己说她还要待一会儿。直到探访时间结束。为了安全起见,她拿着他的钱包、照相机、旅行车钥匙,还有其他东西。

她说等他早上出院时,她还会回来。她会开车送他回家。如果他愿意的话。如果他需要她的话。她会回来,带着他的东西,开车带他回家。他听懂了吗?

在升高的床上,男人沉沉睡去。女人想,他们应该给他服用了镇静剂,用强力药来平复他快速的心跳。

他的嘴微张着,呼吸很重,带着口水的声音。他在晚上的呼吸声就是这样,听上去让人放心。女人练习着说他的名字:"西蒙。"她觉得这个名字很美。这对她来说是个新名字,因为她以前还不认识叫西蒙的人。

现在他们安全了,女人的双眼涌出泪水,在她受伤的脸上流成了小河。记忆里她从未这样哭过。她已经过了如此动感情的年龄,这有点荒唐,让人难堪。但是,她仍在回忆,在陡直小径的尽头男人如何坚持让她喝他塑料瓶里的水。她不想喝那温吞吞的水,但还是在男人的注视下喝了,默默服从,带着抗拒、怀恨之心。在他们的关系中男人是强势的一方,女人不喜欢男人的强势,但这种强势却保护了她。她也许对此不以为然,但也不抗拒。她在回想自己有两三次佯装激情亲吻男人时的情景。

女人和男人一样筋疲力尽。她继续握着男人被缠裹的手,但不那么紧了。她把头靠在床边的椅背上。她沉重的眼皮合上了。她清晰地看见男人在野猫谷峰顶,带着大相机转来转去,透过镜头观察。一阵冷风吹动他日渐稀薄的银铜色头发——她以前没注意到这点。她必须快步走向他,她必须紧紧站在他身后。她必须用胳膊扶住他的腰,让他站稳。这是她的任务,她的责任。他比她强壮,但一个男人的气力也会消耗殆尽。一个男人的勇气也会被撕碎,随血流失。她很害怕,对吧?地平线的远处是太平洋淡蓝色的边缘。光秃秃的山和优美的小湖看上去特别不真实,像是用可以用指头戳破的纸具做的。她恐惧地意识到她听见沉重的喘气声,呼哧呼哧的湿答答的呼吸声,在他们后面,在下面的小路上,在慢慢降临的黄昏中,等待着。

距　离

"女士？你不能打开窗户，对不起。"

她冷冷地转向男孩。这个拘谨的墨西哥孩子戴着白人男孩中流行的金属框眼镜，帮她把一个很轻的、本来为了省点小费想自己拿的行李箱搬上来。但是刚才在楼下办理酒店入住手续时，柜台后面那个老练麻利的年轻女人使了个小手段，直接把房卡递给门童，凯瑟琳根本没有机会阻止。

"'不能打开窗户'——为什么不能？"

男孩含糊其辞地答了一句，好像是说封住了。

"窗户'封住了'？为什么呢？"

凯瑟琳的声音里有一丝惊讶和不悦。一个其他房客刚刚住过的房间——他们的气味还在，只是被除菌剂、空气"清新剂"草草掩盖——并不是她期待的理想环境。

她又问了一次"为什么？"——但门童没有回答。他在拨弄墙上的温度调节器，一股冷气立刻从上面吹下来。他专注的姿势带有责备的意味，凯瑟琳想。一种警告。

别这么可笑。如果你不知道答案就不要提问。拉斯维加斯高层酒店的窗户封上了，你能明白是怎么回事。

第三天她打电话给 L.。

她可以说我只是试着打一下长途电话。

他们相距二千二百三十七英里，有三小时时差。

只是她忘了带他的电话号码。她也有可能把他的号码弄丢了。她匆匆收拾了一下行李就来了，像平时对待小事一样不仔细，尽管她并不想这样——此刻她刚拉开行李箱的拉锁，把所有东西都倒在床上，在一阵心烦意乱中看着衣服、卫生用品和纸片散在还没睡过的床上，找那张她肯定带着的纸条——她想着要带的纸条——上面有他的电话号码，如此重要的号码。

这说明什么呢，她不记得他的电话。

这说明什么呢，她不知道男人的中间名——甚至是中间名字的首字母！她记不住他住街的准确名字；尽管她去过他家——被他带去——好几次，在脑子里她可以再次回到那条城郊的小路，在二千二百三十七英里和三小时时差之外。她想我不确定，我不知道。这一切都没有走进我内心深处。

这当然是她的决定，给电话查询处打电话找他的号码。

实际上是全国电话查询处。请问城市和州名是？

当然，找他的号码和给他打电话不是一回事。也许她根本不会给他电话。那只是她的一个选项。

尽管如此她仍有一种迫切的感觉——她说不清为什么——要把男人的号码用圆珠笔快速记在放在酒店床头柜的信笺上，这个酒店紧邻沙漠，与他相距二千二百三十七英里和三小时时差。无论她拨不拨这个号码。这是我的权力。我的选择。

电话里传来一段录音，一位女士用中性语调，既不热情洋溢也不拒人千里之外的语气给了她一个号码，应该是他的——给得太快，以至于她还没有完全准备好——她带着孩子玩游戏时那种随意的乐观心态拨这个号码，这个游戏有点危险，比不让玩的游戏还要危险一些，电话里立刻发出了一阵短促的铃声，二千二百三十七英里外，咔嗒一声，传出了一段（男声）录音。这是L.家。现在无

039

人可以接听电话,请留言,您会收到回复。——这使她不解——或者说茫然——因为她的情人一个人住——不是吗?——还是直到最近他才没有和别人同住,还没来得及换录音?——这个声音和她情人的声音并非一模一样,但却相似得让她有种想留言的冲动,尽管同时还在怀疑这不可能是他,他没那么正经。然而一旦开始留言她就停不下来——感觉像个傻瓜——真是傻!——尴尬!用带有喘气声、颤抖的声音留言,像漏气的气球一样。

她想够了!他根本不会知道。

实际上这是个让人宽心的想法,想到——假设——不管是谁听到留言都会立刻把它当作拨错的电话删除。因为肯定——她确信——那个听上去很正式、有点苍老的声音不是她情人的声音。她情人到底是什么声音——她刚才想不起来——不管怎么样她的情人都听不见她完全暴露自己的留言——现在她情绪激动地想为什么要给他打电话?有什么必要给他打电话?有什么必要对他念念不忘?她在两千多英里之外,男人无法触碰到她,让她由于欲望而变得脆弱、不安、疯狂;而她也无法在想要触摸男人的时候爱抚他。她觉得他的身体有着黏土般的重量和质地,有潮湿的气味,像树叶,像那种发甜的腐味,她的体味在他嘴里、他的嘴在她嘴里,他们躺在一起时,就像两个游泳溺水的人一样抱在一起,最后被冲到一处荒凉杂乱的海滩,上面有鸣叫的长翅膀大鸟在空中盘旋……她要他有什么用呢!她不喜欢他。她恨他。他曾伤害过她,她的身体有青一块紫一块的伤痕。他会笑着伤害她。她曾抓破他的肩膀和后背,他看见床单上的血迹会发笑。她恨他,恨这种亲密。这种亲密对她来说是种羞辱。所有这些——感官的生活——她都想一滴一滴地从她血管中抽走。

事实正是如此:她的灵魂并不比长翅膀大鸟的影子更真

实——是一种西部品种的鹰?或是鸥?——老鹰?——正对着她拉上窗帘的酒店房间窗户。她带着冷酷的笑容想我不会再给他打电话的。不会再和他说话的。

她会以这种方式结束他们的关系,在这个早晨。这是她的权力。

因为东部的时间比这里快三个小时,现在已是早上,而她这里天还未破晓。

疏忽和冷酷一样充满快感!她热切地拉开窗帘。把厚实的、用混合纤维做的窗帘拉到一边。看到太阳正要从山边地平线升起,她感到振奋。每个方向都能看到延展的城市尽头无名、空阔的山丘。她想他不会知道我在哪里,他永远不会知道。

他永远不会知道她大半夜都醒着,就像前两个晚上一样。她憎恨他,为他失眠。尽管开着空调她还是汗湿了睡衣,后颈湿乎乎黏糊糊的,他触碰过的地方又疼又酸,她的嘴仍然肿胀,两腿间也肿肿的,又奇特又固执好像有它们自己的心跳。他永远不会知道。再也不会!

然而——如此奇怪!——即使她在想她再也不会给他打电话,她会把有他电话号码的纸条撕成碎片,她以后也不会忍不住给他打电话,她还是拿起床头电话的听筒拨了外线,还有一次找了电话查询,还有一次一个(女声)录音响起,这次她提供了情人的名字和在二千二百三十七英里和三小时时差之外的城市他居住的街名,这样就不会有第二次错误——上一次他只给了情人的名字——这次她得到的号码看上去很熟悉——至少前三个数字很熟悉——她拨这个号码的时候甚至没给自己时间想不!不,你为什么要这样做,你不应该冒险,铃声响过几声后,一个男人在另一头静电的杂音中接了电话,她听不太清楚男人的声音,但他的声音听上去有些无礼,也不友好,似乎电话铃声在他不方便的时候打扰了他,她带着一种出乎意料的迫切的声调说马特吗？是我——是——她说出自己名字的时候声音突然断断续续,自报家门真可怜,好像在恳求似的说出自己的名字,更像是在乞求,即使男人在电话线的那端不耐烦地说什么？谁？听不清;电话仍有静电的杂音,就像在嘲笑她重复自己的名字,她的声音哀怨、可怜,她甚至不明白自己的处境——这个男人是她的情人吗？她是不是正好碰上她从来都没有见过的他情绪不好的时候？——事实上她几乎不认识他,他们在粗浅地了解彼此之前就变得亲密了——还是说他已经感觉到,她在走后的第三天早上给他打电话时的犹豫不决,现在出于报复心理粗鲁地说你打错电话了,对不起并挂断了电话。

她光着脚,身体发抖。穿着汗湿的睡衣,身体最隐秘的部位由于疼痛而跳动,心中带着屈辱,沉默中有愤怒。她发现自己站在酒店窗边。即使最有力的双手也无法打开这些窗户,无法敲碎这些窗,因为它们都有双层或三层玻璃,坚不可摧。女士你不能死,这么轻易地死。从窗户跳下去？——不。

她看到现在是内华达早晨六点二十分——这么早。东部是上午九点二十分,一个很适合打电话的时间,她想。除非他在她不在的时候,发现了什么她的事。他也许发现了最根本的事实,没有她他也可以生活,就像她发现没有他她也可以生活一样。他比她大几岁,他更有经验和智慧,那他为什么还需要她呢？他和她做爱时她为这种大胆的亲密感到不安和害怕,但现在他厌恶这种亲密,厌恶她,想和她一刀两断。你拨错了电话,对不起,声音里深深的厌恶让她痛心,身体晃动不停。上帝的恩惠竟然就变成了心上的尖刺,这么快这么致命。她告诫自己要冷静,这是对我的惩罚。我其实知道,我得到过警告。但是像一个往前走向绞刑架的人,让套索从她头上通过,她固执地再次拿起电话,再次拨那个号码,电话一响男人就接了,好像知道一定是他瞧不起的这个人,她立刻用恳求的语调说马特我是凯瑟琳!你难道不认识我吗——凯瑟琳?她得到的回答很不耐烦,声音很勉强:听着女士,我不是你要找的男人。我不是"马特"。我是 L.但我不是"马特"。我不知道你到底想找谁,但我不是他——知道吗?

电话里很安静。不知名的 L.先生从她生命里消失了,就像他从来也没有出现过一样。

这真是解脱!应该是解脱。但她还在颤抖,不确定。她不住摇晃,仿佛头上被木槌击中——在这种情况下,最重要的是她还活着,还站着。

我现在就要结束这件蠢事。我可以做到。

她似乎在瞪着窗外——哪儿?——一扇高大的、她知道已被封死的玻璃窗,为了保护她:这座著名的荒漠之城发生过形形色色的自杀事件,但现在从高楼窗户一跃而下已经是不可能的了。太阳现在成了一个炽烈的红色霓虹灯泡,在有着刀锋般锯齿、像硬纸板一样扁平的群山之外,而这座夜色辉煌的城市此刻显得淡然无趣,在被污染的空气中面目模糊,神秘之处像弄脏的墙纸上那些裂缝和污渍一样展现出来。她想我已经被警告过。上帝已经给了我第二次机会,拯救自己的机会。

她从来不信上帝。也没信过任何世俗的神。她蔑视这样的信仰,但同时也心生羡慕。没人阻止自杀,你只能好自为之。

她的房间在一座大概二十层高的酒店的第十二层。大酒店不算太新,但也并非老式风格,像在无边城市中树立的图腾——在她看来这是一个安全的中立地带,离她的老家足够远,离她的情人也够远,她已经有些记不清他的模样。她也忘记他的声音了:已经无法与陌生人的声音区分。

她决定不给他打电话,她已经得到第二次拯救自己的机会,让自己免于羞辱,但是——带着像梦游者般空洞的眼神,她在玻璃反光中看见自己又回到电话边——再次拿起轻巧的塑料话筒,像是一个健忘的被蛇咬过、被毒液叮过的人又捡起那沉睡着的、亮晶晶的蛇,它摸上去干燥也清凉,这体验既吓人又刺激,她带着疯狂的微笑。为什么不?掷一次骰子吧。她又拨了411。又是电话查询。但这次她转用人工服务。她小心翼翼地与接线员说话——一个略微带有南方口音的女人。凯瑟琳拼出了她情人的名字——据她所知——她也拼出了他居住的城郊的街名;她解释说在刚刚十分钟之内她得到两个错误号码,事关重要,非常紧急,不能再错了……她说这些的时候彬彬有礼,沉着镇定。你绝对猜不到她其实有多么想大叫,想骂人。她得到了第三个号码,看上去既像又不像之前的号码。

一定是拨了这个号码。因为突然——非常非常突然!——电话铃响了——向东二千二百三十七英里的地方——电话铃声响个不停,然后猛然停了下来。

这是怎么回事!——她情人的电话寂然无声。在轻巧的塑料话筒里她听到的是一片死寂和全然的空白。她啜泣起来,挂断了电话。

书桌镜中,女人满脸通红、泪眼模糊,像是某些部分正在被抹去。她的薄嘴唇酷似梭鱼嘴,面部扭曲骇人。疯狂像碳酸气泡一样在女人血液里游动。她想我已没有任何尊严。我绝望、心碎。我已经上瘾了。我可以停下来。但是她还在继续,她没有停下来:她冰冷的手指又一次按下了接线员给她的号码,电话又一次响了,响着。她可以看见她的情人在电话响的时候盯着电话——她现在能记起他的脸,他的眼睛眯着,不看她——但他无意接电话,他无意和她说话。他不想再和她有任何关系。但这次电话响过之后,咔嗒一声,录音响起来——我是马特。对不起我现在无法接听电话,请留言,谢谢——她立刻听出了他的声音,这当然是她情人的声音,她怎么能错把另一个声音当作他的声音!这时她身体虚弱,精疲力尽。她有种迅速挂上电话的冲动,她不确定男人对她的感觉。她可能不再给他打电话。既然已经打过电话,已经听见他的声音,知道是他,并在身体深处有一种认知的震惊,她了解他,需要他,知道他们之间的联系,距离不会使之消散,她有能力结束这一切,他们之间不再有任何风险。她还会那么骄傲,会在适当的时候忘记他……但她还是留了言,用一种不像刚才那样犹豫颤抖的声音;就像给情人留言是世界上最自然的事情;她充满感情地说她想念他,她很抱歉没有说再见就突然离开了,她留了酒店电话——如果你想打电话的话。她又加上我爱你。然后她迅速挂断了电话。

她疯狂地笑起来,两只手捂住嘴,像一个说了收不回来的下流话的孩子。

才早上六点四十三分,她已经累坏了,精疲力尽。太阳在群山之上迅速升起,看到这番景象,她感到震惊——虽然不那么强烈。一旦太阳开始升起,就无法慢下来,势不可挡。当然太阳并不在"升起"——是地球在朝着太阳"绕着自己的轴旋转"——凯瑟琳知道这个,因为这些应该知道;她脑子里有一大堆这样的知识,与事实松散地相连,得益于她花费不菲的教育,但却混乱纠缠一如旅行袋里的线团或是鞋带。尽管如此,此刻的"日出"景色壮观。她是一个被动的朝圣者,她是见证者。东方的天空红得耀眼,云彩像思绪一样转瞬即逝——空中还有一团团神秘的漏斗云,厚厚薄薄,也许是战斗机穿过留下的痕迹,尽管凯瑟琳站立的地方看不见飞机。

爱你！我从没说过这话。

微笑着想他也许会相信她。像梭鱼一样的薄嘴唇带着残酷的微笑。就让他相信他想要相信的东西吧！

她用笨拙的手指脱下汗湿的睡衣，衣服滑落脚底。她把衣服踢开，感到很不舒服。毫无遮掩地闻到自己身体的味道让她很不舒服——一种难闻的动物气息——性的气息——她必须把自己洗干净。因为罪恶的代价是死亡。永恒的死亡是罪恶的代价。她愿意相信，她需要抓住这样一个信念，就像大地在倾斜、移动、塌陷时需要扶住一堵墙一样。罪恶的代价，我爱上了罪恶。我的身体因罪恶而虚弱。她走进淋浴间，打开热水，热到她无法忍受，用滚烫的水洗身体，如果有滚烫的蒸汽浴更好，可以洗净身体里面，往上到腹部里面男人曾经到达的地方。关上浴室的门和淋浴间的门，淋浴的声音震耳欲聋，她不会听见电话铃响，也不会想去接电话。再没有了！我都做完了。然而——很奇怪——仿佛是在刁难她，床头柜上的电话铃声大作。她没听见这个电话响过——高频的类似蝙蝠叫声的铃声让她感到非常吃惊——完全出乎意料。但是她镇定自若，好像没有任何异常——当然，能有什么异常呢？——只是电话在响——在被荒漠围绕的高层酒店十二楼房间里的一个在响的电话——她走过去接电话，看见自己放在听筒上的手由于期待而颤抖。她多荒唐，竟然这么害怕！对于将要发生的事如此害怕，她平静地想我不想这样。我不需要这样。她麻木的手指拿起听筒，就像一个梦游者的动作，无心，但又有意；她的声音虚弱颤抖，但这低语喂在千里之外也许听上去温暖而自信。电话里立刻传来了一个男人的声音，在她耳边瞬间摧毁了一切距离，近得就像在她的房间里说话一样凯瑟琳？老天，是你吗？她只是简单地回答是我。

殉道者之书

是的，我想好了。

他问她是否确定，她再次说是的。

他们之间心照不宣：一旦开始向北行驶，一旦开始这段旅程，他们就无法回头。

如果没有耽搁的话，这是一段需要在州际高速公路上行驶大约三个半小时的路程：道路施工、事故、州警检查站。

实际上一出麦迪逊就有一个警察检查站。三列汽车移动缓慢，像冰块凝固一般不情愿地并成一道。她的心跳由于害怕而加重。他们会让我们回去的。他们知道的。

威斯康星州警官语气生硬地、有礼貌地请司机出示驾照和车辆登记卡。她在副驾驶位置上坐得笔直。她以为警官会要她的身份证件，但他们没有这么做。

她壮着胆子问他们在找谁？她没有忘记称呼他们警官。

没能让她自己使用女生的语言你们在找谁？①

也就是——你们在找谁②？

警官不会回答老百姓的此类问题，这是规矩。警官是提问的人。她感到满脸绯红，她让自己出丑了。

---

① 原文为：Whom are you looking for?
② 原文为：For whom are you looking?

她的表现就像罪犯一样。希望执法者会放松警惕，希望看上去清白无辜。

　　无论如何她不会让警官有什么兴趣：白人女性、深色金发、二十出头、体重大约一百一十磅①。他们会公事公办地目测她的身材。

　　也许还会猜测她是不是个瘾君子？——答案是不。

　　她有魅力，看上去像个大学生，或是研究生——他们对这些都没兴趣，很明显他们在找别人。

　　她旁边的男人，这个驾驶汽车的人：第一眼看也许是她的父亲，再看一眼又像是丈夫。不过司机和他的乘客看上去不像夫妻。在有经验的警官眼里，他们看上去完全没有亲密感。

　　司机是个瘦骨嶙峋的人，有中西部人的风格，你会这么想。高个，削肩，木屑色长发，额头上的发际线很高。白衬衣，卡其裤子。性情温和，乐于合作。也许有点紧张。抬头直视警官怀疑的目光，似乎在说嗨——我是守法公民。普通老百姓。没什么可躲躲藏藏的。

　　克努瓦的年龄比年长的警官稍大一些，看上去四十出头。尽管他的做派很年轻，甚至有点轻佻。他脸上的皱纹并不是因为年纪大才有。男人有种与生俱来的权威感，如果换作别的场合，警官也许反而会向他请教问题。也许他在美军服役过。（实际上克努瓦没有"服务"过他的国家。克努瓦憎恨军队这样一种机构。）克努瓦后车窗上的威斯康星州立大学-麦迪逊分校教员停车牌也许能让警官猜到他的身份：一位想假装看起来不像教授的嬉皮大学教授。

---

　　①　约49.9千克。

"我希望没发生什么大事。不管你们在找谁。"克努瓦停下来,面带笑容。他的话天真无聊,就像随后的咕哝——"警官"。

他们拿走了司机的驾照和车辆登记卡,到警车的电脑里核对数据。在汽车里,克努瓦和他的同伴窃窃私语,好像做错事的孩子。

"真幼稚,居然问是不是'大'事。肯定是,否则他们不会停车检查。"

"你指的是大事中的大事——比如恐怖袭击。"

"在美国的心脏地带不会有恐怖袭击。枉费心机。"

珠儿笑了。在最有压力的时候克努瓦总是能逗她笑。

警官回来了,故意用一种既不快也不慢的速度——在车里他们尽量掩饰自己的紧张情绪,注视穿着制服的人从后面走过来。珠儿突发奇想如果他们拔枪呢!

后来她认为他们差一点就要这么做了,她可以想象。

在克努瓦铁灰色的丰田车后面已经停了一整队车,交通堵塞了。没有人试图在路障处掉头逃走。

警官把驾照和车辆登记卡还给克努瓦,没做任何解释,然后要求检查物品箱和后备厢。克努瓦有点不自然地说:"当然,警官。"

她知道:她的情人是美国公民自由联盟(ACLU)的老会员。从性格、训练、原则上说他都是他口中所谓警察国家[①]的对立面。他不信任也不喜欢警察。不过,没等问第二次,克努瓦便弯下腰去按左边门上的按钮,把后备厢打开了。

"也许他们在查毒品。"

"也许有人被绑架了。"

---

① 指通过警察部门控制人民旅行及言论等自由的国家,这里形容美国。

"把他们放后备厢?"

"也许人死了。放后备厢很合理。"

"他们看上去真冷酷。"

"因为他们感觉,不管发生什么事,我们是'清白的',这让他们看上去很冷酷。"

克努瓦说话声音很轻。他的大部分话都是对话,为了让听的人觉得有意思。

她是他最热忱的听众。正因为如此,她知道自己很幸运,能够不时,通常都是突然地,听到男人的真实想法,而不仅仅是他自以为聪明的措辞。

但是克努瓦却并不放松,他只是假装轻松,她知道。他没有留出足够的时间让他们从容抵达奥克莱尔;他一直很冷静,切实地规划他们的旅程。他们都不愿意在麦迪逊或是麦迪逊附近约诊。

现在,一个警察检查站又耽误了他们的行程。当然,她不会对克努瓦说这些的。

这种责备是妻子才会冲动说出的。责备也是亲密的体现。

但她不是克努瓦的妻子,她没有这种亲密的特权。

她看到克努瓦在揉搓他的下巴。那个早上他只是匆匆刮了刮胡子,下巴下面还有很多银色的短髭。他到她住处接她时晚了六分钟,这时她已是望眼欲穿,跑过去上车,也顾不上一旁诧异的目光。

"我想你后备厢里没什么不应该有的东西吧?"

克努瓦试图思考。他的脑子一片空白。

"只有备用轮胎,我想。"

"没有神秘的衣服、鞋子?血迹?没什么会被误以为是——武器吧?"

"老天！我希望没有。"

州警官在后面从容不迫地检查后背箱。珠儿感觉他们正把小片干树叶捡起来闻——就像这是某种被管制物品。她很想笑，这太荒唐了。

"也许他们会拘捕我们。他们会阻止我们。"

"别傻了，珠儿。别说这种话。"

"'策划谋杀'。这是犯罪。"

"你不是在开玩笑。"

"我不是。确实。"

他们静下来。克努瓦透过挡风玻璃盯着窗外，眼神空洞。他开始挠下巴，挠出一丝隐约的血迹。她衣着宽松，却止不住地出汗。

你已经越陷越深了。这很好！

白天大部分时间她邪恶一面的自我都在斥责、嘲笑和折磨她。晚上，恶魔在高烧般的焦虑和恶心中编造她的梦魇。

珠儿邪恶一面的自我由来已久。他——它——在她十一岁的时候已经变得强大、凶恶、独立，人们羡慕她的同时也挖苦她，那个女孩太聪明会害了自己。

她的父母都是新教徒。不极端，但肯定是信徒。她父亲是纽约州格伦斯福尔斯公共设施建设负责人，母亲当了二十年学前班老师。他们不是愚笨之人，但总是用骄傲使人失败之类的话来批评他们念了本科又继续拿全额奖学金念中西部顶尖大学的独生女。

她现在感到恶心。一种又凉又热、像万爪挠心的恶心之感。

最近几个星期这种纯粹生理上的不适不时来袭，搅扰了她人前泰然的姿态和自制。

克努瓦被她迷住了,他说。她沉着的举止,优雅的风度。同时从最传统的角度来说她也是一个性感的年轻女性,这不会不讨人喜欢。

但现在她想吐。她深深吸了一口气,屏住呼吸。自己在高速路边呕吐,威斯康星警察一脸诧异和厌恶地旁观——她不能忍受这种羞辱。

克努瓦碰了碰她。她还好吗?

她没说什么,只是点头,还好。

珠儿被告知手术前两三小时要少吃点东西。但这不切实际,因为他们很早就上路了。很早吃早饭会让她反胃。前一个晚上她也几乎没吃什么东西,所以可能只是饥饿。猛烈、无法满足的饥饿感,有恶心的感觉。她的头隐隐作痛,衣服里有汗迹,这是她故意挑的朴素平常的衣服——没有一件惹眼的名牌服饰——淡蓝色据说是防蚊的长袖衬衣,这是克努瓦给她买的,徒步旅行可以穿;深蓝色大口袋条绒裤。她脚上穿着凉鞋,因为今天不会徒步旅行。

她左手中指上戴着一枚克努瓦在德里开会时给她买的银色星型戒指。他(也许)并不是要她把戒指戴在左手中指上,她猜。但克努瓦很绅士,没有反对。

警官砰一声把丰田车的后备厢盖上了,让人踏实,但又像在发泄不满。什么也没找到,他们颇有些失望——没有犯罪证据。

"好了,先生。"

两个警官中年轻的一个挥手示意克努瓦开车。两张冷脸。克努瓦开动汽车的时候也向他们挥了挥手,像一种致敬,有些调侃,但完全没有嘲笑的意思,甚至显出些真诚——"谢谢,警官。希望你们能找到你们在找的东西——或人。"

这句话本来并不好笑,但他们却笑起来,带着一种共谋没有被发现的快感。

已经过了七个星期又两天。

她很仔细地数日子。像虔诚的修女念《玫瑰经》一样一遍又一遍地数最后一次来例假到今天的日子。

这一切多么俗气！她憎恨自己的处境,她这生灵的命运真是平淡无味。

她没有告诉克努瓦。没马上这么做。

对情人隐瞒这样一个秘密让人因为有一种不可言说的力量感到激动。因为总有这样的可能性:他不需要知道。他可以不知道。

或者——他的生命可以被改变,没有回头路。这事儿由我决定。

她不是疏忽大意的人,但有时草率、傲气。

你可能对自己或别人做的最糟糕的事。总有一天你会做的。

她邪恶一面的自我曾经预言。的确如此。

受孕、怀孕这件事让珠儿震惊。她异常聪颖,但却无法理解这个生物现象怎么会和她这个独特个体有关。

她告诉克努瓦时,他面露温柔之色。

他没有说我的上帝这怎么可能,我们这么小心。

他没有说这不可能是意外,珠儿。你不是会出意外的那种女人。

他说哦宝贝,你知道多久了?

意思是,你自己一个人知道多久了?

她在麦迪逊看了两次妇科医生,做了一系列检查,验血、宫颈涂片、乳腺透视检查。刚开始做检查时她非常安静。医生问了好几次请问? 你还好吗? 她穿着纸袍从检查台上下来时有点头重脚轻,引起了这位年轻亚洲女人的注意,但她立刻笑了一下,对医生说她很好。

只是有点意外。我猜还有——害怕。

但她在笑。一边擦眼睛一边笑。

奥克莱尔诊所的治疗定在上午十一点半,十一点之前就得到。

因为已经怀孕七周,要做手术而不是药物治疗。一开始珠儿想做药物治疗,因为只需要吃药就可以了,但妇科医生劝她不要用药。太多意外因素。你不知道会出血多久,也不知道出血时你身在何处。出血时间更长,出现强烈的心理反应的可能性更大。听到这些描述珠儿感到晕眩,一阵恐惧感突然袭来。

她已不是孩子。她二十六岁了。

只是此刻她感到年纪小了很多。很无助。

你来做决定,克努瓦说。当然。

不。这不是我一个人的决定。我们的决定。

这是你的身体。你的生活。你决定。

克努瓦说这些话的时候非常温柔,但有一种让人寒心的平静。她知道:克努瓦才是做出决定的人。

她不"想"要孩子——这是她对自己、对别人常说的话。她也不"想"结婚。

然后她做了安排。在几个诊所中她选择了奥克莱尔的"女性空间"。驾车三个半小时去威斯康星州的奥克莱尔对他们两人都有压力,对克努瓦是一种惩罚,对她也一样,但治疗之后的回程压力更大。

她无法想象。回家的旅程。

这是一种多么亲密的关系!这是她梦寐以求的,和男人之间的可怕的亲密关系。她从未和任何男人有过一种真正、极致的亲密关系,一种深入她灵魂最深、最隐秘处的关系。事实上,在她年轻的生命中,她认识的男人并不多。而与他们所有计划和意愿相左、使她受孕的克努瓦,正是那个人。

一切都已安排妥当。他们只需要去执行计划。

也许傍晚时分回到麦迪逊。

今晚住我这里。好吗?

如果你需要我的话。

别傻了!我永远都需要你。

她愿意相信这句话。她微笑着,真的愿意相信。

虽然麦迪逊的大学占地广阔、规模庞大——(拥有四万五千六百名注册学生,校园面积超过九百公顷)——但麦迪逊社区却不大。你总能看见那些人。你认得他们的脸,知道他们的名字,即使并不认识他们。

如果在麦迪逊为人熟知的计划生育诊所被人看见,克努瓦和珠儿会颜面扫地。

珠儿带了一本精装的弥尔顿《失乐园》去奥克莱尔女性空间诊所。这本大部头的书里弥漫着一种绝望,她第一次读这本书时还是十九岁的本科生。她为弥尔顿朴素庄严的诗句着迷,它们似乎是对她低劣的邪恶一面的自我的谴责。

人类最初的反抗,那颗禁树上的/果实,它的凡尘之味/将死亡带给人间,还有我们所有的灾难……

弥尔顿的鲁西弗欺骗了她。还有弥尔顿的夏娃。

诗人肃穆庄重的无韵诗行美妙无比,但背后却是某种非人性事物那无可替代、毫不屈服的一面。这也解释了上帝对待人类的方式。

克努瓦问是什么书?——珠儿告诉了他。

克努瓦说他只读过一点弥尔顿,还是本科生的时候。"给我读一点吧,亲爱的。让我相信诗歌的意义。"

珠儿开始翻那些看起来很熟悉、写满注解的书页。她用最平静的语调为克努瓦朗读堕落大天使鲁西弗声称宁愿在地狱发号施令,也不在天堂当差的段落。(克努瓦勉强同意。)她又读了风格瑰丽的一长段,夏娃在伊甸园第一次看见自己在池塘里的倒影:

> 我走近前
> 心怀全新思绪,躺在
> 绿草如茵的岸边,凝望清澈
> 平静的湖面,一如另一重天空。
> 我俯身而视,迎面
> 水波中的身影
> 亦俯身看我:我后退
> 它也后退,但我随即欣然返回,
> 欣然于它也立刻回返,面带
> 同情和爱恋神色;于此我的目光紧锁
> 直至此时,我因徒然的欲望憔悴不已。

她读完后,克努瓦沉默片刻说,就好像他的问题会有答案:"这个'乐园'之谜——它永远失去。到底为什么呢?"

他们快到奥克莱尔了:还有三十六英里。

现在才十点二十分,他们不会迟到。

"噢,天哪。你看。"

他们快到海克特街的女性空间诊所时,看到了一些人:示威人群。

堕胎抗议者。聚集在诊所前的人行道和大街上。有人高举抗议标语。珠儿在诊所的联系人曾经警告过她你预约的那天早上可能有示威人群。尽量忽视他们。走快一点。别跟他们说话。法律禁止他们接触你或是阻止你进入诊所。

珠儿感到惊讶和不安,她走下车。克努瓦迅速走到她身边,示威者已经看到她,好像认识她一样朝她走过来。

在珠儿眼里,他们像食人鱼。他们向她迅速走来,让人害怕。

大概有三十个人——也许更多。珠儿惊讶地看到人群里有很多年轻人,青年男女,甚至还有青少年。她感到无法理解,并且因愧疚而感觉不适,这些脸庞聚在一起只为反对她。

和她在麦迪逊的朋友和熟人不同,奥克莱尔的这些陌生人知道她的秘密。

他们一下就知道了,并且毫不同情她。他们不会原谅她的。

"真该死!运气太差了。"

克努瓦拉着珠儿的胳膊往前走。

示威者提高了嗓门规劝他们,他们声音尖锐,情绪激动,行为激进。他们很乐意看到她。

珠儿没想到会有这么多青少年,也没想到会有这么多男性。反堕胎示威者中男性不比女性少,各个年龄段都有——年轻人、中年人、老年人。尽管珠儿被告诫不要看这些人,但她还是忍不住去看;她无法做到不与他们目光交流;他们包围了她,挡住了她的去路,尽管法律禁止他们这么做;克努瓦不得不一边推开他们,一边咒骂;其中有一位和克努瓦年纪相仿的天主教牧师,前额上有着同样的皱纹,有着同样诚挚、亲切、带强制力的风格,身穿一袭有紧绷绷白色硬领的黑衣;珠儿感觉这个男人像乌鸦,像捕食的鸟类一样对她虎视眈眈。

你好！上帝爱你！

听我们说！看着我！只花你五分钟时间——现在还来得及。

你的孩子想活下去——就像你一样。

你的孩子在向你祈求——让我活下去！你可以做到。

看这儿！看着我们！你的孩子在乞求……

女性空间诊所走出来一位身穿深紫色汗衫和牛仔裤的瘦高个儿工作人员，他拉起珠儿的另一条胳膊。请跟我来，往前走，别落下，你会没事的。只走到大门，他们不能跟我们进去。

但是示威者依然不顾一切地聚在他们周围，那种狂热的坚定让人害怕。

看这儿，姑娘！你最好搞清楚，你这是在谋杀。

上帝都看在眼里，上帝会惩罚你的。你最好搞清楚。

挡住珠儿去路的是一位大块头妇女，也许四十多岁。她眼睛凸出，微胖的脸上显出宽大的骨骼，闪亮的合成材料的红褐色头发一定是假发，一件花色孕妇服罩住她那像下垂的西瓜一样的乳房。这个女人有着快活、疯狂的一面，与其他示威者不同。她高举一串念珠，几乎碰到珠儿脸上，一边大声祷告万福圣母玛丽亚，为有罪者祷告，在我们将死之时，阿门。万福圣母玛丽亚，为有罪者祷告，在我们将死之时，阿门。万福玛丽亚……她另一手举着抗议牌——一张放大的极骇人的照片，上面是垃圾堆中的看上去像是血肉模糊的婴儿，或是胚胎。珠儿已经被警告过不要看抗议牌上的照片——（据说图像被处理过，并不"真实"）——但她清楚地看见了这张可怖的照片。万福玛丽亚！万福玛丽亚！万福玛丽亚，从堕胎凶手手中救救孩子吧，让有罪者去死。

你可以看出，穿着孕妇服的大个子妇女因为能够开战显得异常激动，她一直在等待这个扑向珠儿的时刻。她面带蔑视和厌恶的神情,但非常兴奋,带着嘲弄的亲近感定看着珠儿。

她了解我。她了解我的内心。

他们快到诊所的大门了,另一位女性空间诊所的助理在里面拉住把手把门拉开。但是大个子妇女跟着珠儿,不停地嘲讽、奚落她。珠儿把胳膊从克努瓦手里挣脱出来,推这个女人——"别跟着我!你是宗教狂热分子。你没有这个权利!你有病。"

女人没有料到珠儿会这样,定了定神才反应过来——然后也推了珠儿一把。她强壮得像座小山,涨红了脸,得意洋洋。

谋杀者!杀婴者!耶稣会让你下地狱。

哦!——她弄疼了她。拳头落在珠儿的前胸上。

克努瓦和瘦高个儿护卫赶紧把珠儿拉走,走上台阶到了诊所里面。诊所禁止示威者入内。珠儿看见大门在身后关上,终于松了口气。

她没有哭。她不会让大个子女人得到伤害她的满足感。

没有哭出声但泪水沿着她发热的面颊流下来。

没有哭出声但她不住地颤抖。

反堕胎派。他们的坚决吓坏了她。

流产手术推迟了。

女性空间诊所那天早晨情况特殊。示威者比平时更多,从密尔沃基来了一整车好战的天主教生命联盟成员。奥克莱尔警察已经被惊动,连法庭传票也已经发出去了。

但是没人被逮捕?

克努瓦向工作人员抱怨:为什么诊所没有后门呢?

工作人员告诉他,不管用哪个门都会被示威者包围。他们也试过其他办法,但是都不管用。

"你们客户的公民权利已经受到侵犯。外面是一群有攻击性的暴民,而且很危险。"

做流产手术的医生有生命危险早已不是什么秘密。有医生被枪杀,也有计划生育官员死于炸弹袭击。

愤愤不平的克努瓦坐在珠儿旁边一把对他来说有点小的乙烯基椅子里。他过了一阵子才安静下来。他随身带着自己手头的工作,打发漫长的等候时间,并在工作中平复心情。

珠儿仍处在茫然震惊的思绪中,对刚才发生的事情没法厘清思绪。

一个女人,一个陌生人,侵犯了她?更让她震惊的是——珠儿也侵犯了那个女人?

这一切发生得那么快。可怕的身体接触,如此之近。

"他们好像认识我。他们认出我了。"

"别傻了。他们不认识你。"

"他们认识我这类人——我的同类。他们知道为什么我来这里。"

"应该吧。毕竟他们不是彻头彻尾的傻瓜。"

他们根本不是彻头彻尾的傻瓜。他们有真正的信仰。

尽管珠儿的妇科医生已经把半打表格传真给诊所,但还有更多表要填。接待员看上去愁眉不展,挂着勉强的笑容,记下她的名字,检查了她的身份证,又问了几个关于过敏、哮喘、最近做过的手术、硅胶植入体的问题——还有,近亲问题。

近亲:他们指的是什么?

克努瓦建议她什么也不填。

珠儿有点难过地说难道她不应该填上他的名字吗?

"当然。不管发生什么,我都在。"

这似乎不是一个有说服力的回答。只是珠儿不能写母亲的名字,也不能写父亲的名字……她家里人都不用知道。

如果珠儿死了,后果会让她尴尬——(不过,她又怎么会知道?)——她的家人会发现她的秘密。

倒不是珠儿觉得自己丢人——(虽然,她也感到羞愧)——而是她极不希望别人知道她最私密的生活。

珠儿的家人甚至不知道克努瓦,一个还没有正式离婚的男人——他和住在外地的妻子分居。家人如果知道一定会对她颇有微词,并心生怜悯。

已婚男人。他当然会说自己"分居"了。

聪明反被聪明误。固执,听不进别人意见。骄傲使人失败……

她回到座位上,坐下等待。她想问克努瓦她刚才是否确实打了那个把念珠直伸到她脸上的可怕的女人?

珠儿很会讲故事。但这个故事她该讲给谁听?

这是一间普通的候诊室,和牙医候诊室差不多,只是供阅览的小册子和杂志内容大多与女性流产、流产手术、联邦和州法律有关;不过因为女性空间诊所既是计划生育诊所又做流产手术,那里还有整排有关怀孕/生育/婴儿的资料信息。这些内容很不协调,有些讽刺意味,珠儿有些困惑。

候诊室前面的窗户被拉上的百叶窗挡住了。但你还是可以听到外面一刻也没有减弱的声浪。

珠儿差点懊恼地哭起来:她竟然把《失乐园》落在克努瓦的车上了。根本没法去拿。

珠儿对克努瓦说:"等候室!想象一个没有出口的地方。到地狱的等候室都会无聊,对吗?"

克努瓦在看电子书,随便答应了一声。

珠儿压低声音对克努瓦说话,因为她不想打扰或是影响他人,也不想让房间里的其他人更加不安,她们看上去像在等着咨询或做她这样的手术。她说起四岁时第一次被妈妈带去看牙医时的情形,她在候诊室惊恐不安,躺在牙医椅子上歇斯底里。她母亲和牙医——(一个中年男子)——试图用氧化亚氮①——"笑气"——使她安静下来,但这也让她害怕。牙医有点不高兴地对珠儿的母亲说如果会疼,就别告诉孩子"不会疼"。

她说话语速很快,语气活泼,但有点紧张,尽力掩饰害怕的眼神和不怎么灵活的嘴。

克努瓦碰了碰她的胳膊说:"现在不说了,亲爱的。平静下来就好了。可以过会儿说。"

她说得太激动吗?她笑得不让人信服吗?

她并没有立刻领会克努瓦的意思:过会儿?

当然她知道:这并不是真正意义上的手术,只是一个治疗。通过一个叫插管的仪器来做吸引器②。会使用镇静剂,但保持清醒,因此没有被麻醉的危险。

她当然已经读过很多这方面的资料。她总是尽量从各个方面深入、客观地了解一个问题。她已经记住了这其中大部分内容。

在她读过的一本小册子中,似乎有类似大个子妇女的形象——嘲笑的面孔,责备的眼神。

杀婴者。你。

病态。你病态。你!

---

① 有轻微麻醉作用。
② 用于对孕妇施行人工流产吸引手术。

珠儿环顾候诊室。有人在监视她吗？——她是否和别人不一样，更显眼，比别人罪加一等？但为什么呢？

候诊室有两三个女人和珠儿年纪差不多。但她能看出来她们不是大学生。一个女孩看上去只有十七岁，身体柔软，忧心忡忡；她母亲坐在她身边，紧紧抓住她无力的手。

一切责备和厌恶戛然而止。现在，珠儿有了母亲般的同情和焦虑。

珠儿不会告诉母亲关于手术的事。永远都不会。

珠儿不会告诉母亲她意外怀孕的事。

他们走进候诊室的时候，里面没有男人。克努瓦是唯一的男性。后来进来了另一个男人，陪着一个瘦削、面色发灰、浓妆艳抹的女人；两个人都表情严肃，沉默不语。

珠儿想，在这种情况下，男人是否会对视以建立某种——联系？或者，他们会尽量避免目光接触。

克努瓦似乎对候诊室里的另一个男人毫不在意。不过，珠儿猜想克努瓦一定知道他的存在。

珠儿也猜克努瓦对反堕胎示威者感到不安。克努瓦习惯了示威抗议，而不是被抗议。

他很自然地同情抗议者。这是他的立场，他的本能。

克努瓦参加了麦迪逊的"占领华尔街"运动。他还在学校组织过通宵教学运动。他在政治上属于"左派"——"激进分子"；他热衷于示威游行和抗议，尤其是年轻些的时候。（在州立大街的一次抗议游行中，在2003年美国入侵伊拉克的前夜，他还被防暴警察的警棍打伤过，导致右膝脱臼。从那以后，他走路有点跛，只有当他确认四周没人注意的时候才会露出痛苦的神情。）他的父亲是联邦法庭的高级劳工律师。

"跨越"抗议阵线有违克努瓦的政治原则——当然,这次的情况完全不同。

克努瓦在特定的圈子里声名卓著——学术圈、知识圈——在那以外很少人听说过他。他是一位美国历史学家,他关于内战前美国历史的专著,尤其是一本关于废奴主义历史的著作,让他拥有终身教职,成为访问教授,获得各种奖项。但对于他来说,约束使他不安、焦虑。他很容易出汗。在候诊室他不停地来回把腿交叉在一起。他在乙烯基椅子里坐不踏实,那椅子对他来说太小了。睡觉时他的腿经常抽筋:恼人的疼痛让他唯有轻叹一声从床上爬起来,站定抽筋的腿来解除肌肉痉挛。有时他的脚趾也会抽筋,活像个爪子。

他说了好几次别害怕。我会在这里陪你。

他在金特电子阅读器上看一篇历史期刊的投稿,他是这个刊物的顾问编辑。珠儿没什么可读的东西,试着和他一起读,但无法集中注意力。

接待员终于叫了珠儿的名字——但这不是她的名字,克努瓦感到很惊讶地说;拉了拉她的腰,想把她拉回来。但珠儿还是从椅子上站起来,似乎认为叫到的是她的名字。"珠儿,没叫你。"克努瓦说。珠儿喃喃地说:"哦,但我觉得——也许——这是个误会。"她完全不知道自己想说什么。

另一个人要谋杀她的孩子。这是个奇怪的梦,但不是我的梦。
这是真的吗,孩子想要活下去?
但她身体里的并不是个孩子。只是一块凝结的细胞。
她也许会跟克努瓦解释。试图解释。
他会平静地说你改变主意了。这样做是对的,我想。
是吗?对吗?哦——我爱你。

我们可以爱这个孩子。我们可以给孩子创造一种生活,在我们生活的间隙里。

她会说是的!我是说……我不知道。

克努瓦没有听到。他继续读文章,一边看着电子书闪亮的屏幕一边做笔记。

另一个女人走上前,被带到诊所的后面。

珠儿跟奥克莱尔预约时想用假名字。克努瓦认为这行不通,甚至可能违法;如果这样,珠儿的妇科医生根本不会配合。还有各种传真的检验和文件。还有医疗保险。

有人在候诊室嘤嘤地哭。珠儿不想到处看,她害怕在这场醒着的怪异梦境中发现痛苦的人是她自己。

事实上,哭的人是那个女孩和她的妈妈。那么年轻、苍白、无力、恐惧。也许还不到十七岁,甚至不到十六岁。很难想象这么小的孩子有性经历——也许"性经历"不是一个准确的词,有被强加的性经历或许更准确。

也许她被强暴过。那是一种丑陋的可能。

珠儿看到母亲继续握着女儿的手,心生羡慕。她们俩窃窃私语,间或轻声啜泣。女儿的名字被叫到时,女儿和母亲同时站了起来。

珠儿和女儿目光相对:那是暖褐色的眼睛,眼神清澈,显出害怕的神情。

珠儿迅速转移了视线。

"珠儿?"

克努瓦在看她。他神情紧张,下巴下面剃刀刮过的地方又开始出血,细微的血点。

"你想好了,对吗?关于这事?"

他只是强装大度,珠儿想。对他来说不容易,他已经很努力了。就像一个拳头里攥着想要给出去的硬币的人——想把它扔到桌上——来显示他的慷慨,即使这种炫耀式的慷慨对自己并没有好处;但他的手是抖的,硬币从他的手指间跌落到地板上。

她安抚了他——她的情人。只有这个女人能安抚这个男人,他做出了一个正确的选择。

她听到自己又说了一次:"是的。"

让作孽的人去死。

孩子想要活下去。孩子在祈求——让我活下去!

珠儿的名字被叫到时已经过了中午十二点半,她这时候早已精疲力尽。她头一个晚上最多只睡了两三个小时,此刻感觉像一天一夜没合眼。

诊所前面仍然不太平静:不时有些骚动。示威者与诊所的病人发生冲突,女性空间诊所的保安跟人打成一团,奥克莱尔警察局也出动了。

充斥着喊叫声和警笛的声音。珠儿由于气愤而颤抖。那些疯子没有这个权利。

她至少去了三次卫生间。每一次小便都不顺畅,随着一股细小、缓慢、温热的液体流入马桶,她绝望地检查:会是血吗?

不是血。也不像尿液。

进行流产手术的时钟已经敲响,当面对她挑衅。她感到自己的生命被带到这个时刻。

她身体内细胞的生命最多不过七周又三天长。受孕、吸附致死。从一个千禧一代的视角来看,她自己(短暂的)二十六岁的生命与未来孩子的(更短暂的)生命几乎没什么区别。

病态。你病态。你!

但她的名字终于被叫到了。她别无选择,只能站起来,被护士带到女性空间里面。

克努瓦靠过来握了握她的手,最后一次。但珠儿的手指软绵绵的,毫无反应。

女人在跟她说话。向她解释什么。称她"珠儿"——她对这种陌生人之间的亲密感到不适。克努瓦在外面——这是个解脱。

男人可以参与情人的自然分娩,但不能参与任何女人的人工流产手术。

他不会成为证人的!他永远不会知道。

珠儿光着身子在单薄的、前开口的纸袍里瑟瑟发抖。她的嘴唇冰凉,皮肤粗粝,像被砂纸打磨过一样。

她可以穿自己的凉鞋。

一位中年女医生走进来,头发光溜溜地梳到背后,长着一张刻薄的面孔。她作风果断,带着一种做作、稍显傲慢的平静。她说话的声音对这个房间来说太大,似乎怕战战兢兢的病人听不清,或是不能理解她的话。

医生——珠儿很清楚地听见医生的名字,但一转眼就忘记了。

医生问她感觉怎么样?

你觉得我感觉怎么样呢?狂喜?

珠儿没说话,温柔地点点头。仿佛被剥夺了语言的人用一个虚弱的手势表示不错!很好。

医生说法律规定,她需要在手术前做一个声谱图。

这是最近威斯康星州通过的一项新法律。

声谱图能让她看到那块细胞——她子宫里七周大的"胎儿"。她还需要回答一系列有特定顺序的问题。

你明白了吗？你全都懂了吗？

你是否受过某种胁迫？

你肯定——你没有被胁迫过？

珠儿感到震惊。她经历过这些——这些问题——但不是声谱图：她没做过声谱图——但这些会说话。她真想用手捂住耳朵，逃离这个房间。

医生解释道，胁迫的形式不同。珠儿必须说明是否有任何人用任何形式对她施加违背她意愿和利益的压力。

珠儿一时语塞——她已经回答过很多次这些问题了。

是的。但这是新法律。他们要求医生再问一次。

她闭上眼睛。没有没有没有没有。

没有人胁迫过她。

"你没事吧？珠儿？你早上吃东西了吗？"

吃东西！她完全忘记了吃东西的事。

甚至一想到食物就让她反胃。她也不能想象以后再吃东西。

"如果你有恶心的感觉就告诉我们。要立刻说出来。"

护士在做声谱图。对孕者子宫的 X 光扫描。这是"新"法律的规定。

珠儿躺在检查台上，盯着旁边发亮的深色屏幕，上面的 X 光显示出一个极小的细胞外质形状，它在不停地变化、隐去。她想到人们用这种"细胞外质"伪造的图片——精灵、鬼魂——在上世纪初。但声谱图不是伪造的。在屏幕上她能看到自己的脉搏跳动情况、血液的快速流动情况。

孩子想要活下去。就像你一样。

孩子的父亲不想要孩子。他没有这么说，但珠儿知道。她当然知道。

克努瓦爱她——但爱得还不够。

他当然还没有爱她爱到要和她养育孩子的地步。和她建立家庭。她知道这点,但不愿意承认。

男人当然有他自己的孩子。他已经出生的孩子。已经成年,或马上成年。他们安然于世,生活稳定,不再依赖父母的任何意愿。

他的一儿一女表面上和克努瓦相处融洽,但实际上并不亲密。分居的妻子被克努瓦伤得很深,再也不会原谅他。离婚的过程,如果真离婚的话,会很痛苦伤人。珠儿在克努瓦的生活中出现得太晚。

头发梳到背后的医生对珠儿的表现感到诧异。珠儿的眼里噙满泪水吗?珠儿原来的决心都哪儿去了,它们分明让她的家人认为她有时完全不像我们家的人。就像她根本不认识我们一样。

医生问珠儿是否改主意了?她不必今天就做出如此重大的决定。

是的。她坚持道。

是的。那是她来这里的原因——难道不是吗?

她不会什么都不做就离开这里……

她的声音变小,变得含糊不清。

病人已经服用了镇静剂。镇静剂发挥作用需要一段时间。

镇静剂发挥作用的时候,人的声音会慢慢变弱。她看见一点针刺般的亮光,那是未来的孩子,在一点点消失,马上就要消失不见。

她们扶她躺下。她的脚踏在脚蹬上。

太暴露了!她身体最隐秘的部分暴露在冰凉的空气里。

尽管吃了药片,她仍感到惊慌失措。但之后她会忘记这些。

就像她的子宫被吸空一样,她的脑子里也不会有记忆。一架机器在旁边嗡嗡作响,声音很大。

她现在明白了:那天早晨进行的一系列活动已经不可改变。从她的宿舍跑到马路边,爬上丰田副驾驶铁灰色的座位,坐在情人旁边;以一种难以体察的强势姿态亲吻他的嘴唇,扣上安全带,她结实、带曲线、平坦的腹部还没有突起,就像她小巧结实的胸部也还没有变化,或者没有太大变化。(乳头更敏感,看上去颜色也更深一些。但她无法直视自己的身体,那让她充满恐惧。)她几乎快乐地——有些无耻——开始这一系列引向此刻的行动:光着身子躺着,两腿张开。那个小小的光亮即将消失。

她被告知会在整个过程中保持清醒。不是完全清醒,而是类似在远处看无声电影。

当面罩套在她下巴处时,她在慌乱中想把它推开。她忘记了面罩的作用——自己控制的笑气用来减轻疼痛。

珠儿得知,这个装置上有一个自动锁。这样她就不会一次吸入太多气体。这样她就不会失去意识。

整个过程只有几分钟。

这么快!但又这么慢,珠儿感到自己漂到海上,眼皮沉重,鼻孔和嘴巴里吸入的难闻气味让她想吐。

子宫颈在扩大。她没去想我的子宫颈!

一个类似吸管的仪器插入她的身体。紧紧在她两腿间的深处。机器开始嗡嗡响,声音更大了。一种吸的声音,吸的感觉。她的下腹部不断绞痛。像是海洋动物的爪子抓住了她。她开始数一二三四……但很快便失去了注意力,吸的响声非常大,就在她头边,绞痛如此迅猛、尖锐,而笑气充满她的脑子就像打入气球的氢气,她几乎要漂浮在这张绑住她的桌子(她现在意识到)上方,因为她的膝盖被捆住了,两腿张开着。

绞痛持续时间很长,一阵一阵的。这几乎是一种感官上的折磨,仿佛情人在伤害她,用粗糙的手指、指甲,在她的身体深处。

她开始哭泣。或者,她也像在笑。

请不要。我不要这样。这是个错误。

让我起来,这是个错误。

上帝救救我吧……

她扯了扯粘在她汗津津的腿上的纸。

纸被揉成一团扔进了柳条垃圾桶。然后是她的衣服——那是她用颤抖不止的手指穿上的。她欣慰地告诉自己一切都结束了!

她又是她自己了。只有她自己。

尽管绞痛还在继续。她还在出血,垫了一块白得刺眼的纱布卫生棉。

她昏昏沉沉,躺了好一会儿。氧化亚氮还在她的血液里:她试着想一些滑稽的事,好让自己发笑。

她不知道过了多久。她后来得知,整个过程没超过八分钟。她左腕上有手表,但看时间对她来说太费劲。

她左手中指上的银星戒指感觉有些松。或者,她的手指出汗了……有可能戒指会滑落。

然后,她被粗鲁地叫醒了。她靠在护士的胳膊上被带出休息室,发际线上全是细密的汗珠。护士让她两周后去看在麦迪逊的妇科医生。而且她至少两周不能"继续关系"。她需要避孕帮助吗?

她笑了。避孕!

她一直采取避孕措施。她对任何没有避孕措施的亲密关系感到恐惧。然而,她和克努瓦使用的避孕措施失败了。

克努瓦在等她。克努瓦看上去很疲惫,脸上的皱纹显得更深了。

克努瓦拉过她的手,弯腰吻她汗湿的额头。克努瓦在她耳边低声说话,似乎在说我的好姑娘!我爱你。

这很不像克努瓦。珠儿轻轻推开他,笑了。

"'好姑娘',听着像在说狗。"

运气不好,但也许是好运:当另一个女人到达时,诊所前面一阵骚动,她必须要忍受众人的批判和攻击才能进来。

然后,当他们离开诊所,快速回到克努瓦车上的时候,他们很诧异示威者没有注意到他们——他们的注意力都集中在另一个被吓坏了的新来的患者身上,这是一个深色皮肤、大概三十多岁的女人,一个更年长的女人陪着她。女性空间的瘦高个儿保安出来很卖力地帮助这个女人。

珠儿在找那个穿着孕妇服,戴着闪亮、神气的假发的大个子女人——那个敢用拳头攻击珠儿的女人——但找不到她。

克努瓦说,向前看。我们马上就到了。

他的胳膊搂着她的腰。她跟跟跄跄,感觉虚弱、头晕——腹部的绞痛感就像不断来袭的电流。她知道克努瓦看见她的时候非常吃惊,当她第二次出现在候诊室门口、靠在护士胳膊上的时候,她好像没有看到就坐在她面前的克努瓦。她笑和眨眼的样子很茫然,犹如受尽创伤却不自知。

上来!小心点……

克努瓦扶她坐在副驾驶的位子上。在他们后面,示威者把新来的人团团围住,人声鼎沸,群情激昂。克努瓦把珠儿这边的车门锁上。她盯着窗外——在寻找某人——她不知道是谁……

克努瓦在颤抖,但很快调整回来。在I-94公路入口处他在一家熟食店门口停下来,给珠儿和自己买了三明治和水,还有六瓶冰啤酒,以备回家的长路之需。

试着吃点东西,他说。然后也许试着睡会儿。

珠儿只吃了一点三明治。克努瓦把他那份吃完,又把珠儿剩的吃了。克努瓦很渴,他几乎把依云矿泉水①都喝了。然后,他又不顾法律规定,偷偷灌下至少两瓶啤酒。

尽管克努瓦要珠儿睡一会儿,他却忍不住要跟她说话。他太兴奋,根本无法安静下来开车,甚至听起了音乐。他笑着,讲着话,讲他已经跟珠儿讲过的故事,只是说得不那么长,没有那么多细节。

这都是些历史故事。不是个人往事。从他讲述的方式来看,他对别的听众,在别的时间也会这么讲。亚拉伯罕·林肯在联盟派报纸上被讽刺为黑人,或是黑猩猩——"仇恨奥巴马在美国政坛并不是什么新鲜事。"纽约征兵暴动——著名的华尔街"恐慌"——狡猾的"老胡桃木"安德鲁·杰克逊②——大败美国银行。克努瓦对讲自己的故事不在行。

珠儿不知道他情人孩子的名字。他也许提到过他们的名字,但提的次数不多。珠儿知道他前妻的名字,但对其人知之甚少。出于策略也出于羞涩珠儿也没有问。或许因为不屑,对她希望取代的情人家庭的不屑。

他们回到麦迪逊时夜幕已经降临。

珠儿说,我想一个人待着。让我下车吧,谢谢你。

---

① 法国矿泉水品牌。
② 安德鲁·杰克逊(1767—1845),美国军人、政治人物,曾为第七任美国总统。

她的嘴唇发干。她的眼睛疼,就好像一直在盯着灼热的太阳。

克努瓦说,这怎么行,珠儿!你得跟我在一起。

我不要。我想我最好自己待着。

我以为我们已经安排好了。今晚。

我不这么以为。

珠儿,听着——我在。

他握着她的手。两只手。她很虚弱,她的手几乎没有力气。仿佛她的个人认同已经流走,像液体一样流入下水道。

她没有说你在这里,却也不在。还不如以我看得见的方式离开。

他没有办法,只得把她载到宿舍。他感到她心意坚决,而且极有可能歇斯底里地发作。

车停在宿舍路边后,克努瓦热切地跟珠儿说话。六层楼里所有的灯都亮着。这是一幢有点特色的石质老建筑。珠儿在这栋女研究生宿舍楼住了两年半,在一个像修女住处般简陋的单间。

克努瓦住在一栋宽敞但有点老旧的维多利亚式房子里,在离这里一英里的叫"教师高地"的地方。珠儿经常去他那儿,也经常留宿,但从来没有住在那里,现在她知道自己永远都不会住在那里了。

他脸上如释重负的神情!她看见了。

他脸上的恐惧。担心她会软弱下来,恳求他爱她,就像她爱他一样。

或者更糟,就像女人会做的那样,恳求他接受她对两个人的爱。

她仍在出血,血浸湿了卫生棉。现在,她已经付出了足够多的代价。

他说,我不会离开你的。别这样。

她说,不了。谢谢你。

她说,我需要一个人静静。现在。

她打开车门。她看见她的手在车门上,门开了,她看见自己离开铁灰色丰田车。这像是悬崖边缘:崖壁陡峭,也许致命。但她看见自己走开了。

克努瓦跟着她走到宿舍门边。珠儿清楚地说,没事。求你了——我需要一个人静静。

你不想要一个人待着,那是——那不是真的。我不会让你一个人待着。

她转过身。她离开了他。血流继续涌向已经湿透的卫生棉,她走开了,不是走到楼梯而是走到电梯间,因为她太虚弱了,太没心情爬楼梯,宁愿等老旧的电梯。电梯门开的时候——几个年轻女人走出来进入前厅,奇怪地看着珠儿和克努瓦——他跟在她后面大声说,他不会离开,会在车里等她的。

从她四楼的房间,她看到他的车停在路边,也能模糊地看到他坐在车里的身影。驶过车辆的车灯照着他的时候,能看到车里坚韧、固执的身影。也许他点着了引擎在听收音机。他也许喝完了六瓶啤酒。

像一个用易碎材料——极薄的玻璃或是塑料——做成的人,她小心地在床上躺下。她的皮肤发烫,累极了。服用了凡索丁的缘故,腹部没那么疼了。她的生活将是一种止痛片式的生活:她知道疼痛,但不会那么深刻地感受到切肤之痛。

她还在出血,但没那么多了。她换了一个干净的白得刺眼的纱布卫生棉,女性空间的护士很细心地帮她把半打卫生棉放在一个塑料袋里。

不会有危及生命的大出血,但放血这个词在她脑子里像一面敲响的铜锣。

四十分钟以后,她挣扎着站起来,丰田车还停在路边。

她发现,他试着给她手机打电话。她在奥克莱尔把手机关了后一直没有开机。

她又断断续续地睡着了。午夜过后她口干舌燥,眼睛刺痛,感觉像根本没有睡一样。她蹒跚着走到窗边。车已经走了。

"斯特法内死了"

"你听说了吗?——斯特法内死了。"

"哦,不!什么时候——?"

"就在今天早上,我想。"

"但是——怎么死的?"

"心脏病,或是动脉瘤——一种突发性疾病。"

"我的天!斯特法内……"

米琪站在名字别致的"有机食品之谜"①商店的凉棚下,等着突然而至的雷阵雨过去。雨点敲打在凉棚和人行道上的声响巨大,她根本听不见这段伤感的对话,说话的人是一位看上去像北欧人的大学数学教授和一位已为人妻的中年妇女。(米琪知道:这种说法实在是无可救药地俗气。事实上,在某些场合,米琪自己尽管已读到博士后,也只不过是"某人的妻子"。)她认识安格洛·斯特法内,或者说原来与他算是点头之交。她与数学教授和他的同伴目光相遇时,显出惊讶和同情,似乎这才是得体的表现;她没想到,他们会露出极为悲伤、惊恐的表情,也没有想到他们会装作没看见她,就像她不存在一样。

"但是——这是在哪里发生的?"

---

① 原文是"Smila's Sense of Organic Foods",该名称取自1997年上映的一部犯罪剧情片《冰雪谜案》(Smila's Sense of Snow),用在食品店名上有别致之感。

"在他家里,我想。只是——几分钟的事。"

"他年纪不大——还不到五十岁……"

"听说他从印度回来后就一直生病……"

"那不是斯特法内,那是班德曼,他染了疟疾回来,你把他们俩搞混了……"

"斯特法内真是走遍天下!他去过无数危险的地方,像是喀什噶尔,还有西藏,但是,却在家里死了……"

"可怜的贝塔!她对他那么好……"

"我的老天!真的吗?真难以相信——斯特法内走了。"

现在另一个女人加入了他们,大为震惊,悲痛不已——"斯特法内?安格洛?死了?你说什么呢?"

米琪认出她是阿碧格尔·伯丁,是米琪丈夫在政治系一位年长同事的妻子;米琪一向认为她冷漠、清高,只不过此刻她看上去非常震惊,就像谁在她脸上打了一拳一样。

阿碧格尔·伯丁是米琪认识但不熟识的人;开始的时候,在米琪的丈夫……自身不保的时候,她对米琪并不特别友好。这在已经获得终身教职和他们自命不凡的配偶眼里,类似攀岩者在几乎垂直的悬崖上的危险处境:你对这种脆弱深感同情,但不想和它有任何瓜葛。

最终,当米琪丈夫升职后,像伯丁一样的女人对她稍微友好些了,但米琪还没法热情回应这种友好。她已经练就了一种与"社交雷达"①功能相反的无视他人的本领。

这会儿这个女人伯丁挤在凉棚下,两只手里拎着食品袋,她不相信这是真的,上气不接下气地重复道:"斯特法内死了?你是

---

① "社交雷达"是一项便于用户与周围人建立联系并互动的技术。

说——安格洛·斯特法内？你说真的吗？怎么死的？"

"心脏病,也有可能是动脉瘤……"

"我的老天——什么时候的事？"

米琪感到意外,也像是某种谴责,这个多年不把她当回事的女人竟然可以如此动感情。

"消息刚刚开始传出去。大学的网站上有。你可以查手机……"

"我的老天！哦。"

这时候已经有半打人站到凉棚下躲雨。雨夹着雪像机关枪子弹一样落在马路上。

米琪感到释然,这些从"有机食品之谜"店里出来的人不知道,也对斯特法内死亡的消息不感兴趣。他们安静地站着,盯着大雨,等待冲上车的时机。

米琪微笑地看着一个头发凌乱的年轻人穿着一件亮黄色雨衣,把买来的东西放到自行车车筐里,用防雨布盖上,勇敢地冲进暴风雨里。

"有机食品之谜"是一家小食品和营养品店,坐落在大学老中心校区的边缘。米琪见过安格洛·斯特法内在这里买东西,她很肯定——她和他打过招呼,很多次——但说不上认识他。他个子矮小,光头,还算年轻,长相难看但却吸引人,橄榄色的皮肤,犹如雕塑的五官像几十年前的欧洲演员:皮肤发亮,深色山羊胡须,笑容灿烂。尽管年纪轻轻,他却已经是校园名人——经常出现在当地艺术电视节目里——照片登在当地报纸上。斯特法内作过公共讲座,题目包括"宗教体验的符号学""解构德里达[①]";选修他比

[①] 雅克·德里达(1930—2004),法国解构主义大师。

较宗教入门课程的人数达到了三百人的上限,还不算二十来个崇拜他的社区旁听生。

现在,谈论斯特法内的死这件事,让米琪有一种强烈的失落感;还有一种对他了解如此之少,以至于无法像别人一样深受触动的尴尬之情。

他总是被人用姓称呼——"斯特法内";这让人好奇,也像"斯特法内谜团"一样让人不解。学生称他"斯特法内"教授。米琪如果曾经称呼过他的话,也许会称他"安格洛"。

她试着回忆是否和他说过一两次话。在一次学校聚会上,一个招待会——不是最近的事了。这个矮小、秃顶、橄榄肤色、微笑、有着雕塑般五官的男人举止非常友善、彬彬有礼——他握住她的双手祝贺她,或是赞美她;当米琪露出惊讶神色的时候,斯特法内笑着说:"对不起!我不想吓着你。"(这并非米琪的风格。她不是挑剔或者拘谨的人。)她好像记得很多年前她丈夫卡麦隆曾和斯特法内还有他们共同的朋友在布罗德米德街边的学校球场上打过网球。他们在那条大街上住了差不多十年。她还记得他胸脯厚实,穿着白色网球衫,腿短而结实,在球场上跑来跑去,让对手拼命挥拍,向前冲过去够球,结果却差一点把球送下网。

阿碧格尔·伯丁还在问这是什么时候的事,怎么发生的;好像希望能找出错误或漏洞来反击这个让她如此不安的消息。

米琪一边想,一边打战——(空气湿冷,她早上急匆匆去医务中心的时候穿得不够多)——人类的依恋和悲伤是多么奇怪;我们只能真正关心那些我们认识的人;即使逝去的是广受爱戴、杰出、善良的人。

关于斯特法内你听到的唯有赞扬。米琪这么认为。也许有例外——这个人真自负。(但米琪想,哪个男教授在内心不自负呢?

又有哪个女人不希望自负呢,如果在某种情况下这愿望显得不那么愚蠢的话?)他的政治倾向——国际特赦组织①,无国界医生②——支持奥巴马或拜登总统竞选;他慷慨对待学生和年轻同事;他的好脾气、幽默感——(身为欧洲人,他也许还因为喜欢年轻貌美的姑娘,能把她们迷得神魂颠倒而名声在外)——米琪感到失去了所有她并不了解的这一切;她为没有和斯特法内成为朋友、他们的社交圈没有重叠感到懊恼。

为什么?难道卡麦隆不喜欢安格洛·斯特法内吗,或者,由于某种原因,安格洛·斯特法内不喜欢他吗?或者斯特法内不喜欢她?在大学高地一带每个人都互相认识,每个上公立学校的孩子都打成一片,像远房表亲;尽管他们之间的这种社交联系并不显而易见。米琪现在意识到,别人一定这么想,她和她丈夫,从本质上说,一直被排斥。

多么艰难的一天!现在是这该死的雨。

米琪下班后开车到食品店去买几样她知道她丈夫不会买的东西,尽管他的办公室离食品店比她更近;曾几何时,逛超市是他们共同的乐趣,但随着时间流逝逐渐变成像别的杂活一样的家务,她和卡麦隆互相推诿,从来也没有清楚划分谁做什么,多久做一次。如果一方比对方多做了一点,难免流露出做出很大牺牲的样子,而米琪往往是这一方。因为卡麦隆在学校的位置比她的更重要——他的事业比她的重要得多。

"有人要搭车吗?我可以送人回家……"

雨已经小了一些。米琪竟自然而然地用她冲动的提议打断了

---

① 总部位于英国伦敦的国际非政府组织,致力于推动全球人权事业的发展。
② 总部位于瑞士日内瓦的,从事人道主义救援的国际非政府组织。

关于斯特法内去世的谈话。她猜想大部分挤在凉棚下的人都开了车,但实际上那个北欧长相的数学教授和刚开始和他聊天的那个女人都是走路来食品店的,只是来买几样东西。

"是吗?那太好了……"

"太谢谢你了!"

米琪在泥水中快步走上她停在不远处的丰田车;她几乎是欢快地把买的东西扔到后备厢里,很快把车开回商店,似乎害怕数学教授和他的女伴会不再需要她。

这很好——这种鲁莽的体力活动。米琪自我感觉不那么强壮。因此她觉得有必要在公开场合不让人感觉到她不强壮。

女人坐在她旁边,屏住呼吸,忧心忡忡,手里拿着淋湿的购物袋;高个子教授爬到后座上,米琪让他"把东西推到一边"——她的丰田车后座东西杂乱,倒是显得很有生活气息,把东西堆到地上也没关系。

载陌生人让米琪感到一种孩童般的兴奋。这有点像你让高中明星同学搭车回家时感到的那种兴奋——特别受欢迎的学生,或是比自己年纪大的学生,他们属于一个比你自己更高级的圈子。她缓解了他们的紧张感,他们的悲伤——是悲伤吗?因为她感到自己很可悲,离死去的斯特法内距离那么远。

但是坐在她旁边的女人——(她叫麦德琳·麦寇)——转头跟后座的人说话——(他叫安迪·方克豪瑟,米琪早应该知道)——他们继续谈死去的斯特法内,这让她在雨中开车时很分心。更让她心烦的是,他们聊到忘记告诉她在哪里拐弯,等想起来的时候已经太晚了——"我知道你们为朋友感到不安,但还是要实际一点吧。"她的声音比想象的尖锐些。她在后视镜里盯着方克豪瑟沙土色的脸。他头上戴着的那顶愚蠢的大都会队棒球帽已经被雨淋透了。

现在车里安静了。米琪道歉说——"啊,对不起。我只是在大雨中开车有点紧张。"

"哦,我们已经很感激你了!是吗——米琪?你真好。"

"是的!太感谢你了。"

"你们跟安格洛·斯特法内是很熟的朋友,我猜?"——米琪有点犹豫地问道。

"我想是的。我意思是——我希望是如此。"

"是的,我妻子和我——十一年前从爱荷华州搬来就认识他和贝塔了。他对我们很热情。"

"真希望我对斯特法内有更多的了解。显而易见,他是一个很优秀的人。"

米琪语气有些犹豫,拿不准是不是该说这些。大雨倾泻在挡风玻璃上。她嘴里难闻的金属味道让她想吐。

她感觉她的话像大雨中的纸购物袋一样没用,只会让她的同伴感到尴尬。

在梅赛街一栋红砖房前,米琪驶上车道,让麦德琳·麦寇下车;在一个街区外的一座殖民地风格的房子前,她驶上车道,让安迪·方克豪瑟下车。麦寇和方克豪瑟都热情地表示感谢,但米琪想他们会记得我吗?他妈的,不会。

那天早上七点到十点她去做了化疗。

她是一个"幸运儿"——她知道。发现她得了结肠癌的胃肠科医生告诉她你现在不会这么想,但你以后回头看今天的时候,你会发现这是你一生中最幸运的一天。

米琪希望自己能这么想。在对抗癌症的过程中会有好的想法也会有不好的想法。

这是她的秘密,或者说她希望这是个秘密。只有卡麦隆知道。

研究院没有人知道。(六年了,在米琪工作的地方,她还是没有医疗保险的兼职教员。治疗癌症的巨大开销——做手术、看肿瘤科、化疗——完全由卡麦隆的学校保险承担。)她本学期的工作日程安排和化疗完全不冲突;她从没缺过一节课,甚至没有缺席过员工会议。她认为同事和学生如果知道她在做化疗和做化疗的原因,会非常惊讶。

当然,最近一段时间,即使没有做化疗,她早上起床也很费劲。她几乎很难撑过一整天。她所有的精力都放在她认为值得做的事上,那就是怎样骗过大家:行为表现和过去一模一样,有时候有点过头。

去医疗中心比较难办。如果米琪在阴冷的输液室碰到熟人她会编一个听上去可信的借口,比如丙种球蛋白过低。除了有经验的医师,没有人能分清丙种球蛋白过低和使用氟二氧嘧啶、奥沙利铂之类药物的化疗之间的区别。

这些是杀死癌细胞的化学药物。米琪没法不认为,这种做法无异于在丛林里喷凝固汽油弹来对付隐藏在茂密植物中的敌人。

保住结肠癌的秘密对她来说非常重要。就算是她的亲戚和密友也不知道。这是米琪的风格——不要同情和怜悯。不想得到关注。那种不对劲的关注。

卡麦隆很愿意替她保密。他也不愿意成为同情或是怜悯的对象,即使是同事和朋友适度的关心。

这其实也不算太坏——她体重下降了。衣服尺寸自从十五岁以后终于回到了七号。原来喜欢的食物让她倒胃,就像多年不见的老友再见时完全没有了过去的模样。她浓密的褐色头发(还)

没掉多少。她(还)没出现治疗中最严重的副作用——晕倒、抽搐、严重的呕吐和腹泻、死亡。

有时在注射后的第一个晚上她双颊潮红,像诺曼·罗克韦尔画作里滑冰女孩的脸颊,到了早上,她的右眼就会充血。

她逐渐学会去想这算幸运呢！只是一只眼睛。

卡麦隆没有注意到她充血的右眼。卡麦隆也许注意到她体重减轻了,但什么都没说。最近几个月卡麦隆甚至都不太正视米琪。他也不怎么碰她。有时候她真想在他眼前挥挥手引起他的注意——嗨！我在这里,米琪！——但是,然后呢？她真的需要卡麦隆近距离注视她吗？

卡麦隆对她带着金属和化学气味的呼吸也有些在意,她后来才发现。

当卡麦隆急着出门,她近身亲吻他时,只是一个友好的吻别,她可以感觉到他变得有点不自然,可以感到他内心的拒绝和克制。

是啊,她的呼吸不好闻。她嘴里的味道像电池酸,任多少无酒精漱口水也洗不干净。

对不起,亲爱的。我再也不会了。

送完斯特法内伤心的朋友们,米琪回到家后,没几分钟电话就响了。一个伯克利的朋友很着急地问——"我刚收到电子邮件说安格洛·斯特法内死了？是真的吗？"

"是的——我想是的。但是我没收到任何正式的说明……"

"我的老天！斯特法内！他不久前还在加州州立大学,在LA-PA① 会议上做了主旨发言呢！真是一个很优秀、很热情的人——他对我的论文赞赏有加,还打算邀请我去你们学校——现

---

① 是"洛杉矶律师助理协会"的简称。

在……"

米琪同情地说:"这里的人也很难过,当然。我是说,认识他的人。原来认识他的人。很显然他是一个有魅力的人……"

"我不会说这是'有魅力'——听上去有点虚伪浅薄。斯特法内让生活变得有光彩。我曾经对一些事情感到失望,他认真听我的想法,并用最深思熟虑、体贴的话开导我。我跟他并不熟,但他却邀请我去做讲座的时候住他家。"

这位朋友以前到他们学校来的时候住在米琪和卡麦隆家。因此他对斯特法内的感激之情还是有些伤人的。

"他在家里死的?在浴室洗澡的时候?他们说是动脉瘤?我的天。"

"或者是心脏病……"

"就像那样!太可怕了。"

"是啊。这事发生得这么突然也许也是个解脱。他不知道发生了什么。"

米琪犹豫着是否该用套话安慰她的朋友。不过这位朋友似乎根本没在听。

"卡麦隆在吗?"

"不在。"

"他认识斯特法内,对吧?"

"是吗?不太熟吧。"

"我过会儿再打。我们可以互相安慰一下。"

"对卡麦隆来说,电子邮件最好。你知道他是怎么对待电话留言的。"

他们的朋友——他是卡麦隆在明尼苏达大学研究生院时的朋友,其实并不算是米琪的朋友——并没有立刻挂电话,而是用遭受损失的语气,回忆着当自己送给斯特法内关于跨性别文本"政治性"的新书初稿时,安格洛·斯特法内对他是多么的谦和,帮过他多大忙;此书刚刚由加州大学出版社出版,在少有的几篇赞扬性的评论中有一篇引用了斯特法内的观点,他本想给斯特法内写封信谢谢他。但是——他拖了下来。现在却太晚了。

米琪想,他死后错过了很多东西,这之中一封由一个野心勃勃的年轻同事写来的感谢邮件应该对斯特法内不那么重要。

但她必须安慰卡麦隆的朋友,他真的非常难过。对于安格洛·斯特法内去世这件事,她发现自己的反应很奇怪:这是她个人的损失,也许是一种性格缺陷,因为她没法体会别人自然而然对此事产生的同情心。

"安格洛·斯特法内很受人爱戴,"米琪干巴巴地说,"大部分人死的时候,如果能被如此思念是很幸运的。"

但这像青春期孩子的坏心思。这并不是米琪的本意,她只想陈述一个事实。幸好伯克利的朋友没有听到。

"斯特法内是一个很有朝气的人。他如此充满活力。老天!这真是令人震惊……我应该打电话给——碧翠丝?贝塔?她一定伤心欲绝……"

贝塔·斯特法内?米琪在回忆她是否见过这个女人。

"告诉卡麦隆我打过电话,好吗?如果有斯特法内的哀悼会——当然,一定会有——我会争取赶过去。"

"好的。当然。你可以住在我们这里。希望你能来。"

希望你能来。 米琪是在求他吗?她丈夫的这个朋友、她几乎不认识的人?

当然,这是米琪脱口而出的话。她很慷慨,只因为她不在意小节;这并非美德,但你总是可以看到它被误作美德。

米琪挂断电话，神情恍惚地走进厨房——看到湿漉漉的购物袋放在案台上。她得把东西放好——（自然，卡麦隆不在身边帮助她）——她得思索——不管是什么，她得思索——她自己生活中重要的事，那就好像上百万像素在快要爆裂的雷电云层中聚集盘旋。

她的问题。米琪想，从米琪开始。

这是一个高中时代的名字。它曾是一个完美，令人满意、羡慕的高中女生的名字。米琪与她在篮球场上展现的大长腿很相衬，也很适合她跳动的、像是有自己奇特生命的杂金色马尾辫，还有她快速、不受拘束、说来就来的高声大笑；米琪幽默、性感、漂亮（如果还谈不上美丽的话），平滑的脸蛋上长着雀斑，皮肤柔软光滑，海绿色的眼睛间距稍宽，俏皮甜美的笑容——你会原谅她同时也是一个好学生，是班上五六个最优秀的学生之一，是少数能继续上大学而后读研的学生之一。（生物学本科，生态/进化生物博士。）

只有米琪会拿她右胸部人工静脉植入体开玩笑，有了这个装置，抽血、滴液都很方便，不用每次痛苦地让护士在静脉扎针；只有米琪会拿她有时得秘密戴在腰间的塑料化疗瓶开玩笑，瓶子装在一个黑色腰包里，用来把化学药剂输入到人工静脉，再通过血液系统送达全身；也只有米琪会拿《医疗中心病人化疗手册》里的"性爱"部分开玩笑：

正在进行化学治疗的女性有可能有以下症状：

  性欲减退
  阴道干涩
  性交不适

无法达到性高潮

潮热

月经不调

注：不要停止避孕。仍然需要避孕。

米琪没法不笑。这很滑稽——性交不适！——这无异于对一个四肢瘫痪的人说，他/她短跑的时候肌肉会疼。

至于避孕——也许不滑稽。只是伤感。

米琪不会对别人开这些拙劣的玩笑。对卡麦隆绝对不会。

这些是内省、沉思的米琪式玩笑。

现在快要三十七岁的米琪显得太幼稚；但是已经来不及向别人证明她应该被称作米歇尔。

更糟的是，她已经变成米琪。她被米琪塑造——错误地塑造，就像那些发育不良的小型日本盆景，只不过米琪的限制来自内心。

米琪这个名字缺乏一种庄重感。这不像一个应该受到敬重、得到关注的人的名字，不像一个能获得国家科学院研究基金的人的名字，或者说，对于她这种情况，这也不像一个能让社区人们感到悲伤而流泪的名字。

卡麦隆爱上的是米琪——他根本不认识米歇尔。

现在，他不那么爱米琪——对米歇尔更没有兴趣。

作为米琪她一直在消化坏消息，就像深海海绵动物生来会吸水一样。在婚姻生活中，她也是那个去理解、原谅他人，学会忘记的人。（光凭意志就能遗忘真让人惊叹。卡麦隆的许多不检点行为就像新星爆炸一样被抹去。）

等卡麦隆回家的当儿她给几个朋友打了电话。那个早上的化疗和安格洛·斯特法内的灾难性死亡加在一起让她战栗——她失去了感觉,完全麻木了。

她的朋友中,只有一个和米琪年龄相仿的女人在谈到斯特法内时有痛失挚友的悲伤之情。米琪从来不知道杰姬·斯皮里斯跟斯特法内这么熟,她毫不掩饰地哀悼斯特法内,几乎要哭出来——"真是悲剧!他还那么年轻!"米琪问杰姬为什么斯特法内这么优秀;想要体会这个悲痛女人的感受。只要她嘴里的酸味不让一切显得无关紧要。

做完化疗后,米琪不能喝酒——这个自然。也不能喝凉水,或是吃任何凉东西。仿佛凉东西会像活物一样伺机攻击身体组织。

尽管如此,喝一小杯白葡萄酒应该没事。她认为应该没事。她把冰箱打开,右手戴上羊毛手套把酒瓶取出来。手套为此专门放在冰箱上面。她极慢地啜饮冰凉酸涩的液体,生怕嘴部或是喉咙肌肉会突然痉挛。

在电话另一头杰姬说,像是偏头痛患者在痛苦中说话:"斯特法内就是,我不知道怎么说——一个很棒的人,米琪。特别慷慨,特别风趣。贝塔比较一本正经,她有时看着就像他妈妈。他真的很有趣,开各种那个可怜的女人不懂的玩笑——当然,她是纯粹的希腊人;他只是半个。嗯,斯特法内身上有一种爱的气息。这很难解释……但你一定也碰到过他……"

听着这爱的挽歌的时候,米琪心中生出一种青春期才有的渴望和失落。(或者这只是一阵恶心?她已经吃过抗恶心药物了。)她回想起她的初恋——不是情人:一个朋友——在大学。一位诗人,后来发表过一些还算成功的作品。然后,不久以后,她的第一个情人——不是朋友。(自从他第二次结婚后他们就失去了联系。)她还是明尼苏达大学研究生新生的时候认识了卡麦隆,那时他已经博士毕业。米琪有一种紧张、急迫之感——她二十五岁,可是已经觉得自己老了。她选择学生物,因为它是自然的历史;但生物现在已经越来越多地用到计算机和数字知识。在她的环境实验室里,很明显男性更受欢迎;性别主义盛行;她米琪·鲁温斯坦这个身份是一个劣势,就像萎缩的腿。她试图通过能言善辩,表现得精力充沛和努力工作来弥补萎缩的腿的劣势,但她的努力似乎只是让实验室的同事更不喜欢她,包括项目主管,他对她刻苦工作的评价也许可以简略为几个字工作努力成就不足。或是聪明但还不够聪明。

如果她是明尼苏达大学里的风云人物她也许不会嫁给卡麦隆,或任何人;她也许现在会有份专业工作,在一所不错的大学里获得终身教职。不过到现在,现实地看,她也许已经身心疲惫了。分子生物学是新世纪的顶尖科学,就像神经科学。结肠癌也会找上她,她猜,这是由基因决定的,在该来的时候它就来了。

奇怪的是,她竟然从来没有想到过它。这个神秘、贪婪、躲在她五脏六腑里的它。

她并不特别惧怕癌症——这更让她惊讶。她信任她的(优秀,亚裔,女性)肿瘤医生,相信化疗会防止癌症扩散;微小的肿瘤已经由手术取出,手术做得很好,在她肚脐上方留下一个很小的类似褶皱的切口,像一枚纹身。

如果他爱她,他会亲吻她那个小小的可爱的褶皱纹身。因为他不爱她,所以他没这么做。

她可以看得这么透。这种透彻也是米琪才有的。

爱另一个人,得冒多么大的风险!

像剥开自己的外皮。暴露在自然的空气和各种感染中。

几个月前她看见他。她很确定。他和一个陌生人走在一起。

她只是偶然碰见。一天傍晚,完成在大学植物园的工作往回走的时候,她路过工程学院方院,方院旁边就是卡麦隆办公室所在的格兰特克拉克国际事务研究院大楼,尽管她一时难以理解自己的所见,她正好看见,她丈夫与别人并肩而行——是一个年轻女人吗?一个女孩?

只要米琪自己还是女孩,是众多贪婪女孩中的一员,她就意识不到女孩不是名词,而是形容词,是一种状态。一个成为而非作为的阶段。

你不会把米琪当女孩看待,除非(比如)你在不远处看见她穿着牛仔短裤、套头衫、校夹克衫、暖腿套和穿旧的跑鞋,在有很多小山坡的植物园中散步或是慢跑;有时她仍会把杂金色的头发梳个马尾甩在后面。

在近处你会发现米琪已经,不可避免地,变成了一个女人。

自从做化疗以来,她额头上有了更多细细的皱纹,皮肤也变得发红发干,让人担忧。在治疗后的好些天里她嘴里都有溃疡,辣得生疼。

有时在化疗后她有一些迟滞的生理反应——颤抖、哆嗦、发冷,牙齿打冷战。据说,这是因为她的体温在升高——特别怕冷其实是发烧的征兆。

只要体温不超过100.1华氏度①,她就没有危险。

这些发抖的时刻——哦,她愿意想这些!——就像是癫痫病发作前的"光环"。就像陀思妥耶夫斯基神秘超验的光环②。一种

---

① 约为37.8摄氏度。
② 俄罗斯作家陀思妥耶夫斯基患有癫痫病,他的癫痫病症状是在发作的最初几秒出现"狂喜光环","光环"会让病人有幸福感、宁静感,增强病人的自我意识。

精英的病理学而不仅仅是普通的病理学。

每每这些时候她会不由自主地想到,她的错误跟米琪无关。不只是名字。她认为自己真正的错误,如果真有错误的话,在于在一个极少女性能够成功的领域做无谓的坚持,女性在这种领域想要获得成功必须与众不同。而她并不那么与众不同。

在某些科学研究领域,就像政治、金融、法律行业一样,女性与才智沿着两条不相交的平行线运行,永远无法像男性与才智那样交会。你可以在绝顶聪明的同时不丧失丝毫男性魅力;但却无法才华横溢而不丧失女性魅力。这似乎是条自然法则,或者说它深深地根植于人类文化以至于成为自然而然的事。这对米琪的学术圈女性朋友是如此,对她自己也是如此。已婚,未婚——没什么区别。

她的朋友杰姬·斯皮里斯在日新月异的社会心理学领域已经是一个研究成果颇丰的学者。杰姬参加各种会议,发表论文,出版著作。她还单身,这对她是件好事——没有那么多事分心。她在系里很出风头,但她一点也不自信,经常忧虑忡忡,被工作追着走——"至少明年的新书是个安慰。我尽量这么想。如果只有明年多好,没有新书、新的工作……"杰姬机敏地说出自己的沮丧。

米琪已经没有做科研、写会议论文、发表文章的劲头了。她也没有组建家庭的动力。但是她还活着。

除了一点:她看见卡麦隆和她们中的一个走在一起。

也许是一年级研究生。那么年轻!

在政治学系附近的小街上。并肩而行的这一对在热烈交谈,卡麦隆的胳膊几乎碰到女孩的胳膊,女孩抬头看他,带着那种渴望亲吻的笑容。米琪本来正打算迎着他们穿过马路,看到他们立刻僵住了,像被踢了一脚的狗一样转身逃走了。

这种感觉好比心里的一个钩子。她想,这不是第一次。这不致命。婚姻可以继续。

"卡麦隆?我都看到了。"

"'看到'?"

"我知道她。"

"'她'?谁?"

米琪耐心地说下去,就像卡麦隆是一个早熟的孩子,这是他们的游戏:"我不知道她的名字——我怎么会知道她的名字?但我知道她。"

卡麦隆皱了皱眉。卡麦隆低头看她的脚,皱紧眉头。

"不知道你在说什么,米琪儿。"

"不要叫我'米琪儿'!我看见你和她在一起,显然——你们是一对。"

"什么时候?今天?"

米琪的脸发烫。多么荒唐——她的丈夫在审问她。

"对,今天。今天下午。大概四点钟的时候。在马科马克街,离——叫什么来着?——榆树街很近。"

"真的?今天?"

"对!今天。这是巧合,我正好看见你——和她。一开始我并没有看出来是你,然后——我看到了。"

卡麦隆摇摇头,露出不解的神色。他四十一岁,身材高大,如果不在大学的话,照他自己的说法,会去滑雪——参加滑雪巡逻赛,加入雪山救援队,或是为国家公园工作,比如黄石公园。他的手腕和脚踝有米琪的两倍粗,她看到他时总是有那种油然而生的融化、分解的感觉。噢——是的。

她知道,他曾背叛过她。也许。

在十二年的婚姻中,这似乎不可避免。

这是男人会做的事。有些女人也会如此,但米琪不会。

现在,她宁可相信自己错了。当然,她弄错了。看她丈夫脸上受伤、惊讶、愤怒的神情——她一定弄错了。

"看得出来你很不安,米琪。最近压力太大了。"——(卡麦隆不提化疗,也不提癌症)——"你也没睡好,我知道。不过今天下午四点我正参加政治学系教师会议,一直开到快五点半。你需要证词吗,公证过的?"卡麦隆的讥讽在幽默的掩盖下没那么刺人。

"那好吧。"

"'那好吧'——什么?"

米琪笑了。她嘴里又长出一个辣辣的小溃疡,在面颊柔软湿润的部分。但卡麦隆对这些溃疡一无所知,没必要让他知道。

"只是——'好吧'。我看错了。我相信你。"

后来她在想:身材苗条,热切迎合米琪的丈夫,这个人——有没有可能不是个女孩,而是个男孩呢?

如果她眼睛看到的是男孩,脑子也会反应成女孩。

她曾经坐火车去市里买假发。悄悄地。

有人建议在真掉头发之前把假发准备好。

资料上说对癌症病人来说掉发比癌症本身的威胁更可怕。

她应该剪短发,有人告诉她。噢,还不要,她抗议道。

"下次你来见我们的时候。"

在毫不留情的镜子里一个涂着眼影的女人对自己报以勇敢的微笑。从青少年时期以来,曾经出现在无数公共卫生间的镜子里的同样勇敢的微笑。对!我们在这里。

店员给她看一个漂亮的人发假发,标价三千六百美元。这是一种古典、光亮的波浪卷发,只比她自己的发色浅一点,长度几乎和她现在稍微有点蓬乱的头发一样。

她还看了几乎同样颜色的合成发假发,这套假发更卷曲,稍显活泼。八百九十美元。

还有一款合成发假发,不那么张扬,但也很漂亮、适度。六百五十美元。

"但是我想要一个像我自己头发一样的假发。我不想要一个看着比自己的头发更漂亮的假发。我并不想光彩照人。你有办法吗?"

穿着粉色衬衫的咪咪①自己的头发光彩照人,金发吹得很漂亮。她皱了皱眉说:"可以。我们有办法。不过这也意味着把这些漂亮假发中的一个打薄很多,几乎留不下什么头发遮住发网。"

打薄很多。几乎留不下什么。米琪第一次有点知道自己是什么样子。

99

她突然冲动地决定:她可以去看看遗孀。

她要表示慰问。

这个早晨她感到一种新的活力。一种她几乎已经忘记的,久违的乐观精神。

在大学高地宿舍区大家都知道,斯特法内的遗孀下午五点到

---

① 对理发店员的称呼。

七点会打开家门欢迎大家。悼念仪式会在学期晚些时候举行。

于是在傍晚时分她换上了漂亮的黑色衣服:塔夫绸连衣裙,外面搭一条她(至少)十年没穿过的时髦小外套;黑色高跟鞋和黑色网眼丝袜。这完全不是米琪平时的着装风格,偶尔穿得"衣着考究"的时候她希望别人不要认为她穿着演出服。

黑色塔夫绸裙子居然还合身。她至少瘦了十五①磅。

性感时髦。高中毕业舞会后米琪就没有这么光彩照人过。

她用宽齿梳小心地梳头。尽管如此,头发还是开始"松脱"。最开始两次化疗后她的头发似乎不受影响,但现在,第三次之后,她有一种轻微但准确无误的感觉,她的头皮有烧焦的感觉。

在一阵惊慌中她看到一绺一绺的头发在窗户反射的阳光中飘落。就像是光晕环绕着她的脸。

她想抗议,我还是个年轻女人。我的生活还要继续。

斯特法内拉着她的手,用嘴唇亲吻指节。

当然你的生活还会继续。但你必须伸出手抓住它。

她开车去离家还不到半英里的阿登街斯特法内家。她为自己几乎不认识的遗孀感到无比悲伤。

对斯特法内,她倒没什么感觉。除了一种模糊的失落,和对这一损失的憎恨。他并不是她的朋友——不是她的,而是卡麦隆的朋友。

但是她却为遗孀感到痛苦。让她几乎无法呼吸的痛苦。一种感同身受——(但是这怎么能感同身受?贝塔·斯特法内完全不了解她)——对突然失去丈夫的恐惧,那感觉一定像截肢。她想,我希望她愿意和我交朋友。我希望我能帮助她。

---

① 约 6.8 千克。

也许这很幼稚。荒唐。斯特法内一家有亲戚和数不清的好友。无数爱戴斯特法内的人会保护遗孀。

斯特法内的房前停了很多车,附近的街边也停满了车,米琪不得不穿着性感的高跟鞋走上很长一段距离,手上还抱着一大束花——海芋、玫瑰、栀子花、菊花。她冲动地去了镇上一家花店,几乎买下了所有的花,告诉店员她的一个朋友刚刚去世,柜台后的高中女生说噢噢,是那位教授吧?一整天都有人来。

斯特法内家住在一所气派、稍微有点老旧的都铎式风格的房子里,房子建于二十世纪早期,和无数位于老校区这一带的住宅一样。有一段时间这里是当地最好的住宅区:大学校长也住在附近。现在,年轻些的教师喜欢住在昂贵的山间郊区。

米琪走进房子,里面已经有不少拿着花束、焙菜盘,或是水果篮的人。他们好像有点窘,小声说着悼念的话。

这么多人!半个大学高地的人都挤在斯特法内家楼下。米琪提醒自己不要四处张望——好像斯特法内会突然出现。事实上,她潜意识里真希望能看到他。

米琪!你能来真好。我的好姑娘。

从停车的地方走过来她已经感到寒意袭人,不住发抖,轻颤。性感的黑色塔夫绸裙子诱惑地包住她的臀部,时髦的无纽扣小夹克微微敞开,露出雪白的上围。(米琪因为体重减轻,乳房两边出现皱纹,乳头出现奇怪的褪色,这些无从得见。)

她感到自己很笨拙,手里拿着一大束花,像是希腊的农家女孩。看到熟人的时候,她微笑致意。室内气氛异常肃穆,背景音乐听上去像是希腊东正教赞美诗。每个人都彬彬有礼。除了到处跑来跑去的孩子。在一张长条餐桌上放满了花瓶、摆花、果篮和焙菜。一瓶瓶红酒。夹馅橄榄,夹馅葡萄叶,脆皮白面包。厨房飘来烤东西的香味——乳蛋饼？

有人流泪，也有人低声啜泣。米琪猜其中有些是亲戚。一个目光呆滞似乎还处于惊吓中的大概十五岁的男孩，一个坐轮椅的孩子，他长着斯特法内的眼睛。米琪把手里的花给了一个高中生年纪的女孩，她接过时小声说谢谢，夫人！

米琪认识其中的几个人。穿着性感黑裙和高跟鞋的她很引人注目。没有人知道怎样对待死亡。没有人经历过，也没有人会知道。米琪正在想她是否该为闯入私人悼念空间而感到羞愧，这时有人打招呼欢迎她——"你好！我想你是——伊莲娜？"

"米琪。我是说——米歇尔。"

"谢谢你来，米歇尔。贝塔在厨房。"

这是一间大而杂乱的厨房。一个疲惫的小个子女人正在斥责一个闷闷不乐的少女。米琪拿了一杯红葡萄酒。第一口美妙无比，像是用毛毡乐器锤正好敲在脑子的快乐中枢。

"啊！对不起。"

她撞到斯特法内的一个亲戚。她试图走近斯特法内夫人，致以哀悼；她会说得很快，很轻，然后离开，因为她需要回家，在床上躺下。她脑子里的东西太多，她必须躺平思考。一个女孩，或者还是一个男孩。那种亲昵与熟悉。

只是：这一切都是她的想象。那个人并不是卡麦隆，而是酷似他的人，卡麦隆那会儿正在开教师会议。

她做事一直有些大意、漫不经心。化疗后，她应该休息一整天。她装出来的健康形象已经变成一个负担。卡麦隆尽量不去注意，就像没有人会注意到被迫进行的戏剧表演。

她无法否认，这种让人感觉病快快的黄色化学倦怠感已经布满了她的身体。她应该服用的不是酒而是水，不是冷水而是温水，这样她虚弱的喉咙肌肉才不会痉挛。

"玛塔？你是——"

"米歇尔。我们住在雷登巷。"

"多么让人难过！我没法相信。"

"我——我也没法相信。斯特法内这么……"

她实在无法说出有活力这个词。

也许她也活不长。她面对手术、康复、化疗的几乎乐观的平静只是一种表演,卡麦隆看得出来。他原来充满欲望的爱已经变成怜悯。怜悯没有(性)能力。他在寻找一个新的,更年轻健康的性伙伴。你不能指责男人:这是本能。

餐厅和楼梯间的墙上挂满了家庭照片。其中很多是逝者和妻子孩子的合照,笑容灿烂。还有一些是他面带微笑的身穿学位服的照片——荣誉博士披肩的颜色像万圣节服装一样令人感到欢快。客厅的希腊赞美诗音乐停了下来;有人在弹钢琴,弹一首缓慢动人的音乐学院演奏水平的肖邦练习曲。

这时贝塔·斯特法内走进餐厅好像在找什么人。在这种聚会上,在你自己的家里,你通常都会找你的先生。贝塔个子矮小,体形丰满,黑色的眼睛犹如猎鹰。她穿着黑色的衣服——里外好几层黑色的衣服。她的嘴巴变成苍白面孔上的一团红色,这副面孔在不久前还是很漂亮的。遗孀四十多岁。但是沉浸在悲痛之中的她却不显衰老。米琪不由想起德国画家凯绥·柯勒惠支那些表情痛苦的素描和版画上的人物。

米琪看见贝塔·斯特法内在眨眼,盯着她看。

眼里喷着火朝她走过来。不是悲伤而是憎恨使她恶犬般的脸变了形。

"你！竟敢来这里！他喜欢你——嗯？他的弱点。漂亮姑娘。'金发姑娘'——他这样称呼你们。这就是为什么你来这里——对吧?"

米琪完全无法理解。在拥挤的餐厅即使提高嗓门也听不太清楚。漂亮姑娘?这就是为什么她来这里?

"你,还有别人——'金发姑娘'。你不会认为你是唯一的一个,对吧?"

斯特法内太太怒不可遏,出言不逊。她似乎喝多了。一个黑眼睛的青春期女孩羞愧难当地试图阻止斯特法内太太,但她甩掉女孩的胳膊,低声咒骂着。

然后,贝塔·斯特法内猛地转过身去,好像被米琪惊愕的表情震住了。或者只是米琪一厢情愿地这么想。遗孀挤进一个紧挨餐厅的房间,一个放满书的小书房。米琪不知道自己在做什么,但她觉得必须做点什么,哪怕只是对遗孀说对不起,希望你能接受我的哀悼。她跟着进了屋,想解释,想道歉;从小时候起她就非常害怕被误解,被错误或严厉地评判。她想要斯特法内的遗孀更仔细地打量她:(1)她其实并不是斯特法内或斯特法内太太认识的那个人;(2)她不年轻,也不性感。但是贝塔朝她扔过来什么东西。

"是的。好。你在这里。好!拿去吧。我不需要这个。再也不要了!你落在我们卧室里的——你,或是某个像你的人。他会说——'这没什么,只是',"——贝塔在空中做了一个蔑视的手势,或者说试图做一个手势,打一个响指——"但是现在,你——请你——走吧。"她扔过来的似乎是一块丝质披肩——日本货?——非常漂亮,是碧绿色的,有显眼的污渍。

"他的礼物。我一点都不怀疑。那就拿去吧——走。"

米琪张大嘴想抗议、解释——但是说不出话来。遗孀带着厌恶的神情走开了。她冲着厨房里的人大喊,厨房里的人也用希腊语回敬她。

米琪走了。她跌跌撞撞地离开了斯特法内家,抓着绣有乳白色小栀子花的碧绿色丝巾。披肩虽然脏了,仍然很漂亮。她从来没在近处见过这么美的东西,更别说拿在手里。看得出来买这块披肩的人品位无可挑剔。

她快速走到远处停车的地方。她双腿生疼,脚上的高跟鞋仿佛是另一个纯真时代的荒谬产物。她呼吸短促,心脏感到一丝疼痛。斯特法内!雨又开始下了。空气又湿又冷。她把披肩围在肩上。她开始发抖,战栗,把披肩拉紧了些。

II

猎　手

对个人而言，精神崩溃是一种疾病。但在公共场合，它可以是一种职业。

我到来的那晚，密西西比河边一座小型中西部文理学院为我举办了一场欢迎晚宴。当时我父亲在东边以北大约一千英里的地方，生命垂危，而我则答应担任为期两周的卡德瓦德驻校诗人。晚宴在校长宅邸举行，那是一座位于山顶的小巧乔治亚豪宅，一边可以俯视青翠的校园，另一边则是近在咫尺的密西西比河和"边界州"（密苏里州）。我听说，校长宅邸是国家历史古迹。校长夫人带我简单参观了房子老旧的一侧，这可以追溯到十九世纪早期；这些是"古室"。校长夫人告诉我，这座宅邸在地铁中发挥过很重要的作用，因为伊利诺伊临近几个蓄奴州。听到不经意说出的词——蓄奴州——我感到胸口被刺痛。我不禁思考起一座房子发挥作用这个现象。我说，住在国家古迹里一定是很有意思的经历，校长夫人说是的，的确如此。我希望至少看看地铁入口，但校长夫人带我回到聚会，那里人们正焦急地等着我，就像所有演员都在热切等待一出戏里的主角出现。在漫长的晚宴中，我坐立不安，尽管我被安排坐在显要的位置，也就是校长的右边，富有的捐赠人卡德瓦德太太的左边。我起身离座；一个穿制服的侍者把我领到房子另一侧的老式卫生间，那里有包铜器具和铮亮的镜子。之后我没有回到桌子的主座，而是回到房子的"古迹"那边，那里可以闻到石头地基和下面的黑色泥土的味道。这里更凉爽、潮湿。硬木地板有些倾斜,天花板也更低。我打开大厅后面的灯,之前我们结束参观时校长夫人把它关上了。远处传来晚宴宾客低语和轻笑的声音;大约有二十位客人,我一个都不认识。我来到一个校长夫人没带我去过的狭长、看似地道的房间门口。房间里的家具用布盖着,在阴影里幽幽发光,像徘徊的幽灵。我在黑暗中摸索着想把顶灯打开——一盏古老的装有透明火焰灯泡的水晶片枝形吊灯。房间里有一个用石头、灰泥和砖块砌成的壁炉,还有一张巨大的桃花心木桌子,上面放满了玻璃雕像,各种大小的陶瓷和木刻时钟,装饰性镇纸,刻花精致的烛台,以及其他居家摆设,像是博物馆的展览。尘土的味道直冲鼻孔。到处都是蜘蛛网——残余的蛛网,新结的、形状完美的网。脚下的东方地毯虽然褪了色,也有磨损,但仍然很美。我蹲下来窥探壁炉里面,它看上去很像一个黑乎乎的入口;我怀疑它是否通向地铁。我用柔软的手掌推了推砖块,又用指关节敲了敲——但什么也没发现。壁炉里没有木头,也没有一点灰烬的痕迹。

附近的一面墙上有一扇又高又窄的门,里面是食品储藏室。我也往里瞅了瞅,但视线被架子挡住了,怎么也看不出一点地道的踪影。

透过墙上一小扇方形的窗户我能看见——尽管光线暗淡,我甚至怀疑这是否只是我的幻觉,就像那些睡着前在我们眼前闪过的逐渐模糊、催人入睡的意象——日落时波光闪闪的密西西比河;迷惑眼睛的河流神秘、宽广,却让人产生河水浅显的幻觉。

思绪朝我涌来,就像在这里等着我——(其实思潮总意想不到地等待我们,在我们从未到过的地方)——真的,我在这里!现在我必须知道为什么。这个想法既有种解放的力量又让人害怕。

让这座房子具有历史意义的地铁在哪里呢？我很想看一看我们美国耻辱过去的遗留之物。（尽管准确地说，这并不是我的过去：我父母的父母二十世纪初才从欧洲移民来到美国。）我已经听不到房子另一侧的低语声和笑声——也许，我已经忘记为我举办的盛大晚宴。像一个冒失的孩子一样，我掀开一块遮尘布，里面是一张带有坐垫的沙发，有繁复雕花的樱桃木扶手和沙发腿，长毛绒面料呈现出人体的形状。我迅速放下遮尘布。从一堆靠垫和枕头中我拿起一个惹眼的针绣花边枕头靠近面颊，深深吸了一口气，满是尘土和久远的花香味香水的味道。我细细打量桃花心木桌子。这简直是些无用的古董的宝库！每座时钟都"诉说"着不同的时间。但这并不像你想象的那么混乱，反而有一种属于过去的墓地般的宁静。一座小一点的钟还走着——至少我这么认为。那是一座乳白色（德国？十八世纪？）的瓷钟，上面有精致的植物绘饰，像柚子般大小。握在手中它变得温暖，有直到刚才还在走的钟的"感觉"，尽管那细细的象牙指针指向"三"和"五"——三点二十五分。

我突然有一个奇怪的念头——这将是我父亲离世的时间，或者我自己离世的时间。这就是为什么我会被带到这个地方。

有东西在我眼角的余光中移动。头上的蜘蛛网好像因为被我的呼吸惊扰而飘动。我想到——壁炉！它一定是通向地下的入口。

在超大壁炉前我蹲下来，身穿深色羊毛小礼服裙和高跟鞋做出这种姿势并不容易；我按顺序敲打壁炉的内壁，被烟熏得黑黑的砖块。这会儿我衣服上已经有烟灰。蜘蛛网也落到脸上，缠在眼睫毛上。我的心跳由于期待而加速，因为我相信地铁的秘密通道一定有出口通向壁炉，如果我能打开它，我就可以爬进去……

"对不起？您在找什么东西吗？"

我尴尬地回头看。是一小时前介绍我认识的学院校长。他是一个精力充沛的中年人，腰板笔直，正坦诚地盯着我，似乎不知道应该怎么反应——尴尬？好笑？关心？校长的眼睛很特别，颜色深黑，眼皮眨得很快，似乎这样才能跟上他快速的思维。

我是不是忘记了我是他"历史"建筑里的主宾，和一群陌生人在一起？

我一点都不习惯做主宾。或许这就是原因，或许——我已经不在乎这种区别，因为它们就像纸帽子一样沉着地被戴上，或者取下。

而且镇定。我一直喜欢这个词的发音——镇定。

"N. 小姐？我希望你还好……"校长小心翼翼地说出我的姓氏，这个名字由于和当代美国女性诗歌联系在一起，有了一种意想不到的庄重和近乎高昂的调调，无异于水晶玻璃被叉子轻轻敲击的声响。如果他低沉的男中音里还有一丝不赞许和怀疑的意思，那也被隐藏得很好。

我迅速站起来，掸了掸身上的灰尘。我让校长放心，没什么事。但我没有笑，尽管在这种尴尬的场合，第一个反应或许是用微笑来道歉或是表示懊恼。

我们都沉默了一小会儿。V. N. 小姐作为这座密西西比河边著名小型文理学院的贵宾、作为一个有点（一点点，最近才有）名气的诗人理应说点什么，但我什么都没说。校长绅士地伸出一只手，搀我站直，但他很谨慎，很快把手收回去。

"如果你感兴趣，我们可以明天再带你仔细看看校长宅邸。你对蓄奴边界州的历史感兴趣吗？黑奴制？"

"是的。不过不——我不需要单独参观。"

"这一点都不麻烦,N.小姐。"

我当然应该知道校长的名字,但我忘记了。我几乎也想不起来自己身在何处,如果校长没有提到边界州的事。

校长发现我忘记他名字的时候,很有礼貌地再次介绍自己:"罗伯·弗林特。"

这个名字突然让我汗毛倒竖——罗伯·弗林特!

你可以看出罗伯·弗林特正想把他这位客人的行为解读为"古怪"——抑或是,"有魅力的古怪"。作为行政管理人员,他很会讲故事;他知道怎样活跃气氛,引人发笑,就像他懂得在必要的时候操纵和诱导别人;以后他会用激发听众好奇心的腔调讲这个故事,也许还会引来笑声。罗伯·弗林特不会轻易发火,他很爱笑,甚至很容易以他的方式原谅别人——只要那冒犯还算轻微。

他担任盖里森学院校长才三年时间。在这几年中,他告诉我,更多的是在陈述事实而不是吹嘘,他牵头组织的活动给学校额外带来二千二百万美元捐款;在三州交界处还有声名显赫的捐赠者愿意慷慨解囊。然后,罗伯·弗林特突然不由自主地补充道:"但是我也很孤独。这里并不是我的家。"

他希望我知道这点。就像我是这个地方的陌生人,独自一人,罗伯·弗林特在某种意义上也是陌生人,在这里没有家的感觉。

"你能回到我们的晚宴吗?N.小姐,"——(用一种说出我的名字非常荣幸的口吻)——"大家都在想你呢。"罗伯·弗林特领我走出房子古老的一侧回到餐厅的时候,用一贯的随意健谈的方式,说他在西弗吉尼亚大学获得工程学位后,不久就上了范德堡大学研究生院,拿到经济学博士学位。他还有一个牛津大学的经济和历史学位——他做过富布赖特访问学者。他还获得过其他学术奖金和无数研究基金。他先后在西弗吉尼亚大学、德雷塞尔大学（费城）和波尔州立大学（纳什维尔）任教；也担任过院长——一位"非常年轻的院长，只有二十九岁"——教务长，现在是校长。他离开波尔州立大学来到盖里森学院接替已经任职十七年的校长的职务——盖里森学院的董事们认为到了"剧烈变革"的时候了。罗伯·弗林特几乎用小男生的口吻向他的诗客吹嘘这些——好像在说一些不得不说的事实。

之后就在他带我回聚会的时候，他很突兀地说："我是一位多年没碰过枪的猎鹿者——大概二十年了。"又补充道，"你是诗人。你可以直视人心。你明白的。"罗伯·弗林特碰了碰我的下腰部，很轻，但很坚定。

我明白：猎手即是生活的猎手。

我明白：你永远不放弃那种美妙的感觉，知道你可以拿起猎枪，扣动扳机，某些对你来说无足轻重的鲜活生命便立刻死去——被击倒、流血，全然地震惊和彻底死亡。那种美妙的感觉。

"请坐。"

罗伯·弗林特替我把椅子从点着蜡烛的典雅餐桌旁拉出来，这时所有的目光都落到我们身上，伴随着期待的笑容。我不得不猜想，我不在的时候大家已经开始为我担心，看到我回来就好多了。房间很漂亮——我在想，如果我不是卡德瓦德驻校诗人，谁会坐在我的位置；还有，如果我不是，现在这会儿我又在哪里。

宴会还在进行，有一种稍带拘谨的欢快气氛。更多冰水叮叮咚咚倒入高脚杯中，更多酒杯被斟满。四周有勤快热情的肤色黝黑的侍者，你不会想知道他们内心的想法。这里也有一盏类似老房子枝形吊灯的水晶枝形灯，同样有设计巧妙的透明火焰灯泡。

深色贴丝墙面上挂着这座密西西比河边小型文理学院前几任校长的画像——面容模糊，但肯定都是男性，画像是庄重的油灰色调。校长夫人，爱尔维拉·弗林特，抿着薄嘴唇朝我微笑，显得热情也忧伤。但那女人的眼神却不友好，因为她看到罗伯·弗林特陪我走进餐厅，她在猎手脸上能察觉出别人看不出来的心思。

大家期待我有奇怪的表现——根据艾米莉·狄金森的诗歌传统，我是个有些神经质的女诗人。我已经满足了这群人的期待，我本人的表现让我显得低声下气。（我的头发里有一团蜘蛛网，卡德瓦德太太非常仁慈地替我把它摘下来，一句话也没有说。）只要我在场，话题通常会转向诗歌。在这种情况下，人们显得兴致勃勃，因为诗歌是那些从未读过它们，却怀有淡淡怀旧之情的人的秘密工具，这些回忆是他们很早以前就听过的，或者是小时候听过的。

像卡德瓦德太太这样有钱的寡妇会捐赠一百万美元诗歌基金给一所盖里森这样的小学院并不奇怪。别的艺术学科或许也举步维艰，但对诗歌而言，尤其要给予巨大、特别的推动力。

有鉴于此，为了取悦大家，也为了表现自己，还因为急切想打断泛泛的宴会谈话，我用一种即兴、轻快活泼的爱尔兰调子朗诵了叶芝的《库尔的野天鹅》——闭上眼睛以便更清楚地回忆优美的诗句，又好像在克制要涌出的泪水。

晚宴结束时，上了年纪的卡德瓦德太太用麻雀般瘦弱的双手握住我的手。卡德瓦德夫人身高最多四英尺十一英寸[①]，脚下勇敢穿上的高跟鞋使她至少增加了一英寸。她眼含泪水地告诉我，她丈夫1981年过世，那首叶芝的诗正是1946年他们在西弗吉尼

[①] 约一米五。

亚莱康明相识不久后她丈夫跟她读过的。我们颤抖着握了一会儿手。

99

这是一个大部分消息来自电话的时代。

好消息,坏消息。

让你欢欣鼓舞的消息,让你轰然倒地,就算勉强醒来后也晕晕乎乎、柔软无力、汗湿衣襟的消息。

电话也包括有线电话。或者,用一个让人更舒心些的词,家电。

移动电话可以定义为一种单体生命形式间的即时(如果还不普遍可靠的话)通讯模式。二十一世纪初期,我有一个移动电话,因为我愿意自己走在潮流前面,但如果我接听的是家电,我首先会把接听到的内容进行分类,家电就像一个很无辜的装置,总会接到各种坏消息。

不。我病得没那么重。你很忙,有自己的生活,你的责任。别这么荒唐!

尽管(他知道)我有责任去看他,但想到我会去看他这件事时,他还是感到困惑。但他正处在困惑会在瞬间变为烦躁、气愤,甚至震怒的阶段——我说了,别这么荒唐!

然后,再说一次,这次更讲道理了些——还有很多时间。我很好——至少现在是这样。"情况稳定"。你不能中断你的职业生涯——这是你的责任。你不能让别人失望。女人要和男人一样负责任。

他停了一会儿,让我把这话消化消化。他是那个鼓励我决心成为诗人的家长——不惜任何代价,过上诗人那种充满不安定和未知的生活。

你做完——什么来着——"驻校"——再来这里吧。我会在这里。

他笑得有点令人费解。而他的声音却大得让人放心。

我和哥哥通过几次电话,他的话很简短,有所保留。也许他和父亲的交流也有困难。他给了我医院的电话号码,但又嘱咐我不要打电话让他难过——至少,不要经常打。"临终关怀医院?但那意味着——"我的声音越来越小。

我哥哥含糊其词,显得没有耐心。我们从来就不亲密——他比我足足大了七岁,从来不把我当回事;现在当我慢慢积累了一些诸如名气之类的东西,他似乎恨起我来,明白地告诉我他只读过几首我的诗,而且完全读不懂。

我给父亲打电话的时候,他不想讨论病情——"这是私事,宝贝。"他勉强笑了几声,好像是在承认,在他生命的这个阶段,再没什么事是私事,而他知道这一点。他对我担心他身体这件事很敏感,就好像我是冒失的陌生人,而不是他唯一的女儿。我的问题他也回答得很模糊,用随便的玩笑话搪塞,像是在拍苍蝇。

我没办法和我母亲说话——我从来就没法和我母亲讨论任何严肃的事情。她像孩子般惧怕父亲的病情,能做的就是缩回到自己的世界里,她一辈子都沉浸在只和她有关的事情里。

但我到底和医院的一个护士通上了电话。她安慰我说父亲的病情暂时还"稳定"——即使在临终关怀医院,这种情况有时也会出现。她告诉我,我父亲是"我们最喜欢的病人之一",医院后院还有一个专门给探视病人家属用的烧烤野餐区。

烧烤野餐区!我真不知道该说什么好。

护士问我什么时候会来看望父亲,我说两个星期后。"我父亲希望如此。"

电话里一阵沉默,护士似乎在思考要怎么回答。

"好吧——可以。两个星期——行。但是如果你能早点来,可能会——更好。"

两个星期之后,我告诉她。我父亲坚持要这样。

"您应该已经知道我父亲的脾气——固执得要命。"

这是一种轻松活泼的说法——固执得要命。你不应该说一个病重的人固执得要命。

护士的声音听上去像个疲惫的中年人,情绪已经不像电话开始时那么好,她说:"是的,我知道——一点点——你父亲的脾气。"

我以为护士还会再说点什么,但她什么也没说。

99

我在盖里森学院驻校的两周时间里,和罗伯·弗林特私下里,秘密地见过几次面。这些会面并不容易安排。行政管理人员非常忙碌,日程需要像翻绳游戏一样巧妙安排;管理人员的行踪总是被下属,通常是女性,盯得紧紧的。那些随时希望跟他见面想达到自己目的的人也盯着他。尽管如此,傍晚我在学校的工作通常都已经完成了的时候,罗伯·弗林特还是找到时间开车到我住的比克迪克旅馆来接我。(比克迪克是一座已繁华不再、充满"历史感"的旅馆,在学校给我安排的拥挤不堪的老式校友招待所住了两天后,我坚持要搬来这里。我知道卡德瓦德驻校工作的费用只包括校园食宿,不包括校外费用,但我还是坚持要搬到市中心的酒店,我没有主动要求付账；我想应该会收到账单，但我可不想主动提出来。)当罗伯·弗林特开着酒红色奔驰车沿河边向山里行驶的时候，他热烈地和我交谈——当然是说他自己；没有别的话题能让罗伯·弗林特如此投入——我听得也很投入，至少看上去如此。我在想这就是，此刻！和这个陌生人在一起。

我又想，如果我不在这里，会在何处？一想到自己可能身在别处，我不禁感到阵阵寒意。

我应该出现的地方可去，我却不可以去。

我必须要出现的地方，我父亲不让我去。

所以没有别的地方可去，只有这里。和这个无缘无故兴致很高、热情、健谈的陌生人在一起，而他竟然敢拉着我的手，仿佛我们已经很亲密——仿佛他的主动追求根本不可能让人反感。

"你在这里真让人高兴！多么林静①。"

罗伯·弗林特读错了这个词，我不禁微微一笑。

我这时候没有男人——我的生活中已经有段时间没有男人了。这种不得已的独身反倒让人的欲望淡泊——就像跛腿的人会故意跛得更严重些，这样别人就不会太过同情。

罗伯·弗林特最轻微的触碰也带有性的意味。他直勾勾的目光散发出捕猎者的气息。

我不知道在晚宴上是否有人会注意到罗伯·弗林特这么公然盯着我看，即使在他与客人谈笑风生的时候。在房子后面，当他拉着我的手扶我站起来的时候，我能感觉到他手指的力量，好容易才忍住没有皱眉；罗伯·弗林特在和别人握手、拉手时总会在无意间伤害他人。我认为只有男人感兴趣的对象才会注意到这一点——

---

① 原文为"serendity"，为"serenity"（宁静）之误。

因为罗伯·弗林特总是小心行事,这似乎是一种本能。不过妻子一定会注意到丈夫欲望的减弱,就像炽热刺眼的电灯突然被关掉。我并不以妻子的痛苦为乐,至少没有多少快乐可言。但我确实在想——她了解他,只是羞于承认。她太骄傲,无法面对现实。

在一块俯瞰大河的高地,罗伯·弗林特停下他漂亮的奔驰车,从前面的小拉柜里拿出一个银质酒瓶——(真要发生什么了吗?一个令人震惊的声音就像小虫子一样在我耳边回响)——要我喝一小口——"来吧,至少尝一尝。"

这一定是上等、昂贵的肯塔基威士忌,我知道。罗伯·弗林特愿意自己独饮的一定是最好的酒。

罗伯·弗林特说的还是第一个晚上他告诉过我的那些事,只是现在加上了更多的细节,也更完整。听到我对密西西比河"睿智"的评论,他笑起来——对一个访客来说有人住在密西西比河岸边真是件奇怪的事,住得离这条神秘的大河这么近;他们每天沿河边开车,根本不会注意到那些普通的桥;他们说到这条河的时候,也就仅仅是一条河——好像对它的神秘毫不在乎。

"只要足够近,没有任何事物是'神秘'的。你住的地方永远不会'神秘'。"

罗伯·弗林特的话很有道理。在开车回城的路上,他用左手驾驶,骨节粗大的手上有金铜色汗毛;他用右手,更有力的手,握住我的手,下意识地握得很紧。

我没有回答他的话。和罗伯·弗林特在一起的时候我不太说话,只是一个他用来倾诉的容器,就像有人认为的那样——用他们的话说,自在,不存在被评判的危险。

"不过我猜,如果我们死后再看我们生活过的地方——我们那时会觉得它很'神秘'。太晚了!"

不过罗伯·弗林特笑了笑,以此说明,对他来说,任何事情都不会来得太晚。

后来,罗伯·弗林特说他"爱上了"我——从他第一眼看到我照片的时候开始,在我一本书的书皮上。这至少是九年或十年以前的事了。因此当他听说卡德瓦德驻校职位开始选人的时候立刻推荐了我,委员会通过了——"全票通过"。

罗伯·弗林特笑了一下,似乎"全票通过"另有深意。不过这也足够,只因为这是罗伯·弗林特的说法。

"谢谢你!我很感激你。"

尽管我脑子里想的却是:委员会并不想要我,但听从了校长的建议。很有可能,校长动用了他的影响力说服教授们邀请我。

他们希望选一个年纪更大,更有名气的人。一位获过无数奖项、对他们的邀请不屑一顾的男诗人;或者,即使接受了邀请也会对此敷衍了事,望着他要教的年轻诗人发呆的人。

知道这些让我很尴尬。不过至少这些内情被委婉道出,我的尴尬也就很容易掩饰过去。

"我也心怀感激,薇拉①。我们终于相识。这种交往——我们之间——已经开始了。"

比克迪克旅馆曾经是一个奢华之所。现在在这儿我感到很自在,像躲在坟墓里。

雕花的红木墙壁在幽暗的灯光里闪亮,楼下大厅墙上绘有内战英雄场景的壁画已经开始褪色。上面也许有屠杀马匹的画

---

① 原文为"violet",指对意中人的昵称。

面——我不让自己看得太仔细。

旅馆有三部精致的镀铜电梯,其中只有一部能够正常使用,但我永远也猜不对是哪一部。

我的套间在十一楼,窗户上挂着褪色的天鹅绒窗帘,一按开关,帘子仿佛有了生命力,带着惊人的活力拉开。外面是天空、云彩,下面的河水波光粼粼,在夕阳下泛着红色,像熔化的液体。行驶的轮船就像时代久远的巨型两栖动物。

窗户不是很干净,但却是整面墙的落地窗,平板玻璃没法打开。我感到一种奇怪的慰藉,因为河面上的云层像各种质地和色彩的大脑物质,有一种怪异的美。这些让人沉醉的云层,不会是我父亲在一千英里以东的临终关怀医院,在傍晚时分凭窗而眺看到的景色。

我给临终关怀医院打过几次电话。每一次我都留言说,没什么要紧的事,不用立刻回复。

差不多九点半,河边的老城区天黑下来,只剩下偶尔驶过的车辆,行人也很稀少。除了旅馆和附近街上几座亮着霓虹灯的小酒店,市中心冷冷清清的。县法院的花岗岩建筑毫无生气,四分之一英里范围内的好几个街区原来满是气派的花岗岩办公楼,现在都在出售或招租。有很多空置的店面。主街上一座装饰艺术风格的电影院被改建为家具折扣店,扎眼的减价招牌挂在阳棚上。多么孤独,死气沉沉的城市!但是这种空旷却也有让人动心的地方,也许与我心灵的空虚相呼应。我想——如果我的父亲正在走向死亡,那么生活本身就是一种背叛。我憎恨生活!这想法让人振奋,因为我认为这是无可辩驳的真理,而一切真理都让我感到自由——把我们,无论令人多么害怕,推向真理。从我住的历史悠久的小旅馆窗户往外看,能看到行人在十一层楼下的人行道上行走,车辆在空无一人的街口红灯处停下。尽管没有别的车辆,每辆车都等到红灯转绿灯才走。一个晚上,快半夜的时候,我看到一个酒吧外的街上聚了一群男人,不禁想知道是什么把他们聚在一起——嘈杂低沉的声音一阵阵传过来。我思量他们也许是在策划一个什么大行动,但不久后他们就结束了热烈的交谈,各自走开消失,离开了同伴,离开了我。

如果你是宿命论者,你就会知道,必须有人在这时候观察这群男人,从旅馆十一楼的这个栖身之地。提出为什么?——为什么是我?这样的问题毫无意义。

有一个晚上十一点左右,罗伯·弗林特离开我之后,我把我们喝过威士忌的酒店的玻璃杯洗了洗——(罗伯·弗林特带来房间的酒)——顺便还洗了洗我发烫发红的脸颊。我也漱了漱口,嘴里有股酸酸的味道,把在冷水里泡过的毛巾敷在有点发肿的嘴唇上。我毫无睡意,于是坐慢腾腾的电梯下了楼,穿过铺着大理石地面的空荡荡的大厅,沿着黑暗无人的主街向河边走去。这里几乎没车,除了我也没有别的行人;在门洞里,流浪汉缩成一团,像是在昏睡,没有人抬头看我,或是跟我说话。酒吧里灯光昏暗,像是洞穴;从街上看不出哪一家还开着。幽暗的灯光后面是黑沉沉的大河。

已经开始了。这种交往——我们之间…… 罗伯·弗林特的话又在我脑中回响,像抹不去的录音。

这到底是福是祸,我不知道。

那天早上我照例早起,沿河边散步。十点钟会有人载我到学校,然后我会尽职地做卡德瓦德驻校诗人。(英语系的一位老师来接我,不是罗伯·弗林特。每天早上都有不同的人开不同的车来接我,每个人都很乐意和我交谈。)私人时间对我很宝贵,因此每天早上我很快走过主街——经过南主街——来到河边——与铁路场院相邻的人迹罕至的公园边缘地带。在那里,在铁路场院的尽头,沥青路面布满裂痕,看上去有些年头了,取而代之的是高架州际高速路,汽车在上面呼啸而过;我开始在这条路上慢跑。早晨的太阳在东边慢慢升起的时候,河边空气很凉。我不知道这里的经度是多少,纬度是多少,也不知道为什么我在这里。我一边微笑一边在想,这些本是最简单的事实,但对我却深不可测,令人不安——比如说,如果一个人活着,就必须在某个地方,而不是无迹可寻。

我父亲不会有一天无迹可寻。也就是说——我到处寻找父亲,找遍整个世界,但却找不到他。

因为走向死亡的路程已经开始。它一旦开始,就会有自己的轨迹。

尽管事先知道这些,我却没有能力去看望父亲。我不敢冒险惹他生气。我害怕失去他的爱。我不能违抗父亲,因为我不够强大。

还有,最可悲的事实就是,在我心里最深处我不想去看望父亲。

我不想见到受伤、衰老、担惊受怕的人。我不想看他的眼睛,它们会盯着我的眼睛看,尽力否认在房间角落发生的事,那种黑暗和黑暗的厚重。我不想像孩童一样,假装父亲"一切都好"——他的情况很"稳定"。我不想靠近这样的父亲。

就像在未来某个可怕的时刻,没有人会愿意靠近罗伯·弗林特——曾经英俊,充满活力,这么威严、阳刚的男人会衰老、虚弱、憔悴;曾经如此自信、充满魅力的声音也会逐渐苍老。

但那是未来的时刻,你可以说这只是想象中的事。在那时,我不可能跟罗伯·弗林特的生活有什么关系,他衰退的记忆中甚至都不会有我的名字、面容,或是一个亲昵的动作。

除非——(这很疯狂,我知道!——某一派诗歌的疯狂,一种现在并不流行的风格)——我成为罗伯·弗林特的妻子,在他去世后成为他的遗孀。

空气中有种奇特的味道,那是一种混合了开放的果树花、金银花,泥浊的河水,微弱的化学原料的味道。河下游数里外有在我散步的地方看不到的工厂。在被遗弃的河边公园有纪念牌匾,多是些内战军官、蒸汽船船长、拓荒者的纪念碑。其中有一座斯蒂芬·A.道格拉斯参议员的纪念碑,他曾召集过反对亚拉伯罕·林肯竞选总统的活动,以失败告终。为同道竖立雕像、以此纪念生命中有意义的事非常自然,但是外在、公众的生活对个人并没有太多实际意义,人们只生活在内心里,只和几个人有亲密关系。在这种时候,思绪像浑浊的泥水一样冲刷着我——如果没有内心中那种亲密关系的生活,职业生活实际上没有任何意义。希望生活在诗歌里是多么的疯狂,就像是掉在水里的人试图抓住脆弱的树枝不让自己下沉!然而,在这种努力中,我已经舍弃很多。我必须舍弃更多。

除非真的,我成为罗伯·弗林特的(第二任?)妻子。

罗伯·弗林特也许五十多快六十岁。他的妻子跟他年纪差不多大,但看上去更老。取代老去的妻子。这是个让人有些兴奋的想法,与成就成正比。但这的确让人兴奋。

我可以想象:和这个男人过着乡间生活,也许不在这里,因为离婚和紧接着的再婚事件会让他在盖里森学院变得没法待下去;在另一所学术和历史背景都差不太多的小型学院,在另一个衰退的美国小镇。隐身于这样的生活中,如同隐身于褪色的墙纸中。

当然——我会继续写诗。在生活的间歇。

那天早上河边公园空无一人。地上到处是暴风雨过后留下的痕迹——在学校里,有人告诉我,飓风时常经过这个地带。地上有腐烂的树和只剩下皮的树干。高架公路上面行驶着冒着黑烟的柴油卡车和汽车,桥内侧的墙被涂得乱七八糟。高中时我就开始跑步,在有压力不愉快的时候没有什么比跑步更让我振奋,因为在跑步时你以最基本、最简单的方式和自己相处。

这时我感觉自己是个长腿姑娘,而不是时年三十九岁的女人,完全不知道生命的第四十个年头会是什么样。我渴望跑步,感受到一种疯狂的力量沿着腿部扩散,直到两跨酸痛,呼吸短促。跑,跑! 否则就逃脱不了了。

但每天早晨,在精确计时的三十分钟后,我必须回去。好像我脖子上有一个项圈,拉着我停下来。转头,沿着同样的河边小路回去。因为学校来的车会在十点钟准时接我。因为我是一个负责任的人,正如我父亲所知道的。我宁可放弃去看望病入膏肓的父亲的机会,只为了不让陌生人失望。女人要和男人一样负责任——女人必须放弃个人生活,就像男人一直在做的那样。

到了晚上,尽管我和早上一样骚动不安,或许更多了一份绝望,我还是不敢走得离旅馆太远。河面在月光下露出不祥之色,让人心生胆怯。它白天的粗犷之美在晚上却变成完全不同的东西——"河水"像是有了生命,弯弯曲曲,仿佛一大群蛇。走过其中的某座桥——去感受脚下黑暗、奔腾的河水的魔力——我没有这个胆量。

那个地方也有流浪汉。白天我见过他们在高架路下凄凉的聚居地。

我走近第一个酒吧,河屋,里面烟雾缭绕,像是一个地窖。乐声传来,混合着啤酒和香烟的味道。我兴奋得视线有点模糊:我能看见身形,但看不清脸孔。伴随些许意外我看见了——我想我看见了——罗伯·弗林特坐在吧台边,面露惊讶之色,但又兴致盎然地直盯着我。

还有其他的男人,没有伴儿的男人,也转过头看着我。

我想——他们希望能认出我。但我不是他们认识的人。

我大胆地,也可以说莽撞地,走到吧台边。人们给我让座,就像水流分开。

我在一个有点摇晃的高脚凳上坐定,要了杯酒——杜松子酒,加冰。

在旅馆,罗伯·弗林特已经劝我喝了点威士忌。我总感觉罗伯·弗林特如果手边没有一瓶上等肯塔基威士忌,就不会走太远,就像你看见的那些肺气肿患者,在公共场合也带着氧气瓶。不过我从酒店玻璃杯里只喝了一两口,为了让他高兴。

但现在,保持清醒的状态似乎会有些尴尬。想保持贞节吗,想多了。

我点酒的声音很小。只有调酒师——有点粗鲁地盯着我——能听到。

"好的,女士。"

这是我第一次在这种地方点这种酒,也会是最后一次。我的声音柔和有韵律,带一点点爱尔兰口音。很显然,我的外地口音出卖了我。调酒师的眼睛像毛刺一样直直看着我,当他把酒放到我面前时用一种活泼、异样的语气又说了一次:"好的,女士。"并在说"女士"的时候稍稍加强了语气,像是在点出一个笑话的笑点。

河屋这时候也许还有其他女人。在后面的卡座里。但是我有一种自己犯了错的感觉。作为一个单身女性,我经常走进某个地方,某种情境,那是些没有料到"女人"会出现的场合,尽管女人没有被明令禁止——一种社交失礼,尽管不是什么了不得的失礼。这也是我在河屋独饮时的感觉。我的出现不合时宜,但也不是罪大恶极,不需要受到诸如强奸、酷刑或绞死之类的惩罚。当然我知道没有盖里森学院的人会光顾河屋,所以在这里没有人会认识卡德瓦德驻校诗人。

也许人们会猜到,我是"学院里的人"。我已经从平时在酒店的闲聊中感觉到,人们对小镇北边山上的学院既爱又恨,因为当地很少学生能被盖里森学院录取。

吧台边看着像罗伯·弗林特的人当然不是罗伯·弗林特本人。他更年轻,衣着也没有那么讲究。他看我的眼神纯粹是好奇,而不是像罗伯·弗林特那样崇敬的眼神。我用一种不那么没礼貌的方式忽视他(至少我这样认为)。我小口喝着加冰的杜松子酒,没觉得享受,倒有点讽刺的意味。我感到舌头麻木,右手手指也没有了知觉。我想——我得了中风吗?是这回事吗——"得"中风?我认为这个说法很奇怪,似乎不让别人去想其实一个人并不是得中风,而是忍受中风,就像忍受锋利的刀锋刺进身体。我在想我的父亲是否会"得"中风——老年人的病有时候就是这样突如其来——然后就从我们的生活里消失了。这是一个飘忽的想法,夹杂着作为女儿特有的惧怕,不过它还不至于搅扰我此刻坐在河屋酒吧里一个摇摇晃晃的高脚凳上时内心感到的愉悦。我诗兴高昂,尽管(我本来并不想承认)我已经好几个星期没有写过诗了。这几个星期来,我都不能连贯思考。我似乎完全无法用语言思考。在河屋里没有人认识我真是一个莫大的安慰!V.N.寂寂无名,对多数人来说她根本不存在。

不知什么地方传来震耳欲聋的摇滚乐声——很久以前流行的

摇滚乐。音乐的声音震耳欲聋,节奏强烈而简单,是那种给单纯的青少年听的单纯的音乐。我们都曾经那么年轻过。有些人从来都长不大。像双胞胎胎儿的眼球在出生前就被吸收到母亲的子宫里,保存在心脏下面,肠子,或是大脑的脂肪组织中,我们从前的自我总是以一种初始状态跟随着我们。我在想,我身上有哪些东西来自于父亲——有哪些微弱、渐逝的 DNA 在我身体里流淌。

二十分钟后,我离开河屋的时候,似乎没有人注意到我——即使有也只是在想那个绝望的女人!一定是学院里的人。

第二天早上,罗伯·弗林特给酒店打电话找我。

"我很担心你,薇拉。我觉得你在自找麻烦。"

在州际公路高架桥附近,在波浪起伏的宽广河边。在废弃的无人之地,那里遍布矮小的树丛、野金银花、荒草、荆棘、垃圾碎片。在垃圾堆中,就在高架桥下面,有一个年纪在四十五岁到六十五岁之间的流浪汉,金属色头发乱蓬蓬地搭在肩上,断裂的牙齿闪着亮光,笑起来像只狗。他在露宿地中间点了一小堆火,闷烧着散发出垃圾的味道。他的东西都卷成捆,挤放在一辆生锈的购物车里。他的衣服脏极了,却颜色鲜艳——紧身暗红色夹克,鲜绿色领带,类似睡裤的黄灰色条纹的运动裤,瘦骨嶙峋的脚上穿着有图案的针织袜子。他破旧的仿皮鞋并排放在他面前,把左右两只脚放在他坐着的毯子上。毯子上还有书,无数的书,精装本,平装本,看上去被水浸泡过,大都卷曲不平……我只看得见一个书名——《当不同的世界碰撞》。我站在离这个人几码远的地方,他眯着眼睛盯着我看,我也盯着他,不知道该不该说话。他低声咕哝着什么,好像在说你好!早上好!他的声音含糊,乐呵呵的,带着南方口音,肿起的眼皮慢慢眨动,用舌头舔了舔肿裂的嘴唇,嘴角发黑,好像吃了像柏油一样黑的食物。我用微弱、友好的声音说你——好！我因为跑得太快太远在喘气、流汗。流浪汉又跟我打了个招呼，然后说你是来找我吗？你是谁？——但这几句话也非常含糊。他开始用手和膝盖爬过来——我在想他是不是脚跛了。他好像在呻吟、喘气。我惊讶地看着他，迈不开步子。我傻傻地站着不动，身穿根本不适合跑步的薄羊毛黑色宽松裤和极薄的针织夹克，黑色胶底"走路鞋"其实真要跑步也不够用，脚底足弓处疼得厉害。我还没来得及对流浪汉说对不起——很抱歉打扰你，我——我不是你认识的人……那人咕哝了一声在我面前站了起来，挺直了身子；我本能地想去帮他，可是又不敢靠得太近。他的身体晃动了一下，一条腿看上去比另一条短。用一种兴奋、启示录式的声音语速很快地跟我说话——笑得露出了牙缝——表情怪异——眼睛充血，一只好像瞎了的眼睛斜看着我——和我争论，说出一连串令人无法理解的话，但我能感觉到其中的强烈感情——不满？——愤怒？还是他在说他其实认识我？不知为什么，我完全失去了移动的能力。我的腿像灌了铅，好像已经跑了几小时，而不仅仅是几分钟。还没等我警觉地后退，流浪汉抓住我的胳膊肘，一边摇晃我一边指责我——什么？——无法言说的东西，我知道。他的表情扭曲，像在经历可怕的性高潮。充血的眼睛闪着怒火。这时这个肩膀上搭着乱蓬蓬金属色头发的人好像认出了我——一直在等我——因为我这么久才出现而怒不可遏……他用双手抓住我的肩膀，发烫的脸贴着我的脸，肮脏的嘴贴着我的嘴，呼吸散发着恶臭。他弯下腰，使劲把嘴压在我嘴上，用牙齿咬住我的上嘴唇，用力咬，咬——太疼了！——我尖叫起来，开始打他，怕他像动物一样咬穿我的嘴唇……

然后，他放开了我。他粗野、得意地笑着放开了我——我没有能力让自己获得自由——我会永远记得:我没有能力让自己获得自由。我的嘴血流不止,却感觉不到疼。在恐惧和耻辱中我转身——试图跑掉——不是像练习跑步那种,而是妇人般地落荒而逃——一个不再年轻的妇人,腿部肌肉也不再灵活、有弹性。在恐惧、耻辱和震惊中我逃离了这个陌生的地方,逃离了在散发着闷烧垃圾气味的地方袭击我的人,我用手捂住流血的嘴,流血不止的嘴。由于疼痛和震惊,我啜泣着,跌跌撞撞地离开画满涂鸦的高架桥,跑进突然让人感到温热的阳光下,泥色的河水就在我身边,我已记不住它那充满异国情调的名字。

"N.小姐?你的嘴怎么了?"

我平静地解释:在水泥台阶上摔了一跤。没什么事。

他们看着我,大惊失色。他看着我。

"你去医院了吗?也许你应该缝针……"

没关系!我不需要缝针。我知道。

我微笑,向他们证明(破裂的)上嘴唇不疼。

或者,即使疼,也疼得不厉害。

"也许——打一针破伤风?"

但我不想讨论我的伤口。只是一个很浅、很快就会好的伤口。谢谢你!

我感到痛苦,或者说我的自尊感到痛苦:卡德瓦德驻校诗人V.N.给人们的印象是天真而有些古怪的,在这记忆中,这个愚蠢的嘴部小伤口给人们的印象一定是最深刻的。

V.N.是否履行了她作为卡德瓦德驻校诗人的职责,是的,她确实做到了。

V.N.是否激发了别人对诗歌的热爱,让自己耐心对待自己诗作中的不足之处,是的,她确实做到了。

和热忱的年轻诗人一起阅读他们的手稿,鼓励他们大声朗读作品——"能考验诗歌的,是耳朵而不是眼睛。相信耳朵。"

还有,"无论你'真正的主题'是什么,它都可以等待自己的时机。你现在做的只是训练。不要对自己太苛刻。耐心一些。你有的是时间——十年,十二年。二十年。诗歌的价值是超越时间的,你面对诗歌的时候会永远年轻。每天都写一点——就像你每晚都做梦一样"。

还有,"诗歌是那些让人害怕的东西。它很稀有,但值得人们等待。在等待的时候,不那么精彩的诗歌可以陪伴我们。你们不应该看不起这种陪伴"。

年轻的诗人们似乎对这些建议很感激。他们似乎很感激被严肃对待。被轻视比随意开开玩笑要好,但最有价值的是被认真对待,而那是 V. N. 可以做到的。

奇怪的是履行卡德瓦德驻校诗人的职责对我来说并不是很难。比履行女儿的职责容易得多。

有几次 V. N. 被安排参加诗人和作家的聚会——"创意写作学生"——在学院组织的午宴上。V. N. 坐在桌首,这是很合适的安排,因为 V. N. 是被有才能的年轻人围坐的人,这些年轻人眼神犀利,有很多问题要问。午餐的气氛很欢快,时时传来紧张的笑声,这其中也有我的笑声。

不是疯狂或刺耳的笑声,我想。像一个受到惊吓的动物发现自己被放走的当儿又再次被抓住,笼子的门猛然关上时发出的声音。

我受伤的上嘴唇开始疼痛。我机灵地把一杯冰水压在嘴唇上,使痛感麻木。我和学生谈话越多(他们带着一种讨好的专注听我说话),疼痛感就越轻;当我引用诗句,或背诵整首诗时,疼痛消失了。这个世界不是结论。/物种超越其间——/无形,犹如音乐——/但确切,犹如声音——

这种时刻在我声音里的这种快乐——这种确定性。

在我的生活中,不确定性。但在诗歌中,确定性。

年轻的作家们渴望找到能和他们坦诚交谈的人。我给他们开书单,耐心地读他们的作品,并写下详细意见。这是我在做的事,因为这是我所在的地方。我感到欢欣鼓舞,尽管很累。当学院一天的工作结束时,我的喉咙总是因为长时间热情地讲话而发干,由于在文稿上写太多评论手也酸疼。文字在脑子里像醉醺醺、兴奋不已的蜜蜂一样嗡嗡作响。

有时候时间过得很慢,像陷在泥地里的车辀辘。不过驻校的两个星期时间转瞬即逝。我想——只要我在这里我就是安全的。未来很模糊,像因为时间久远而黯淡的镜子。

校长办公室打来电话:"真的!看来他们很喜欢你。我们的'卡德瓦德驻校诗人。'"

还有:"他们说从来没碰到过像 V. N. 这样的人——会花时间在他们身上。他们说你特别好。"

罗伯·弗林特非常满意地说道。我告诉他我希望至少有些是真的。

罗伯·弗林特接着毫不客气地说:"如果我说是这样,那就是这样。我不会夸张。我也不迎合——任何人。"

他似乎带有一种斥责的语气。我感到刺痛,赶快挂了电话。

我时常为自己秘密、病态的自我没有被发现感到释然。我为诗人的公众形象如此耀眼感到一种幼稚、奇怪的骄傲。

那天晚上,罗伯·弗林特又来看我。他之前建议我们这阵子不见面——一天,两天——他家里有事,工作也太忙——但在晚上十一点零八分他却气喘吁吁、焦急地出现在比克迪克旅馆我的房间门口。他带了一瓶肯塔基威士忌,用一个不引人注意的纸袋包着,英俊的脸庞激动得通红。

"你会写笔记吗?你会写我们吗?如果你写我,"罗伯·弗林特滔滔不绝地说,"——你会有所遮掩,对吧?我读过你的诗,亲爱的薇拉,我知道你很谨慎。"

"这些诗是无关我个人色彩的,所以显得谨慎。"

"它们很有力量,而且因为这种力量,显得个人化。但它们也很谨慎。你有非同一般的纯洁灵魂,我亲爱的。"

罗伯·弗林特说话就这个风格,是的。一个成功的管理者随时都能说出那种不经意的赞扬和夸大其词的演说。有鉴于此,我也用类似的风格回答说,意想不到的事情出现在我在这里的生活中——在这个地方——"和密西西比河"——"遇到了你。"我的声音慢慢变小,仿佛梦游者从睡梦中走出来,走进刺眼的日光中。我试过但还不敢叫出罗伯的名字。我的眼里闪着信念的泪花,上嘴唇的小伤口像青色的血管一样突突跳。

罗伯·弗林特吻了我,准确地避开了那个小伤口。他亲吻的力量让我不由得往后退,感觉就像被手掌使劲推了一下;还有不愿意受任何阻挡的迅速移动的舌头。我想——他不喜欢变形的嘴。他只是还不知道。

就像我在学院的新朋友一样,罗伯·弗林特对我的伤口表示关心,伤口已经开始结了拉链似的黑痂,但还有点肿。我确定地说,伤口在慢慢好,并不疼。罗伯·弗林特问我是否看过医生,确保没有感染,我模糊地说看过了,没有感染。

"你真固执,薇拉,可不是吗!我想这就是为什么你是诗人,而不是,像我们这些人一样的,散文派。"

这番话出人意料,把我逗乐了。但我也体察到这之中的对立情绪,我知道,在想法不一致的时候,校长总是得赢。

罗伯·弗林特是一个性急、情绪激烈的情人。他做爱时有种强烈的非个人意味——他的欲望像雪崩,势不可挡。甚至他那奇怪的正式演说也是做爱的序曲,那爱像山洪暴发,让人透不过气来,几近窒息;这种性爱只需要女方最简单的配合,不反抗就行了。而罗伯·弗林特是真正的猎手——牙齿在追捕中湿润发亮,皮肤散发出热力。对他来说,他的行动带来的愉悦是爆炸性的;你可以感到性快感像电流一样在他身体里穿过。但他不说话,他不发出任何声音。他的脸因力保沉默而变形。

然后他会说,过一阵子后——"你呢?薇拉?你快乐吗,薇拉?"

这个问题问得迫切。因此我当然说是的!

我从不问罗伯·弗林特私人问题。我知道罗伯·弗林特会告诉我想让我知道的事情——在这些之外,V. N. 对他的好奇都是侵犯。我知道罗伯·弗林特喜欢开自己的车,不过学院有一辆配司机的黑色林肯豪华车,他经常坐这车去机场,去参加各种活动;作为校长会见董事、校友、捐赠人、政治家、银行家。我知道他有孩子——孩子们都长大了,不住家里;孩子成年后,他们的年龄总带给罗伯·弗林特某种(轻微、慢性的)焦虑,因为他总认为自己充满阳刚之气。

我知道他的妻子很不快乐,因为她一定很孤独。虽然时间短暂,但她也曾是他用带有性意味的、热烈而专注的目光注视的对象,这种注视一旦转移她马上就会察觉。但我知道他的妻子毫无保留地爱着罗伯·弗林特。这种盲目,这种绝望——正是某种妻子之爱的根本特征。

　　罗伯·弗林特回到"发现"我的话题上来——早期诗集,书封上的照片。"你梳一个长辫子。你注视着镜头,没笑。这至少是十五年前——在费城的一家巴诺书店。我想——我要认识这个女人——这位'诗人'。当我做好准备的时候,我会用我自己的方式认识她。"

　　罗伯·弗林特多么自傲！这就是猎手对收获猎物的得意之情。

　　我从来没有梳过"一个长辫子"。罗伯·弗林特也从来没说过他在巴诺书店买我的书。

　　我猜校长和卡德瓦德委员会之间的冲突可能比我之前想象的还要激烈。我感到脚下的地板在移动,根本没人想要V.N.。罗伯·弗林特心满意足地看着自己如何成功地把V.N.推销给委员会。

　　罗伯·弗林特这会儿笑了,也许正好回忆起这个情景。

　　后来,当我们裸身躺在大得离谱的"特大号床"上,在流苏四角蚊帐下盖着象牙色缎子被单的时候,罗伯·弗林特说他希望我不会把他,或是学院写得"太露骨"——因为他曾经差点儿就在盖里森"制造出丑闻",因为与他的董事会在政策方面有分歧。"董事们认为,既然他雇了你,你就得为他们服务。但是他们错了。"

　　我说:"你是正直的人。他们雇你就是因为这个。"

　　罗伯·弗林特说:"是的,你说得对——'正直的人'。但是当'正直'与个人利益冲突时,受到损害的总是'正直'。"

　　好像是为他的话封口,罗伯·弗林特吻了我。我抱着他厚实肩膀的胳膊紧缩起来,想——这就是人们之间说的话,在这张床上。

后来,罗伯·弗林特有些抱憾地说道:"我的婚姻并不像人们想的那样。"

我没有问——人们想的是什么样?

"它并不像表面的那样。即使在我的家人眼里——在孩子们眼里。"

我想这是不是在暗示我问——你们的婚姻究竟表面上是什么样?

我想不起来爱尔维拉·弗林特的样子——只是模糊的一片微笑。当罗伯·弗林特右手轻轻搭在我后腰处,一副胜利的样子带我走进餐厅的时候,我没看到,但能感觉到她隐藏着的怅然的表情。

一如猎手,罗伯·弗林特有自己的仪式。作为情人,他有一套既定的行为模式。做爱的方式,做爱之后的方式。在他的臂弯中,我是他不在场的妻子。他现在说道:"我无法相信你马上就要走了,薇拉。我们还会再见面,对吧?我还想再见到你。"

我说,其实没有下定决心:"我也想再见到你。"

我们在宣告,说出誓言。你也许会认为我们在证人面前说话。

就像我开始吃饭时才感到饥饿,然后会越来越饿,我对罗伯·弗林特并没有什么特别的感觉,直到说出这些话。然后,我感到极度痛苦,像是要失去什么。我上嘴唇的小伤口又疼起来。

直到现在,我才明白。我到密西西比河边古老的小镇来是为了爱上一个叫罗伯·弗林特的男人,他是当地学院的校长和时光的猎手。当我父亲在东部就快要去世的时候,我正步入属于自己的生活,作为女人,在中西部的生活。就是这个故事:(诗人)(秘密的）传记。

罗伯·弗林特在门边吻我，注意不碰到我的上嘴唇。又想起了那瓶威士忌，他回到起居室把它拿走。他红通通的脸上带着轻松、高兴、内疚、满足的表情，那是从一个女人身边解脱出来，但还没有进入另一个女人引力范围内的男人的表情。

"薇拉，晚安！明天见。"

那天晚上虽然已经很晚，我还是给哥哥打了电话，并留下语音留言。

我给医院打电话，也留了言。

到第二天早晨十点还没有人回电话。我出发去学院，感觉像一个有罪的囚犯，至少又得到一天的缓期。

学院举办了一次卡德瓦德驻校诗人告别午宴。大部分宾客是学生，还有几位教授和讲师。看起来学生们的确跟我"学"了些东西。他们一个个依次举起手中的可乐、冰茶、汽水和冰水向 V. N. 致敬，真让人感动。这个名字（出于某种原因，当我还是学生的时候让我很尴尬，尽管它是个很普通的略显"民族化"的名字）带着这么强烈的仪式感被念出来！一个有着稻草发色、和我关系不错的女孩——我对她的散文诗评价很高——很动情，甚至说不出话来……还有一个（同性恋？）男生，盖里森学院本科生中最有才气的一个，也是我最欣赏的一个，在抹眼泪……我很感动、震惊、感激、自卑，我无法相信……当他们用手机给我拍照，跟我合影时，我没有反对。

但是——我不该得到这样的赞赏！我现在并不写诗——我不再是个诗人。我是伪君子，不诚实的人，我不是好人，是可鄙之人，你应该鄙视我,因为我在父亲走向死亡的时候,却躲在遥远的密西西比河岸。我太软弱,那个早上在来学院之前甚至都没有给医院打电话,现在我也没有勇气说出这些话。

我有点想哭,但我没有。我的(受伤、疼痛的)嘴唇在颤抖。见证者也许会说有着"清高""精确"名声的诗人 V. N. 其实只是一个脆弱、多愁善感的女人,有着神秘肿胀的嘴唇和忧虑的眼睛。我用颤抖的声音试图表示,我从盖里森学院的学生那里也学到很多东西,教学不是"单向"的;在我生命里这个特别困难的时刻,我被他们的温暖和坦诚感动……(但是为什么我说困难时刻?我并不想说困难时刻。)当我犹豫着说出这些话的时候,我承认它们是真实的,在某些方面是真实的——此时,此地。

稻草色头发的女生当众送给我一个礼物。一个包装精美却不太灵便的东西。

我应该打开礼物吗?在众目睽睽之下?

这是一个可折叠的档案夹,上面绘有中国风格的花卉和蝴蝶。一个可以保存信件或诗稿的档案夹。它很美,一定价值不菲。我感到脸上发热,暗觉羞愧。我结结巴巴地向学生们表示感谢。我抹去眼角的泪水。"我——我永远也不会忘,忘记…… 这是一个……"

罗伯·弗林特从房间后面悄悄走进来。他穿着裁剪得当的深色西服,红色领结品位高雅。他浑身散发出身为校长的骄傲之情,好比县集市上获奖小牛的主人。"我能说几句吗?"罗伯·弗林特喊道,带着一种要求讲话的请求从未被拒绝过的自信。看来盖里森学院校长没有被邀请出席午宴。或者他收到邀请,但有另外更为重要的事情要做。所有人立刻带着微笑回头看罗伯·弗林特,充满愉快的期待。因为罗伯·弗林特是个受人喜爱的校长,你能看得出来。

　　面对专注的听众，罗伯·弗林特谈到我对诗歌，对"盖里森学院年轻诗人们"的"热爱"——又一次谈到多年前"发现"我的诗歌这件事。罗伯·弗林特表示希望我能够"很快再回来"。我感到一阵晕眩，耳边轰轰作响。

　　他这是要给我一个学院的教职吗？我不这么认为，但是——校长有这个权力，如果他要用，或者滥用的话。

　　我用颤抖的声音表示我也希望可以很快回来。是的，我希望能够重返盖里森学院……我断断续续的话被突如其来的掌声打断了。

　　那天下午，在酒店房间，我在收拾两个行李的时候试图回忆这让人尴尬的一幕是如何结束的。我因为太感动，没准让自己出了丑——如果有人注意到的话。（我目光敏锐的哥哥，一个根本不喜欢诗歌、对妹妹也不欣赏的人，一定会注意到。）一些学生和教师请我在诗集上签名，就在这一团乱的当儿，罗伯·弗林特很快悄悄溜走了，就像他突然出现一样。但是记忆已经开始消退，就像这座古老酒店的地毯。我带了两个中型旅行箱来。我旅行总是尽量少带东西，也许太少，就好像一个人被迫为另一个自己并不在乎的人收拾东西。在公共、职业场合我大都穿黑衣服，因为黑色总不会错。黑色羊绒、黑色真丝、黑色织锦。黑色还可以搭配鲜艳的丝巾，或是项链，它们是我认为我曾经爱过的人送的礼物，还有曾经爱过我的人——至少从这些证据来看是这样。人并不多。

　　由于我没有太多身份认同感，用别人的礼物来装扮自己是个不错的主意。我是一个还年轻的美国女诗人，类似H.G.威尔斯笔下的"隐身人"，只有通过在身上裹上布条或缠上纱布才能让别人看到自己。他也许需要这些东西来御寒。

因为即使你无形,你也会感到冷。

电话响了,我一直害怕电话会响。我抖得厉害,简直没办法接电话。

但是,电话又一次响起来,我茫然地拿起听筒——闭上眼睛,就像要迈向悬崖。但是那个声音不是我哥哥的声音,也不是我父亲虚弱、充满责备的声音,而是罗伯·弗林特的声音。他说他正在楼下的大堂——他必须在我出发去机场前"再见我一次"。

出租车会载我去机场。不再有盖里森学院的专车。

"不过你现在不想上来吗?到我房间来?"

我为罗伯·弗林特感到担心。这会儿是白天,不是晚上:盖里森学院的首席管理者却表现得如此鲁莽不谨慎。我想他应该是从大门进来的,而不是侧门。他在大堂会被人认出来的。他在当地是引人注目的人物,他很有名。

然而,罗伯·弗林特径直到我房间来,把身后的门关上后,抓住我的双手。我对他要说出来的话感到害怕——听着,薇拉,我爱你。我要告诉你。你可以离开我,但一定要答应会回来。这些话说得如此真切,以至于我几乎听不清罗伯·弗林特正在说的话:他会多么地想念我,这对整个学院社区来说是多么难得的一个机会。

我很感动,禁不住颤抖起来。告别总是很难,即便一个人的处境与旁人所想并不完全一致。

"薇拉,我们都会想念你!"

"我——我会想念你们大家……"

我们打住了。我们都喘不过气来。罗伯·弗林特只比我高一点,但至少比我重四十磅①。他的银褐色头发在大大的耳朵周围梳成蓬松的发型。总体来说,他的脸也不小。皮肤上的皱纹,尤其是眼睛周围的皱纹,显得亲切。他的牙齿堪称完美,带给他自信的微笑,也许他所有的个性都来源于此。他在微笑,但笑中却带着担忧。

我很害怕,几乎听不见他在说什么。我怕他说我不能走。在突发奇想中我看见他把门堵住,不让我走。

罗伯·弗林特皱着眉说:"原谅我,薇拉。有件事我必须要问你。"

"什么事?"

别问我是否爱你。不要告诉我你爱我。

罗伯·弗林特犹豫了一下。你可以想象这个腰杆笔直的人把枪扛在肩上,仔细瞄准,手指放在扳机上。当活生生的猎物进入视野的时候,扣动扳机需要一定的力气。

"第一天晚上,在校长宅邸的晚宴,你记得……"

"我记得,当然。"

"在后面那个房间,爱尔维拉几分钟前带你去过的那间,你有没有看见——我是说,有没有无意中拿了一个小时钟?一个德国瓷钟,是个古董,大概这么大……"罗伯·弗林特用手比画了一下,大约一个柚子的大小,"它有点重,白瓷底座,上面有些植物花卉图案。我妻子今天才发现它不见了……"

我惊讶得说不出话来。尽管我在很仔细地听,但还是无法理解罗伯·弗林特的问题。

他很快地补充:"薇拉,我不得不问一下。"

---

① 约18千克。

"你是在问我——有没有从你家拿走一个古钟吗?"

"是校长宅邸。不是我家。"

"我有没有——从校长宅邸偷东西?你在问我?"

"嗯——也许你无意中拿走了。你那天晚上显得很累,心不在焉……"

"我是不是把它偷了。你在问我。"

"不是。但是如果,在无意间,你正好……"

"'拿走了它。'一个德国瓷钟,柚子大小,很沉。你们的古董钟。"

"不是我们的。我已经解释过了——这是校长宅邸的财产。它是学院的。"

我从罗伯·弗林特身边走开,有点步伐不稳地走到窗边。酒店虽然老,但窗户很新:很长的横向平板玻璃窗。阳光倾泻,不过是经过玻璃外面的灰尘过滤后的阳光。空气中的尘埃仿佛躁狂的原子。我感到震惊,就像是罗伯·弗林特,我曾经的情人,在胸口给了我狠狠一击。据说有经验拳手的一记重拳可以让对手心跳停止。这是残酷的一击,如果你有力量、技巧和意愿给别人这种致命伤害,如果你的对手又完全没有自我防御技巧的话,这是可以做到的。

我小心地舔了舔我干裂、疼痛的嘴唇。

"罗伯,你在问我,一个你说你爱的女人……"(但是罗伯·弗林特是否真的用了爱这个词呢?)"……一个对你很有感情的女人……"(但是果真如此吗?)"是不是从你、你妻子和你学院那里偷了,那个什么,德国钟……?"

"一个十八世纪早期的古董钟。我不知道它值多少钱,但是——爱尔维拉说它是很贵重的古董,这是盖里森学院校长宅邸的财产。"

罗伯·弗林特的态度既傲慢又带有歉意。他抚摸下巴的姿势我从没见过。衣着正式的他露出奇怪的苦恼表情,像脸上有裂缝的塑胶模特。过了一会儿他才走到我身边,像是要安慰我。"薇拉,我知道你没看见那个该死的钟。但我得问。因为它不见了,显然,没有别人……"罗伯·弗林特停下来,在思考该怎么说,"我妻子说没有别人能——我是说,她认为……"

"有没有别人到过房子的那个地方?清洁工?工人?会不会是你妻子呢?"

我说得很轻。我不想为自己辩解。我突然觉得很累。我渴望那种地面三万英尺之上会有的晕眩。雷电击中机翼,尾部与机身分离。我见过这类照片,灾难记录。乘客和机组人员被烈焰吞噬。我渴望那一刻获得的自由——从我笔记本里写不下去的诗句中抬头仰望从飞机发动机中喷射而出的火焰。

罗伯·弗林特又说了一次他必须问,这次语气更坚决些。

"你应该问你妻子,你懂的。'弗林特太太'。"

"我妻子不会做这种事,N.小姐。这点毫无疑问。"

我的行李箱在床上,已经装好了,但还没关上,像仰面躺着、四肢伸展的无助的动物。我走到床边,提起行李箱,把里面的东西倒在床上。大部分是衣服。内衣。软东西。几本书,一个笔记本。就像在机场安检处,这些私人物品暴露在外,可恶之极,却毫无意义。我的"洗漱用品"在背包里,要分别给安检人员检查,证明我不是恐怖分子。

罗伯·弗林特站在床边。我拉着他看,带着妻子般的亲密。他什么也没碰,但的确在看:我看见他狡黠的目光迅速移动。两个行李箱都有拉上拉链的小袋,我拉着罗伯·弗林特的手在袋子外面摸,这样他就可以触摸到,就和他能看到一样,那里不可能有任何类似钟的大小和质地的东西。罗伯·弗林特意识到这种搜查很荒谬,转过身去。"等一下,还有这里。"我把背包递给他检查,他只是把包在手里掂了掂,随即还给了我。

"当然。我很抱歉。"

"我很抱歉。"

"我并不认为,薇拉……"

"你妻子这么认为。"

我突然感到非常痛苦,嘴巴挤出一个受伤的笑容。

罗伯·弗林特皱起眉头。他满脸通红,显得没那么帅气了。透过头发甚至能看见他头皮都发红了。"我不想讨论我的妻子,薇拉。和陌生人讨论我的妻子让我不舒服。"

罗伯·弗林特刚才在朝浴室看。门关着。浴室里藏着东西吗?我尴尬的访客似乎不愿意问,于是我拉着他的胳膊,像没有耐心的妻子一样,带他到浴室。我打开门,这是一间面积很大,贴有白色瓷砖,尽管没有窗户但很不错的房间,他一望便知那里没有任何我的东西,我已经把东西都收拾好了。

不过,垃圾桶里有一个奇怪、个头很大的东西:不是古董钟而是一个有中国风格图案的可伸缩文件夹。

我忘了这回事。我忘记自己把学生送的价格不菲的礼物给扔了。这会儿我的脸开始发烫,又尴尬又懊悔。

罗伯·弗林特盯着垃圾桶看,好像找到了他要找的东西。他拿起文件夹,看了看下面。

"你为什么把礼物扔掉,薇拉?"

"我——我没注意到我把它扔掉了…… 它一定是掉到垃圾桶里去了。"我的声音颤抖,深感羞愧。我不会撒谎,在这一刻,罗伯·弗林特对我的羞辱因为我试图对他笨拙地撒谎而冲淡了。他不禁笑起来。我难过地说:"我的箱子放不下这个文件夹。它体积这么大……你要拿回去吗?你可以把它还给学生,他们可以把钱退回来。"

罗伯·弗林特好像没听到这番不怀好意的话。他离开浴室,还在笑;他停下来,又朝床上看了看,我的衣服无言地散作一堆。我知道这个曾经是我情人的人又看见了,我也无法自制地又想起,我们裸体在床上的样子,脆弱,彼此交缠。哦,我们曾经相爱!——多么让人绝望,又这么真实。但此刻这种记忆变得模糊。让人怎么也无法相信。

我跌跌撞撞地——但决心已定——和罗伯·弗林特走到门口。他停下来要和我说话时,我把他推了出去,就像一个孩子推另一个孩子一样,突然而然,不假思索。我带着鼻音冷笑着说:"滚吧。回家吧。告诉她你没找到。我藏得太好了。"

我很快把门在罗伯·弗林特身后关上。

在机场,我再次给医院打电话。一个女人接了电话——不是之前和我通话的护士。她说自己叫"郝丽",听到我说出名字后她似乎有些吃惊。当我说要和父亲说话的时候,她不安地说:"哦,但是——你还不知道吗?你父亲昨天去世了——昨天下午……"

我已经开始登机。扩音器里传出的女声淹没了护士的声音。我听到自己回答,听到她说话,但无法理解任何话语。我麻木地登上飞机,拎着一个行李箱和沉重的背包。另一个行李箱已经托运。我试图说话,但护士的声音越来越小。我感到一片茫然,似乎觉得是父亲在说话——我尽力在听清楚父亲微弱、模糊的声音。

飞机起飞后,乘务员看见我在哭,心神不定,有些担心。我旁边的乘客是一位上了点年纪的亚裔,显得局促不安,我不想让他不舒服。我哭得很奇怪,像是在哽咽,要把喉咙里的干沙子咳出来。我用沙哑的声音结结巴巴地说——"家里有人过世了。"这是一个没有个人色彩的声明,为了不让大家担心,因为我不知道还能说什么。"家里有人过世了。"

不久以后我听到乘务员低声告诉坐在我周围的人——家里有人过世了。家里有人过世了。

消　失

"事物都有消失的方式。但是——它们到哪儿去了呢？"

她在和某人说话。通电话。人们都知道她说话的风格——她说话很机敏，但让人感到轻松、有趣。她的声音总是很欢快，总能让你哈哈大笑，或是微笑。她的话从不让你感到担忧，也不让你尴尬。

那天上午又过了一会儿，就像是证实了她随口说出的话，在车库昏暗的灯光中，她发现有东西不见了。

在层层累积的物品当中，出现了空缺。

这种累积给人带来宽慰。一层又一层的生活，一层又一层的岁月。园艺工具、小推车、喷雾剂、旧自行车、可回收垃圾箱、破旧的垃圾桶、纸板箱堆在角落。裂缝的花盆、废弃的厨房用品和家具。老电视、装狗食的碗。你可以为一个家庭列一个用旧了的，或不再使用的物品清单。你可以为生活列一个清单。

但是，是的，在后墙那边，一个很大的东西不见了。她可以看见它在墙上留下的幽灵般的痕迹。

小偷？但是谁会从车库里偷东西呢？

车库里没有任何东西值得偷，在凡恩车库存放东西，理论上是这样。

然后她发现：她丈夫的自行车不翼而飞了。

那里有她的英国赛车，另一辆她以前骑过的自行车靠在墙上，轮胎早就没气了。还有一辆部件不全的,她儿子以前骑过的自行车。但是摆放她丈夫那辆笨重的黑色山地车的地方却空着,她不知道这样空了多久,她朝那个方向看了不知多少次,却没发现。

她气喘吁吁跑去找瑞恩,情绪激动。"你的自行车!你的自行车不见了!"

她不想说被偷走了。她不想显得那么警觉。

但是瑞恩很平静地告诉她,自行车并没有丢,他把它送人了。她听了很吃惊。

"送人?但是为什么呢?这是一辆很漂亮的自行车,你一直很喜欢它……"

这也不全对。山地车没那么漂亮了。至少在最近几年,说瑞恩很喜欢它也不完全正确。

他们结婚多年来经常一起骑自行车。他们从家里骑到特拉华河,再骑回来,山路崎岖;他们也曾把自行车放到汽车上,沿着哈德逊河骑行。他们在很多地方骑过自行车:新斯科舍省、康沃尔郡、苏格兰、意大利、法国南部,有时和其他爱好自行车运动的夫妇结伴而行。但最近几年他们骑得越来越少了。去年夏天,他们甚至一次都没有骑过——朱莉娅不愿去想这些。瑞恩有时太忙,有时没情绪骑车,还有些时候,瑞恩又忙又没情绪。瑞恩还有"健康"问题——关节炎、高血压。朱莉娅有时一个人在附近的乡间小路上骑车,但一个人实在没什么乐趣。一个人做曾经和另一人一起做过的任何事情都没乐趣。

过去她得用力蹬自行车才能跟上丈夫,他总是只顾自己在前面,忘记她的存在,而现在她无人可跟了;她应该感到解脱和轻松,但却没有,她发现自己眯着眼看着前方,试图看见他在远处……噢,她丈夫在哪儿!这么远不可见。而现在,瑞恩的自行车丢了,她着实感到失望,丈夫的随口解释简直就像背叛。送人了。

他把车送给了他的侄子凯文,他说。

"凯文?但是——为什么呢?"

"因为我也不再骑这车了。"

她知道——作为男主人,瑞恩不愿意被质问。他也不想在读《纽约时报》的时候被打扰——打扰他似乎已成为一种婚姻禁忌。

丈夫也不喜欢妻子带着受伤的神情直盯着他,好像他的自行车和她有什么关系。

"凯文的自行车被偷了,所以我就让他过来把我的拿走。"

"凯文的父母不能给他买辆新的吗?"

"当然,大卫和凯丽可以给他买新车。这不是问题的关键。"

"那关键是什么?我不懂。"

"关键是,自行车不在了。"

"可是——凯文有了新车后就可以把咱们的自行车还回来——不是吗?"

"朱莉娅,我说过了,那该死的自行车已经不在了。"

妻子感到受到了指责。有些指责是丈夫式的。

凯文是她丈夫的侄子,而不是她的;朱莉娅和瑞恩哥哥一家的关系很一般。自从四十多年前嫁给瑞恩,她就知道如果瑞恩出了什么事,如果他在她之前去世,她再也不会见到这家人,他们也不会想要见她。

朱莉娅对瑞恩家的人想方设法不让她出现在家庭合影或是录像中感到不可思议——(这并没有伤害或是冒犯她,只是让她觉得好笑)。节日聚会上有瑞恩,还有——不是朱莉娅手揽着他的腰出现在他身旁——而是姐姐,表兄弟,总之是另一个亲戚。我们只结婚了半辈子,朱莉娅会轻描淡写地说,不能指望你们家那么快接受我。

瑞恩接着专注地看报纸。对他来说,这件事到此结束。对朱莉娅来说,那一整天她都有种因为被配偶拒绝而受到伤害的感觉;她总是听见一个微弱的声音,一个让人不安的声音,那个令人沮丧、不可变更的词——不在了。

"我没事。这不算什么——只是一辆自行车。我没有被背叛。"

自言自语是疏导自己的一种方式。

在婚姻生活中,强度最大的谈话常常是和自己的对话。

朱莉娅的自行车还在车库,在山地车原来的地方旁边,孤零零的,被扔在一边。这是一辆经典的英国自行车,轮胎很细,有很多档位。那个夏天她时不时会骑上自行车,沿着房子附近的乡间小道骑上一段,出于对骑车的固执,也因为生活孤独;她懒得戴头盔,因为她反正不走远,也不去危险的地方,如果是瑞恩的话就会坚持戴。她不会告诉瑞恩她去哪儿了,除非他问起——而他从来不问。

她多么爱骑自行车!这是她生活的乐趣之一。她比实际年龄应有的样子更年轻有活力,腿上肌肉结实,反应很快,体力也没有下降。她不再适合骑自行车了这个想法真让人伤心。

最终,没有瑞恩的陪伴,她也不会再骑车了。她知道会这样,只是还不愿意面对现实。

正如他们二人世界中的其他事一样。他们会放弃的事,或已经放弃的事;他们放弃了但从不会提起,甚至也不会想起的东西,即使岁岁年年流淌而过,像温水轻刷他们的嘴唇。

丈夫,妻子。

消失,不在了。

他变得颇为神秘。他让她感到不自在。结婚四十四年了。在这些年中——很显然——她有无数机会深入了解瑞恩·凡恩;但是,她开始意识到,她所了解,或相信她所了解的丈夫与和她在一起生活的伴侣根本不是一个人。现在,当她在远处看见瑞恩,比如在停车场或街上,并不是总能认出他。

他"老了"——当然。但这不是他神秘的原因。

在他五十岁出头,头发开始稀薄时,出于虚荣心,丈夫到理发店剃了个光头——彻底、突然地。他立刻显得个头小了些,也没那么有特色了。因为有很多男人——(朱莉娅发现)——都是光头,也许是出于虚荣心;似乎在模仿那些偶像级黑人运动员和说唱明星为了更有性魅力而剃光的头发。丈夫的头大小普通,但现在看上去更小,因为耳朵更突出了。他的脸现在看上去更宽、更平,夹在两个耳朵之间,像小丑的脸;但也许瑞恩没有注意到,因为他不知道——(朱莉娅知道他一定不知道)——他头皮上有奇怪的迷宫般的纹路、褶皱和凹陷。她想——头发是伪装。头皮却不能被伪装。

三十二年来瑞恩是新泽西一家制药公司的研发顾问。他薪酬丰厚,主攻治疗白血病等血液疾病的药物。他的专业是化学和分子生物。他现在半退休。在妻子之外他有自己的职业生活——几英里外的办公室,还有一个她从未去过的"实验室"。朱莉娅搞不明白瑞恩的上班时间,因为他好像每周都有不同的上班时间。她也不再认识他的同事;当她问起其中的一个时,瑞恩总是说:"他已经不在我们这里了。"或者,更神秘地说:"他?他走了。"

走了。但是去哪里了?

尽管如此,她还是认为她很了解丈夫——就像他了解她一样。

因为她的生活中没有任何秘密——(她不这样认为)。他们共同的生活——(一体的,单数生活,而非复数)——已经像他们房门前的石阶一样被打磨光滑,几十年间经过无数双脚的踩踏。

不过她发现自己还是回忆起——伴着不由自主的惧怕,像一片阴影迅速掠过头顶——早年发生的一件事情。

这不是愉快的回忆。也不是他们共同的记忆。在后来的很多年,丈夫和妻子都没有向别人提起过这件事。

那时他们刚结婚三年,住在另一个州,五大湖最南端的一个中西部大城市。一天下午,当他们回到(第一所,新买的)家里时——这是住宅区一栋两居室的殖民地风格房子——发现侧门,他们平时用的唯一的门,没锁——推开那扇门的时候心情是多么的沉重!

他们下午早些时候离开时锁了门。

所以很奇怪,他们刚进房间的时候似乎还没有明白一定会有不好的事发生。

走进厨房和其他地方,环顾四周——有东西被动过吗?不见了?

气氛已经不对,就像风波过后的氛围。味道也不对——有股异味……然后,他们看到:书从书架上掉下来,散落在地板上,像是被踢过一样。椅子被挪动过。镜子在地上,裂得不像样。

窃贼发现家里没什么值钱的东西后大光其火。

"有人来过……我的老天。"

真像是一个童话。有人闯进他们的家,闯进他们的生活。但是——是谁呢?

朱莉娅感觉头晕,无法相信眼前的一切。瑞恩的呼吸粗重、急促。朱莉娅抓住瑞恩胳膊的时候,瑞恩下意识推开她,试图集中注意力。

不过他们都没有想到要赶快离开这里,立刻拨打911。

他们匆匆上楼,瑞恩走在前面。这里刺鼻的气味更强烈,混合着汗味和尿液的味道。他们的卧室里,如此私密的地方,眼前的景象让人触目惊心:橱柜门大开,梳妆台的抽屉也开着,里面的东西倒在地板上。衣服和鞋乱七八糟散在地上。就算在这种紧急时刻,他们的脑子还是转得很慢,得费劲思考,仿佛他们穿着铁鞋,没法自如行动。他们似乎无法理解——这真的发生了。这是真的。有什么闯进了我们的生活。我们被侵犯了。

在浴室——马桶里有看上去还热乎乎、泛黄的尿液,没有被冲走。朱莉娅能回想起当时一瞬间的轻松感,一种天真的感激,感谢犯人没有弄脏地板,或是墙面。她立刻屏住呼吸,俯身把马桶冲干净。

"狗娘养的。该死的混账王八蛋狗崽子。"——瑞恩"砰"地把浴室的门关上。

朱莉娅从来没见过丈夫这么说话,他的声音很愤怒,音调很高,几乎歇斯底里。她从没见过他这么生气,这么无助。

瑞恩当然带了他的钱包,朱莉娅也带了她的手提包出门。这些重要的东西没有被偷走。好在他们也没有在家里藏任何现金——这点朱莉娅很清楚——所以钱没有丢。房间的混乱程度似乎表明犯人当时在找隐藏的现金。

"打911!快!"

"我在打。"

瑞恩在楼下厨房打电话。妻子恍惚中听见丈夫报告这起入室盗窃。请派警察过来!妻子听见丈夫结结巴巴地提供住址,好像他并不确定。

他们在这所房子里住了不到两年。房子在一个中西部大城市的边缘地带。

这座城市一直有"种族问题"。他们住的地方属于"新融合"地区。

等警察来。似乎是很漫长的等待。

"我们不需要救护车已经算很幸运了。房子没着火就不错了。"

"那是另一种紧急情况。他们会叫救护车或消防车,如果——"

"是的。你好像很愿意这么想。"

这是这个城市的一个政治问题。内城区的报警电话处理起来不会像其他的住宅区一样那么及时。凡恩夫妇相信他们住在一个"好"的住宅区,他们皮肤的颜色——"白人"——可以从他们的地址推测出来。

等警察的时候他们太紧张了,没法待着不动。这是他们不应该动的犯罪现场吗?朱莉娅不得不告诫自己,不要把掉下来的书捡起来,重新放到书架上。瑞恩傻傻地把倒在地上的镜子拿起来,结果有裂痕的玻璃全碎了,掉到他的鞋子上。朱莉娅喊道:"瑞恩,别动!你会受伤的。"

他们漫无目标地在房子里又走了一遍,像两个梦游的人。异味现在更加明显——汗味、男人的味道、陌生人的味道。弥漫的尿味表明,也许小偷或小偷们到底还是没有只在楼上卫生间小便。

真恶心!朱莉娅的鼻孔不由得缩了起来,她感到晕眩、恶心。

"他——他们——是黑人。你能感觉出来。"

"是吗?但是——"

丈夫无法在愤怒的状态下冷静思考。妻子也没法好好想问题,就像她没法好好走路一样,她似乎疲惫之极,像是脑袋上挨了一击。

瑞恩说出黑人这个词的方式。朱莉娅知道,他消气后不会记得的。

还有意想不到的事情:家里遭到的破坏比他们刚进门时意识到的更严重。每个房间都有东西被动过,或被破坏过。家具。小地毯。被打翻的灯。墙上,镶着镜框的罗丹的《地狱之门》也歪了,可能被人不小心用肩膀碰到。

瑞恩发现书房不见的东西比他想象的更多。他的脸涨得通红,气愤之下夹杂着恐惧。他的手提包会不见吗?——那个用了多年、已经磨损的旧手提包?瑞恩跪在地上到处找,桌子下面、沙发下面……他已经看了好几遍书桌抽屉,里面的东西全部倒出来堆在地板上。他好像失去了理智,唠唠叨叨,大声咒骂着。

朱莉娅问手提包里是否有重要的东西?打印件、实验数据?瑞恩气喘吁吁地咒骂着,根本没有听到她的话。

他放在桌上,用黑塑料套盖住的电子打字机不见了。壁柜里的手提收音机也被拿走了。

瑞恩看上去像是大病了一场,六神无主。朱莉娅不忍心看到年轻的丈夫如此无助的样子。

她强迫自己回到楼上卧室,害怕地发现——真的,她的大部分首饰都不见了。她蹲下来绝望地翻地上的衣服——她祖母淡粉色的珍珠项链哪儿去了?——小时候的手表哪儿去了?那是祖母给的生日礼物。还有瑞恩有一次从中国回来送给她的玉项链呢?她也找不到最喜欢的银手镯和漂亮的威尼斯蓝色玻璃项链了,那也是瑞恩送她的礼物。

她试图告诉自己——你的这些东西都不贵重。

而不去想——所有不见的东西都是不可替代的。

在楼下,朱莉娅发现了更多的损失。肯定还有贼!餐桌上的银烛台不见了——那是瑞恩父母的结婚礼物,早已失去了光泽。橱柜里的银质餐具也不见了——一个大长柄勺,汤匙——都旧了,值不了几个钱。朱莉娅突然闪过一个疯狂的念头——太好了!再也不需要给这些该死的银器抛光了。

瑞恩放在壁柜里新买的尼康相机不见了。还有朱莉娅的旧宝丽来相机。

瑞恩放在前厅壁柜里的一双靴子不见了——靴子!朱莉娅沮丧地发现,她质地上乘的黑色羊绒大衣不见了。她的大衣!

他们会漠然地说——我们家被盗了。这是一种奇怪的被动的说法——被盗了。

尽管我们锁上了门窗,也没有出去多久,但我们家还是被盗了。似乎入侵的是某种天气,是上帝的行为,而非个人。

四十分钟后,警察来了。这是两个三十多岁,健壮结实、皮肤黝黑的白人,他们身着制服,别着厚实的手枪套,胯上的警棍和手枪非常醒目。他们全副武装,几乎每动一下身上就嘎吱作响,行动也快不起来。他们对入室盗窃的事并不十分在意,对住在威德米尔街294号激动不安的(白人)夫妇也没有表示特别的同情,敷衍的礼貌中透出没有刻意隐藏的不屑。他们问瑞恩(显然,他们忽视了朱莉娅)——是否检查了整个房子,包括地下室,是不是确定没人藏在房子里。瑞恩支支吾吾地说,他和朱莉娅检查了楼上和楼下,但还没有看地下室;警察于是小心翼翼地走下地下室,不过脚步声却不小,拔出了枪。

(神色尴尬的夫妇交换了一下眼神:他们想都没想到地下室!很可能有人藏在那里,但他们思维混乱,完全没有想到这个。)

警察回到厨房,把枪放回胯部。地下室没人,也没少东西。

　　"我们没什么好东西。"朱莉娅紧张地说。她希望自己听上去没有带着歉意。"尤其是地下室……"不过没人在听朱莉娅说话。

　　警察问了瑞恩几个常规问题——他们什么时候离开的家,有没有锁门窗,什么时候回来的,以前有没有发生过入室盗窃事件。警察表示,小偷是从房子后面露台的玻璃门强行进来的——"这种便宜的锁不是很结实,看见了吗?"警察发现了瑞恩和朱莉娅都没有发现的露台门上的血迹——"这是他擦手的地方,看见了吗?"(但为什么入侵者会流血呢?瑞恩和朱莉娅不明白,警察也没有解释。周围没有碎玻璃。)警察推测,有两个犯人——"也许是找毒品的孩子,或找钱买毒品的孩子。"警察用一截短铅笔记着笔记,或装模作样地在记笔记。年纪大点的那个跟瑞恩说话时甚至都懒得掩饰自己的不屑,依然完全忽视朱莉娅的存在:"凡恩先生,为什么你要进门?你不应该推开那扇门,你看。如果你确信离开时门是锁着的,回来时门却开着,你应该知道有人闯进来了,对吗?你应该知道那个人或几个人有可能还在里面,他们很危险。你应该知道这点。"

　　你应该知道。这话太霸道。朱莉娅无法相信警察在教训她丈夫,而他则站在一旁,神色尴尬,一副无地自容的表情。一个男人当着妻子的面被另一个男人斥责,朱莉娅也静立一旁,感到害怕。难道这起入室盗窃案是他们的错吗?

　　"你看,如果他们有枪,而你和你妻子进来了——他们很可能开枪。这种事太多了。"

　　警察一脸得意,尽管神色严厉,丈夫完全没有反驳的余地,露出做了错事的表情。

　　"你家里有现金吗,凡恩先生?他们偷了现金吗?"

瑞恩摇了摇头,没有。

"没有现金？你肯定吗？"

瑞恩又摇头,是的。他肯定。

"你们能列一个丢失物品的清单吗？"

瑞恩和朱莉娅说,好的。他们会尽力这么做。

"你有枪吗？凡恩先生？"

朱莉娅立刻回答——没有。没有枪！

但瑞恩沉默不语。朱莉娅看着他,惊讶不已。

"你有枪吗？凡恩先生？他们拿走了你的枪？"

"我——是的——我有——原来有——一把枪。对,枪——不见了。"

瑞恩语无伦次,没有看朱莉娅。朱莉娅盯着他,嘴都合不拢了。

两位警员都紧锁眉头。年长的那位继续问道:"你有持枪许可证吧,凡恩先生？"

是的。瑞恩有许可证。

"你能说出手枪的特征吗,凡恩先生？"

瑞恩结结巴巴,试图回忆——试着描述——那把枪。

他说,他都没好好研究过它。他认为这是——应该是——"左轮手枪"。他从没用过它。

"从没用过？"

没有。瑞恩不得不承认,没用过。

"那这把'左轮手枪'上膛了吗？"

没有。瑞恩认为枪没有上膛。

"你用枪来保护家人,凡恩先生,但是枪却没有上膛？"

两位警员对视了一下。好像认为这事儿不可理喻。

朱莉娅想——他们认为我们愚蠢透顶!

"现在这把枪不见了,凡恩先生?你不会搞错?"

是的。很不幸,凡恩先生不会错。

"还有其他武器吗,凡恩先生?"

没有。没有其他武器。

"真的?这里没有其他武器?"

瑞恩问"武器"是否包括刀?菜刀?

"不,凡恩先生。不是菜刀。比如,其他枪支,或是弹簧刀,管制刀具。"

瑞恩痛苦地摇了摇头,没有。家里没有第二把枪,也没有弹簧刀。

瑞恩必须向警员出示失踪的枪的持枪许可证,那是一把鲁格22冲锋者手枪;文件和瑞恩的财务记录放在一起。朱莉娅站在门口盯着他们,警员好像故意要让瑞恩更难堪,让他告诉他们枪藏在哪里——在书桌的最下面的抽屉里。(难怪他这么关心他的书房,朱莉娅想。)瑞恩解释说——有一年夏天,他准备一个人驾车北行的时候,在得克萨斯州奥斯汀的一个枪店买了这把枪。那是好多年前了,那时他还不认识朱莉娅。

"你从来没有试过开枪?"——警员还是面无表情地看着丈夫。

"我——我想没有……"

"有,还是没有,凡恩先生?"

"没,没有。"

这个回答很无力,似乎在空气中盘旋,好像没有人愿意接受。

警员继续用短铅笔记录,那铅笔在他们粗大的手指里显得实在太小。他们对威德米尔街294号屋主有枪丝毫不感到诧异,对枪支被盗也见怪不怪;他们倒是很鄙视他把枪藏在一个奇怪的地方,没有上膛,甚至都没有"开过火"这种行为。

凡恩夫妇需要把丢失物品的清单在当地警局和保险公司存档。瑞恩问丢失的物品是否有可能找回来,警员低声嘟囔了一句,好像在说可能吧。他们离开后朱莉娅失望地望着他们——都没有人取指纹吗?警员根本就不在乎?

在遭劫的房子里单独和丈夫在一起时,朱莉娅感觉自己在颤抖,心里没数。她知道他会过来拥抱她——他后悔、羞愧——当他走过来抚摸她时,她推开他,小声哭起来。

在那一刻,她无法忍受他的接触。他身体散发出来的热量像是模糊但又充满挑衅的耻辱。

"一把枪!你把枪放在房子里,我却不知道。"

他们都呼吸急促。朱莉娅的心跳又快又急,她感觉说不出话来:她感觉舌头在嘴里大到无法活动,而且很麻木。

她感到受伤害:她的丈夫被警员吓坏了。他完全没有注意到他们对她的粗鲁态度。

"朱莉娅,枪是用来保护我们的。"

"但是你为什么不告诉我?"

"我不想让你担心。"

"不想让我担心!房子里有枪……"

"没有上膛。我几乎没怎么瞧过它。它只是——在那里而已。"

"我们在一起的这么多年——搬到这个房子里来——你带着枪,却没有告诉我。"朱莉娅激动得直嚷嚷。她没有说——我还怎么能再相信你呢?

于是在接下来的几周和几个月的时间里,妻子总会问丈夫,带

157

着轻微的责备语气——"现在房子里还有枪吗,瑞恩?"——而瑞恩会痛苦地说:"没有。房子里没有枪。"

几个月后,再一次——"现在房子里还有枪吗,瑞恩?你会告诉我的吧,如果房子里有枪?"——瑞恩说:"没有。房子里没有枪。"

"但如果有枪你会告诉我吧?"

"是的。我会告诉你,亲爱的。"

那天之后警员没有再给他们打过电话。没有人到威德米尔街来。

这是他们的第一所房子。很久以前,可能有别人住在这里——年轻的丈夫,年轻的妻子。

有人破门而入之后,他们总觉得房子里有股毒气。尿味过了好一阵子才散去。他们搬走的时候已经不太喜欢这座房子了,这个曾经对他们来说美妙无比,有他们的渴望和年轻的爱情的地方。

他们被偷走的东西再也没有找回来——当然。当地警局没有任何人重视凡恩细心列出的物品清单;最后,他们得到通知,东西"暂时没找到"——"找不回来了"。

在经过无数次电话交涉之后,保险公司几个月后才赔偿了凡恩夫妇的部分损失。

他们再没说起这起入室盗窃事件。亲戚几乎不知道这件事,更没有人知道枪支被盗。

最后,他们离开这座位于大湖最南端的中西部大城市,搬到新泽西州中部的一个郊外社区。那里大部分居民都是"白人",犯罪率很低。妻子再没有必要询问枪的事。

他在电话里的声音很欢快,很随和。一个幸福男人的声音,你会这么想。

她听得入神。在另一个房间听。

他在和谁说话,这么感情充沛?谁能让我丈夫这么兴高采烈?

开车去小镇的路上她看到新贴在树上和电线杆上的启事:寻狗。

在镇上,寻狗启事出现在篱笆上、墙上、食品店和图书馆里。照片上的狗有湿漉漉的满怀希望的眼睛和竖起来的耳朵。

寻狗——"杰米妮"——"杰姆"

三岁比格犬混种

褐色

友好,有时会叫

最后一次出现是5月13日在溪边公园

——有奖金——

启事的最下面有本地联系电话,复制在剪开的纸条上,以便大家撕下来带走。在图书馆,只有一张小条被撕下来。朱莉娅撕了一条。

照片上的小狗显得多么孤单!朱莉娅不敢想象"杰姆"走丢了,还有它四处游荡时害怕的样子。不知为什么她沿着溪边公园慢慢开车的时候,心中充满希望。这条路能到家,但有点绕。她到后来还是心怀希望,尽管已经开始觉得疲劳。她看到了好几只狗,可是没有一只没有人陪伴,每只都戴着狗链。

我已经变成一个担惊受怕的人了,我想。

但是为什么呢?怕什么呢?

一切都还没有发生。只是刚刚开始。

她问了他几句,或随意说了几句,并非指责,她的声音肯定不尖锐,不是责备,也不严厉,尽管她也许表现出好奇,或许还暗藏讥讽,带着淡淡的不悦,问他到哪儿去了,那个下午去哪儿了回来那么晚,也许她还问了他在书房和谁通电话,不是一次而是好几次,她并没有偷听,只是好奇;而他没有听到这些,要么就是走开了——或者,他在听,当他背对她的时候,但即使她仍在说话,他还是心不在焉地走开了,或无礼地走开了,她不得不提高嗓门,跟在他后面拉他的胳膊,拉得不重,没有(像他后来说的那样)使劲掐疼他,只是想引起他注意,因为他实在很少在意她,即使看她时也是眼睛低垂,不看她,现在当他走过去时她拉了拉他的胳膊,他突然转过身,推搡她并咒骂了一句,他的拳头挥了过来——按他的说法这是不由自主的动作,完全是出于"本能"——在她胸口来了一下;她在他通红的脸上看到愤怒,也看到没法描述的厌恶之情。她退后几步,小声哭泣起来,那一下很疼,但更伤人的是这一下带来的震惊,和丈夫脸上的神情;她跑开了,重重地把门关上,喊道我也恨你。我也可以恨——我恨你。

她真的恨他!她恨他不再爱她了,不像原来那么爱她了。

"上帝啊,朱莉娅!对不起。你知道我不是故意的。"

他是故意的。她知道。

她看到丈夫脸上的表情,毫不隐藏的厌恶之情。她也突然感到一阵对他强烈的恨意,就像一根点燃的火柴能点燃另一根,快得你根本来不及扑灭它。

"我很抱歉。我不应该——不管我做了什么,惹你生气。"

在他们结婚的这些年中,男人一直很爱她。她总是被珍惜和爱护。丈夫的爱像温暖的光照耀着她,经久不息的光,我们习以为常的阳光,直到有一个时刻,它被云层遮住,于是我们发现自己在寒冷中瑟瑟发抖,失去了温暖。

她用温柔、伤感、带有歉意的声音说:"好吧,我原谅你,瑞恩。你原谅我吗?"

日子就这样流逝。他们的余生。

他们都知道对方为此事深感震惊。如果婚姻是一个假面舞会,那么就时刻存在面具滑落的危险。

妻子明白丈夫已经不爱她,她感到迷茫,仿佛失去了重心,因为如果没有丈夫来爱她,妻子怎么可能爱他呢?

她曾经爱丈夫对她的关心,对她的尊重,和想要保护她的愿望。她无法想象一种不深爱他的生活,那是她生存的理由,就像多年前,做孩子的母亲是她生存的理由,这点和呼吸一样毋庸置疑。

她对自己说着可怕的话,好像是要考验自己。

都结束了。假面舞会。现在,我们可以去死了。

这并不是她的心里话!当然。

她渴望他。她爱他,害怕失去他——虽然并不知道会如何失去他,或为什么会失去他。

在他们的卧室,他的壁橱——瑞恩衣架上的衣服比她记忆中的少,它们不再挤放在一起。

在过道杉木壁橱里属于瑞恩的那一边,冬季穿的西服、运动夹克、长裤都挂在防虫的塑料衣套里,朱莉娅发现那里比原来空了很多。这些塑料套的底部放着整齐叠放的毛衣,很多是朱莉娅买给他的礼物,毛衣好像也少了很多。

瑞恩把这些也送人了吗?还是——瑞恩把东西搬到另一处住所了?

她心里感到重重一击。她又感觉被背叛了。

她知道丈夫不会告诉她事实。没有妻子能信任丈夫,这是一种妻子不可避免地会被欺骗的关系。

当她问瑞恩他是否扔掉了一些衣服的时候,他一开始好像不知道她在说什么。然后他回避她的目光,说道:"那个开小货车来的越战退伍军人组织——几个月前我给了他们一些东西。我想是的。"

"当时我在哪里?"

"你在哪里?见鬼,我怎么会知道,朱莉娅?"

"有人按门铃吗?他们到家里来了?你为什么不告诉我?"

瑞恩不耐烦地笑起来。朱莉娅知道她惹他烦了,实际上她自己也烦了,但却没法打住。这种琐碎小事也让她烦躁。

"我想我告诉过你。"

"不,你没有,否则我会记得。"

"我把他们的名片放在厨房了。在案台上,和邮件放在一起。"

"没有吧。"

她就是停不下来,知道他在骗她。把昂贵的衣服、朱莉娅给他的礼物、手工编织的漂亮羊绒毛衣送人——为什么瑞恩会做这种事?为什么,这么鬼鬼祟祟?这么固执?他们的衣服并没有多到放不下,需要清理的地步。

还有一次,朱莉娅检查瑞恩的抽屉——袜子、内衣。这些好像也少了。

但是她没法确定。她没法问他。

当然,这是小事。应该没什么关系。她并不认为结婚四十年的丈夫真的会搬到另一处秘密住所去。(她真是这样想的吗?)

尽管如此,几周后她还是又看了看瑞恩的衣橱。还有杉木壁橱。在她看来,是的——瑞恩有更多的东西不见了。她甚至可以说出这些不见了的东西:他喜欢的领带、衬衣、毛衣、驼毛运动外套、旧的灰色细纹西服。他正在抛弃旧生活。他准备离开——但是去哪儿呢?

现在她经常感到慌张。那种感觉就像有巨大的翅膀拍打着从天空直向她扑下来,吸走氧气,让她感到不安、晕眩。

爱一个人多过那个人爱你,这多么令人难堪!就像两个体形不相称的人在玩跷跷板。重的一方决定游戏模式,轻的那方则完全被动,很可能一不小心就掉到地上去。

她冲动地回到从前的老问题上:"瑞恩,告诉我:现在我们房子里没有枪,对吧?"

"枪?别胡思乱想了,朱莉娅。好吗?"

"但是——我们到底有没有呢?"

瑞恩神情痛苦,闪烁其词,但他强迫自己注视着朱莉娅的脸,说:"不。我们没有。"

"如果有人闯进家里,他找不到枪吧?他不会拿枪对着我们,对不对?"

"朱莉娅,是这样。"

她看到他脸上的表情,颤抖着走开了。

163

她已经检查过房子,瑞恩的那些地方,书桌抽屉、壁橱高处的架子、地下室里那些远处的架子。她没发现什么——没有枪。

然而她知道——他正在背叛我。他在抛弃我。而我无能为力。

后来她又发现——丈夫从他们共同的账户中取钱。不时有神秘的支出——一千二百美元、四千六百美元、一万七千美元。还有一笔大额取款——五万八千美元。

当然,瑞恩自有解释。如果朱莉娅问的话。

他把钱转到另一个账户,或是——他买了"收益率高于我们现有产品"的债券。他能提供数字,总是有十足的说服力。朱莉娅一边听着,脑子里却有个声音在提醒她——他准备离开你了。他在偷你的东西。不要相信他!

瑞恩确实为她的好奇心,甚至是她对他们财务状况的关心感到惊讶。因为朱莉娅从来对钱不感兴趣,她一直让丈夫掌管所有她所谓钱的事情。这其实也是她女性气质的一个表现。

瑞恩还告诉她,他一直在捐款——"以我们共同的名义"——给几家慈善机构。

瑞恩从书桌抽屉里找出几封感谢信和收据给她看。这是些比较小的数目——八百美元、一千美元。朱莉娅随意瞥了一眼,觉得有些尴尬。她感到自己很蠢,竟然怀疑丈夫。

"你为什么不告诉我呢?这样我也可以在卡上签名。"

"我当然告诉过你,朱莉娅。一月一日左右。你通常让我'自己决定'——我就自己决定了。"

瑞恩平静的语气里带有一丝不耐烦。因为他几周前对她动过拳头——(是"本能反应",用他的话说)——因此他们都小心翼翼,尽量温柔,似乎双方都在康复期。支票付给了国际特赦组织、无国界医生和新泽西关怀医院。其他的名字朱莉娅都不熟悉。数字在朱莉娅脑中打转,她无意计算总和,丈夫实在太有说服力了。

他用责备的语气说:"这都是非常有意义的事情,朱莉娅。我们得用那些该死的钱做些有意义的事。"

后来,丈夫和妻子有了一个孩子。他们年轻的身体孕育了一个儿子,取名为帕特里克。

儿子长大后住在几千英里外的南加州,和身为研究员的父亲不同,他在介于"生物"和"商业"之间的模糊领域工作。儿子成为夫妻双方永远的话题,他们随时都会用自己特有的方式说起儿子,这是他们之间(亲密、不可侵犯)的纽带。

大约有二十年儿子是唯一能让他们完全投入的话题——现在看来是那么奇怪。

而现在帕特里克离开了他们,一去不回。想到儿子已经长大成人,已经三十三岁了,他们就感到奇怪和不安;他不仅有自己的私密生活,而且进入了另一个父母完全不认识的陌生人的生活,一个离了婚带着两个年幼的孩子住在加州圣地亚哥的女人(从名字来看是西班牙裔:迪亚兹)。这个新的结合其实也有几个年头了,完全脱离了帕特里克父母的生活,因此帕特里克与父母的关系也更冷淡。他承担起一个家庭的情感和财务责任,朱莉娅和瑞恩称之为"现成"家庭,一个他们知道自己被排除在外,儿子再也不会回来的家庭。

现成的孙辈不怎么让他们激动。尤其是瑞恩。

帕特里克十八岁离开家后就很少回来。儿子越成功,你就越少见到他。他们以此为荣,并勉为其难地因此感到快乐。他们知道帕特里克不会再作为一家之子回来；他不再是他们的孩子。那些年他爱他的母亲，甚至崇拜她——一切都结束了。朱莉娅身为母亲的宝贵年华。

帕特里克第一次离开家去斯坦福上大学的时候，朱莉娅哭了好几天。她的悲伤中有种原始、不可言说的东西。她认为这是一种不同寻常的伤痛，她无法承受不能继续做母亲的损失，结果当然她挺过来了，就像每个人安慰她的那样。最终，她学会了笑话自己。她想——也许，每一宗死亡都很可笑。需要的只是看问题的角度。

现在，朱莉娅经常需要提醒自己她是——曾经是——一个母亲。她和丈夫年轻、感情热烈的身体曾经孕育出一个孩子，那热情像火焰一样无情地贯穿他们全身。

她若有所思地对丈夫说："其实——'现成的'孙辈比没有孙辈强。你不觉得吗？"

瑞恩说："我不知道你在说什么。"

疼痛就是你想压紧的瘀伤，你需要告诉自己这是瘀伤，疼痛再正常不过。

她在等他再爱上她。她在等他发现她，就像他四十五年前发现她一样。一生的时间！

别离开我。别走。你要去哪儿？

她在床上惊恐地醒来，这些念头在脑中盘旋。丈夫在一旁安慰她，一遍遍叫她的名字。

他是应对突发情况的大师。这种时候，他就像在聚光灯下的人一样和蔼、耐心、明智，给人慰藉。他以治疗师的方式呼唤她，朱莉娅，朱莉。他称呼她亲爱的。

"这只是个梦,亲爱的。"

他睡意蒙眬地告诫她:"不管是什么,忘掉它。梦只是一团水汽。"

他离开家时冲她说再见,并不在意在房子另一侧的她是否听到了。

有一天她按计划迅速、悄悄地跟上他。

她小心地驾车,谨慎地跟在后面,与他的旅行车保持距离。

丈夫开旅行车。妻子开一辆型号小点的车。

他速度适中,沿着她预想的方向行驶。在大约七英里外的制药公司,他转上车道,一如她所料。妻子自言自语——你看到了吗?没什么情况。妻子回家时绕路到溪边公园,那里有几只狗,戴狗链的狗。寻狗启事已经被雨水冲刷得褪了色,她心里感到一阵悲哀。

她不知道"杰姆"是否找到了,还是主人已经放弃寻找。她也找不到那张有电话号码的小纸片了。

她在想,他要搬出去吗?要和——谁住呢?

想到丈夫有可能在不远处有另一个家庭是一件痛苦的事。你听到过这种事。你会感到有些震惊,或许觉得可笑,但你不会认为这种事很荒诞,也不会因此被视作另类。也许他在新泽西北部有另一个更年轻的家庭。丈夫选了另一个妻子,一个年轻得可以做他们女儿的女人,也许是在实验室认识的年轻生物学家、实验室技术人员,也许是个文职人员,而瑞恩马上就要离开自己去和这个年轻女人一起生活,成为溺爱他们孩子的父亲(朱莉娅不愿意把瑞恩想成这些年幼孩子的父亲)。在软弱的时候朱莉娅想——带我一起去吧！别留下我一个人。年轻的妻子也许很孤独，因为她自己的母亲死于乳腺癌，或者更糟，胰腺癌，从此永远离开了纷乱的尘世。

不，那太荒唐。年轻的妻子不需要她。她竟然如此软弱，会有这种想法，真让她无法忍受。她在酒杯里倒上红葡萄酒，喝了一口，已经是第二杯了。这个男人——丈夫——（有时她会忘记他的名字，但对于他是谁心知肚明）——教会朱莉娅喝葡萄酒，教会她慢慢品尝，细细体会每一口酒的味道，当她还是一个十九岁姑娘的时候。一股温暖新鲜的感觉穿过她的喉咙，传到胸腔、腹部、腹股沟……这么多年后她还有那种几乎让人难以承受的渴望的感觉，尽管渴望的对象若即若离，并非伸手可及。

因为那种渴望的感觉，她怀了孩子。

因为那种渴望，所有的生活——不成熟的、探索的、盲目的——慢慢展开。

她惊讶地发现：他们藏的酒少了很多。原来酒柜下层的酒多得数不清，现在只剩下几瓶了。她想——我们有很多庆祝活动吗？我们都为什么而庆祝呢？她想不起来他们最后一次真正在一起，夏日在房子后面的露台上喝葡萄酒是什么时候。

她只能隐约回想起酒后的甜吻。很久之前他们的轻笑、爱抚。她的指尖掠过丈夫的头发，他有力的手指放在她的腰间。

我的爱。你让我如此快乐。

夜间她醒来时意识到——当然！

丈夫躺在她旁边，转过身背对着她，面朝黑暗的房间，完全不知道妻子猜到些什么。

这次她还是像上次一样，在乡间高速路上开车，谨慎地跟他保持距离,当他把旅行车开进制药研究总部大门时,她放慢速度,继续沿路行驶;几分钟后,她看见丈夫的旅行车从另一条车道中出来,重新回到路上。丈夫只是巧妙地在绵延数顷的制药公司内部穿行。这会儿,他速度更快了。

又开了六英里到镇上。他要去那里见某个人,她知道。

出乎意料的是,丈夫驶入占地庞大的医疗中心和医院,这是一所刚投入使用一年的新设施。瑞恩要去哪儿呢?他在那里有约诊吗?没告诉他的妻子?

朱莉娅感到惊讶,警觉起来。她思量——也许他来医院看望病人。不想让我知道。

一个女人,也许。一个年轻的新情人。或是老情人。某个他从未跟朱莉娅说起过的人,为了不让她担心。或许是对妻子根本不在乎的他家里的某个人。

某个生病的人?多严重的病?

她在医疗中心后面停好车。瑞恩的旅行车停在不远处。她相信那是瑞恩的车,尽管将近正午的太阳亮得刺眼,让她无法看清车牌。她揉了揉眼睛,想要看清楚,但还是没办法。她到晚了,没看到丈夫从哪个门走进庞大的建筑。

这就像原来骑自行车的那些日子——瑞恩在前面,远得几乎看不见;朱莉娅落在后面,使劲地蹬踏板,气喘吁吁,怨恨不已。他到底去了哪里!他不应该知道她在跟踪他——对吗?

她紧张起来,心跳加速。她不知道猎手是否有这种感觉。追捕猎物的过程中那种生猛、产生肉欲的感觉。

他如果知道了会大发雷霆。

但那样他也会知道,我有多爱他。

医疗中心与七层的医院大楼连在一起,只有三层。你得穿过巨大的中庭、门厅,顺着指示明确、像车轴一样排列的走廊前进。医疗中心/医院像一个蜂巢,嗡嗡作响,充满外人看不见的隐秘生命。脚下的地板砖闪闪发亮,屋顶很高,让人产生眩晕之感。朱莉娅有些喘不过气来。"请帮个忙!我一定要见他,我丈夫。"她确实在附近看到瑞恩,或以为她看到瑞恩——每次,她看到的其实都像是陌生人。还有一次,那其实是个女人,骨架粗壮高大,奶糖色的头发剃得很短,贴在头皮上。

医疗中心一层大部分科室都是放射科。这个熟悉的名字听着就让人沮丧——放射科。朱莉娅在原来的医疗中心做过无数次乳腺检查、C型扫描、核磁共振。她一下想起了自己过去的医疗经历,像碧绿海面下微微发光的白色鲨鱼。她转过身,闭上眼睛。但今天来这里与她自己无关。

她拿出手机,拨丈夫的手机号码。电话无人接听,转到瑞恩的语音信箱。

他在这里吗?在哪儿呢?医疗楼里的医生、专家多得让人头晕脑涨——内科、妇产科、呼吸科、皮肤科、哮喘诊所、儿科、肿瘤科、神经科、进食障碍科。

那是瑞恩吗?——在医院咖啡馆?这是中庭里一个模仿户外餐厅风格的漂亮咖啡馆。一排高度约为十二英尺的装饰竹林环绕着白色的塑料桌椅,位置大概只坐满了一半。

朱莉娅惊慌地发现丈夫正背对着她,和一个女人坐在一张桌边,一个陌生人——(朱莉娅肯定那女人是陌生人)——她应该是医院的病人,椅子旁边有一台装有输液装置的移动推车。看不出女人的年纪,但肯定不年轻,她穿着淡蓝色条纹的病人服,外面套了一件随意扣上的大号开衫毛衣。她头上戴着头巾;因为她似乎没有头发,如果没有头巾她就会像一只新出生的小鸡,既脆弱又惹人怜爱。人极瘦。朱莉娅很困惑——她从来没见过如此消瘦的女人,这点她能肯定。

在一阵恐惧感中她想——这会是我吗?这是我现在的样子吗?瑞恩是来看我的,是来说再见的。

丈夫轻抚这个瘦削女人的胳膊。丈夫也比妻子想象的瘦,头皮像打过蜡一样发亮。他背对着她,她可以看到他突出的肩胛骨像翅膀一样顶起皮肤和衣服。他穿的衬衣朱莉娅也没见过。他和女人如此认真地在谈论什么呢?这是一个让人惊异的景象——女人还能微笑,她和陪她的人一起笑了起来。

不过什么事如此可笑?死亡可笑吗?

妻子感到自己被排斥、被欺骗。她感到被背叛。丈夫从来没有和她分享过与自己的死亡有关的事。

没过多久,女人吃力地站起来,离开了咖啡馆。一位护士,或者是护士的助手,来接她。一位笑容灿烂、深色皮肤的漂亮姑娘。她拉住病人的胳膊,一手熟练地拽着输液车。丈夫也站起来,步履不稳地准备离开咖啡馆。朱莉娅看到他看了看手表——应该是在等约诊。咖啡馆里的病人到底不是他来这里的唯一目的,他们也许只是萍水相逢。

很可能瑞恩来医院探望亲戚。如果他来医院看病她应该知道,他会告诉她。他有时候在书房关上门热情洋溢地打着电话——也许就是和这位亲戚。瑞恩和表兄妹的关系非常好,在一起时总是有说有笑,一团热闹。他爱他们,朱莉娅知道。他和他们一起长大,他们是他最亲近、时间最长的朋友。

朱莉娅并不嫉妒。她不允许自己有这种无聊的情感。如果嫉妒是一种情感的话。

那么,谁在医院里呢?也许是某个(上了些年纪的)不知为何从来没喜欢过朱莉娅的凡恩家族成员。在过去的几十年中,她一直试着让自己忘掉这种不可理喻的拒绝。

只是这会儿——丈夫去哪儿了?他的步伐僵硬,好像有一条腿疼。也许他要看腰背科专家。她跟上得有点晚,他已经不见了——可能去了卫生间。

长长的高顶走廊。树脂玻璃电梯。

中庭的一侧通向医院,走廊有如车轴一般。这是朱莉娅第一次来这所新医院。如果瑞恩之前来过,他没有带朱莉娅来,也没有分享过他的所见。

今天的探访是他的秘密。病人的身份是他的秘密。

她来到医院问讯处,询问是否有一位叫"凡恩"的病人。接待员告诉她这种信息"不能透露"。她说:"但是我知道我的一个亲戚在这里住院,既然我在这里,就想看看他。"

"病人的全名是什么?"

朱莉娅犹豫着。她不知道说什么。说"瑞恩"毫无意义——因为"瑞恩·凡恩"不是这里的病人——对吗?

"夫人,病人叫什么?"

她的呼吸变得沉重。空气不知道为什么变得黏黏糊糊。还是,她摔倒了,好像被吸入流沙。

"夫人?夫人?喂,夫人……"

他们在她跌倒的地方俯身看着她。似乎有一张巨大的嘴把她吸了进去,那里面微热,温暖,并不像你想象的那么冰冷。一股咸咸的好像放了很久的尿液的味道,与亮闪闪的新医院实在不相称。

"夫人?你能站起来吗?坐起来?呼吸没问题吧?"

"夫人,靠着我就行。"

多么难堪!在这么好的医院,她晕倒了;或许还不能说晕倒,因为她没有失去意识——(她肯定自己每一刻都意识清醒)。他们严阵以待,不让她太快站起来,从他们手里拿走手提袋逃走。

血压计套上了她的上胳膊。她并没有点头同意。紧,更紧,更紧——朱莉娅痛得皱起眉头。

她得知自己的血压很低,心跳——(一个年轻的黑人姑娘把拇指压在朱莉娅手腕的内侧)——很快。

"我——我还好。我没有生病。"

他们想把她带到急诊室,因为她虚弱得没法走路,他们要把她抬到担架上。她坚持——不!她不要。

她坐在长凳上。他们同意了。一小群围观者聚集起来,朱莉娅真害怕瑞恩也在其中——目瞪口呆地盯着他的妻子!不过她没有看到他。她放下心来,他没有看见她。

经过几分钟的交涉,她终于摆脱了陌生人的控制,说服他们自己没事。他们用责备的腔调说:"我们不能强迫你,夫人。不过你应该到急诊室检查一下。你失去了意识,你'晕倒了'。你有没有尿失禁?"

"不!当然没有。"

朱莉娅生气、羞愧地走开了。她知道他们在观察她——等着她失去力气,重心不稳,再一次摔倒在光滑的地板上——但她没有。在离问讯处足够远的地方,她看到一个卫生间,她走进隔间,检查衣服——是的,她内裤上似乎有"尿湿"的痕迹,不过没有味道。(这无色液体是尿液吗?它没有任何气味。)在隔间她耐心地等到卫生间没有人的时候才离开,但是在光线耀眼的巨大停车场里她找不到自己的车。瑞恩的旅行车在哪里?他挪动地方了吗?他开车回家了吗?

最后,朱莉娅总算找到了车。她回到家的时候,不出她所料,瑞恩的车不在车道上。

你要去哪里。带上我！

她躺在他身边。她轻轻地从后面抱住他。她不想惊醒他。他的呼吸声沙哑，湿乎乎的。她把温热的脸颊贴在他长满汗毛的后背上。她好多年没有靠丈夫这么近、这么亲密了。而妻子，毫无防备且温柔脆弱地向他张开双臂。她有被拒绝的危险，丈夫可能在睡梦中挣脱和拒绝。只是瑞恩睡着了，什么都不会知道。他吃过药后睡得很熟，大口喘气，对妻子、对外界一无所知。但是在睡梦中他嘟囔着什么，似乎在和她说话，这让她吃了一惊。他笨拙地在床上翻了个身，他很少在熟睡中翻身。他拉了拉被子，把上面的被单拉开了一角，轻轻呻吟了一声。他柔软、耷拉的阴茎碰到妻子，蹭着她的大腿，那是生命最温柔的萌动，一声叹息，那是吸入的空气，是一次誓言。

逝者如斯

宿命何时开始。正在经历的时候你并不知道。

她最开始的回答是不。但那只是最开始的回答。

她最有魅力的堂姐在夏季一个星期六的晚上从东村疯到了 B 大道,那家店恶之花(纹身)。她不安地笑着表示反对——她现在乱糟糟的生活中最不需要的就是纹身——她一直都反感纹身——但卡罗尔自有办法,让你觉得当你做出让步时,她会发自内心地高兴,因此——不知怎么——莉安达的反对就变成弱弱的嗯——好吧……卡罗尔热烈地拥抱她,那种比赛得分后队友会给你的迅速而有力的拥抱。好极了!我们要挑一个特别美的给你,美丽的莉安达。

从来就是这样:她是美丽的莉安达。你得深入了解莉安达才会知道美丽还远远不够。

在明亮的纹身店那震耳的摇滚乐声中,她感到一种敢作敢为的兴奋,似乎——终于——她做了一件证明自己的事情。家里人从来想不到她会做这样有风险、这样大胆的事情。

黑蝴蝶!太棒了。

你第一个纹身?选得不错:有中国风情。

就像是,中国卷轴里的东西?古代的。

嗯,当然——这会有点疼。针会扎人。纹身就是这样——一点点(暂时的)疼痛换来(永久的)美。

软弱地让步的快乐,向重要的人:家里人。这是她年轻生命里最热切的快乐。

猜猜我的堂妹莉莉多大了?

外号"狐狸"的恶之花纹身师乔·霍尔猜——十九?二十一?得知这个笑容拘谨的姑娘二十七岁时他大为惊讶。

只要她不是未成年人。我们不给未成年人纹身。

声誉好的纹身店也不会接待那些看上去明显是喝醉了,因吸着毒品过度兴奋的顾客,或者是精神病人。这是职业道德!

莉安达没有醉,莉安达也没有过度兴奋。这是事实。

狐狸乔·霍尔给卡罗尔纹了三个超级动作女英雄的漫画纹身。这些聪明、酷炫、性感的纹身与黑蝴蝶完全不一样,那对卡罗尔来说太女孩子气了。就像卡罗尔死也不会穿黑色蕾丝内裤一样。

你的纹身怎么样?喜欢吗?

你知道我喜欢,乔!当然喜欢。

除了亲近的人,没人见过卡罗尔的纹身。除了几个特别亲近的人没有人被如此信任。这些很潮的三寸卡通人物纹在她的肚皮、左大腿内侧和右臀上。卡罗尔肌肉结实,年近三十,看上去像亨利·摩尔[①]的一尊雕塑。远看你也许会认为她笨重或是太胖,但走近些就不会有这样的感觉。她的脸扁平,嵌着狮子鼻和冰蓝

---

① 亨利·摩尔(1898—1986),英国雕塑家。

色的眼睛,酷极了。她的金发有金属的光泽。那个夏天她在温亚德港、埃德加镇和奇马克挨家挨户征集请愿书签名,以求裁撤那些对保护沙地不够重视的玛莎葡萄园官员。据说卡罗尔·约翰斯顿极有号召力,她收集到的签名比大家知道的任何请愿书都多。

如果家人或者亲戚在附近的时候,她会把这些已经有几个年头的纹身藏在宽松的衣服里——工装裤、T恤衫、达特茅斯游泳队的旧汗衫。

狐狸乔奇迹般精准的针头刺在莉安达苍白的肩膀上时,卡罗尔在一旁看着。在他看来这姑娘的皮肤薄得离谱——姑娘是混血人种——亚裔或是南太平洋裔——但是她的皮肤却比他还要白,纤细得像长了茧子的拇指就能划破的丝绸。

噢噢噢!——针扎得好疼。

几乎像所有的体力活。那被称作做爱的玩意儿——尽管莉安达已经学会假装享受,但做爱真是不舒服。

不过她很坚韧。她很小就学会了。

这真是个锻炼人的好运动,我的小家伙①。还是个五六岁的孩子时她就学会了怎样讨约翰斯顿一家欢心,或者说,让他们心中有她的位置,她那怯怯的说话不利索的劲儿和忽闪的黑眼睛。

通常你可以骗过大人,同辈人却能假笑着看穿你的把戏。

就像在奇马克的私人海滩上踏着海浪而行,她从来不敢像别人那样大笑着,毫不犹豫地一头扎进水里游泳,家里的小狗保罗——葡萄牙水犬——也兴奋地在他们中间跑来跑去,莉安达一不小心就会碰到它。她最重的时候也只有九十七磅②。如果她以

---

① 原文为葡萄牙语。
② 约44千克。

游泳为借口,离岸边太远的话,很可能会被浪冲走,她会大口喘气,皮肤被石头撞得青一块紫一块。

游泳是这么好玩的事,她不得不假装不讨厌游泳。就像做爱,她尽量把它视作必须、实用之事,如果任何男人要"爱"她的话。

(在海滩没人注意她。她能肯定。卡罗尔、朱迪、葵茵原来是他们学校的明星游泳队员,后来又在达特茅斯、威廉姆斯、萨拉·劳伦斯学院继续参加校队。在她那些身材高大、金发碧眼的堂兄弟中,有一两个是运动员,游泳只是他们擅长的运动之一。他们会取笑我的小家伙莉莉,但他们喜欢她。她能肯定。)

你怎么样,莉安达?我们差不多完成一半了。

疼得没法回答。她在想——二十分钟?三十分钟?折磨人的四十分钟过去了,还不到一半!

她僵直地坐在转椅里,因为个子太小,脚甚至碰不到地面。她的下巴紧张得动弹不得。这椅子就像是牙医的椅子,扎人的针仿佛牙医的钻头。在高达天花板的镜子中,她既惊惧又激动地看到黑蝴蝶在她左肩成型。明亮的灯光令她眼泛泪光,她看到自己快速渗出的血被擦去。蝴蝶像"真的那么大"——实际上,比一只常见的黑脉金斑蝶还要大,看上去像是从她的身体里长出来的。

爸爸会怎么说!他总是对她不满,不过还从来没有因为如此直接、没有辩解余地的事情。

皮肤越好,疼得越厉害。正如爱因斯坦所说,天下没有免费的午餐,对吧?

莉安达不知道狐狸乔在说什么。纹身师是个喜欢说话的人——满嘴胡话。你碰到的大部分人都是满嘴胡话。还是个小女孩的时候,莉安达就学会这时候不要露出吃惊的神色,要微笑,让他们捉摸不定。

爱因斯坦的意思是没有能量会完全消失,乔。它只是变成了别的东西——能量变为物质,物质变为能量。

这他妈的是什么意思,我的朋友?

乔,我刚才说的是:能量变为物质,物质变为能量。E等于MC平方。

只有卡罗尔才会提到这些学术话题。约翰斯顿一家——除了莉安达的母亲和莉安达自己,当然——都是这样。你会认为有人递给了他们一只麦克风。这个家族中还有政治家,在缅因州、新罕布什尔州——美国国会议员。一位约翰斯顿家族成员在五十年代担任过新罕布什尔州最高法院首席法官,另一位担任过艾森豪威尔的顾问。莉安达对家族史知道得很少,没什么人告诉她这些事,她是新一代。她不知道堂姐卡罗尔到底了解多少她讲的那些故事,不过她说话如此自信,没人会怀疑她。

卡罗尔靠得很近,看狐狸乔抖动的针头和四周沁出的血点。当手机铃声响起的时候,她专注得甚至没顾得上接电话——铃声是"把它描黑"①的开头几句。

要在平常,莉安达会对狐狸乔·霍尔这么一个陌生人离她这么近感到不舒服,他呼出的热气直扑到她身上,有股甘草的味道;腹股沟也碰到她,还一副什么都不知道的样子。一枚纹身是莉安达正在做,或已经做了的带有性意味——性感——的事,她猜卡罗尔是这么看的。

狐狸乔让莉安达坐直了。不要抖得这么厉害。

莉安达在发抖吗?空调直吹到她的脸和光溜溜的肩部,她的背心拉到肩膀下面,这样狐狸乔才能刺针。但纹身师需要空调,明

---

① 指欧美流行乐曲《Paint It Black》。

亮的灯光和"高度集中"的精神使他体温升高。

狐狸乔灰白的铁锈色头发梳成一个马尾辫,衣服下面隐隐能看到他身上的纹身。一团团蜷曲的蛇在两个胳膊上盘旋而上至颈脖,光是这种密度就让莉安达犯晕。卡罗尔把狐狸乔介绍给莉安达时,说他是"一流的纹身师"。

狐狸乔打扮得像三十出头的潮人,但近看你能看出他至少五十岁了。他前额的皮肤紧得不自然,但眼睛周围的皱纹不会有错。他的鼻钉、眉钉、耳钉、带有穿刺饰品的脸颊使他看上去就像个针垫。卡罗尔吹嘘说,狐狸乔挑剔至极,他甚至会拒绝一些客户,只因为他们想要的纹身"毫无美感"——或他们自己"毫无美感"——("其实也就是丑")——有了狐狸乔的纹身就像加入了一个高级俱乐部。

在恶之花,一枚最小最简单的纹身也要一百九十九美元,不含税。

卡罗尔捏着莉安达冰凉纤细的手指说,这次算我的,莉莉。下次你自己付。

之后人们会这么说——(开始是在家里,然后在媒体上)——莉安达在七月二十九日晚上想要一枚纹身。她要卡罗尔带她去B大街上她刺纹身的那家店。人们会说莉安达"情绪不稳"——(也许是过度兴奋的意思?吸了毒?)——她闷闷不乐,总想着报复——她应该知道纹身会让她父亲多么不安,他对女性美的看法老掉牙了,而她肯定是想气气老头子。

真的吗?莉安达?她不像这种人。

嗯,她有点不清醒。我也很吃惊——我还一直以为自己很了解莉安达。很多文静之人的真正性格要在不清醒的状态、长辈不在身边的时候才显露出来。我不是说莉安达是伪君子或类似这样的人——我想,她只是没意识到自己内心的愤怒,她对我们不满,对和我们一起长大这件事不满,对她父亲和他对待她的方式都不满。你永远没法忘记自己是被收养的,况且还有——种族的问题。在婚礼上她让自己出了丑,总是神经兮兮地念念不忘裙子上洒的红酒,还问我有没有在网上被曝光。

有没有什么?

我不知道——她的照片吧。弄脏的裙子,还有这个怪老头总是对她动手动脚,那是她母亲的什么老情人。

杰森叔叔知道吗?

知道什么,那个老家伙?

不,纹身。

我猜也许吧。但他从来没亲眼看到过。

他没看到尸体?

杰森叔叔当然看到了尸体——在奇马克殡仪馆。不过你显然看不到棺材里的纹身。

他没有进城来认她……

怎么可能?你了解杰森叔叔——他知道消息后几乎崩溃了。他们把尸体运到殡仪馆。

哦,上帝,这实在让人伤心。布鲁克婚礼后没过几天……

朱迪和我在医院太平间指认了尸体。没人知道到底是怎么回事,谁在管事。真他妈是我们人生中最糟的一个小时,毫无疑问。

他们会称她疑似瘾君子,吸毒过量。

在看到她脑袋上放大的瞳孔向后翻着的时候。背部的纹身还没有完全愈合,汗湿的 T 恤拉到肩膀下面。

在曼哈顿的这个区,即使是在"好"街——第五大道西十街——接到这种电话也不少见。夏季的夜晚在马格达伦医院急诊室,这种电话非常多。吸毒过量,恐慌。

通常打电话的人都不是孤身一人。也许这一个也有朋友和她在一起,吸毒同伴。他,或是她,在姑娘剂量过大前离开了。逃跑了。

城里有一半人在夏天的夜晚跑到大街上,而这之中又有一半人喝醉了或是嗑了药,要么就是又醉又疯,你一下就能分辨出这种电话,甚至连血检都不需要,十拿九稳。

这一次的几个打911电话的人语无伦次,很蹊跷。一定是已经神志不清了。

他们在八月九日晚十一点三十九分到达西十街四十四号3B公寓时,姑娘已经晕过去了。她之前还意识清醒地把门锁打开。三位医护人员怕等电梯浪费时间,他们冲上楼梯,发现她倒在门里面,肤色惨白,左肩有一枚性感的黑蝴蝶纹身,她身上半裸着,光着脚。她看着像个富家女,即使汗涔涔地躺在地板上,失去意识,下巴上还有呕吐物的痕迹。她的头发又黑又直,蓬乱地散着。公寓家具不多,但很时尚,都是好东西,燕麦色沙发、黑色皮椅、硬木地板、高雅的编织小地毯,墙上挂着镶框照片,大幅的、像你在博物馆见到的那种黑白照片。还有一台巨大的最新款电脑。镶嵌式整面墙大小的书架。小卧室也很舒适,尽管床没有整理,被单乱糟糟的,里面的浴室也很乱——湿毛巾扔在地上,马桶座圈翻上去,呕吐物泛着味儿,吊扇呼呼转个不停。(没有毒品或吸毒工具,除了泰诺、布洛芬、维他命和中草药。但如果她有坏朋友,他们可能吓坏了,带着证据跑掉了。)她一定是摇摇晃晃走到另一个房间后失去平衡,重重地倒在地板上。你可以看到她右膝上一大片瘀青肿块,到急诊室后,膝盖看上去愈发可怕,像姑娘腿上的一个大肿瘤。混血女性,血压六十四、九十九,脉搏微弱,皮肤湿黏,瞳孔放大,目测二十出头,体重约一百磅①,身高约五英尺两英寸②,没有反应,疑似吸毒过量。他们把这具纤小、毫无反抗能力,散发着呕吐物和尿液气味的身体绑在担架上,熟练地抬下楼梯,抬上停在路边的救护车;他们表现出兴奋、热心,似乎她不是一个自寻毁灭的艺术家气派的瘾君子,而是一个染上莫名其妙疾病的年轻女子,这病症让她瞳孔放大后翻,张大的嘴里充满唾液,膀胱释放出尿液,皮肤排出黏湿的汗液,使她看上去像被一层薄薄的油脂纱布覆盖一样。

海洛因过量,打赌吗?

不要。

(噢上帝她说了不——不是吗?)

(在婚礼上出丑后甚至不想见卡罗尔。是卡罗尔不请自到,晚九点在西十街莉安达住的红砖楼下,还没下出租车就开始拨她的手机电话。)

(她凌晨十二点十二分进入急诊室后,可能是由于吸毒过量而引起剧痛,不断发抖、抽动,再也没有恢复过清醒意识。氧气面罩戴上了。因为血管太细折腾一阵后血抽了,但装血的瓶子似乎贴错了标签,要么就是放错了地方。她被固定在轮床上,这样就没办法把蜡黄胳膊里的输液管针头拔出来,伤害自己。护士给她吃了强力镇静剂,把她推到术后室等待验血结果。很快换了下一拨

---

① 约45千克。
② 约1.57米。

值班的医务人员。七月一日之后大部分的年轻工作人员都是新人——住院医师、实习生。当她身份被确定时——莉安达·约翰斯顿,二十七岁——已经过了四十八小时,她身体脱水,血压降低,心律失常,由于强力镇静剂而导致器官衰竭,随后进入深度昏迷,直至死亡。)

一开始就是错。然而她并不知道,这只是给一系列错误起了个头。

不是纹身——(她用一面小手镜从卧室镜子的反光中看纹身,全神贯注盯着瞧了半天,沉醉在畏惧之心中——如果不是兴高采烈的话:黑蝴蝶美丽超凡,而且,是的,很性感)——而是她一直在盼望的婚礼。或许,是婚礼之前的一个下午,在刺目阳光下走了很久,穿过沙滩上的荒草和荨麻丛来到约翰斯顿家位于大西洋奇马克的私人海滩。

她父亲脚上打着石膏,一边流汗一边低声咒骂,需要她扶着走。他不愿意用拐杖,倒是宁愿女儿搀扶,女儿还帮他拿着照相机和三脚架。在小型聚会上,莉安达的鞋没穿对,她只穿了凉鞋,腿也光着,尽管被警告有蜱虫。

是鹿蜱,不是另外一种。鹿蜱只有铅笔尖那么大。你看不见它们,这就是问题。它们钻得很深,让你感染,如果运气不好的话,你根本感觉不到任何感染的症状。

鹿蜱"出没"和莱姆病在玛莎葡萄园"流行"的消息反而让年轻人变得叛逆,因为只有年纪大的人才会时常把这种事挂在心上。即使是像莉安达这样生性谨慎的人到了初夏也已经对这个话题感到厌倦。约翰斯顿家在米尼姆沙十字路上的隔壁邻居已经把洗澡变成一种仪式,每天洗两次,仔细用粗布擦洗身上的每寸皮肤——

莉安达的婶婶阿尔茜和叔叔戴维斯,也就是卡罗尔的父母,每次碰到他们时都表示自己染上了莱姆病——莉安达的母亲加布里尔几乎整个夏天都远离这个岛,像个隐士般待在南中央公园的空调公寓里——加布里尔的朋友海伦娜·雅伯格声称自己染上了莱姆病,半个脸都瘫痪了,但实际上(人们在她背后议论)那只是因为她曾有过一次轻微中风,她不愿意承认而已。

(海伦娜·雅伯格是埃德加镇一位富有、风韵犹存的寡妇。她在岛上因为二十年前与威廉·斯泰伦的一桩情事而名声扫地。海伦娜第一次见到还是少女的莉安达时,满以为这个混血小姑娘是佣人,要不然一个菲律宾人在约翰斯顿奇马克的房子里干什么?)

莉安达的父亲杰森·约翰斯顿已年过七十,蔑视各种卫生习惯——他吃掉在地上的东西,吃水果从来不洗,甚至上完卫生间也不洗手。他对家人要他定期检查身体嗤之以鼻,即使在五十多岁经历肺癌危机后依然继续抽烟。他在树林和很高的草丛里走再远也不采取措施预防鹿蜱;不过,他也对莱姆病念念不忘——"他们说它会吃掉你的脑子。微生物寄生虫。"大学毕业后的六年里,莉安达不时给父亲帮忙,这种近距离的观察让莉安达惊讶地发现,杰森·约翰斯顿既尊敬又貌视他自己;有时候他那副因酗酒而肥胖的身形甚至显出对自己的生死也毫不在乎的意思。

"我对你来说太老了吗?做你该死的爸爸太老了是吗?"——他会无情地奚落她,"也许你觉得跟你'亲生母亲'在一起会更好,嗯?"

莉安达无声地摇头。不,爸爸。

她完全不知道她的亲生母亲在哪里。她小时候就知道这个自己称为"妈妈"的女人不是她真的母亲,也不是她的姐妹和兄弟凯西的母亲——这些是前任约翰斯顿太太的孩子,但她已经离开了。她知道,因为经常有人告诉她,她很特别。

"我们选中了你,莉安达。你不是'瞎蒙来的'袋子里的小猪仔!"

她想搞明白:袋子里的小猪仔?那袋子和购物纸袋一样吗?

她是纸袋中的小猪仔?

爸爸大笑的时候眼角布满皱纹,这时你知道你也该笑了。要不然爸爸会不高兴。

他原来有助手为他工作,有时不止一个。但莉安达也喜欢做爸爸的"助手"。有时他叫她"我的学徒"。这些当然都是开玩笑。杰森·约翰斯顿正经的摄影工作需要旅行——巴西、巴塔哥尼亚、南极洲、非洲、中国边远省份、澳大利亚内陆地区。只是在近些年,莉安达父亲的身体日益衰退,他这才开始关注身边的事物。就像他多年的朋友,已经去世的著名摄影师保罗·斯特兰德一样,他现在拍就在他家门外的树、花、树叶、天空和月光。这些照片简单、低调、轻松、"诗意"。(莉安达父亲在奇马克家中的墙上挂了很多著名摄影师的签名作品,包括布拉塞、阿尔弗雷德斯·特格里兹、卡迪亚-布吕松、爱德华·韦斯顿、麦那·怀特、保罗·斯特兰德。在这些作品中,斯特兰德上世纪七十年代早期拍摄的《冬日花园》《枯萎的葡萄藤》和《逝者如斯》很明显是杰森·约翰斯顿最新作品的参照。在莉安达看来,他的这些作品构图很美,但因为太小,没有了气势。)

在奇马克退休之初,她的父亲并不快乐,像是跛脚的巨人;近来,他力图适应生活的改变。莉安达总是记不住他父亲的年纪——她想也许是七十五。

要不就是七十六。

去年春天,莉安达在岛上不辞辛苦地帮他背沉重的哈索布来德。他的三脚架。他的背包里有依云矿泉水、麦芽条和镜头。她的个头只有他的一半。她的身体说得过去——但并不擅长徒步跋涉。在学校里,她游泳时总是小心谨慎,不紧不慢,只待在氯化池的浅水区。她有运动潜质,有时候也积极参与运动,但在激烈的竞技比赛中总是显得信心不足,不一会儿就气喘吁吁,疲于奔命。她个子太小,人们总不把她当回事。虽然不是运动队的最后一个人选,但也差不多是倒数第二个。那些(被领养的)华裔姑娘们也以她们那种淡淡的、不易察觉的方式瞧不起她。对约翰斯顿一家来说,擅长运动至关重要,你不能怨天尤人,更不能示弱。尤其在大部分时间都在户外度过的夏日度假区。(莉安达打心底里憎恨夏天。她恨玛莎葡萄园岛的夏天,人们大部分时间都得待在户外,没完没了地谈论天气、房地产、"新人"、岛上面临的威胁。)在斯布诺克特角他们走过沙丘,四月份从海洋吹来的寒风把她冻得缩成一团,瑟瑟发抖,她的父亲则长时间地拍摄海鸟,好几个小时——一刻不停、毫无倦意。看到这个平时郁郁寡欢的老人一拿起相机就立刻活跃起来真是一桩奇事,他的手居然那么稳当,一看到各种苍鹭、白鹭、鹰、鹤、杓鹬、鸥便激动不已——杰森·约翰斯顿实在不简单,能分辨出银鸥、笑鸥、黑背鸥,还有各种燕鸥。

她才是那个精疲力尽、站不稳当的人。尽管她比杰森·约翰斯顿年轻了差不多半个世纪。

杰森·约翰斯顿是个传奇! 这是句玩笑话但又不尽然。

不过不知道为什么她脑子里想的却是鹿蜱。他们说的神经系统疾病是什么来着——莱姆病?但为什么她在想这个呢?

回想起她帅气、皮肤黝黑的堂兄米奇·约翰斯顿,他光着脚在岛上走来走去,开着吉普车,在沙丘草丛中,在热热的沙地中远足。

他无畏地冲进凶猛的海浪,而莉安达只能体验海浪在她脚下、在沙滩上留下的泡沫,即使在温暖的阳光下依然冰凉刺骨。她曾经爱过米奇——远远地——从她十二岁的时候开始,那时米奇十六岁。当他乐呵呵地用镊子把蜱虫从皮肤里拔出来,或是用火柴烧这些小虫子的时候,家中的女眷们总是吓得花容失色,他则一边痛得龇牙咧嘴一边大笑。

(不过这些并不是鹿蜱。是另外一种个头大些的虫子,肉眼就能看见。像小蜘蛛。颜色很黑,在莉安达苍白光滑的皮肤上很容易被发现。)

米奇没有参加布鲁克的婚礼,但发来了一份电邮录像。他当时在尼泊尔旅行,和几个同伴和一个夏尔巴人①向导一起长途跋涉,拍摄纪录片。

她已经有年头不爱米奇了。她现在几乎想不起来他,除了有时和尼克在一起的时候——当尼克触摸、爱抚、亲吻她的时候,她闭上眼睛,便看见她晒得黑黑的堂兄,浪花在他完美年轻的身体旁四溅,他的眼睛避开阳光,取笑着她。

你是我的宝贝,莉安达。你是我选择的唯一的孩子,因为你和别的孩子不一样。

爸爸真的说过这些非同寻常的话吗?还是一切只是她的想象?这其实也没什么关系,在晕晕乎乎的时候她分不清它们之间的区别。

卡罗尔只发过一次短信,问纹身愈合得怎么样。

---

① 居于中国西藏、尼泊尔和印度的山地民族。

莉安达回信,不错！谢谢,卡罗尔。

实际上纹身并不像他们说的愈合得那么好。要么(很可能)就是她误解了愈合的时间。纹身这事——就像那场婚礼——都是她不愿去回忆的头脑中的一片模糊景象或一团声响。

她从婚礼上悄悄溜走了。她知道没有人会注意。

还有她发烫的脸颊上丢人的泪珠,就像那个老家伙把酒洒到她漂亮的丝绸裙子上,没有人在意。

布鲁克没有请她最小的(同父异母)妹妹做伴娘。她婉转地解释说,她需要在姐妹、堂姐妹和朋友间取得"平衡"——与个人感情无关。

这当然和个人感情有关。布鲁克不喜欢莉安达。

尽管莉安达崇拜布鲁克,一如她崇拜所有(同父异母)的姐姐们和(同父异母)的哥哥凯西,然而他们不喜欢她。

或者,如果他们不是不喜欢她,那就是对她漠不关心,这其实更糟。

在家庭聚会上,莉安达知道——就是*知道*——如果她不在,如果她不存在,一切都不会有什么不同。

妈妈叹着气说,*我尽力了。上帝知道我尽力了。她是个很乖也很忧伤的孩子,只是她不是——你知道。*

她无意中听到这些不是很清醒时说的话。不止一次。

只是不是——你知道…… 我的亲生女儿。

莉安达听说,加布里尔至少流产过两次。如果这其中任何一次修成正果——莉安达都不会出现在这个家庭里。

袋子里的小猪仔！那正是加布里尔想要的。

尽管一开始参与了继女婚礼以及在奇马克农场举行的近两百宾客宴会的筹划,加布里尔后来却说天气太热,没法"忍受"去现场参加这些活动。(2012年七月是纽约市和新泽西州有记录以来最热的时候。)尽管父亲表示出无所谓的样子,莉安达知道他对此感到愤怒。

布鲁克说她很失望,很伤心。在香槟派对上朱迪咯咯笑着说,哦,别管它,布鲁其①!不管是你还是别人为什么要在意这种鬼事。

这个,莉安达也装作没听见。

现在她安全了。现在她可以逃离葡萄园回到她自己在西十街的住处。她在电脑上学着用作图软件,但对她来说却太难。这会儿她真的想念尼克!

她刚开始感到不舒服的时候,发低烧,肠胃不适,还有轻微头痛——她以为是电脑的原因,因为她在电脑前徒劳地坐了好几个小时,沮丧之极。然后还有那个纹身,几天后还是酸疼,就像一块被烫伤的皮肤,所以她没去想也许这是蜱虫感染——因为她现在在曼哈顿西十街。

她立刻想到纹身。

她是多么冲动!尼克批评她从来不会一时兴起,可见他根本不了解她,尽管他自认为爱她。那天晚上她的确心血来潮,有些冲动。

这是一件鲁莽之事。在约翰斯顿家里,刺纹身这样的流行文化行为对大多数人来说是愚蠢、自卑心态的体现。只有输家才会玷污自己的身体,除非她是摇滚歌星,那是另一回事,不过区别也不大。十五岁的麦琪把金发染成红色、紫色、绿色的那个夏天——所有人都没完没了地说这件事。

---

① 布鲁克的昵称。

发烧、恶心——这是对莉安达行为的得体的惩罚。事先就知道这是个错误。

她为什么要信任她的堂姐！莉安达应该知道,卡罗尔劝她玷污自己的身体(用她父亲的眼光来看)——肩上有一个俗气的纹身——有恶作剧的成分。

你到底做了什么,莉安达！你知道我讨厌女人身上有纹身。

她有点慌,因为杰森终究会发现她的纹身。就算她在亲戚面前藏着它,就像卡罗尔藏她的纹身一样。她心中掠过恐惧——如果卡罗尔在手机上录下她刺纹身的情景,散播出去怎么办?会不会群发?

那天晚上,她并不想和卡罗尔出去,不想和任何人出去。她受够了出去——表现"欢快"——在葡萄园岛上好几天帮着准备豪华酒会——这段时间正是她需要准备(缅因)卡姆登艺术学院申请材料的时间。秋冬季入学的截止日期是八月十五日。

她的朋友尼古拉斯已经交了申请。尼克一定会被录取,因为他过去已经做过好几次卡姆登艺术研究员,院长也很喜欢他的作品。他们计划一起去——莉安达已经答应告诉杰森她不能再做他的助手了。

那个晚上,尼克要和她通话——但她和卡罗尔出去了,手机来电话的时候她没有接。这其实并不是一种成人生活——她知道这点。要成为成年人你得有份正经工作,你得养活自己,你结婚了或是和一位忠实的伴侣一起生活;你甚至可能有了个孩子,或许几个。(仿佛有海鸥在她脑子里鸣叫:她二十七岁了。)你不会花大部分时间和家人一起生活,你不会牺牲你(仍然很年轻)的生活来为你苛刻的父亲(无偿)工作。

和凶猛的沙鸥一样,杰森·约翰斯顿——拍打着羽翼,把长橡扎入食物,使劲瞪着眼睛,因永远无法满足的饥饿而鸣叫。

突然的恶心之感。这一定是——什么?

她还没有听留言,因为她知道是尼克的电话,她因为没有见他而感到愧疚。她本来邀请他去参加婚礼,但是后来——没心没肺地发了一通短信——她取消了邀请。

这一定是纹身。污染的针头!

或者——她感染了艾滋病?

(但不会来自纹身针头,那可能吗?)

(当然有可能。很有可能,狐狸乔是HIV阳性。)

(但是为什么卡罗尔带她去那个可怕的地方呢?卡罗尔难道不喜欢她吗?)

(卡罗尔当然喜欢她!在她的堂姐妹中,卡罗尔和米琪一直最喜欢她,超过她自己的姐妹。她们告诉过她很多次了。)

她开始发抖,听尼克的留言:

> 嗨,莉安达,你在哪儿呢?你从葡萄园岛回来后没顾上打电话吗?我能过来吗?——今晚?还是——明天?

第二条留言:

> 莉安达?你在哪里?你从婚礼回来了吗?你需要我看看你的材料吗?你在做这些材料吗?什么时候能做完?也许——今天吃个晚餐?嗨——我想你。婚礼一切都好。

她不安地发现,尼克打过六次电话,还有短信,可是她不知怎么回事直到现在才发现。她还没有准备好去联系他。

男性的注视:理论上她对这个问题有深入的了解。在耶鲁修的当代文化研讨课上,她为此专门写了一篇论文。她引用了很多资料,包括大量男性注视的精彩实例,从文艺复兴时期的圣母玛利亚到马奈、雷诺阿、毕加索的宫廷宠姬,到安迪·沃霍尔平面版画里"被剥削的女性形象"。男性注视不只在色情作品中表现得很明显,在严肃古典艺术中也比比皆是——事实上无处不在。但莉安达也明白,没有男性注视她就不知道怎样定义自己。男性注视来自她的同龄人,比如尼克,她的堂兄弟,也来自(如果带有判断,那也是出于教化的目的)年长些的人:耶鲁的教授,帕尔森设计学院的老师,她的男性亲戚,她的父亲杰森·约翰斯顿。

这种注视就像氧气。没有意识到它的女人误以为她们能够独立地存在,独立地呼吸。

年轻女孩很少会受到这种欺骗。她们明白那些女人试图忘记的事实。

即使发着烧,固执地在电脑上用软件处理她去年最好的照片,莉安达也无法逃避这个事实:男性注视如此深刻地决定了她的存在,她无法想象离开它能够存在,更不用说生活。

所以,她有尼克。在尼克之前还有其他尼克。

这些男孩不会(像米奇那样)嘲笑她,折磨她。这是些对她很好的男孩,喜欢她那种羞涩不善言辞的劲儿,她美丽但总是垂下的眼睛,看上去青肿但会被逗笑的嘴唇。当然,这些男孩,现在也是男人了,大多个子不高——他们喜欢她的小个子。这是一个,嗯——没有太多女人味的年轻女人。

至少,在开始的时候尼克很爱慕她。他们在帕尔森设计学院认识,尼克在那里教一门修图软件课,莉安达选了这门课。尼克比莉安达年纪大不了多少,但摄影水平比她高很多,莉安达对此有一种欣慰的感激之情,至少她不用像和其他艺术家约会那样假装水平很高。

他们在一起两年了。但没有同居。尼克抱怨莉安达不接电话,也不回他的短信。他还认为她这样的年纪不该为家庭操太多心。

"他们也不怎么操心你啊。"

她邀请尼克去她姐姐的婚礼,住在她们在米尼姆沙十字路上的家庭"农场"。她打算把尼克介绍给杰森·约翰斯顿——终于。如果他们在客房里睡一间房,那就等于宣告尼克是莉安达的情人,这一点清清楚楚。

她的姐姐们认为莉安达完全没有性意识,也不开化,她永远也不会有真正的男朋友。她有漂亮的脸蛋,又黑又亮的完美的披肩发,但美中不足的是那笨拙的动作和脸上的青春痘。她从没带过任何人回家,更没向父亲介绍过任何人。

出发去葡萄园岛的前两天,尼克已经为他们订好捷蓝航空或海角航空公司的机票,莉安达告诉他这不行,她只能自己去。她只是给他发了条短信说不邀请他了,这真是不可原谅——她没有勇气给他打电话,甚至也没有写封邮件解释一下。

当然,尼克非常失望。但他没生气,要换作另一个男人很可能会不高兴。

莉安达认为,他不是那么惊讶。

现在,她感觉非常糟——因为愧疚?后悔?血液里的毒素?——她不能给他打电话。

他认为莉安达是一个美丽的女人。他喜欢她是混血儿的身份,也喜欢她对自己身世的含糊其辞——她确切知道的只是她在婴儿时期被杰森和加布里尔·约翰斯顿收养,那时杰森四十八岁,加布里尔年方二十九。

现在,她满面病容——皮肤蜡黄,头发细长还出油,嘴唇干裂——没有一样能掩盖她的菲律宾血统。她不愿意任何人见到她这副憔悴的模样，不是男性注视下纤小的亚裔美人，而是一个长相普通、有斜眼角的女孩，和尼克从小到大在学校里看到的那些女孩没有区别，她们也许是帮他母亲打扫房间的女孩，在男性注视下等同无形。

所以她没有打电话给父亲是哥伦比亚长老会医生的尼克。她也没有给住在城区里，能够立刻赶过来的大学同学打电话。她反而打电话给卡罗尔，留了一个她希望听着不至于像在发牢骚的口信：

> 嗨，卡罗尔。我是莉安达。我好像感觉很不舒服——我想我是生病了——也许针头不干净？——纹身还很红——感觉酸疼——我觉着好像愈合得不太好——如果你在城里的话能过来一下吗？我——我很感谢你。

现在是八月四日，晚九点二十五分。九点四十的时候，她又给卡罗尔打了一个电话。

> 卡罗尔。我是莉安达。我感觉有点——有点慌神儿，我可能病了——我不敢打911。我害怕急诊室。我一直吐，现在也没见好。还发烧——101.1华氏度①。如果你在城里的话，能过来一下吗？我不想给我妈妈打电话，你知道她会怎么样，她会大惊小怪……你能给我回个电话吗，卡罗尔？也许你能过来……

在这几个小时中，莉安达还给另外好几个人打了电话——她的姐姐朱迪和葵茵，她们在城里都有公寓，只是现在不在；还有堂姐哈里特。她还考虑过女性长辈亲戚（包括她的母亲）但决定不

---

① 约38.3摄氏度。

打扰她们。

没有人接电话,也没有人给她回电话。这时已经接近午夜。她已经吃了两粒泰诺——这个能退烧,对吗?她一直在吐——这表明她有脱水的危险。但是当她喝水的时候——她呛了一口,结果把水全都吐了出来。

她心跳异常,皮肤又痒又红。大腿、肚皮和胸上有很多小水泡,奇痒无比。她皮肤敏感:对某些海鲜和西红柿过敏,甚至对洋葱过敏。她不知道自己是不是吃了变质或被污染的食品。

最后她实在没有办法,给母亲打了电话。

她并不熟悉这个电话号码,因为很少用,她根本记不住。得把号码找出来。哦,她病得这么厉害!——呕吐物甚至跑到了她嘴里。

回答的是那个冷冷的、居高临下的声音:

这里是加布里尔·海德曼-约翰斯顿家。海德曼-约翰斯顿女士不在家。如果有急事请致电海德曼-约翰斯顿女士秘书,电话是——

这是母亲在报复,莉安达想。因为母亲一直嫉妒她和父亲,嫉妒他们之间的特殊联系。

就像加布里尔年轻时取代了人到中年、莉安达从未见过的夏洛特·约翰斯顿太太,后来又取代了一个叫玛丽莲·麦耶,莉安达也未见过的女人,她是莉安达姐姐和哥哥的母亲,最后还是小女孩的莉安达取代了她母亲,得到父亲的关爱。

莉安达在慢慢长大的过程中没有意识到这点,如果有也只是一点模糊的意识。大学毕业后她渐渐意识到这点,有时甚至痛苦不堪,因为父亲总是要她待在葡萄园岛陪他。

在布莱里，和在耶鲁一样，莉安达的父亲似乎"很出名"——她不用提杰森·约翰斯顿，出于羞涩她也几乎从不提起他。

在这类学校有些家族很出名。而其他大部分家庭则不那么有名。

莉安达·约翰斯顿的家庭情况并非极其复杂，就这类事情来说。她布莱里的大部分同学家里时常有分居、离婚、再婚、抚养权争端、同父异母或同母异父兄弟姐妹、继兄弟姐妹、领养等问题；也有几个像莉安达一样，父亲娶了比自己年轻一代或两代的太太，因此他最小的女儿有"年纪大不少"的兄长，实际上完全是上一代人。那里有几个被白人父母领养的中国女孩，她们是布莱里最优秀的学生；还有一位美得夺目的埃塞俄比亚女孩；据莉安达所知，学校没有其他菲律宾裔被领养的孩子。

如果你不想要我，你为什么要收养我。如果你不能够爱我——莉安达从来没有这样问过加布里尔。

她会时不时摸一摸纹身，每次手指总是有灼热跳动的感觉。她知道这一定是感染。但是拨打911——这可是个无法挽回的决定。

她在想这是否太荒唐了——卡罗尔会笑话她的。

她想，如果救护车来了，我无法控制的局面会接踵而至。她想到了在奇马克的父亲，他若知道莉安达因为纹身感染在曼哈顿住院，一定会感到极为不安和担心。她父亲对曼哈顿的不满一天比一天强烈，甚至有点不讲道理，他把这里称为地狱之洞，在夏天则是桑拿。如果急诊室不让她出院，他得赶到曼哈顿看望住院的女儿，他很讨厌这么做。她想，他会恨这一切。他会发现我多么脆弱。

那天晚上某个时候,莉安达重心不稳,滑了一下,重重摔在硬木地板上。她的运气实在太坏,没有摔在地毯上,而是膝盖撞在地板上,疼得钻心。她开始哭,如此无助。

这是你的报应!不管这是什么。

约翰斯顿是新英格兰一个显赫的古老家族。

人们说起杰森·约翰斯顿(1938年生于缅因州班戈市)的时候,总会说他来自新英格兰一个显赫的古老家族。

十九世纪七十年代,杰森·约翰斯顿的曾曾祖父移居到纽约市。到二十世纪时,他在帕克大街和七十五街建了一座小型红砖楼,不久后在玛莎葡萄园岛买下了九十公顷绵延的山地,俯瞰大西洋。

红砖房早就卖掉了。九十公顷土地至少还剩二十公顷;房产是一座木瓦板农舍,此外有十几间宽敞的房间,一座旧谷仓和一个旧冰库。

讽刺的是,杰森·约翰斯顿(此生大部分时间都在玛莎葡萄园岛居住)经常表示,他痛恨岛屿。

杰森向采访的记者抱怨,向任何愿意听他说话的人抱怨,说只要你住在岛上,你过的就是一种目光短浅的、萎缩的生活。

他来到奇马克快八十年了。他说,他并不以此为荣。

尽管杰森·约翰斯顿"近年来"最好的照片都是在岛上拍的。

父亲有一次在空地上找到一截公牛的脊椎骨,把它用作工作室的门挡。莉安达还是个孩子的时候就躲着这个东西。她一想到活生生的东西会到这么一个地方就感到不寒而栗。公牛庞大、高贵——漂亮。所有有生命的东西都会被其他生命再循环利用,她明白这个道理。只是这似乎太残酷。

在洒满阳光的石头小径上,他拍过脊椎的照片。干枯的秋日落叶,石头路面的裂纹。脊椎复杂的阴影仿佛蕾丝花边。

在埃德加镇老威灵教堂的婚礼上,莉安达当然是和家人坐在一起。她坐在父亲(脚上还有石膏!他摔下台阶把脚踝扭伤了)和阿尔茜婶婶中间。她没有让尼克来其实是件好事——她父亲心情郁闷,你说不清他是身体不舒服还是就是不高兴。他对婚礼不是不满意——他只是对那几个年纪大些的孩子并没有太大兴趣,他们早已不受他的管束,因此也就不像最小的女儿那样真切,仍然属于他。

莉安达明白这一点,也知道现在还不是挑战这个观念的时候。

在这座经常举行葡萄园岛最考究婚礼的古老希腊复兴教堂里,莉安达心潮起伏。她并不是崇拜和羡慕性格开朗的姐姐嫁给波士顿投资银行家斯坦利卡名斯三世,她甚至也不是对麦琪没有让她做伴娘,无论怎么笑都感到难以掩饰的失望。(事实上,莉安达并没有指望姐姐会这么做。只是自尊不允许她说出这一点。)她心碎地意识到,她永远都不会在这座古教堂举行婚礼,也不会嫁给任何约翰斯顿家族欣赏,甚至是喜欢的人。她知道。

因为她的亲生母亲——(任何人都会这样推测)——会让她感到羞愧,如果她认识这个女人的话。因为这个女人遗弃了自己的孩子。什么样的人才会遗弃自己的孩子?像约翰斯顿这样的人家,还有他们在玛莎葡萄园岛和曼哈顿的朋友和邻居都不会遗弃自己的孩子。在他们的世界里,孩子弥足珍贵。带有他们 DNA 的孩子是无价之宝。而在另一个世界,在大多数人的世界里,孩子往往不受欢迎。

莉安达思忖，这是一个永远无法解除的诅咒。不过我觉得他们已经尽可能爱我。

当然，她的（养）父亲已然尽力爱她。在所有约翰斯顿族人中，杰森是最不伪善的一个。他直言心中所想，表里如一。

而她总是尽量表现得"快乐"。她总是比所有人可靠，不仅事事按照他人的期待行事，而且心甘情愿如此。

她帮忙筹备婚礼。两百位宾客！她千方百计劝加布里尔出席，而且差一点就成功了。她还为婚礼彩排和彩排晚宴忙前忙后，在需要时跑到温亚德港去办事。

她和布鲁克一起研究极其重要——尽管很快就会逝去——的事情。她花时间陪易怒、抑郁的父亲，他只能拖着一只裹在厚重石膏里的脚行走。（他在家里莫名其妙地摔了一跤，结果脚骨折了。由于亲戚对这次事故三缄其口，你不得不猜那是因为他喝了酒。）如果她突然哭起来，那一定是在安全的私人场合。

在奇马克家里的聚会上，大家鼓励她喝香槟。最美妙的香槟酒中柔和的"笛子"。

很快人们都喝多了。很快笑声也多起来。卡罗尔和她同父异母的姐姐葵茵不断鼓励莉安达和别人跳舞。这些人的名字在她面前飞舞，像喝醉了的蜂鸟。莉安达穿了一件淡蓝色丝绸裙，戴着父亲从中国给她买的玉石项链；小心翼翼地蹬着她并不习惯的高跟鞋。

因为香槟的缘故，她的鼻孔咝咝发酸。她不断打喷嚏，发出孩子气的啾啾之声。

祝你健康！上帝保佑你！

愚蠢的习俗。莉安达对此深感厌恶。它来源于未开化、迷信的过去,没有人再相信这一套,但是陌生人却侵犯你的隐私,竟然祝福你的健康,其实只是平添你的尴尬。

祝她健康的男人靠她很近,比她高一截。他似乎认识她——父母的朋友?是她母亲还年轻的时候,在婚姻早期那些聚在她周围的仰慕者之一,而她一直都被仰慕者包围着。

"跳个舞吗,亲爱的?你是'莉恩迪亚'——对吗?"

她懒得纠正他——赫斯特先生。她的笑容像塑料般凝固在脸上。她被赫斯特生硬的胳膊拉得绊了一下。五人乐队演奏的是一首嘻哈拉美风格的乐曲,而这位先生对此完全不得要领。

她感到轻松,尼克不在这里。她很有可能不会再见到他。

他们做爱时,通常是由尼克提出来的,俩人都很安静。他们都很严肃。尼克关心莉安达的感受——他怕弄疼她,怕压着她的力量太大,压坏了她。而莉安达关心的则是不要表现出她的不适和疼痛。

你可以告诉我吗,莉安达——是不是还有别人?你爱上别人了吗?你在想另一个人吗?

不!没有。

但是他好像知道。尽管他不可能知道莉安达脑子里的人是她父亲。

他无法理解为什么当约翰斯顿家族召唤她时,莉安达总是完全没有拒绝的能力。不仅是杰森,他们中的任何一个都是。

如果她母亲来电话,莉安达会立刻赶到,做最坏的准备——她一个人住在中央公园南边的一套豪华公寓里,那里总是有来来往往的客人。亲戚们总是打电话给莉安达,请求她,或是烦她,照顾父亲,而莉安达总是会让步。她告诉尼克,她很感激约翰斯顿一家,他们是她的家人。他说他们在利用她善良的天性。

她无法不认为,他指的是你顺从的天性。

尼克说他们也许是从她亲生母亲那里花钱买了她。他了解私人领养是怎么回事:贫穷的未婚姑娘,富裕的白人夫妇。他跟莉安达说起他看过的一个关于美国人领养俄国孩子的电视节目,其中很多孩子因为不能"适应"被"送回去了"。

尽管没什么道理,莉安达还是固执地说,我不是俄国人。

他们最后一次在一起的时候,她说:"我没办法拒绝父亲!他受了伤,几乎不能走路。他心情很不好。他能拍出最精彩的作品,却一直情绪低落。"

"你得有自己的生活,莉安达。这样已经好些年了。你的家庭会生吞了你。告诉你父亲你秋天有别的计划——你要去卡姆登。"

"我在卡姆登还没有找到住处。"

"如果你不申请就不会有住处。我可以帮你。"

"他现在不想要别人帮他。他有一种被抛弃的感觉。他说他知道,如果离开葡萄园岛的话,他一定会死的。"

"这太荒唐了!这是对你感情的敲诈。自从我们认识以来,他一直都是这样。你要知道,你不再是个孩子了,莉安达。你不能随随便便就浪费一年的时间。"

他问莉安达是否愿意他陪她去向父亲解释,她秋冬季要到缅因州卡姆登学摄影。"告诉他你有别的计划,不可改变的计划。和我一起。"

莉安达支吾地答应——她会这样做。或者——不,她不需要。

尼克一直拉着她的手。这会儿她松开了手,不安地笑着。尼克说:

"你想和我一起去,莉安达,对吗?去卡姆登?在那里没人会打扰你,你可以安安静静一天工作十二个小时。"

"既然这样——那我就这么做吧。"

尼克吻了她。她用细细的胳膊搂住他的脖子,吻他,既绝望又喜悦。

来救救我!我害怕极了,尼克。我爱你——如果我还能爱一个人的话。来救救我吧,我不想孤独地死去。

在刚开始喝酒的时候他还很温和,多愁善感,用满是茧子的手指抚摸她的脸蛋。

我希望你能原谅我,莉安达。我知道自己是一个不称职的父亲,利用你的善良和慷慨。

你是我的小心肝,你知道的,对吗?

她的姐姐们和哥哥凯西——他对他们感到失望。还是孩子的时候他们就躲着他。孩子年幼时旅行太多使得他疏于亲情——父亲和孩子间的亲情。事实就是这样,明确无误,让人痛苦:他能好几个星期,好几个月忘掉他们。他带给他们的礼物,用凯西的话来说,都是"机场礼品"——那些他回家途中在机场匆匆忙忙买的价格不菲的"纪念品"。

(莉安达不认为他总是这样。她的父亲在旅行时会给她买非常好的东西,专门给她的。这点她非常清楚。)

沙丘里的足迹。海角凄清的雨天。葡萄园岛暴风雨过后停电的早晨。还是十二岁的小姑娘时她就是爸爸的助手-学徒,他这么亲昵地叫她。她也拍照。爸爸给她买了一个好相机,还帮她选景。

白雪覆盖的沙丘,泡沫翻腾的海浪,宽阔沙滩上的小溪流,漂流上岸的朽木和一些杂物。曾经鲜活的海洋动物的骸骨被冲刷上岸。脊椎、椎骨。在脚下粗粝的沙子里,在海鸥和鹰的阴影中划过。

正如弗吉尼亚·吴尔夫的观察:摄影作品中可看的东西远比实际摄影对象多得多。

他告诉了她一件意想不到的事:国际摄影中心的策展人邀请他筹划一个摄影回顾展。尽管脚摔断了,脸上也皱纹密布,他的眼睛却兴奋得发亮——"真是好消息!不过没有你是不可能做到的。"

她可以帮忙准备照片。她可以安排装镜框,这是一大笔支出。她可以给照片贴标签,起草展览作品目录,供父亲编辑修改。

她在耶鲁学过摄影史,已经为这类事情做好准备。

拖着打石膏的断脚缓缓而行,铁灰色头发梳向两边的父亲显得格外温柔,一如任何骄傲的父亲,领着新娘走进老威灵教堂,沿通道走向圣坛,把新娘交给正在等待的新郎和牧师。

莉安达想,那永远不会是我。

一股浓重的忧郁之情笼罩了她。她无法预见前面的道路。

然后在奇马克农场,人们鼓励她喝香槟。到处是祝酒声和欢歌笑语。赫斯特先生请她跳舞。莉安达太彬彬有礼,或者说太懦弱,根本无法摆脱他。他问她大学课程的情况:他上一次跟她聊天的时候,莉安达还是耶鲁的本科生。不过,他把她和一个上卫斯理学院的女孩搞混了。他日渐稀疏的白发梳得一丝不乱,他系着黑色领带,浆过的白色衬衣洒上了酒渍。很快,他把酒也洒到了莉安达的裙子上。男人需要女人的劲头真可怜,这么强烈的需要。不过当他带着爱慕的微笑问莉安达体重的时候,莉安达着实被惹恼了。

赫斯特先生是岛上有点名气的人物。那里有很多这样的人,他们在过去某个年代在纽约或是波士顿地位显赫。

"上帝!真对不起……我来找东西擦一擦……"

他笨手笨脚地把餐巾在玻璃杯中的冰水中蘸湿。但莉安达准备离开,不再回来。

她借口要换衣服,来到房子的另一边。只是她没有再回去,而是吃了两片安必恩①,睡下了。第二天早上当大家还在沉睡时——她不知道有多少人,在多少房间睡——她悄悄溜走了,没有告诉任何人。

她叫了计程车,搭海角航空到波士顿,再搭捷蓝航空到肯尼迪机场,搭计程车到西十街。她没有和任何人告别,甚至是新娘。甚至是她的父亲。

这几乎是一个公开的秘密,她是杰森叔叔的女儿——真的是。母亲也许是清洁工,或者——也许——他一直在治疗背部问题——是理疗师。就像我说的,这是家族中那种公开的秘密,但当然你不能谈论它。他和玛丽莲离婚后,和加布里尔结了婚,她流产那段时间出现了"被领养的孩子"。他们假装这是领养——也有可能加布里尔从来就不知道。杰森·约翰斯顿想要做的事几乎总能做成。

他们说,他是个天才。我们在博物馆里看到他的摄影作品,很不错的作品。当你认识他后事情却变得不那么简单——这个"天才",难于理解。

---

① 产自美国的一种安眠药。

这一切当然合情合理,否则为什么杰森叔叔有这么多相处得不好的孩子,却还要再领养一个?一个菲律宾美国混血孩子?为什么他新娶的年轻妻子愿意领养,难道她没法生育?他为什么劝她这样做,选了一个"领养机构",实际上只是一个律师来和他们协商?

女孩知道吗?也许不。

也许等到他特别老的时候,他会告诉她。也许他在遗嘱里会说出一切。不过那不会对现在的她有多大帮助,也不会对他有帮助。他会找到别人做他的"助手",也会因为起诉治疗不当而分心。他甚至可能还会再结婚,不过一切都会不同。

她陷入绝望。她在请求。那些她既向往又害怕的金发姑娘。她们叫她我的小家伙,我的黑发姑娘。她们宠她就像宠一只小狗。她在求卡罗尔。

卡罗尔,求你了,接电话吧?求你了。我很害怕,我一个人,我——我很害怕……能接电话吗?喂,是我……卡罗尔,你在听吗?

(她似乎知道卡罗尔在听。但是再怎么请求也不会让那些金发姑娘中的任何一个做她不那么他妈的想做的事。)

又过了一会儿她打了911。

她(错误地)认为这事会于此了结,这样一来她会救自己一命,尽管这(也)让她丢人。但拨打911可不那么简单。

电话另一头的女声听上去百无聊赖,很不耐烦。嗯?你有什么问题?

她试图说话,却结结巴巴。她在出汗,感觉恶心。她的声音细弱得听上去像个孩子。她一直在吃泰诺来止痛,退烧,但也许——吃太多了?还吃了一颗她在药柜里找到的奥克西康亭①。

不耐烦的声音尖了起来。喂?你多大年纪?到底怎么回事?

我——我——我——不知道……

好像通过排水口的水流。一开始似乎很慢,你几乎注意不到。然后,在最后的时候,越来越快。

逆时针旋转着流入排水口。

那个声音尖声说道女士,你得说大点声。你有什么问题?你住哪儿?

她在出汗,在发抖。她感到一种孩子气的报复的快感,她没有告别就离开了父亲,离开了约翰斯顿一家,离开了婚宴。好像他们很在乎她的告别。但现在,她因为那个鲁莽的行为而受到惩罚。

911调度员问她是否可以打电话找人帮忙:母亲、姐妹、朋友。她好像不认为莉安达一定需要救护车。她好像在提醒莉安达,叫救护车是非常严重的事。你难受到什么程度了?听上去你是胃不舒服。我们不会因为有人胃疼就派救护车,明白吗?

她轻声说求您了!我感觉——感觉我——快死了……

好吧,女士,告诉我地址,救护车马上就来。

她脑子里有一团又黑又热的东西。黑色蝴蝶的翅膀振颤而开,但你不知道的是——一旦翅膀张开,它们就不会再合上。

我手机关了。我需要个人空间。我又一个人的时候,没听留言就上床了。一定睡了十个小时。然后家里电话又响了……

---

① 羟考酮的一种品牌。该药物用于治疗疼痛。

或者也许不是这么回事。也许我记错了。

也许她打的是我家里电话,我也没出去——我在家。家里有人,我不想让人听见家里的私事——就是这么回事。

我听到了她的留言,我想——噢天哪!我的堂妹怎么了,因为该死的纹身愈合不好而肚子疼。我有点担心,我会受到指责。我叔叔杰森不是那种轻易原谅别人的人。见鬼,她上了耶鲁,毕业时那可是件了不得的大事。我也没认真听,只听见她说来看看她,如果我在的话,来看看她,她病了,病得很厉害,她不想给她妈妈打电话因为她会大惊小怪——"请回电话,卡罗尔?也许你能过来"——这——这,我当时觉得没时间管这个——就让她留了言,第二天早上我醒得很晚,我猜我忘了莉安达的事。

是的,我猜就是这么回事。我忘了莉莉。

她的留言是怎么被删掉的,我完全记不清了。有时候我只是按删除键,就能一次清除很多留言——那样简单些。

他极为悲痛。绝不仅仅是心碎。

该死的脚还在石膏里。有时和着苏格兰威士忌吞下的止疼片都无法消减那种疼痛。

杰森·约翰斯顿雇用了他的律师朋友,也就是二十七年前莉安达被领养时,与年轻的菲律宾理疗师达成协议的律师。莉安达·约翰斯顿死于马格达伦医院急诊室,她的父母悲痛不已,杰森·约翰斯顿的律师朋友和曼哈顿一位著名医疗事故律师合作,作为她父母的代表,起诉这一事故致死案件。要求一千二百万美元赔偿的诉状除了告医院,还告了收莉安达进急诊室、对检查马虎了事的住院医生和护士长,以及始终没有注意到莉安达危险信号的护士,莉安达在四十八小时里呼吸困难,随后进入昏迷状态,直至死亡。

这是什么——女孩肩膀上黑色蕾丝状的东西？

性感的黑色蝴蝶,翅膀张开,很有诱惑性。

伊凡德拉看到纹身,立刻判断这是一起吸毒过量事故。她知道。可卡因,或海洛因——对住在这样的也许是老爸付钱的公寓,有时髦电脑,墙上有时髦艺术品的人来说,这些都是很"酷"的下城区毒品。

伊凡德拉对吸毒过量见得多了。她不赞同。讨厌。他们占用医院正经病人需要的床位。他们可以开枪打死自己,如果这是他们想做的事,不过不要占用医院治疗真正病人的时间。

在审讯时,伊凡德拉为被告作证,激烈陈词,两眼放光,给陪审团留下了深刻印象。陪审团有八女六男,年龄不同,肤色不同。

我是陪审团第五号成员。我不为我们的决定感到羞愧。

你看,我们中有些人必须靠工作谋生。我们有些人并不是"新英格兰"的显赫家族出身。我为这个姑娘和她的家人感到遗憾,但我并不同情那些艺术青年。你一定听说过这些小年轻,他们靠信托基金生活,他们对自己的生活如何影响别人毫不在乎。正如医院的律师所说,这是她自己造成的悲剧。医院怎么能为一个人的生活方式而受到谴责。即使没有纹身她也是那种人。

纹身！别误解我,我觉得纹身很酷。我不反对纹身,我家里也有人,有年轻人,有纹身,还有他们称为穿洞的东西,但像这姑娘的那种生活方式,下城区的生活方式,你总是有吸毒过量的危险,结果就是死掉。

医院医生列出了所有她体内的药物。某种奥克西药物,其实就是海洛因。铺好你该死的床,现在躺上去。那是我母亲跟我们小孩子说的话。

我是陪审团第十一号成员。我女儿在罗斯福市①工作,她是护士助理,要忍受各种乱七八糟的破事;她工作辛苦,有两个年幼的孩子,可是一点都不抱怨。这些助理和护理员工作真他妈卖力。他们从医院得到的却是你能想得出来的最烂的东西。他们有车,却不能停在医院。任何事出了错,他们都会指责他们。但这次,谁的错很清楚——那个有纹身的姑娘吸了毒,到急诊室来的时候已经脑死亡,这是谁的错?她该死的家庭认为他们在大洋里的某个岛上高人一等。

我们讨论了大概十票,也有些争论,但最后那几个坚持认为医院有"疏忽"责任的人放弃了自己的意见。大家都很同情那个护士——那个被点名的护士,她的名声也被毁了。就像是,一个人犯了一次错,而她并不认为那是个错误。就像医院的律师说的,没有人能够证明如果那姑娘得到及时治疗就不会昏迷。如果你的生命到头了,那就到头了。

上帝,现在一定很晚了,我们都疲惫不堪,但我们有几个不准备放弃。所以其余的人,他们放弃了。也许有十二票。我们都同意一个事实,那就是原告没有证明,她不是死于吸毒过量。她在聚会狂欢,她服用了多种毒品,剂量过大,心脏无法承受。他们说她的血液受到很严重的——感染。这是一个悲剧,她自己造成的悲剧。没有人强迫别人吸毒或是刺一个放荡的纹身。我女儿总是跟

---

① 美国犹他州的一个城市。

我说这种事,被送到急诊室的匪徒浑身枪伤,奄奄一息,医院要救他们吗?——不可能。我们也不可能给那个有钱的家庭上千万美元。

她听见自己的名字——莉安达?过来和我们坐在一起!

奇马克的婚宴。树下的长条桌。

他们祈祷不要下雨,果然没有下雨。月光照在连成片的池塘上,一位客人说这景色——莉安达听见——好似脑半球。

大池塘对面是那座古老的石头冰库,你得知道那是座石头建筑,才能在黑暗中认出它来。在莉安达看来它更像是神秘树林中的黑色长方块,犹如眼睛的错觉,不过比错觉更强烈,仿佛树林中凿出的一个你可以踏入,然后消失其间的洞穴。

房子附近有绣球花,雪球灌木丛。如此之美!像中国水彩画。

她告诉自己如果我能思考,如果我能观察,那么我就在岛上,我不在城市里。我不在医院的病床上,不在明晃晃、嘈杂的医院。我不能死,因为有人会说噢,莉莉!真傻,你知道你不会死。你还太年轻,而且,你爸爸需要你。

你知道,爸爸在岛上等你。爸爸没有你不能走路。爸爸没有你不能工作。新展览——国际摄影中心回顾展,这是个一生一次的机会。爸爸需要你。

爸爸把她举得高高的,举过海滩的草丛,这样她就能看到远处沙丘之外的大西洋。一阵猛烈的寒风吹来,吹过扎手的草丛,让他们颤抖、战栗,活像有生命的脊椎。

III

叉河路圣堂，南泽西

凯维我们想念你我们爱你
凯维愿上帝和你同在

有时候一听到这个我就想大声喊。有时候它只是让我生气，为什么他们不能只说七个字，别把上帝扯进去。

就好像该死的上帝真的在乎我出了什么事，在乎他们中的任何人出了什么事，他们迟早会搞明白的。天哪我一看见那些姑娘的脸就忍不住笑，忍不住大喊。

凯维你能听见我们说话吗？噢凯维我们想念你我们爱你
凯维？

你从路上能看到的第一个东西就是该死的十字架。
三英尺高、涂上了德高罗牌①白色荧光漆的自己钉的十字架。
十字架上字母的红漆有几道滴流的痕迹，像弄脏了的口红：

逝
者
凯维·奥尔
1991年12月4日—2009年5月30日

---

① 一家位于美国俄亥俄州的涂料和颜料制造商。

按
息①

（也许按息写错了？看着不对。狗屁！）

（一旦你成了个死人，各种各样不好听的屁话就都来了，反正你没法为自己辩解。）

那个亮闪闪包着十字架的东西是银色箔纸，看着像你装饰圣诞树的东西。还有塑料的绿色藤蔓和雪白的喇叭状塑料花。十字架下面放着（塑封）照片，大多是克洛伊用手机拍的我的照片，还有克洛伊和我、我和哥们、我妈妈和我的照片，等等。那里还有盆花——真花，一定有人浇水，否则它们会很快枯萎、死掉。十字架一边吊着我的一只球鞋——十二号耐克鞋。

他们肯定到过我家，妈妈告诉他们可以从我房间拿走任何他们想要的东西。任何他们需要给叉河路旁圣堂的东西。这会儿她已经被阿普唑仑②或奥克西康亭③或不知什么鬼东西搞得晕头转向，该死的医生给她开这些药，她不能喝酒时吃这些药，或者说不能吃药时喝酒，不过妈妈肯定是这么做的。噢——你们这些孩子要拿凯维的什么东西，克洛伊说只要一只球鞋，奥尔太太。

我猜：一听到凯维·奥尔死于莱纳佩角④的消息他们就聚到我家。互相拥抱、痛哭、哀号，有的人会歇斯底里，或者像克洛伊那样晕过去，喘不过气来，我妈妈则目瞪口呆，像头上刚挨了一棒。不管她多么烦我，克洛伊对我也不是十分满意，还有妈妈家的那帮亲戚——一旦大家知道我死了，他们就希望更好地记住我。

---

① 原文为 IN PAECE，为 IN PEACE 之误。
② 用于治疗焦虑症的一种药物。
③ 见 207 页注。
④ 位于美国纽约州。

噢真高兴我不用在那里做这些事。

凯维——我们爱你。

凯维？你听见我们说话了吗？你能——看见我们吗？

我们是克洛伊、吉尔、阿里克莎，和——

噢糟了他们带了更多的垃圾到圣堂来。塑料百合花、塑料玫瑰、郁金香、塑料水仙。小短蜡烛，叫什么来着——许愿蜡烛。

路旁的十字架已经太挤了，于是他们干脆把东西挂到几英尺远的一棵大树上。这就是SUV车滚下山时蹭上的那棵山毛榉，左前方的挡泥板像叉形杆被你一掰两半般裂开，树干则像被一只发了疯的老虎用利爪抓过一样。

乔什也和他们一样拄着拐杖。乔什的脸受伤了，剃了一些头发，但这家伙却还活着，还有凯西、弗雷德，他们带来麦克罗布啤酒、红牛、可乐放在树下。我的小弟弟泰迪看上去像是事故后就没睡过觉，他要在树下放什么呢——我的曲棍球棒？还有《电玩高校》①——全套的，我们一起看过。

每次他们来都会带更多照片。有我和朋友、和家人的照片——（没有父亲）。有克洛伊坐在我腿上，我俩都在笑的苹果手机照片。克洛伊的眼睛湿湿的，泛着泪光，我的眼珠则红得像魔鬼眯着的、闪着光的红眼睛。天啊，我真希望能记得那是什么时候的事——希望我能穿越时空，回到那个时刻。

这感觉好像我都搞不清楚——我是谁。凯维·奥尔到底是谁。

---

① 一部美国动作喜剧。

事情是这样的,先是有一下白热耀眼的爆炸——然后就失去了知觉。

类似九年级那次打球时被擒住摔倒——他们说是脑震荡。前一分钟我还没事,下一分钟就双膝一软,头盔也甩出去了,土都到了嘴巴里,我——失去了知觉。

这一次我醒来时周围更静——有一种熟悉的香甜气味——(丁香?)

拖车已经把碎成几片的残骸拖走。尸体被埋葬。一切都结束了。那一切只是物质的东西。

只剩下我——我。真孤单,朋友们都离开了……我举了举手想看看到底有多糟糕,我的胳膊是断了还是像我感觉的那样扭伤了,我可以看到——什么都没有。

后来,我看到好像是有条胳膊,一条成人的胳膊,一条左臂,我想那一定是爸爸的胳膊。

这条胳膊在我身上,而我自己的胳膊不见了。这胳膊肌肉发达,还有爸爸的红眼睛蜘蛛纹身,真让人感到欣慰。

爸爸?嗨,爸爸,我是凯维——凯维……爸爸你能帮帮我吗?

爸爸我害怕极了。又冷,还——我猜眼睛也快瞎了……

这不是爸爸,而是学校的孩子们。踩在草地上用手机照相。大门牙女孩芭芭拉·弗雷兹是高年级学生会主席,她正在把丝带绑到山毛榉树干上,系上蝴蝶结。另外一些女孩,我认得她们的脸但不知道她们的名字,真讨厌!我本来不会约她们中的任何一个出去,对她们也没有一点兴趣,不过现在凯维·奥尔死了,她们谁都可以开车到这个圣堂来,留下花、便条,还有各式各样让我难堪的狗屁东西,我根本无法阻止她们。

女孩们跪在杂乱的草地和碎石上埋首祷告,SUV 车的液压急救工具来得太迟了,被压在仪表盘下面的身体已经出血过多。

血和汽油混合在一起。汽油的臭味。

噢这棵树,这是一棵美丽的树。(这是一棵什么树?)

我们把气球放在这里吧。

我想冲他们大喊走开,行行好吧!我可不想要什么小孩子的气球,你们想什么呢?

(这是那种厚塑料气球,更像枕头而不是气球。它们不像普通氦气球那样容易漏气。这种颜色鲜艳的气球很丑,你在路上也能看得到,像生殖腺或者是某种身体器官,也许有的混蛋会认为那是凯维·奥尔的内脏挂在一棵树上。)

那里还有圣诞树五星、圣诞树天使、塑料十字架、耶稣像——(尽管我不是天主教徒,奥尔家没人是天主教徒)。

一小面美国国旗插在地上。那是我参加过朝鲜战争的爷爷拿出来的。

可怜的孩子。就这么走了。老天!

十七岁。生活才刚开始。

如果有人问他们为什么在这里做这个圣堂,既然他并不在这里而是被埋在镇上的公墓里,他们需要想一会儿,你能(几乎)看到想法在他们脑子里像气泡一样上升,然后他们会说是的,但是凯维的灵魂在这里。因为这是凯维死去的地方。

死到底意味着什么,我不太清楚。

那是失血过多的躯体。

那是压在 SUV 仪表盘下面的躯体。

那是断裂、破碎、毁坏、无用的躯体。

那只是一副皮囊,有一千处伤口。

那曾是凯维·奥尔的身体,在一堆残骸之中。

  我们在叉河路上飙车。道奇公羊的小子们落在后面。把油门直踩到底,我心里满是像野火一样疯狂的劲儿,这么棒的感觉。我不禁有种正是时候的想法——平时我总难免恼火,感觉糟透了、郁闷、愤愤不平——刚刚吸进去的冰毒让你的心狂跳,这种感觉真好——像风把你吹起来,而你像只用随便什么破玩意儿比如湿画布做的风筝,风把你吹起来——老天!

  我们在高中后面的操场上玩了会儿球。我们抽了几口,又喝了啤酒,然后决定看谁能先到莱纳佩角,再去海滩。

  夜空中云层密布。月亮躲在云后面,月光皎洁。你可以看见光亮从破布般的云缝中穿出。一种怪异、兴奋的感觉似乎从天而降。来自月光之眼,太怪了!

  莱纳佩角的泽西海岸。海滩上有小石子和垃圾,海浪冲上来各种东西,有的扭动发臭。你几乎不会意识到泽西海岸就在大西洋边,在地图上看到大洋你会——哇!——真大。

  开着 SUV 飙车去莱纳佩角。妈妈说,你可以开这车但不能浪费汽油。好的妈妈,我答应着,没问题。总的来说我是个好小子,我知道。我会保护妈妈,就像她什么都知道。感觉我总在为这事辩解。在学校别人看我,叉河高中那些低年级学生看凯维·奥尔、乔什·费勒、凯西·莫奇森的样子就好像为了像我们一样他们愿意做任何事。还有那些女孩。还有,这是我们的最后一年。还有三个星期就毕业了。我们不知道这个夏天怎么过,更别说明年,或是一辈子,至少不会是我现在在做的事——也许在采石场工作,如果我叔叔卢克还能帮我搞到一份工作的话,更有可能我们会入伍,他们会给你职业培训。阿富汗的战争——我们可能被送去的——被认为要结束了。大家都这么说。我们说，也许还会有另一场战争——伊朗？总会有战争。我们乐不可支，因为"武装部队"竟然成了看待世界的一种方式，而在新泽西叉河没有任何前途，这点毫无疑问。

我转弯时开到时速七十三英里，在限速四十英里的地方；我当然知道（我猜）（有裂缝的黑色）叉河路在这里大拐弯，通向上莱纳佩角大桥的一条很窄的匝道，这是莱纳佩县好几座老掉牙的单道木板桥之一，过了桥便是莱纳佩角国家公园大门，往里开半英里就是莱纳佩角的泽西海岸。

应该知道这个拐弯。大桥。我们一辈子曾无数次开车到莱纳佩角，从记事的时候开始，还是小孩子的时候坐在爸爸或是哥哥或是其他大家伙开的 SUV 这样的车里，但是现在，在还有三个星期就要毕业、我们自己就是大家伙的时候，奇怪的事发生了，叉河路的这一段在晚上对我们来说不那么熟悉，路边的草丛散发出雾气，也许雾气来自路上看不见的小河流。河边有巨大的沙土色石头、岩石和小石子，里面只有一点点水，几乎干涸。后面的车灯把后视镜照得什么也看不见，不过现在它落在后面，SUV 把吉米·伊顿开的他爸爸的皮卡甩在后面。即使这会儿，油门已经踩到底，我还是被仪表盘上的东西分神，总是得摆弄空调、收音机，或者风扇，要么就是别的什么东西，摇下车窗，摇上车窗，就这样在转弯时，在 SUV 还没有失控时我已经感到恶心跌落的感觉。车登记的是我妈妈的名字，还有成千上万元没有付清，所以在撞上护栏的一刹那我脑海中闪过一个羞愧的念头。

这下子这辆车永远也付不清了。

轮胎侧滑。SUV撞上护栏,把护栏撞烂,翻了个个儿,又翻下(八英尺)斜坡掉在叉河干涸的河床边上,一路剐蹭灌木、树,把树皮蹭掉,最后在河床中底朝天,轮子还在转,引擎的冷却器冒着热气。司机被卡在方向盘后面,下面,挤在仪表盘下面。司机没有系安全带。三位乘客也没有系安全带。受重伤的乔什、凯西、弗雷德爬出SUV,浑身是伤,流血不止,活像被他们踩踏过的蛇(你踩一条蛇的时候,满以为它断了,脊椎都断了,就像瘪掉的水管,但这东西却会骗你,铜斑蛇就能骗过你,即使你用靴子使劲踩它的头,这东西也不会死,你一不小心它就会跳起来用毒牙咬住你的腿)——救护车来得够快,把他们送到急诊室(大西洋城),救了他们一命,但开车时神志不清的凯维·奥尔就没这么幸运了,他还超速,在那么窄的弯道上超过限速三十五英里,没有系安全带,卡在车里,被液压工具救出来的时候已经太晚。

莱纳佩关于死亡之歌的传说,在子宫的梦乡里出现的死亡之歌。

莱纳佩梦之祭。千古之谜仪式。

各个年龄的莱纳佩印第安人都来讲述他们的梦境。这一传统包括男人、女人,青年、长者。根据一位耶稣会会士1689年的记录,莱纳佩人都是异教徒,他们没有上帝只有梦境。莱纳佩人做任何事都盲目地跟从梦境。不管梦境给出什么样的指引,他们都会服从。

这是我们九年级时在新泽西历史课上学的。我们学的东西大多数都不记得了。好像风掠过我们空空如也的脑子,又好像风吹动叉河基督教堂红砖房后面公墓里的荒草。但我记得死亡之歌。不知道为什么,我什么都忘得差不多了,却记得莱纳佩死亡之歌。

印第安孩子如何在出生之前死亡之歌就来到子宫,而且每首歌都不一样。孩子一出生,死亡之歌就被遗忘了。你睁开眼睛,呼吸第一口空气——死亡之歌就被遗忘了。

年轻的莱纳佩人行动敏捷,一直捕猎到他们精疲力尽为止,男孩子被年长的武士以及他们的家人用棍子鞭打。在火边起舞,被火折磨,挨饿,这样他们就能瘦骨嶙峋,汗流浃背——这样才能找回梦境。但这还不够。死亡之歌是在死亡时吟唱的歌,你获得的特别的启示就是你的死亡之歌。除了你没有人知道这首死亡之歌。

哦天哪,除了你没人知道。而你——你现在已经被忘却了。你消失了。

我妈妈哭哭啼啼,说那些指责我的人实在太讨厌太残忍,难道我死得还不惨吗,卡在底朝天的 SUV 里,失血过多而死,这车离付清车款还差一大截,还欠了保险费。天哪我希望她不会开车去圣堂,妈妈还有她的姊妹斯苔丝、克莱尔,她们哭着,很生气,蹒跚着走在草地上,妈妈会说,他们怎么敢这么说我们,他们在想什么呢,因为她的姊妹告诉她那些镇上的人说的话,那些假装是妈妈的朋友,她认识了大半辈子,从没说过他们什么的白痴——他们怎么敢说我儿子,他们怎么敢说任何人活该碰上这样的事,凯维是这么好的一个孩子,才十八岁,人生才刚刚开始。

大西洋上湿润的风,倾盆大雨。连日的雨。

圣坛的好些地方都湿透了,坏了。有些照片被风吹到草地上。圣诞树天使不见了。天竺葵还在,但也七零八落。塑料藤和塑料花还在。孤零零的球鞋也在,掉在地上,湿漉漉的。小美国国旗在草地上被掀了个个儿。

不过,突然,太阳出来了——总会有太阳。

关车门的声音。兴奋的声音。

你觉得凯维能听见我们说话吗？比如说,他的灵魂在这里？

在沙滩上走路很容易疲劳。这个我还记得。

如果想在沙滩上跑,这么烂的一个"沙滩"——你的脚会陷到沙子里去,一种湿乎乎的,像沼泽地般难闻的沙子。还有多年前被飓风吹倒的大树。一定是九年级。我们在海岸边喝啤酒、抽大麻。天气很热,有风,海浪又大又高,白色的泡沫像电子游戏中要闯的关一样,你得用一个潜水艇来对付它——而且要快,在它抓住你之前。

热辣辣的太阳在莱纳佩国家公园的松林后面正要下山。

有时我的妈妈会来圣堂。妈妈和她的姊妹斯苔丝和克莱尔,或者妈妈带着我的小弟弟泰迪,他看上去病怏怏的,一副害怕的样子,不想在那里。

圣坛需要维护。五六个星期后就显得破破烂烂了。妈妈跪在草地上,想要把它弄得好一些。泰迪站在后面看,眼睛睁得大大的,不明白是怎么回事。他的眼睛到处看,碰上我的眼睛,他却看不见。嗨泰迪！嗨小家伙！是我。

我猜,他挺恨我。他的混蛋大哥经常取笑他、揍他。为什么你要这样,凯维？这疼着呢。

因为你是个笨蛋,那就是为什么。懂吗？

泰迪带来了新的塑封好的照片,代替原来那些破损或丢失的照片。泰迪帮妈妈把照片钉在树干上。他还把球鞋绑回到十字架上。

妈妈用带着醉意的声音痛苦地说凯维不应该死。他们花了点时间才来——"液压救援工具"。别的孩子被送到大西洋城医院急诊室,他们都活下来了,他们不比我的儿子更应该活下来。他们真该死,留下他在车祸中像条狗似的流血致死。

妈妈离开的时候我感到轻松。天啊——我希望别再看到他们中的任何一个人。

是的妈妈,我为自己做的事道歉。还有些你根本不知道的事。行吗,妈妈?——都是我的错。真对不起,行了吗?现在忘了这些吧。

也许我的出生就是一个错误。也许我的母亲并不是特别想要我,那是妈妈的秘密。他们说孩子并不想要出生,母亲的身体就是孩子的"家",你记得所有被"从子宫里拉出来"之前的生活。吸过冰毒后这些景象一幕幕快速闪过,你简直无所适从,无法理解;这就像开车开得特别特别快,所有车窗都摇下来,你的头发被吹打到脸上,你出汗出油,好像在太阳下晒到发烫。你脑子都转不动了,不过没事。这很好!!!太好了!!!它们都朝你飞过来,像那部电影最后疯狂的彗星——《2001 太空漫游》[①]。飞向木星或类似的东西——真是疯狂。

又过了很多天。没有人到圣堂来。

然后,来了一车人。我不认识的低年级女孩。不知道她们的名字。在学校我见过她们——普通的女孩,你都不会看她们第二眼。她们拿出手机自拍,在莱纳佩角叉河路旁凯维·奥尔的圣堂前。

---

① 1968 年一部美国科幻电影。

其中一个，

其中一个像是杰妮·毕肖普。似乎知道我的这些念头，她抬头看了看，好像被踢了一脚。

凯维？凯维你在——这里吗？

你觉得我在哪呢，在这里我的脑浆飞溅到 SUV 里，流到河床里。灌木丛里也到处都是。就在石头那边医生把我弄出来，抬到担架上去，也许你不知道。

女孩们颤抖着说凯维现在没那么好了，不是吗？他好像——变了……

他也许到别的地方去了。他能看见我们，听见我们，但我们看不见他，听不见他。

我能感觉到他的想法！我觉得他充满敌意。

凯维为什么对我们充满敌意？

这只是我的感觉。

没有人知道。泰迪骑自行车到了莱纳佩角。

我年幼的弟弟，一个人。

如果我们必须要见面一定会很尴尬——如果我们一定要说话的话。

泰迪比我记忆中的他更高更瘦。棒球帽遮住了前额。就像你在 7-11 便利店或是学校操场上看到的任何一个骑着普通自行车的孩子一样。你会觉得这是一个小混混。嗑药的人。想到泰迪会变成那样的人我很害怕——好像这是我的错。

事实上，我对弟弟并不太好，我猜。有一次，我把他推到马路上新铺的焦油里。在朋友面前取笑他。他很可怜地说你为什么这么恨我，凯维？——这真让我下不了台。我不恨你！别让我看见你就行。

记忆中泰迪总是黏着我,我走到哪他跟到哪。电子游戏、电视。不管凯维做什么,泰迪也要做。我爸爸搬出去住到镇上另一边后,他每周五来接泰迪和我,带我们出去吃饭。我很开心,但泰迪就没那么高兴了,总是问些爸爸,你什么时候会回家之类的事情。爸爸喜欢我们笑,爸爸喜欢别人笑而不是怨天尤人,我们会笑妈妈,爸爸喜欢这个,这个傻女人、泼妇。我们喝爸爸的啤酒,笑着,总是很高兴,如果爸爸心情不好,那么你说什么或做什么也就无所谓了。好吧,也许——有一阵——我有些嫉妒我弟弟,瘦泰迪鼻涕虫泰迪总是唠叨、哭哭啼啼,而我没有哭,我不可能哭,也没有求爸爸回来跟我们住,爸爸认为我不那么在乎他——不像泰迪那么在乎他。所以,我越不说话,爸爸就越这么想。有时候,爸爸醉得不像样子,我心想为什么你不去死。现在。但他一直没死。

就在几个月前,泰迪吸着鼻子跑到我乱糟糟的房间来,好像要问我什么事。我对他烦透了,警告他脸就要被门撞上了,他只是眨着眼睛看我,好像我在开玩笑,一个躲闪不及,然后果然——在我关门的时候他的脸真的被门撞上了。泰迪叫得好像有人要杀他一样,我打开门,然后,老天,不知道为什么我又把门关上了,比刚才更用力——泰迪大叫,血从脸上流下来,妈妈在楼下骂我们——我抓住泰迪说你个好小子别叫了,这根本不疼,你个好小子要是还不闭嘴我就把你的脸打碎。我为什么这么生气,我真不知道。我把他们两个推出房间——泰迪和妈妈。我使劲关上门,喊道,如果他们不滚开我会杀了他们。好像有一股火焰穿过我的血管。我的头发也着火了。姑娘们都怕我的这种脾气。克洛伊说她喜欢我这样,不过也挺害怕。天哪,凯维你应该看看你自己这副模样!

我倒是从来没看过。我猜没有。

印第安人梦祭时,你吸着曼陀罗起舞。你戴着特别的装饰,这样就能做特别的梦。夜里弥漫的气味。梦境使你陶醉。在梦里,你跟死神斗争时引吭高歌。你的歌,你的死亡之歌。

SUV的收音机里播放着(重金属)说唱音乐,车开始打滑,撞向护栏,翻了个个儿时,我们所有人都大声尖叫,像泰迪一样尖叫,那感觉就像上帝已然下凡,抓起SUV扔了出去,你们这帮蠢孩子,你们喜欢这样吗。我的正义和仁慈之心要看看你们是不是喜欢这样。

这是一个全新的早晨。它就像干枯河床里的各种零碎。在夏末河水变浅,逐渐干涸的叉河。发出臭味的腐鱼、蛤蜊。断裂的贝壳。嗡嗡作响的昆虫。蝴蝶。四分之一英里外就是莱纳佩角。海洋、湛蓝的天空、大浪。

沙子像一个你想跑却迈不动双腿的噩梦。我一直都喜欢跑步。我喜欢打橄榄球,那帮家伙抓住我,一边笑一边喊,我们根本不分彼此,球在我们手上传来传去。罗兰·谢米尔茨把我撞倒了,先是脸着地,然后后背被他的膝盖顶住,嘴里满是土。罗兰在一旁哄笑,像个疯子般大喊大叫,教练跑过来,狠狠给了他一巴掌。那帮家伙在场上跑。我想要站起来和他们一起跑,但沙子却拉住我的腿,我失去了平衡。

他们称之为叉河圣堂。秋天结束了,冬天过去,春天来了,真是无法相信他们如此爱我,我从来都不知道。不仅是妈妈、克洛伊、我的兄弟,还有我不怎么认识的孩子。树下的草疯长。神圣的圣堂。有他们点的许愿蜡烛——(尽管这些点不了多久,风一吹就灭了)——还有塑料花、天竺葵、百合、丁香,盛开的花已经凋谢,干的、脱水的东西搅在一起,花盆,天竺葵在冬天凋谢。啤酒瓶被掀翻,一袋袋的玉米片被风吹得到处跑,袋子被动物扯开。到秋天时一定会生根发芽,美不胜收。还有冬天的第一片雪花。

我也想爸爸来这儿,但他从没来过。至少据我所知,他没来过。在爸爸眼里我是他没用的儿子,就像他说的,他不会再过问我的事。这是车祸之前的事。他想帮我在采石场找一份夏天的工作,我搞错了,不知道我需要开车去见工头,我想我把事情弄砸了,爸爸说他受够了,去你的凯维,我想,去你的,你这老东西。好像我多在乎在那破破烂烂的采石场工作。好像我有多在乎这事,会把真实的想法告诉他,当然我没告诉他。他有一次用手背扇我的脸,在我五六岁的时候。你不会犯两次同样的错误。

嗯这没错——我希望爸爸能够更喜欢我一些。也许是爱我,我不知道。你想要的总是你没有的东西。想要得厉害,想细细品味。我的妈妈和奶奶——她们爱我,但我对她们不怎么在乎。你妈妈总是爱你的,多大件事儿啊!好比把手伸进口袋,里面就有能擦鼻涕的纸——你做这事的时候什么也不会想。你不会去想嗨能有这张纸真幸运,要不我就得用手指擦鼻涕了。

实际上,我爸爸觉得我给他丢脸了。他在报纸上看到叉河路边圣堂的照片,这是纪念凯维·奥尔的圣堂,他十七岁就离开了人间。爸爸把头一扭,不想看到这些。爸爸没来参加葬礼,爸爸不知道我葬在什么地方。爸爸永远不会开车到圣堂去,因为他不想和我说话。他在我身上看见自己的死亡。我想是这回事。我想就是这回事。不过他不会承认。他喝醉的时候会数落那个傻孩子。还不系安全带,现在他完蛋了。这事做错了,爸爸认为。爸爸为什么一个星期有四个晚上都喝醉。儿子有错在先。这是个错误。这有违情理。

感觉他是故意这样做的。轻生。

感觉他这么做是存心让我生气。好小子!

他还年轻,才十七岁。他才十七岁——他的生日在夏末。

凯维还是个孩子,一个美国孩子。他要参军,那多少会让他有所改变,会让他成熟,除非他死于战场。但他先要了自己的命。

格里佩开车带了三个女孩出来。他带她们去叉河路。三个女孩,头发随风飘动。直发、不纯净的金发、带红色的金发、颜色深浅不一的褐发。珍妮·毕肖普、玛里妮·特亨、麦琪·琼斯。格里佩不算是我的朋友,他总瞧不起我,我猜。十年级时我们相处得还过得去,不过后来有几个家伙跑来掺和。教练让我们竞争。我不知道为什么。格里佩穿着尼龙风衣,双手插兜,戴上了风衣帽子,这样别人就看不见他眼睛里的泪水,我突然有种感觉——我猜——也许是爱……我真想给他胳膊来上一拳,没别的,就是感觉好,我想揍揍他,踢踢他,嗨格里佩,臭小子,你在这里干什么。他给我带了东西来,一个塑料蜘蛛侠,我们小时候经常交换蜘蛛侠漫画。在学校他属于另一类人。他选了大学课程,代数。在楼道里他假装没看见我。有一次,我也假装没看见他,狠狠推了他一下,如果没及时抓住栏杆的话,他一定会脸朝地摔掉大门牙。他几乎要摔下楼梯,大家都看着我们起哄,格里佩继续往前走,快步走开,回头瞟了一眼上了一半楼梯的我行,凯维。你走你的路,我走我的路。经常有这种事——某个原来是我朋友的家伙不理我了,好像怕我似的——真让我生气。有时我看见了,却假装没事。

我的一个老师开车来了。克莱登先生,教社会科学的。他给圣堂拍了照片。跪下看塑封的那些照片。羽毛,镜子,女孩的小镜子,有珍珠母装饰的手柄镜。药店买的个头很大的情人节卡片,缎面做的红心,因为雨水和阳光而褪色,现在也撕破了,已经完全没有了颜色。纸花边、丝带、十字架、耶稣像、登山靴(你可能会认为这是我的？不是，只不过像我的）、手套、美军士兵列队前进的照片。没有被钉在树上的东西都被风吹跑了。路边有不少垃圾。孩子们来的时候，把别的照片拿下来，放上自己的。克洛伊至少一周来一次，留下给我的信。女孩们给我写信，用丝带卷成一卷。用线挂着。

  凯维？你在这里吗？嗨凯维……
  嗨我们想念你，凯维。我们非常想念你。

  你可以把生命想象成你犯的错误，它们最终找上了你。在这里结束。叉河路上的圣堂。圣堂的大部分东西都可能被风吹走。拥有飓风威力的狂风。天空一片漆黑，云层翻卷。马路上有轮胎打滑的不详的声响。震耳欲聋的撞击，但我已经不在了，我想。玻璃碎片、变形的金属和方向盘圆柱穿透我的内脏、脊柱，把椎骨撞碎。安全带不会有什么用，七十三英里时速的车打滑。撞上了护栏，然后是树。翻了好几次，冲下干涸的河床。就像你可以在油管网站①看上一遍又一遍的视频。一百万次点击。你可以现在看。永远都是现在。SUV撞得稀烂，像是用廉价的锡皮做的。门被撞开，我的朋友都飞了出去。如果我们没有受伤，这就会像《傻瓜搞怪》电影里笑死人的桥段——不要在家里尝试这些危险动作。

  我在流血，浑身是伤。我哭不出来，上帝，我不想这样，这不是我想要的，救救我吧，上帝。我说不出话，嘴里都是泥和血。
  我的脑子里也都是血。从耳朵、眼睛里流出来。从再也不会

---

① 指美国 YouTube 视频网站。

说话的嘴巴里流出来。

今天有风,晴朗的天气有些凉意。到这里来感觉真好。来的人不如开始的时候多,不过这没什么。这说明,人们爱凯维。女孩们仍然会来,带来我不认识的朋友。我爸爸从来没来过,他已经搬到北泽西去了。我的妈妈和奶奶还会来。她们在教堂为我祈祷——她们总是为此祈祷。人们看到树上挂的可爱的东西都心情愉快,塑料花、丝带和爱心。锡箔纸做的镶有塑料花边的爱心。凯维我们爱你。安息吧凯维,上帝和你同在。踮起脚去看树上更高的地方。有的女孩把圣堂的鸟粪擦去。雨水把一切冲刷干净。好像他们在这里会看见最好的自己。人们从镜子里瞥上自己一眼。有时会掠过一丝怪异的惊慌——似乎凯维也在看他们。

忘掉我是闯了大祸的小子吧。不管我认真做什么事,我总是搞砸。他们现在都不记得了。(大部分人都不记得了。)一切都结束了。它不重要。他们现在正在忘记我,想不起来我到底什么样。他们记得的是死去的男孩。他们记得的是人们为他建了一个圣堂的男孩。这事上了电视和报纸。叉河为车祸中丧生的青少年建路边圣堂。叉河高中学生为09级学生凯维建圣堂。

在爱情中,就像在性爱中一样,总会有一方得到更多的爱,你可以说这是在利用另一方,因为他不那么在乎。我总是那个孩子,我猜这也是女孩们喜欢我的原因——每个女孩都认为她能让凯维·奥尔长大。我现在"离开"了,倒是觉得自己长大了。我知道这怪得要死,但我觉得我的心灵更纯净了。我的骨头化成了灰,在教堂公墓里回到尘土。我的头骨,上面有两个黑窟窿,一张万圣节风格的嘴。并不在我身处之地,这里。

你离开后,身体与灵魂分离。你特别的地方是你死去的地方——"过世"。我会在这里多久取决于你们,取决于你们的爱会让圣堂在这里多久。

我没劲的青少年生活。它真是差劲,不是吗,是啊但我想念它。星期五和爸爸去煎饼店,一起笑,一起看电视比赛,轻松自在。为什么我还想要从他那里得到更多呢,那是个错误。还有泰迪,我为什么要嫉妒我年幼的弟弟。他这辈子走路都会有点跛,骨科医生说,他摔倒时自己的全部体重,加上我的部分体重,都压在上面,所以膝盖扭伤了。

泰迪原谅了我,我猜。泰迪从来都没从大哥死去的阴影中走出来。他嗑药、抽大麻,和混混在一起,真正的混混。

野鹿会来这里。拂晓时分它们来到树下。它们吃玉米片、薯片。到处闻,寻找食物。它们的眼睛又大又美。在我看来十分平静。它们白色的尾巴不安地轻摇。赶走苍蝇。它们不怕我。它们知道我在,因为我如此安静,像水汽般透明,我再也没有气味,我不是它们的敌人。它们靠近我的时候毫不胆怯。这真让人感到幸福。仅仅一年前,我还想用枪打它们。现在,我根本不想伤害它们。我从来就不能老待着不动,上学时在椅子上也坐不住,开什么车都得猛踩油门,浑身痒痒,就是得动。我婴儿时期的塑封照片用图钉钉在树上。耶稣圣心在黑暗中闪亮。

我现在很幸福,我想。

我爱你们,保佑你们。

杰斯特一家

他问:"你听到吗——?"

她侧耳细听。她刚刚从屋子里走出来,到后面的露台找他。

此刻正是黄昏:房子附近的鸟叫声逐渐平息下来。一群翅膀黑亮的鸟儿在草坡上待了一整天,现在飞走了。四分之一英里以外,不在他们视线之内的湖面上,加拿大雁和其他水禽发出夜间才有的有一搭没一搭的鸣叫。

刚开始的时候,她只听见水禽的叫声。然后,她才听见好像是人的声音,在远处。

"我们的邻居。一定是从西新月道传过来的。"

丈夫用客观的语气说道。他通常不会注意到邻居,除非邻居把他惹急了——这种情况在新月湖农场很少见。他看上去一片茫然,却并不恼。

他们从来没见过这些邻居。住在树林远处的这些人对他们来说就是陌生人。夫妻俩没有必要去西新月道,要从他们住的东新月道尽头去那儿还真不方便:得开过一段弯曲的山路,来到穿过乡间-近郊"封闭式社区"新月湖农场的朱尼普路,沿路往北行驶半英里,然后拐到社区里面,穿过一段崎岖的小路,开上西新月道。

真像迷宫! 新月湖农场不是一个会让陌生人感到宾至如归的居住区。到处是道、巷、"胡同"和"环",很容易迷路,当然这个封闭社区就是成心不让人在里面瞎转悠。

这里三公顷的土地不包括椭圆形人工湖新月湖前面的空地。但是一条小溪流过社区,汇入不远处的湖泊。

"他们听上去很年轻。"

妻子听到的笑声低沉、兴奋。这笑声有一种奇怪、让人不安的切近感,仿佛西新月道的邻居近在咫尺,而不是在至少四分之一英里以外。

好像只要你盯着树林看,就会有人在那里出现。

"是的,而且快乐。"

妻子给丈夫和自己带来了喝的:兑水威士忌给丈夫,柠檬味气泡水给自己。还有丈夫喜欢的开心果,盛在小银碗里。

丈夫开始大嚼开心果。不过他的注意力还集中在那片幽暗的树林,欢声笑语一阵阵传过来,撩人心弦。

这无异于隔墙听音。切近而且让人心里痒痒的。你听见音乐般的声调,却听不清具体的话语。

在天气暖和的时候,晚饭前在房子后面的露台上喝点什么已经成了他们的习惯。尽管丈夫不用再驱车四十分钟去位于一号公路森林村的国际投资公司上班——他担任那个公司应用数学和计算部门的主任有十七年之久——夫妻俩并没有改变这个餐前习惯。

他们在新月湖农场的五居室木瓦大宅里已经住了三十年,这里属于北新泽西最早最好的那一批封闭社区,这么多年来几乎没有什么变化。

还有人在排队等着购买这里的房产。其他很多地方的房产卖出去不容易;但新月湖农场可不是这样。

妻子想我们在这里得到保护。我们在这里很快乐。

丈夫头冲着树林的方向,若有所思,他的兑水威士忌已经喝完了。声音还在继续——柔和,撩人。近处突然响起一阵大雁嘶哑的鸣叫,淹没了轻柔之声。

到底到了进去吃饭的时间,晚饭差不多准备好了——在烤箱里,在微波炉里。厨房台面上一个亮晶晶的木碗里有一大盆蔬菜沙拉,加了羊奶奶酪、芝麻菜、牛油果、小番茄——那是丈夫最爱的沙拉。

"我想他们一定进屋了。树林那边。"

妻子羞涩地碰了碰丈夫的手。他没有像原来会做的那样,本能地抓住她的手;不过他也没有像有时候会做的那样抽开自己的手,不粗鲁,也不无礼,只是无心为之。

事情似乎是这样:他们邻居的声音渐渐消失。你只能听见水禽的吵闹声和小溪里春雨蛙兴奋的叫声,声音不大却好像近在耳边。

她问:"你要进来吗,亲爱的?天晚了。"

夏天的夜晚,笑声轻快而有韵律。

丈夫和妻子几乎总能听到从树林那边传过来的玻璃器皿清脆的碰撞声——酒杯?还有餐具。

树林那边的邻居经常在外面吃饭。他们低声细语,听不清在说什么,但一定是愉快的谈话,这不会错。

"噢——那是个婴儿吗?你觉得呢?"

妻子在六月的一个夜晚听到的声音和平时不大一样。一种甜蜜温柔的声音——是吗?在新月湖水禽夜间的鸣叫和门前草地牛蛙低沉的叫声中若有若无。

丈夫仔细听,不再去嚼开心果。

"也许。"

"只是我们从来也没听到过婴儿的哭声。"

妻子感伤地倾听。她自己的孩子已经长大,很多年前就离开了东新月道88号的家。

妻子暗忖也许他们在烛光下晚餐。在和我们一样的石板露台上,他们的脸映在玻璃面锻铁餐桌上。

如果树林那边的丈夫轻抚树林那边妻子的手,妻子是看不见的。如果树林那边的妻子抽身抱抱孩子,亲亲他的小鼻子,妻子也看不见。

"婴儿会哭。所以也许不是婴儿。"

但是,轻柔可爱的声音还在。还有成人的声音,低沉的笑声。丈夫和妻子全神贯注地听,在露台上坐得笔直。

他们现在也习惯了在外面吃饭。过去,丈夫不喜欢在外面吃饭,觉得那太像野餐。

妻子不介意多费点事把东西从厨房里拿出来又拿回去。她甚至很享受在后面露台上用餐的浪漫气氛,在不远处,还有他们神秘的树林那边邻居的陪伴。

自从退休以来,丈夫总是非常安静。妻子感到孤独,即使她会告诉自己别傻了!你不孤独。

非常奇怪,他们过去一直没怎么注意过这些邻居。也许,一户新人家搬进了西新月道的这所房子?

另一些住得更近些的邻居,东新月道的邻居,当然更惹眼,有时也更烦人。夏天经常在草坪上举行聚会,孩子生日聚会时气球绑在邮箱上,政治募捐的汽车停在狭窄的道路两旁。不过总体上来说,新月湖农场是一个安静的地方。新月湖农场的住户手册写得很清楚,严禁打扰邻居的安静和隐私。

这是一个很大的社区:至少有三公顷。所以你的邻居不会像住在城市里般无处可躲。

现在妻子回想起来:复活节的那个周日下午,天热得反常,他们的女儿艾伦带着两个年幼的孩子来了。他们在后院草地上散步,妻子听到灌木丛那边传来很不寻常的声音——也许是一个女人的声音,像音乐般充满韵律,但不太清楚,不一会儿便消失了。那时她不知道那是什么声音,认为这应该是他们住在隔壁东新月道86号的邻居,所以并没有特别在意。

丈夫那时没有注意到那个女人的声音。他们的女儿只顾照顾孩子,也没有听到。

艾伦说:"这座房子真漂亮。这里有多少我美好的回忆!真是太可惜了,你们有可能要卖掉房子……"

卖房子?妻子听了感到愕然,没有去看丈夫;她知道丈夫会因为女儿无心的话感到不安。

"……我的意思是,这房子这么大。保养维护一定要花不少钱,尤其是冬天……"

丈夫径直往前走,走到房子后面,那里有一道平时不常用的门,通向公共区域——一片不属于任何私人房主、属于黑科特小镇财产的茂密树林。

妻子为丈夫的无礼感到尴尬。不过她也被这个问题冒犯,不愿去想他们别的孩子是否也在考虑他们的将来。

此刻,妻子回想起这个不愉快的插曲,以及他们的女儿抱起孩子时自信和快乐的样子。几星期后听到邻居婴儿牙牙学语的声音,她蓦然生出一种失落的痛苦。

她在心底里拒绝女儿,我们在这里多么快乐!我们为什么会想要搬家?

"那是什么?"——丈夫分辨不出来。

妻子仔细听:一种很轻很闷的声音,像木头打击木头的声音,她以前从来没有听过这种声音。

这是六月中的一个早晨。妻子和丈夫在露台上读周日版报纸,报纸在微风中飘动。有几页被风吹跑了,吹到附近的灌木丛里,妻子走过去捡起来。

"它是从——那边过来的吗?"

"我想是的,没错。"

"听上去像——在修东西?锤子敲木头的声音?"

"不是锤子。我认为不是。"

他们继续听。再次传来沉闷的声音,一种不常听见的断裂声。

他们盯着树看。松树,他们叫不上名字的落叶树——山毛榉?橡树?他们家六英尺高的铁栅栏外有茂密的灌木丛、灌木树、成年树木。不管树林有多深,四分之一英里或者不到四分之一英里,即使在白天它也像在黑夜一样深不可测,无法一窥究竟。

妻子不得不假设,不是一道而是有两道栅栏把他们的房产与树林那边的邻居分开。因为那一处房产也会有栅栏隔开。

黑科特小镇拥有的土地中有一片中央分隔带,夏天时修剪整齐,也许不到五十英尺宽,电线全都埋在那里。

丈夫和妻子从来没有去分隔带散步过。妻子模糊地记得留着茬的杂草、湿软的地面,那和精心修整的郊区草坪完全是两回事,草坪上种的玛丽龙蓝草是新月湖农场推荐的品种。

多年前他们花更多时间散步的时候,总是手拉着手在公园或是徒步小径散步;他们从来不去房子后面看上去不那么适合伴侣闲步的地方。

妻子认为房子后面的树林边有告示牌,像新月湖农场别处一样,禁止擅入、禁止用猎枪或弓箭打猎。

新月湖农场树林里住着白尾弗吉尼亚野鹿。无论屋主多么警觉,也无论栅栏有多高,这些鹿偶尔会在夜间挤过栅栏,啃食花园里的植物。

很多年前妻子的玫瑰就遭过殃。包括她精心种植的小菜园,甚至还有盆栽天竺葵。但是丈夫把栅栏修好后,鹿再没有光顾过他们家。

噼啪!——清脆的一声。

到底是什么声音,真让人不明白。有时候尖锐,但又沉闷。是一种嬉戏之声,妻子想。

丈夫干脆不读报纸了。这一天的政事让他愤愤不平:即使他支持的政客大权在握,反对党处在下风,大多政治内幕对他来说仍然是卑鄙、低级趣味、俗不可耐、毫无意义的——他放言根本不会去投票。

丈夫的职业生涯充斥着最复杂的运算法则和方程式,他知道不应该相信媒体报道的那些粗糙的民意调查和"统计学研究"。丈夫开玩笑说,《纽约时报》上那些准科学或经济学中大概有百分之四十的数据是研究人员捏造的。

"只有幼稚的人才会把民意调查当回事。报道民意调查结果只是一种说服策略。"

从哈佛大学拿到学位后丈夫在马萨诸塞州剑桥一家数学研究中心开始了他的职业生涯。然后,他被纽约州白原市一家医药研究中心挖过去。再后来,到了新泽西普林斯顿一家制药厂,他研发出能够精确预测消费者购买行为的计算法。他到国际投资公司工作的时候,在数学演算方面的工作已经非常复杂。妻子根本无法理解丈夫的工作,也不理解它如何与现实世界联系在一起。

"爸爸到底做什么工作?"——孩子们总是会问。

妻子还记得丈夫年轻的时候会兴致勃勃地跟任何愿意听的人谈论他的工作。但近些年再也没这劲头了。

她也不会再问。他的大部分生命都与她的生命分离,好像各自站在一块冰川上,向同一个方向漂流,却始终不在一起。

"一个东西撞击另一个东西——我们听到的就是这个。像是木头。"

"门球?"

丈夫不得不对妻子刮目相看,她居然解开了谜团。

"是的,当然!多么文明的草坪游戏——门球。"

他们不介意球杆撞击木球的噼啪之声,因为那声音消失在远处,像他们邻居的谈话声和笑声。

"我从没玩过门球,你呢?"

"噢,很久以前玩过。在南塔克特州我爷爷奶奶家。"

妻子心怀神往地发问,丈夫的回答则带着怀旧之情。

"你觉得他们有客人吗?他们在和客人玩门球?"

他们继续听。但是从小到几乎听不见的低语声中根本无法分辨。

妻子半闭上眼睛。在暮色中似乎看见身穿白色衣服的人优雅地挥杆,击打涂上颜色的木球,球随之在草地上前进,滚进线圈做的球门。

女人,或是女人们,身穿长裙。男人则身穿白色上衣和长裤。

"我真想再打打门球。你呢?"

"是啊,我也想和你一块儿打门球。"

他们相视而笑。妻子突然想抓住丈夫的手亲吻。

丈夫的手背上有葡萄色的淤血。他的皮肤很薄,很容易皮下出血。他一直在服用治高血压的药。

"我们也许可以在网上订一套。镇上不见得有这种球卖。"

"对。我们订吧!"

他们意识到他们说话的这会儿,树林那边的门球游戏一定已经结束了。现在天已经完全黑了:已是夜晚。

他们房子旁边的树林一片漆黑,像一张巨大的嘴。

月儿高悬,四周笼罩在朦胧的月色中。

"亲爱的?到这边来。"

妻子兴奋地呼唤,丈夫此刻正在一楼正对房子前院的家庭办公室工作。

尽管在国际投资公司已经不再有办公室,但丈夫的家庭办公室仍然是他的家庭办公室。

"快点,亲爱的!快来。"

这是中午时分。音乐声从他们房子后面的树林那边传来,甜美轻柔,令人陶醉。妻子刚开始以为这悦耳的声音是某种罕见的小鸟在歌唱,但她细听后发现声音是从树林后面传来的,她知道这不是鸟。

"我想是有人在那里拉小提琴。我指——这不是录音或收音机,是有人在拉小提琴。"

丈夫走出来,皱着眉头。他似乎因为工作被打断不高兴,不过他还是靠在栏杆上,侧耳细听。

"也许是个孩子?在练习?"

丈夫皱了皱眉,伸直脑袋听。

"我好像什么也听不见。大概是你想象中的小提琴声。"

他们仔细听。房子前面的马路上突然传来刺耳的摇滚乐:从该死的推销商品的面包车上传过来,或者是送货车,小区里到处都是这种车。

"我肯定听到了——什么声音……不是普通的音乐,而是很特别的东西。"

妻子明白:丈夫在他的家庭办公室工作的时候一定不能打扰他,这已成为惯例。孩子们从来不敢这么做。

妻子抱歉地说她可能听错了。她不应该打扰他,她知道如果她立刻承认错误,丈夫就不会生气。

他没好气地说:"我什么也没听到。更没有什么小提琴。"

丈夫回了屋。妻子怀着期待继续细听。

但她再也听不到"小提琴"声。也许那本来就是鸟叫。

或者是血液在她耳朵里流动的声音。心脏跳动的声音。

那就是她刚才听见的声音——是吗?

他们结婚快四十年了。四十年里他们没有一刻忘记过自己的婚姻。

丈夫"背叛"过妻子——也许。出差的时候。还有公司组织的"度假地会议",棕榈滩、西锁岛、百慕大、圣巴特、哥斯达黎加、墨西哥。妻子没有受邀去这些地方。

但那些都是过去的旅行了。丈夫最后一次出门也已经是好几年前。妻子不再去想这些丢人的事,就像一个人不再去想很久以前得过的一场痛苦但还不至于要命的疾病。

丈夫现在完全是个居家男人,生活里只有家庭和妻子。在他的家庭办公室,还有网络。

妻子没有背叛过丈夫。没有因为任何男人——任何人,背叛过丈夫。

在她的心里。以心灵某种神秘、毫不留情的方式。

但是我爱他。这永远不会变。

"听！一只狗。"

不经常,但时不时,当树林那边的邻居在他们家的后院或露台的时候,除了大人、孩子或孩子们的声音,还有狗叫声——不是一直在叫,也不恼人,只是三两声短吠,然后就安静下来了。

一条有尊严的狗,妻子想。德国牧羊犬,或是边境牧羊犬。她一直幻想拥有的高贵长毛犬中的一种——一条阿富汗犬。

"我觉得我们应该养条狗,亲爱的。人人都说……"

"狗太烦了,要求太多。每天要遛两次。"

"每天一次,我想。"

"两次。"

"也许不同种要求不同。"

"两次。我可没时间。"

你退休了。你有的是时间。

"狗会给我们做伴,还会看家。"

丈夫笑起来,因为妻子说看家的语气。

"什么这么好笑?"

妻子想分享他的好心情,只是丈夫的目光从树林转向别处,似乎没有听见她说的话。

"听！这是——萨蒂①吗?"

---

① 萨蒂(Eric Satie,1866—1925),法国作曲家,代表作有钢琴曲《玄秘曲三首》等。

这次不可能错,树林那边传来音乐声:钢琴曲。

他们在露台上洗耳聆听。

"绝对是钢琴曲。听上去感觉就在很近的地方。"

"有人在弹钢琴。但不是孩子——这应该是成人。弹过很多年钢琴的人。"

树林那边的妻子,妻子想。还是小女孩时,她上过十年钢琴课,但是已经有二十多年没有认真弹过钢琴了。

多么动听的音乐!在黄昏时分若隐若现。

和湖面上水禽的叫声、青蛙和草地里夜间昆虫的鸣叫混合在一起。

埃里克·萨蒂诗意、肃穆的曲调。妻子深受感动——这是她的音乐,上大学时她曾满怀热情地为钢琴老师演奏过的音乐。

老师说她有天分。她不愿意面对其中包含的言外之意,为了不让他们两人都难堪——只是天分还不够。

她明白,她理解,她接受了这个现实。很有可能,你已经做到了最好。你不应该欺骗自己,你只会让自己失望。

从那以后,她的生活就变成尽力去避免欺骗。她把这视作成熟、头脑清醒的表现。她出嫁的时候就知道丈夫不会像她爱他那样爱她,因为男人出于天性就不会无私、无条件地爱一个人,而如此之爱是她的天性。在感情方面,他已经尽其所能。

然而,她还是会爱他,并且当然会嫁给他。因为她一直想出嫁,她可不想待字闺中。她不想谁都看见她孤单一人。不管这个决定给她带来的是什么,她发誓决不后悔。

她(有偏爱地)爱三个孩子。因为没有母亲能做到不偏爱一个孩子,就像没有孩子能不偏爱父亲或者母亲。

二十三岁嫁给丈夫之前,她有过一次终生难忘、刻骨铭心的感情经历。记忆在她内心凝结,像矿物质一样不可消解,这是她的秘密。仿佛她的生命以此为中心,将它层层包裹。她永远不会说出这个秘密。

萨蒂的音乐提醒了她。她眼中泪光闪烁,丈夫不会注意到。

《玄秘曲》。《裸体歌舞》。

作曲家在曲中的标注新颖而奇特——最后的想法,关于语言,适于自己,没有傲慢,打开你的思路,若有所失。①

这对一个女孩来说是多么奇特:若有所失②。

"若有所失!"

她大声说。丈夫看了她一眼,充满好奇。

在丈夫不批评她的时候,多半不理解她。他们的婚姻不是一种平等的关系。

树林中传来的钢琴声停下来;然后,过了一会儿,又开始响起,似乎是萨蒂的另一首曲子,和前面一首仅有细微的差别。

埃里克·萨蒂十九世纪八十年代的作品听起来非常现代。它不同寻常地简单、优美。时间一分一秒无情地流逝,但乐曲却不紧不慢,即使在听众心中激起最强烈的感情——惆怅、悲伤、失落,曲声也依旧显得毫无感情。

也许这是对浪漫主义音乐的挑战,随处可见倾泻而出的音符和情感,又或许这是对巴洛克音乐的颠覆,有着钟表般惊人的精确性。

"那不是你原来弹过的曲子吗?"——丈夫好像现在才想起来。

---

① 原文为法语。
② 同上。

其实她弹萨蒂弹得很好。她的老师和其他人都赞扬过她,而且他们并没有言过其实。

妻子和丈夫这个星期过得并不轻松:他们去看了病,还预约了要持续整个夏天的后续"检验"和治疗。

丈夫对妻子不同寻常的关心让妻子感到不可思议。她知道这是因为他对未来的焦虑——他们的未来。

他害怕。但我不能怕。

树林那边的邻居的房子和他们的房子结构一样,妻子想。也许一模一样:人造的防雨木瓦板,深红色百叶窗,陡峭的屋顶,几个石头烟囱。可以放三辆车的车库。不是新房,因为新月湖农场不是一个新建的小区,但的确是讨人喜欢的一幢房子。你甚至可以说漂亮。而且价格不菲。

妻子没有开车去过西新月道88号,但她看过新月湖农场的房产图,知道每一家的准确布局,人工湖的每一面都有三四公顷的土地,复制得像人脑半球一样精确。

西新月道88号的面积为三公顷,和他们家一样。它到人造湖的距离也差不多,在湖东不到一英里的地方。

妻子读大学的时候痴迷于人体解剖学和音乐。她想过——也许——要申请医学院——但诸如有机化学和分子生物之类的科目让她打消了这个念头。

不过,她仍然(秘密地)迷恋人体解剖图,为迷宫一般但却对称的内部结构着迷。人脑是人体最复杂的器官。

大脑皮质、小脑、脊髓。

额叶、顶叶、枕叶、颞叶。

她为"解剖"的可能性激动——人体被打开,其中的秘密一一被标注出来。不过她无法正视一具真的尸体。她当然更不敢看到尸体被解剖。

仅仅看到血就让她感觉虚弱、晕眩。甚至是想到血。这是不自觉的生理反应。

"嗨？你在想什么呢？"

丈夫看着她，面带笑容。

"我——我没想什么。我只是在听音乐。"

有一刻她忘记了自己身在何处。埃里克·萨蒂钢琴曲的纯净音符渐渐远去，只剩下加拿大雁沙哑的叫声和它们拍打翅膀、在湖面争吵不休的声音。

"'Seule, pendant un instant'①——'独自一人，在某一刻'。"

她在被冷落已久的钢琴前弹奏——试图弹奏——萨蒂。她在琴凳里找到发黄的复印件，上面有她多年前的注释，这是对音乐老师指导的准确记录。

她不愿去想克劳斯先生一定已经去世了。去世很久了。

她曾经爱过他。多么绝望，多么无助——而且，无人知晓。他从来都不知道。

她的指尖融入了他的趣味。从她指尖流出的声音。他对她只有粗浅的了解，也没什么兴趣。

他至少比她大三十岁。而且已婚。

她弹得不错的时候，他会一边哼唱。他几乎是下意识地哼唱，像格兰·古尔德②。但是当她弹错一个音，或犹豫不决时，哼唱就会戛然而止。

---

① 法文，意思见后文。
② 格兰·古尔德（Glenn Gould, 1932—1982），加拿大钢琴演奏家，以演奏巴赫的作品闻名于世。

她现在从最简单的《裸体歌舞》开始。她的手指不听使唤,总是弹错。音乐的清晰正是对她笨拙的指责,但她继续弹,重新从头开始,直到曲终;之后,她又重新开始,一直弹到曲终,这次错误少了一些。如此反复几遍之后她开始弹《裸体歌舞》第2号。她感到一丝满足,或许还不能称之为满足——然后它渐渐变得强烈,几乎变成愉悦——快乐!我没有忘记。音乐就在我的指尖。

她在钢琴旁坐了九十分钟,弹奏埃里克·萨蒂的乐曲。她的肩膀疼了。手指也疼。她不大看得清音符,那些符号比她记忆中的更小。但她坚持着。即使指法生疏,她很快乐。有人来到门廊,驻足细听。她心跳加速,满怀惊讶,尽管知道那只会是丈夫。

她等着他说话。他也许会说嗨——弹得真不错。

或者——嗨,这是我们听到的从树林那边传过来的曲子吧?

或者——钢琴需要调音了,嗯?

但是当她转过身时,发现门廊里没有人。

她合上琴盖。她异常兴奋、焦虑。她似乎预见到自己重新开始弹钢琴,捡起那些发黄的旧书和复印的谱子,仿佛在挖掘过去,回到过去的时光。

音乐就在我的指尖。在任何我需要的时候。

"听!"

时间刚过六点。仲夏的太阳还在林梢。丈夫在房子后面的露台上,被什么东西吸引住了。

他带了杯酒。以前他每天傍晚才会离开家庭办公室,但这个晚上,他六点之前就走出来到露台上了。

妻子出来找丈夫,有些心不在焉。她听见他叫她,但一开始并不知道他在哪里。她的肿瘤科医生刚刚打电话来——她回电时等了很久。

这是一个小手术。只需局部麻醉的活检,扎一针。

丈夫走下露台,站在刚割过的草坪上。他站在大约离栅栏五十英尺远的地方。

他在听——什么?——妻子听到树林那边传来熟悉的声音。笑声阵阵。

但还有陌生的声音。妻子肯定以前从没听过这些声音。

这些声音刺耳、尖厉。笑声响亮而尖锐,伴着狗叫声,从树林那边传过来,已经不太真切。

聚会?野餐?

还有孩子大声喊叫的声音。狗也兴奋地狂吠,他们以前从没听过这种叫声。

"他们听上去很高兴。"

"他们听上去喝多了。"

妻子想抗议,这不公平。她知道丈夫心生艳羡。他们已经很久没有在家里举办过聚会了。

树林里飘来烧烤的味道。带有油脂的碎肉在烤架上烤。墨西哥辣酱、生洋葱、啤酒。

他们有朋友——当然。无数朋友,不过更多的是熟人。他们的朋友都和他们自己一样——政治倾向、儿辈、孙辈、拥有房产物业的苦恼、旅行经历、疾病。这些朋友就像镜像,不怎么让人愉快的镜像。

年长些的朋友正在无可挽回地衰老。有些人退休后搬到西南,或是佛罗里达。有些生了奇怪的病。有几个去世了——每次意识到"但是她已不再活在世上。我不可能找到她"时,他们仍然会感到震惊。

去年妻子陪丈夫去哈佛参加了第四十次同学聚会。丈夫跟老同学见了面,还有一个原来的室友和几十年保持联系的"朋友们",尽管他们除了聚会很少见面。妻子在某种程度上喜欢这些人和他们的太太,她们都努力做到态度友好,克服活动繁多、聚会欢闹、累人的各种压力。在开车回家的路上,当妻子说看到丈夫和这些情同"兄弟"的老友在一起多么愉快时,丈夫一言不发;直到回到家准备上床时,丈夫——双肩垮塌,腰腹部松弛的肌肉像生面团一样苍白——才若有所思、冷冰冰地说:"说真的,我根本不在乎会不会再见到他们中的任何一个。"

不过,听到树林那边传来的聚会的欢闹声时,丈夫明显有一种羡慕之情,尽管对聚会有些不以为然;妻子想,他一定已经意识到,自打从投资公司退休后,他平日里见到的人就日渐稀少。(丈夫在投资公司的同事/朋友正忘记他吗?他最近才意识到,那些原来定期会收到的群发邀请邮件突然从丈夫的收件箱里消失了。他发给原来同事/朋友的邮件也不见回音。)

丈夫最近才行使这种权力——在投资公司他所在的部门。现在……

丈夫说:"那听着像——什么?——在露台上搬动家具?"

他们仔细听。从树林里传来的声音的确很像家具——很重的铸铁户外家具——被拖到露台另一边的声音。

伴着欢声笑语。放声大笑,刺耳的笑声。妻子深感意外,他们树林那边的邻居不像这么——嗯,爱热闹的人。他们过去一直都表现得像一个理想的家庭,有教养,安静。

丈夫说:"也许是一个政治募捐活动。听上去规模很大。"

丈夫厌恶邻里吵闹的"募捐活动"。丈夫对政客一直都不屑一顾,甚至是那些他一定得选的保守政客,其实他的选票也仅仅是为了保护自己累积的投资和积蓄。妻子一直在他面前回避这个话题。

"我觉得规模没那么大。我想也许只是——还有一两家人。夏天在户外的烧烤。他们只是找点乐子。"

不止一只狗在叫,至少有两只。这会儿大音箱里传来音乐的声音,摇滚乐,或者——还是"说唱乐"?

丈夫一脸不悦地转过身,大步走回屋子里去。妻子又待了几分钟,不知该不该走,继续听着。

他们怎么这么吵闹。但听上去真快活。

"杰斯特①一家。"

丈夫一定在自言自语,因为他并不像是在和几英尺以外、正戴着手套做园艺活的妻子说话。

"你是什么意思?——'杰斯特一家'?"

"那就是他们的名字:'杰斯特'。"

"我不明白。谁的名字?"

"我们树林那边的邻居。"

丈夫冲着树林的方向做了个厌恶的手势。在这个工作日的上午,还不到中午,就从树林那边传来各种响声:割草机、吹落叶的机器、电锯。

妻子不解地说:"可是——新月湖人人都得割草啊。我们也割草、修剪草坪。这有什么不同?"

"不一样,这该死的声音大得多。"

妻子暗暗吃惊,丈夫有点不讲道理了。穿过树林的电锯声总

---

① Jester 原意为小丑、弄臣,作姓氏时音译为杰斯特。

不会比丈夫雇人来修剪自家树上枯枝的电锯声分贝高吧?(当然,割草工人来修剪他们家巨大的草坡时,丈夫和妻子不会在家待着。)

无论如何妻子也承认声音确实太大,不利于她正在尽力避免的药物引起的偏头痛和恶心。她也根本没办法在外面修整玫瑰园,园子里到处是日本甲虫,急需她来处理。她还打算把露台上的蔓杂草除掉,这些杂草从石板缝里钻出来,实在有碍美观。

声音太大,丈夫也没办法继续在露台上做他从家庭办公室带出来的工作——他的手提电脑、投资账户、用铅笔记了笔记的黄色便签。

(每当妻子问起丈夫他们的财务状况,丈夫总是回答得很简单。她知道他们的股票"亏了些钱",但是——新月湖又有谁没有亏呢?妻子没敢问更多,她知道丈夫会把她的问题当作对他处理财务问题能力的质疑,因之也是对他男性能力的质疑。)

丈夫在家庭办公室里坐立不安,干脆走了出来。妻子把所有窗户都关上,打开空调。丈夫办公室的吊扇也开着,发出轻轻转动的声音。

"我知道,割草工人很快就会离开。那会儿我再帮你把东西搬出去。"

丈夫挥了挥手,让她走开,眼神里夹杂着厌恶和沮丧,这种情况直刺到妻子心里。

"该死的杰斯特一家人!我早就告诉过你!"

这是六月末的一个上午,天气宜人,树林里传来听上去像青春期男生沙哑的声音。还有狗吠。(两只狗:一只叫声低沉,类似咆哮,另一只声音没那么大,但任性、尖细的叫声令人毛骨悚然。)

丈夫和妻子惊悸中还听到有东西撞击人行道的声音。啪、啪、啪。

"篮球?他们车道上有那种该死的移动篮球架,这样他们的儿子就能打篮球。"

"这么快!"

"你是什么意思,'这么快'?"

妻子自己也不知道她是什么意思。这是脱口而出的话。她支吾着说:"没多久以前,感觉他们还是年幼的孩子。"

她在想,他们不玩门球了?

她在想,我们完全忘记了!门球的事。

早饭后丈夫不能再在露台上读报纸了。这曾经是他的习惯,尽管对报道不以为然,但却忍不住要读——《纽约时报》。

(妻子知道丈夫每周至少给《时报》评论版发去一份措辞激烈的邮件。邮件的主题各种各样,从政治到全球变暖,从税收、"专项拨款"、总统和总统夫人,到中东和远东的"病态文化"。)

(妻子知道丈夫给新月湖农场业主协会写过愤怒的投诉信。他也打过电话,但是从来都没人接,只有语音留言。投诉邮件也只是自动回复,显示会"调查此事"。)

在随后的日子里,在一天中时不时地,不知在什么时候,他们就会听到青少年打篮球的声音,放说唱音乐的声音,还有喊声。显然杰斯特家的孩子有客人来——喊声嘈杂,有时那几个孩子的声音很清晰。

没有话语,只有声音。青涩、粗野、鲁莽的声音。

狗没完没了地叫,孩子走后仍叫个不停,直到入夜。

(狗是被拴在外面吗?别的邻居不受打扰吗?树林那边的邻居怎么可能听不到、不受打扰呢?)

（把狗拴在外面,不算虐待动物吗？根本没人去管夜间的吠叫吗？）

妻子和丈夫对这么大的声音感到惊讶；感觉这么近。

"好像他们就在我们的房子外面。就算他们在我们的房子里面也不会更吵。"

"也许——我们应该离开。八月前。"

他们本来计划八月在南塔科特岛待两周：在岛上一幢出租房子里,他们几十年来一直去那里度假。但被邻居赶出自己的家门,丈夫被这个想法惹恼了。

"我可不想让他们如愿以偿。"

"可他们对我们一无所知——他们不认识我们。"

"他们知道他们有邻居。他们知道他们的声音会穿过树林。还有他们在西新月道的邻居呢？他们肯定也会有怨言。"

"也许他们有吧。也许没什么结果。"

"听！"——丈夫抬起手。

这会儿是一个小孩子的哭声。也许是叫声。啜泣、喊叫、哭泣。

还有别的孩子的声音,叫喊声。青少年粗涩的喊声。他们一定在玩某种需要身体接触的游戏。

还有狗叫声。声音更大了。

丈夫和妻子不得不提早出发去镇上吃晚饭。丈夫几乎没怎么吃东西,被赶出自己家门是他的耻辱,令人无法忍受。

至少他们回家的时候树林那边的噪音已经小了很多。

只有夜间活动的鸟类、牛蛙和草丛里的昆虫。高挂天空的一轮弯月像指甲。

丈夫和妻子感到又欣慰又疲乏,那晚他们在睡梦中相互依偎。

"听!"——丈夫放下报纸,站起身来。

又传来孩子的叫喊声。很清晰的女孩的哭声。夹杂在男孩子粗声粗气的笑声中。还有狗吠。

"可是——你要去哪里?"

"你觉得我要去哪里?那边。"

"可是——没有路能过去。有路吗?"

"听上去像有孩子被欺负。没准儿更糟。我不能坐着不动,老天。"

妻子紧跟在丈夫后面。她很久没见过他这么生气、这么激动了。

他们跨过草坪向大门走去。草坪最近才修剪过,剪出来不是横向而是斜跨草坪的对角线纹路。空气中散发着草香,割草工人刚割过这些草。

门平时很少开,被草和土堵住了,得用力摇晃。

丈夫很兴奋。妻子既兴奋又有点害怕,感觉头晕乎乎的。

因为这有违新月湖农场的规矩。没有人去邻居家会走后门。也没有人会不请自到"拜访"邻居。

"有女孩面临危险。狗叫得吓人。那边一定有什么不对劲。"

"我们应该打911。"

"我们都不知道他们的门牌号码。"

"警察能找到。我们可以告诉他们这些情况——杰斯特一家大概的方位。"

"'杰斯特'不是他们的名字。"

"我知道。'杰斯特'当然不是他们的名字。我们不知道他们的名字。"

"我们不知道他们的地址。我们都没法描述他们的房子。"

"但是我们知道——"

丈夫把门打开了。他们惊讶地发现这道门也和铁栅栏一样锈迹斑斑。

他们走进树林,那是小镇的财产。到处是低矮的树木、灌木丛和齐腿高的杂草。电线密布的中央地带的草看上去已经有好几个星期没割过了。

丈夫和妻子走进中央地带另一边的树林里时有些迟疑。这里有很多树看上去半死不活的,有的完全枯死;到处是暴风雨过后留下的断枝,垃圾遍地都是。

他们怎么也找不到进树林的路。从未有人踏足过此地。孩子们也不在这里玩耍。新月湖农场的孩子们可不像他们的祖辈,根本不来这种地方玩耍。

他们在树林里大约走了五十英尺后看到了栅栏。这栅栏六英尺高,是树林那边邻居家的。

他们大口喘气,天气很热。他们隔着栅栏张望,但除了树什么也看不见。

邻居的吵闹声消停下来。女孩不再喊叫。别的声音也消失了。只有一只狗还在叫,但没那么疯狂了。

"也许我们该回去了?我可不想迷路。"

"迷路!我们不可能迷路。"

丈夫狐疑地笑起来。一群小虫子绕着他汗湿的面颊飞舞,他直盯着妻子,好像一个男子正陷入流沙时露出的眼神。

"这个栅栏和我们的一样。除非我们在绕圈子,这是我们的栅栏……"

"怎么可能,这不是我们的栅栏。我们的房子在我们后面,中央地带的另一边。"

"是的,可是……"

栅栏的确和他们家的类似。也(可能)没他们家的那么旧,但已经有了锈迹,变得松动,如果他们找到门,就有可能强行把门打开,走进去。

你好!我们是你们的邻居,住在东新月道。

我们不想打扰你们,可是…… 我们有点担心……

丈夫现在也在打退堂鼓,让人不安的声音已经停下来,他的任务也就显得不那么急迫了。

妻子又问他们是不是该回去了?

他们像非法入侵者一样,从后面走近邻居的房子,这实在是一个极端的举动。未经邀请就从后面走近邻居的房子。

这其实就是非法侵入,新月湖农场明文禁止非法侵入。

孩子们打电话来。一个接一个。

似乎他们都商量好了。

先是凯利。然后是蒂姆。然后是艾伦。

丈夫告诉他们一切都好,都还不错。除了该死的树林那边的邻居。

妻子告诉他们一切都好,都还不错。除了他们从未见过的树林那边的邻居,他们住在中央地带另一边的西新月道上。

"哦,天哪——妈妈,爸爸!难道你们除了邻居就没别的东西可聊吗?"

孩子们很不耐烦地嘲笑他们。丈夫气不打一处来,妻子则感觉受到很大伤害。

"只是——你们根本不知道这些人是怎么回事。你们的父亲压力很大,我很担心他的身体。"

"你身体怎么样,妈妈?我们很担心你。"

还有:"如果你们在那里不开心,你们可以搬家。这房子对你们两人来说太大。维修很费劲,尤其是冬天……妈妈?你在听吗?"

不。她没在听。

是的。出于礼貌,她在听。

住到那些老人公寓里去?你们的父亲在那种地方根本待不下去。

他们解释说在自己家里并没有不愉快,他们爱这个家。事实上他们很愉快。

只是有时候心神不定。都怪树林那边的邻居。

"杰斯特一家!真该死。"

后院露台又开了一个聚会。从傍晚一直到午夜以后。

音响中传来摇滚乐声。震天响的音乐穿过密实的树林。杰斯特一家活力无穷:你根本无法躲避弥漫在空气里的杰斯特一家。

妻子做完化疗回到家里时脸色铁青,走路也不稳当。她倒在床上,足足有三个小时想尽办法入睡,尽量不去注意从树林里传来的音乐声或是她自己恶心的感觉。丈夫则把自己关在家庭办公室里。

叭!——叭!叭、叭、叭!

(是枪声吗?从杰斯特家那边传过来的?)

新月湖农场禁止打猎,也严禁放爆竹、烟花——任何有噪音、会打扰邻居的安静与私人空间的活动。

半夜时分传来大声喧哗,丈夫和妻子从不安稳的睡梦中惊醒。

听上去杰斯特家的大人在争吵。男人和女人的声音都很尖厉,一个像羊角锤砸下的声音,另一个像扔出去的钉子落地的声音。当时是凌晨三点二十分。

(孩子们也卷入了争吵吗?刚开始时他们不太清楚。)

(是的,至少一个孩子在哭。他发出一种绝望无助的声音,像叼在猫头鹰嘴里的小动物,被带到最高处的树枝,马上就要被生吞。)

"我们必须跟他们谈一谈。不能再这样下去了。"

"我们应该投诉。那样更实际些。"

"向业主协会投诉?那里没人管这些。"

"那就向镇警察局投诉。'扰乱治安'——'疑似虐待儿童'。"

"不行!如果我们没有证据就指控他们,杰斯特一家可以告我们。"

"那我们应该和他们谈谈。也许能找到办法。"妻子停下来,尽量控制她的声音。她颤抖不已,几乎要哭了。"也许他们是有教养的人。他们只是没有意识到自己多么扰民。他们能听得进去……"

夜色已深,在卧室里,丈夫看到妻子脸色发灰,浑身抖动;妻子带着满满的爱意,一种绝望的爱,发现丈夫看上去疲惫不堪,比实际年龄更苍老,眼睛下面有黑的眼圈。但是他仍努力向她微笑。他握住她的手,紧紧捏住她的手指。他仿佛一位忘记台词的演员,不过他会应付过去,与演对手戏的演员四目相对,两人共渡难关。

"真对不起,发生了这种事。你现在退休了,不应该有任何压力。我真希望知道应该怎么做。"

"别傻了。这不是你的错。我应该更果断些。我们不能让杰斯特家毁掉我们的生活。"

这时一切安静下来。可怕的喧闹声像野火一样烧起来,又突然熄灭。传来尖锐的声响,似乎是关门的声音。

丈夫和妻子暂时回到床上,妻子躺在丈夫臂膀里。慢慢地他们沉沉睡去。

噗、噗、噗。男孩们又开始在早上打篮球了。狗在叫。甚至能听清叫喊的声音——不要!你该死。

"如果你要和我一起去的话,就走吧。"

"但是,你真的要去吗……"

"我们没有选择!我们可以和他们谈一次,如果他们不配合我们就向镇警察局正式投诉。"

丈夫勇气十足。妻子快步跟上他,朝汽车走去。她看到丈夫匆匆把胡子刮了刮,下巴上闪着细小的血珠。

通常总是丈夫开车。妻子坐在一旁,丈夫有时开得太快、太疯,有时因为说话走神,这时妻子会抓住仪表盘。

丈夫在聊一种"土著文化",居民年复一年地砍树——经年累月——直到岛上只剩下最后一棵树——(显然,这是岛屿"原住民")——最后这棵树,他们也砍掉了。

然后,便再也没有树了。人们感到不可思议。

不可思议、神秘。因为原来一直都有树。

树都哪儿去了?这是魔鬼的符咒吗?几个世纪以来人们都相信,原来一直都有树。

丈夫严肃地说:"不要怀疑传承而来的信仰。这是亵渎,而亵渎会让你丧命。"

丈夫笑道:"可是,树都哪儿去了?"

妻子完全不知道丈夫在说什么。她没有听到他最开始的话,当时他们正忙着上车,准备出发。

她琢磨:他的意思是,不知道我们后来会发生什么事?还是说——在一切太晚之前,我们会改变未来?

丈夫沿着东新月道行驶,在朱尼普路口右转;往北半英里后右转上一条小路,然后是一条更小的路,然后是西新月道。

"这些房子真美。还有这些风景……"

妻子的语气中带着艳羡。她有些不安,既因为丈夫车开得太快,也因为目的地近在咫尺。

丈夫说:"西新月道与东新月道大同小异。这儿的房子也没有更漂亮。风景也差不多。实际上有些房子和我们街上的房子一模一样。看——那是殖民地风格吗?和我们家过去几家那栋殖民地风格的房子如出一辙。"

妻子不那么确定。这一栋有墨绿色的百叶窗,而东新月道殖民地风格房子的百叶窗是深红色。

他们来到西新月道 88 号。这是一条和他们家的路一样弯曲的小路,街道尽头的格局也一样。他们惊讶地发现,杰斯特家的邮箱用白色砖块和不锈钢做成,和他们家的一样,但这家的邮箱大敞着口,邮箱里塞满了很多似乎被雨水浸泡过的垃圾邮件。

邮箱下面的一块地方长满了难看、开着花的杂草。在他们家的邮箱下面,妻子每年都会种上金盏菊。

"噢,天哪!看!"

"这是什么……"

他们惊讶不已地看到,杰斯特家的房子和他们家的房子一样,可是又不完全一样。这是一座防雨木瓦墙郊区大宅,面积很大,环形车道也和他们的一样,但到处是裂缝,长满了杂草。杰斯特家草坪上美丽的植物早已荒芜。腐烂的树枝掉落在荒草中。

丈夫和妻子目瞪口呆,几乎说不出话来。看起来杰斯特的房子遭到了毁坏,而且窗户都用木板封上了。

"你觉得——没有人住在这里吧?"

"这不可能……"

丈夫把车停在了路边。这会儿他们小心翼翼地走上车道,瞪圆了眼睛。

等着一只狗冲他们跑过来,大叫……两只狗。

真是这样,木瓦板房子被封起来了。似乎已被遗弃。没有人住在这里,或者说已经很久没有人住在这里了。一大块黑色覆盖了半个墙面,像是烧焦的痕迹。

正是烧焦的痕迹——烟熏造成的破坏。

当丈夫和妻子走近房子的时候,他们看见四周围上了已经褪色的黄色警戒带。警戒带上重复印有"严禁入内,黑克特镇消防局命令。——严禁入内,黑克特镇消防局命令。"的字迹。黑色的字迹已经淡得不像样。

火灾已经有些日子了。但这怎么可能?

丈夫大胆地走近房子,在黄色警戒带下面蹲下来。妻子抗议道:"等等!你要去哪里?这是违法的……"

"这儿没有人。没人盯着我们。"

"但是——也许有危险。"

(说没人盯着我们也许不对。就在隔壁,西新月道 86 号,是一幢有无数亮闪闪窗户的泥灰色法式外省风格房子。车道上停着一辆车。)

丈夫走近前门,踏上台阶上的垃圾,像是要去按门铃,但当然

263

这座已成废墟的房子里不会有人。

他们现在可以清楚地看到火灾的损害。在路上没有这么明显。房子后面大部分已经倒塌;楼下的窗户用木板随便封住;部分屋顶被烧通,已经垮下来。妻子在夏日的热气中不寒而栗。有人死于火灾吗?几个人?妻子不愿意去想这是纵火吗?什么时候?沉重的橡木门两边镶有刻花玻璃窗,有的地方已经破了,但没有用木板封上;透过这些缺口,丈夫和妻子可以看到房子里面,门厅里有一盏难看的、孤零零的水晶吊灯,被熏黑的地砖,还有横七竖八的家具。

椅子侧倒在地上。镜子也歪了,似乎映照出弥漫的雾气,或是天然气。曾经雪白的墙上到处是像张开的黑色翅膀一样的烟迹。

一种可怕的气味,类似焦肉。

"求你了!我们走吧。"

"没人能看见我们。"

"有人死在这儿了。你能感觉出来。求你了,我们走吧。"

丈夫不耐烦地嘲笑妻子。在刻花玻璃的反光中,丈夫的皮肤发红、呈现奇怪的斑驳之色,眼睛因为思考而变得细长,一如受到惊吓的动物。他的鼻孔一张一缩,像动物般通过气味来辨别危险。

妻子拉他的胳膊时,他把她的手甩掉。但他随即改了主意,跟着她回到车里。

妻子发现丈夫在路边把车停歪了。这是一辆个头很大、亮闪闪的新款讴歌车,很漂亮的银绿色,但由于停得过于粗心,现在显得滑稽可笑。丈夫也看到了,不由得倒吸了一口凉气。

"怎么回事?我可没把车停成这样。"

"一定是你。"

"我说了,我没有。"

"还能有谁?"

"你开的车。"

"我没有开车!你开的车。"

"你开的车,你把车停成这样,像喝醉了的女人,或,或是上了年纪的女人。好在我们不是在镇上,要不然你就要吃罚单了。"

"但我没开车。我不可能开车来这里。我都没拿手提袋,驾照在手提袋里。"

"无证驾驶!那可得扣分。"

妻子气极了。烧焦的房屋和东西的气味还在她的鼻孔里。她真想立刻逃回家,躺在床上,把脸盖住睡一觉,可是她用眼角余光瞥见一个人走近她和丈夫,从另一边的房子走过来。这是一位很有教养的白发妇人,眼神和蔼,身穿做园艺的衣服,头戴一顶宽边草帽。手上戴着手套。妻子看见白发妇人一直在修剪车道边上的玫瑰花,她家是一栋漂亮的红砖爱德华式楼房,前院有片巨大的草坪。显然,她也和妻子一样,有一位一周至少来一次的园艺工人帮她松土、除草。

"打扰了!您好!"

白发妇人摘下满是泥土的手套,向丈夫和妻子微笑。她的笑容美丽,像皮革手套一样柔软;她的鼻子很窄,带着贵族气。秀气的嘴唇仿佛淡粉色的报春花。

"你们——会不会——考虑这座房子?我是指——买这房子?"

"买?这房子根本不能住人。"

"是的。但可以重建或修缮。"

"它也不出售,至少我们这么认为。是吗?"

"我不知道。我是说——也许房产已经上市。新月湖农场不允许竖卖房的牌子。"

白发妇人热切地微笑。她接着说西新月道的人都希望有人会买这座房子,把它修好。"这房子原来多漂亮啊!这一切都太遗憾了,是个——悲剧。"

"为什么?发生了什么事?"

"火灾是——不是——事故。这是调查的结果。"

"如果不是事故,是谁放的火?他们的一个儿子吗?"

看到丈夫如此急切的询问,白发夫人变得警觉起来。带着礼貌的笑容,她退后了几步。

"没人知道。都不确定。"

"这家是有个儿子吗?青少年?"

"调查一直没有结束。已经好多年了。我知道的就这么多。"

"你一定知道他们是不是死于火灾了?确实有人死了——是吗?"

"谁?"

"谁?当然是杰斯特家。他们有几个人死于火灾?"

丈夫急切地问。妻子为他在这位优雅的陌生人面前失控感到难堪。她碰了碰他的胳膊,让他回过神来。

"杰斯特家?我不明白。"

"住在这里的那家人叫什么名字?"

"我——不记得了。我得走了。"

白发妇人迅速离开了。如此优雅的人竟然对新月湖农场的邻居如此无礼,这让妻子大为不解,尽管丈夫咕哝着说这么无礼的举动正好证实了他的怀疑。

"我们走吧。看起来'杰斯特家'是禁忌话题。"

丈夫开车。在西新月道与一条叫紫台的小街的交叉路口他往左拐,试图走近路驶上朱尼普路;但就像妻子刚才可能已经告诉过丈夫的那样,紫台路是条死路。没有出口。

又转过几条街后,丈夫和妻子回到他们在东新月道88号的家。他们不在的时候,家里一切如常。

丈夫惊慌失措地抬起腿走下床,以为有人进屋来射杀他。

他们走到平时很少用的带阳台的落地窗旁边。因为杰斯特家随时可能有吵闹声,即使在夏天的夜晚丈夫和妻子也不打开这扇窗户。

丈夫脸上充满愤怒和恐惧。妻子想:在余生中我需要不断安慰他。

这是七月四日早晨。杰斯特家一早就开始庆祝了。

背　叛

第一次明确的信号出现在去年的感恩节。

我们的儿子晚到了好几个小时。长期以来,我们的家庭传统是大家总是下午四点到我家,大概五点半的时候坐下来吃饭,可是里克到的时候已经六点了——而之前他向我们保证下午一点就到。谢天谢地,他总算来了,尽管没有一个人——就算是父亲——对他稍有微词,我们还是注意到里克的防范态度,他解释说开车开了六小时,堵在该死的高速路上,这会儿可不想听任何指责。

外面天已经全黑了,寒风阵阵,还下着雨。父亲一直在用拨火棒拨弄着壁炉里的火苗,里克进屋的时候带来一阵寒风,直吹向这些毕毕剥剥的火苗。他还带来一股强烈的、近乎金属气味的雨的气息,以及泥土和树叶的味道,一种类似动物湿漉漉的藏身之地的气味扑面而来。

我们已经在餐桌边坐定。里克的位置空着等他入座。他低声致歉,然后在楼上待了十分钟,应该是在洗去征尘,换上干净衣服。可是当他又出现在楼下时,我们发现他只稍微梳理了一下凌乱的头发,那头发看上去很久没洗了。他穿着一件长袖 T 恤、一条看着不怎么干净的牛仔裤和一双跑步鞋。不过至少他把外面的大学兄弟会的连帽衫脱下来,放在楼上了。

老实说,里克这么邋遢地出现在感恩节晚餐上,我们的确有人感觉很不舒服。他的胡子没刮,眼神慌张、目光闪烁。他的笑声也异常尖厉,听上去紧张不安,像有开关控制一样突然停止。里克甚至不像平时那样对年纪尚小的侄子侄女、表弟表妹们关爱有加,这让他们非常不安。

里克在我们身边坐下来,热菜正往他那边传来,他说的第一句话就是他今年想"放过"火鸡,谢谢你们!

放过火鸡这句话遭到抗议,你怎么能放过火鸡,火鸡就是感恩节的主角,我们向胡子拉碴、身穿圣地亚哥动物园 T 恤衫的大男孩解释。但里克狡黠地笑道,对可怜的火鸡来说可不兴这么回事。

不兴不是我们家用的词。也不是从斯坦福大学获得优等学士学位、SAT 成绩名列前五个百分点的里克会用的词。不兴就像肋骨上给人一拳,只为招惹和激怒别人,而我们的确被不兴惹火了,尤其是父亲,他瞪着里克,一言不发。母亲为感恩节大餐忙碌了两天,还专门买了一只二十二磅重的"有机"火鸡,她此刻正眨着眼睛盯着里克,仿佛被他扇了一巴掌。

我们问,你是素食主义者吗,里克说,是的,是这样。

素食主义者!从什么时候开始的?

里克只是耸了耸肩膀。他似乎饿坏了,往盘子里舀了很多母亲做的面包馅饼、红薯泥、蜜渍胡萝卜和杏仁西兰花。我们不禁想起他还住在家里、还是个青少年时对各种肉食的狂热劲儿,比如香肠比萨和奶酪汉堡。

母亲勉强笑着说:"好吧!至少我希望你不是那些纯素食主义者……"

母亲说出纯素食主义者这个词的时候发音含糊。里克笑着说:"不是,妈妈:现在还不是。"

母亲今年做的面包馅饼尤其好吃,里面有苹果、西梅、板栗、麝香草、龙蒿、洋葱丁和芹菜。精美可口的蔬菜沙拉里放了小块的橘子、红莓干、碎茅菜、墨西哥产小西红柿。红薯泥四周有棉花糖（不易察觉地）——母亲的一道拿手菜。里克吃这些东西，还有葡萄干面包的样子就像饿了很久的人一样。(看见里克有意不去看放在一边的烤火鸡真是奇怪，那火鸡看起来像是被贪婪的鬣狗袭击过。他甚至不看完全无害的装酱汁的盘子，里面有浓稠油腻的火鸡酱汁。)我们问起他大学时代最亲密的朋友，他只是随便应付了几句。母亲甚至问起里克在预科学校的女朋友，霍莉·克莱尔，他们都去上大学后放假回家时里克经常和她在一起，但里克只是皱了皱眉，耸了耸肩。他反倒兴奋地说起米姿、克劳斯、赫克（赫克利斯的昵称）、金德、斯托克、大个儿乔和朱诺。我们说："可是里克，这些都是动物啊。这是你的工作。"

里克正在圣地亚哥动物园实习，在倭黑猩猩展馆。那天他和我们坐在一起时，对大家的谈话漫不经心，倒好像更沉浸于别处的另外一场谈话。这会儿他不再大嚼食物，神情恍惚地盯着桌边的人一个个看过来。他好像在数数儿，又好像希望在这些熟悉的脸上找到他认识的东西。我们可以看见从他动物园 T 恤领口露出的黑色胸毛。

"噢，妈妈，爸爸——还有大家：我一直都在努力让你们明白，我的工作就是我的生活。"

里克现在有工作当然是个好消息，虽然那是一份没有工资的实习工作。(因为没有工资的实习工作有可能会转正——很多像我们这样的大学毕业生家庭都有这种想法。)里克似乎对工作很投入，这也是好消息。

但是由于这份圣地亚哥动物园的工作只是临时性的，而且不是他在斯坦福学了四年准备从事的工作，这也许并不是那么好的消息。

他的父母希望里克上医学院。如果上不了医学院也能从事高端的医药研究工作——比如制药公司。（父亲是加利福尼亚州维斯塔弗莱茨的赫里克斯制药公司的一位颇有成就的商业律师，在几家主要制药公司都有熟人。很久以前，他的梦想就是从事科研工作。）

不过，里克看上去很快乐。里克好像有一种离经叛道的快乐。

里克毕业后从斯坦福兄弟会宿舍搬回萨德尔溪的家中时，心情很不好。说他极度抑郁也不为过。那个春天他面试了几个颇有前景的加利福尼亚公司的初级职位，但是——（据我们所知）——没有一个成功。在父亲的鼓励下，里克还申请了西岸几个大学的生物学博士生项目，但是录取他的学校却没有给奖学金。于是，他总是失意懈怠地在床上躺着，要么就在客厅的沙发上赖着，像失去了弹力的橡皮筋。

儿子，不要这样，我们请求他。别放弃。

父亲尤其不能忍受放弃的想法。

里克那时候不刮胡子。满是胡茬仍带着孩子气的脸。他的眼中带着倦怠，或许比这还糟。

他没有放弃，他反对说。他只是在反思。

总之他自己也无能为力。他那一代是行走的伤者，因为毕业后就被赶到对他们不屑一顾的世界而备受打击，管你是斯坦福大学优等学士学位还是别的什么学位。

当然他的某些大学同学有具体规划。不是他最好的兄弟会的朋友，而是那些进入医学院或法学院的同学，即使进的不是一流大学，也和里克局限于床笫、客厅、沙发的狭隘生活大相径庭——难怪他总是提不起劲头。

只有想到同代人中那些为数不少的压根没有规划的人，连规划的影儿都没有的人,他才能获得一些安慰。

在加州最好的私立学校之一萨德尔溪学校,里克几乎选修了所有科学课,大多都是大学课程。他还选了其他大学课程,而且总是得到高分和老师的赞扬。SAT考试呢——我们给他找了辅导老师,因为其他家长都给孩子找了辅导老师,如果我们不找,儿子可就落后了;不菲的花销有了回报。在父亲的鼓励下,里克瞄上了旧金山、耶鲁、哈佛,还有斯坦福的医学院——最好的学校。

他一个最好的大学兄弟会兄弟毕业后才几个星期,就在他父母家中地下室的影视间里去世了。这个二十一岁的年轻人在萨德尔溪高中停车场从一个十四岁毒贩手里买到了混合服用足以致命的(处方药)艾克斯纳克斯和奥克西康亭。

其实我们已经注意到了一些迹象,里克有可能进不了他最想去的医学院。尽管在高中一直都是全优生,用他自己的话来说,他在斯坦福的第一年里学习有机化学、物理和微积分这些学科时就好像撞到一堵水泥墙上;他期中考试考得很糟,几乎再也找不回自信;他也没有告诉父母自己已经转到一个不那么难的专业——类似科学文化研究的"环境生物"专业。为什么他要一辈子在实验室里分析化学制品,检验动物的分子构成,实际上却对动物原本长什么样、是什么一无所知呢;通过如此精准的实验破解基因密码当然令人兴奋,但是里克发现抽象概念真是无——聊!

他一直都喜欢动物——某些动物,比如马、长颈鹿。他非常喜爱我们的混种牧羊犬"坚强的心"。里克离开家去斯坦福上学后那狗对他朝思暮想,只是他又住回家里后,反倒不怎么搭理想跟他亲热的狗,所以照料狗的工作就落到母亲的肩上。(这并不是母亲在抱怨!——母亲从来不抱怨什么。)

不过,里克得到圣地亚哥动物园的夏季实习工作后就时来运转了。我们都不知道他申请了这么一个地方的这么一个职位,直到里克骄傲地向我们宣布这个消息,这是命运的召唤。父亲小心翼翼地问道,生怕听错了:"实习是——没有工资的吗?"

但我们不能拂了里克的好心情,它像汽油洒在快要熄灭的火堆里一样熊熊燃烧。他告诉父亲在圣地亚哥动物园工作对他那个年纪的人来说是很酷的事情,所有人都说他们为了得到这个机会宁愿给动物园付钱。

母亲说:"太好了!里克可以再试着申请医学院,或是研究生院,简历中加上这个实习工作,他一定会——稳操胜券。"

母亲说稳操胜券这个词的语气欢快,态度乐观。而在这以前,稳操胜券完全不是会从母亲嘴里说出来的词。

里克开始在动物园实习,两周以后,我们飞到圣地亚哥去看他。他在偶尔打来的电话和写来的邮件中总是提到他的同事多么"优秀",倭黑猩猩多么"特别"——不只是"了不起的猩猩",而是与众不同,是在基因上与现代人类最接近的灵长类动物。

我们看见里克穿着动物园制服,在倭黑猩猩展馆协助一位年长同事,我们透过保护游客的巨大玻璃窗,看见里克对一只还算友善的倭黑猩猩又是皱眉又是"唱歌"——在此之前我们就感觉很不舒服,因为我们如此熟知的儿子很迷恋这里的新环境,而这对我们来说实在太陌生、太奇怪了。

我们约好那天中午和里克在倭黑猩猩展馆前见面,带他去吃午餐;但当我们气喘吁吁、心神不定地赶到那里的时候——(圣地亚哥动物园真是一个大得没边的地方!)——里克正站在一位高大宽肩的灰发女人旁边,听她向十来个游客介绍情况。里克看见我们只是点头笑了笑,挥了挥手,没有说话。你可以看到——(其实是,我们可以看到)——我们二十一岁的儿子非常敬佩这个女

273

人,一如他敬佩斯坦福的几位教授;他入神地听她讲解,一边观察展馆里的倭黑猩猩,似乎他正在努力记住所有这些,不想受到任何干扰。

里克看上去多么快乐!我们大为惊讶,因为自打好多年前他在高中运动队取得小小胜利以来,我们就再没见过他露出这般孩子似的热情。他戴着很精神的红色圣地亚哥动物园棒球帽,身穿红色汗衫和刚洗过的牛仔裤,看上去和住在萨德尔溪家中那个无精打采、爱冷嘲热讽、郁郁寡欢的男孩简直判若两人。

母亲小声对父亲说:"噢!那是我们的儿子吗?他显得如此……"

"确实如此,"父亲说,"谢天谢地!"

我们悄悄走近他们,听灰发女人讲解倭黑猩猩,回答游客的问题。这个胸签上写着希拉里·克里迪的女人的确不简单。她个子很高,身材矫健,五官朴素却有魅力,散发出一种内在的活力和张力。她也许和母亲年纪差不多,但看上去更强壮,也更年轻。希拉里一边讲,一边要我们更仔细地观察倭黑猩猩。本是一个我们会随便看看的动物园展览——心想这无非就是些体型巨大的古老的"猴子"——现在突然变得如此重要。在模仿野生环境的展馆里——其间有石块、来自异域的小树、池塘——毛茸茸的小猩猩们活泼之极,非常机警,好像在人群前炫耀。它们不再四肢着地,而是带着某种笨拙的优雅后退站立"行走"——与人类很像。(母亲说:"哦——它们在模仿我们吗?"父亲笑道:"当然不是。它们可比我们领先。")我们可以理解里克,他为什么会喜欢倭黑猩猩,似乎它们是他自己的一种更低级更原始的存在。

父亲在观察一只上了点年纪的、脸上布满皱纹的倭黑猩猩,它远远地离开那些打打闹闹的年轻些的猩猩,这大概表明了一种态度——认知？身份？有一刻似乎它们在对视：他们都年长，都有理由为后代操心烦恼。然后，它却让父亲惊讶和失望之极：这位长相威严的父性角色跳上一块石头，盯着父亲，露出大黄牙咧嘴而笑，用橡皮般的手指抓住水果大小的生殖器摇晃起来，以此表达明确无误的敌意。父亲皱起了眉头——这么粗俗！当然，这只是动物。让父亲感到宽慰的是，母亲好像没有看到这下流的一幕，其他游客也假装没看见。

年幼些的倭黑猩猩非常活泼，像孩子般可爱，它们跳上石头，又跳下来；尖细、欢快的嗡嗡声一定传到动物园很远的地方；它们眨眼睛、咧嘴笑、吐口水、冲游客做手势，这些人也冲它们挥手、打招呼。母亲被几只正在哺育毛茸茸小宝宝的俊俏的雌猩猩吸引，其中有几只把宝贝抱在胀鼓鼓的下垂的胸脯前，她们的乳房还真与哺乳期女人的乳房有几分相似；她也注意到几只雌猩猩扁平脸孔显出的不可思议的美，还有幼崽的淘气可爱的脸。里克满脸都是骄傲，似乎倭黑猩猩是他——给我们的礼物。

我们看得出来，当灰头发的希拉里看着他，要他回答游客的一个问题时，里克非常兴奋——他回答得很完美。（在我们看来！）

希拉里的讲解结束，游客走向另一个展馆时，里克才走过来跟我们打招呼，和母亲拥抱，和父亲握手；他立刻把我们介绍给资深员工希拉里。里克想也没想就邀请希拉里和我们共进午餐，不过她没有接受；她可以看得出来，只是我们傻傻的儿子看不出来，我们对共进午餐不怎么热心，一心想和儿子单独待一会儿。

在动物园里的一个餐馆，里克愉快地聊起他的实习工作，他的实习生同事和年长的同事；看来他在短短的时间里就成了一个倭黑猩猩专家，用兴奋、不连贯的语气介绍"猿猴"的不同种类，好像我们来圣地亚哥不是来看他，而是想看、想了解他新近爱上的动物们。

里克和我们复述的有些内容只是在重复导游的介绍。在开始的时候,我们津津有味地听着他那还带着稚气的声音。

"倭黑猩猩也叫'侏儒猩猩',但它们其实不是那种更常见、地域分布更广,也更具进攻性的黑猩猩。那是对我们的侮辱。我是说——对它们。"里克停了停,好像要让我们消化一下,"倭黑猩猩比黑猩猩招人喜欢多了,也许你们已经注意到——他们更小、更瘦,脑子也更像人脑,它们还有其他人类特征。"实际上,我们急着赶到倭黑猩猩展馆,对别的猩猩展馆只是匆匆瞥了一眼。"从生物遗传角度来看,倭黑猩猩是与我们最接近的灵长类亲戚。倭黑猩猩和我们一样'笑'——一模一样。它们和我们一样直立行走——差不多。你不知道吧,"——里克的声音低得像在哀吼——"那些最棒的猩猩里面就属倭黑猩猩最稀有,已经快濒临灭绝了。你们想想看!"

"真可怜!"母亲说。

"那是屁话,妈妈。这其实很可悲。"

里克似乎被母亲不痛不痒的话惹恼了,就像父亲不喜欢里克在妈妈面前说粗话一样。

"不过这也不奇怪,"里克看见父亲不悦的神色后迅速补充说,"因为倭黑猩猩是最平和、最没有攻击性的猩猩。不像人类。"

"黑猩猩会把它们杀死吃掉吗?"父亲不得不问一个好笑的问题。

里克皱了皱眉。他可不愿意去想这个问题。

"嗯——也许……黑猩猩绝对是'机会主义'肉食动物,而倭黑猩猩,尤其是幼崽,很危险。不过我不敢肯定。我要问问希拉里。"

父亲建议他们谈点别的。我们到圣地亚哥来是想知道他的情况。

"当然,爸爸。可以。"

慢慢地里克脸上的光彩消失了。

里克的脸刮得很干净,头发也一丝不乱。他的浅褐色卷发修剪齐整,动物园T恤和牛仔裤干干净净;跑鞋也不像平日里那样不干净。当里克和父亲谈论更严肃话题的时候,母亲一直在克制自己,否则她真想去摸摸他那光滑的额头。这孩子看上去最多十七岁!

父亲指出,这只是份夏天的实习工作,如果没有博士学位——动物学?环境动物学?——里克在圣地亚哥动物园或任何其他动物园都没有"前途"。看到里克面露不快,父亲的口气柔和了些,那劲儿好似外科医生用比行业标准温情一点点的姿态对病人进行手术。他说:"现在对我们来说是一个悲剧性时刻。我指——美国人。社会上接受过昂贵的高等教育的年轻人已经达到饱和——就像你——拥有一流大学的本科学位,甚至是荣誉学位。只是你们的数量太多——这是马尔萨斯人口论提出的最根本的问题。但你们没有团结起来,没有形成一个特别的团体。你们分散在四处,多半和父母住在一起。这和六十年代末、七十年代初,你母亲和我大学毕业的时代可完全不同——那时候每个人都迫不及待地离开家……"

不过这番话可真不合时宜,显出一种敌意,尽管父亲本来并没有这个意思。这段时间里克并没有住在家里,而是和另外一位刚从斯坦福毕业的学生住在动物园附近的合租公寓里,他们很快就会见到这个学生的。

父亲说:"其实——你能得到这份兼职工作已经很幸运了。

当然,准确地说,这不是份工作——你是自愿贡献你的时间。你有些预科学校的朋友去年或更早时候毕业了,他们好像已经不那么积极找工作了。也有很多人读研究生。在许多领域都是这样,如果你不是最好的,那就没戏了。像割草这样的体力活,或是在温迪①、塔可钟②、肯德基这样的快餐店做服务生只有非法移民或最笨的高中生才会去干。没人需要一个资历过高的斯坦福毕业生。没人需要高不成低不就的年轻人。"

里克稚气未消的黝黑脸庞由于羞愧,显得红一阵白一阵的。母亲为了缓和一下父亲的严厉措辞,不断说希拉里的好话,尽管她根本不能算认识她,她也说"小黑猩猩"的好话——"真是活泼极了"。

母亲说,动物园里好些展馆的动物都太没劲了,它们不动,也不看你,因为它们不够聪明,根本不会看你;有时候,比如在蟒蛇或是某种矮"貘"的展馆,你根本不知道里面到底有没有动物。

"动物的生活乏味至极。"父亲说。父亲就是这样,在关键时刻说出这种简短有力的话,你会以为这是你应该熟知的蒙田名言,要不然就是奥斯卡·王尔德机智风趣的笑话。

里克好像没什么胃口,把食物在盘子里拨来拨去。我们那时并没有注意到——只是后来才回想起来——里克没有点奶酪汉堡、炸鸡块,或是香肠比萨饼,而是要了一大盘没有肉的华尔道夫水果蔬菜沙拉。就像那只让父亲深受其辱的雄性倭黑猩猩,他突然出人意料地用强硬的语气说:"根本不是这样,爸爸。不要这样想。其实动物和我们没有什么不同:我们和它们一样。"

---

① 温迪(Wendy's),美国知名快餐连锁餐厅。
② 塔可钟(Taco Bell),美国百事旗下子公司,美国知名墨西哥式快餐连锁餐厅。

"可是,"母亲看到父亲脸上的怒气,急忙说,"我们不会真的是——对吧?我们会说话,我们——我们穿衣服;我们会在脑子里做加法,而且我们可以——嗯,制造工具——把食物煮熟——种庄稼。没有什么动物能做这些事情,对吗?"

里克耸了耸肩,似乎母亲的问题太傻,没必要回答。父亲生硬地说:"当然,我们是哺乳动物,这没错——但不是一般的动物。这两者是有区别的。"

从那时开始,我们和里克的相处变得越来越困难。

我们以为里克九月初实习工作结束后就会回家,但八月底他打电话回来,兴奋地告诉我们,他给十六所加州大学研究生院递交的申请都被拒绝了,包括斯坦福、伯克利、圣荷西州立大学、加大欧里卡分校,但尽管如此,他的实习期却延长了六个月!

"哦,不!"父亲说。

里克备受打击地问道:"你是什么意思,爸爸——不?"

父亲说:"我没法再支持你做一份——纯凭兴趣的工作。一份像是暑假娱乐的工作。"

里克反对道:"研究倭黑猩猩是人道主义工作。这不是在无聊地消磨时间。我认识的每一个动物园员工都会告诉你你完全错了。"

"里克,这是免费劳力。动物园付工资给员工,付给管理人员的工资更可观。为什么你,一个聪明的、有斯坦福优等本科学位的年轻人,要志愿做免费劳力呢?"

父亲说话的时候,母亲一直在用无线电话听他们的谈话。为了缓和气氛,她急忙说:"里克,这真是好消息!"

"妈妈,谢谢。很高兴有人站在我这边。"

后来,当里克不得已回来度周末的时候,父亲试图私下里和他说清楚。

"儿子,你明白你在这个年纪需要努力养活自己吧——二十一岁?——二十二岁?你在找工作或申请学校的时候可以住在家里,我们也愿意在你实习的时候支持你一段时间,但你必须明白——到底你要自己挣钱。进化的过程就是每一代人都要独立于上一代人——这是自然规律!你要结婚,里克,不是吗?——你也要生孩子吧?"

里克嗓门里爆发出一阵深沉、粗哑的笑声:"我要吗?谁说的?"

"可是——这是正常的。这是——大家所期待的。"

就在这时候,里克一边抓胳肢窝一边皱紧眉头说:"嗯——我觉得,当我憧憬未来的时候,就像在看一面没有反光的镜子。"

多么奇怪的话!那时候我们不知道这是什么意思,以后也不会知道。

我们费了好大力气才说服里克回家过圣诞节,这一直都是他最喜欢的节日;晚餐时他又迟到了;又一次他坚持"放过"肉食——这次是母亲用丁香、新鲜菠萝、红糖做的美味的弗吉尼亚火腿。里克当然吃了——而且,大吃特吃——桌子上其他所有食物,其中有几种甜点。我们发现他不太注重用餐礼节了——他经常用手抓食物吃。他没用过的餐巾纸掉到脚下。里克小心翼翼地不让自己触及那些敏感话题,诸如倭黑猩猩,或是未来应该从事的工作,倒是尽量显出对我们谈话的强烈兴趣——不论圣诞餐桌上讨论的是什么话题。(仅仅几个小时后,我们就彻底忘了在餐桌上大家热烈讨论的话题。政治?橄榄球?疾病、手术、治疗?第二天要退货的圣诞节礼物?)在冗长的大餐将近尾声,里克正要吃完第二块巧克力蛋糕时,父亲靠近他,似乎不大情愿地说:"里克,我们必须谈一谈——你懂的。你实习工作结束后要做的事。"

里克的表情凝固了。但他还是有礼貌地说:"好的,爸爸。没问题。"

"你得明白,那些——倭黑猩猩"——(父亲说这个词时带着一种不屑)——"对你来说没有正经前途。你必须继续念书,至少要读完博士。你需要学习——比如倭黑猩猩-动物学。圣地亚哥动物园没有前途,里克。你要明白。我们不是——要控制你。我们只是为你未来的幸福担忧。"

"好的!倭黑猩猩的工作就是我的幸福所在。"

"可是——它们是动物。它们不是你的家人。"

"我们已经谈过这个,爸爸。它们就是我的家人。"

母亲惴惴不安地离开了饭桌。父亲尽量不提高声调。其他客人——父亲的哥哥和嫂子、母亲的姐姐和姐夫、里克的姐姐安柏和弟弟托德、祖父和祖母,还有其他人——都不说话,神情尴尬。父亲说:"你这是信口开河,儿子,你不可能是认真的。那你说是谁在养活你?又是谁在爱你?"

养活你这几个字立竿见影。里克说是的,对不起。他只是很爱他的工作,就像动物园其他实习生一样。这不是一份工作而是一项事业。米姿、斯托克、贝贝、克劳斯、金德、赫克、大个儿乔、朱诺、朱诺的宝宝阿斯里德——它们对他来说如此真实,在他生命里简直没有任何东西可以与之相比。有一天他帮助一位兽医给大个儿乔做检查——大个儿乔是这些猩猩的首领,年幼的倭黑猩猩很爱捉弄他。大个儿乔把里克的脸给搞脏了,它好像要去亲他,结果却朝他吐口水。(这好笑吗?除了里克没人这么想。)大个儿乔不愧是大哥大,太有幽默感了!里克笑起来,回忆起那个亲密、美好的时刻。

父亲干巴巴地说:"不错。很高兴有人能在这种事中看到幽默。"

接下来的几个星期电话都没人接。电子邮件也没有回复。

我们不断与他联系,都没有回应。

二月底父亲给里克留言,尽力保持声音的平稳:"儿子!我算过了,我们已经为你的教育花了二十多万美金,我们——或是你——得到了什么回报呢?"

还有:"这就是你对我们的回报吗,儿子?与动物为伍?"

最后,我们三月又去了圣地亚哥。我们实在没有别的办法找到他。

在动物园,在倭黑猩猩展馆,我们没找到里克。一群好奇的游客正在看倭黑猩猩跳跃玩耍——和我们上次看到的一模一样。在动物的世界里,时间好像静止了。

我们在行政大楼询问,却被告知里克"不再是动物园的实习生"。他的实习期已于十二月底结束。

实习结束了!这怎么可能?据我们所知,里克的实习期延长了六个月……

我们要求和"希拉里·克里迪"谈谈,却从态度不怎么友好的工作人员那里得知这位高级员工此刻正在非洲旅行,也无法查阅电子邮件。

我们有里克的住址,在离动物园几英里远的一大片灰泥建筑里;母亲有些担心地说这里是"混合族群"区——大部分为墨西哥裔、亚裔和肤色极深的非裔。我们按响布恩纳·韦达街1104号的门铃后,一位满脸络腮胡、头发蓬乱、眼睛布满血丝的男人出来应门,气鼓鼓地告诉我们"混蛋里克"已经不再住在这里。我们对他的粗鲁目瞪口呆,当我们说出自己的身份时,大胡子男人冷笑道:"这个混蛋是你们的儿子?那你们可以付钱给我了,他妈的他还欠我六百四十六美元房租呢。"

母亲想立刻付清"欠账"——父亲说他会"寄一张支票来"。大胡子男人气消了一些,说他也不知道里克在哪里,不过我们应该去动物园看看。他虽然不再是实习生,可大家都知道他仍然在动物园晃悠。

我们回到动物园。我们的儿子在哪里?他似乎从地球上消失了。

工作人员跟我们说话的时候还是很谨慎。在我们看来,简直是闪烁其词。

要是我们把这些话录下来就好了!

我们绝望地回到倭黑猩猩展馆。很奇怪,这时在外面的好像都是雌猩猩。这些柔弱的动物特别可爱,不是在梳理毛发,就是在激动的喳喳声中互相爱抚、拥抱、亲吻。(她们之间的性接触特别大胆,即使和幼年猩猩也是如此,但我们尽量不去注意这些。)

然后,从展馆的另外一个地方进来了一群雄性猩猩——年轻、活泼的倭黑猩猩,后面的首领一定是大个儿乔,就是以前惹恼父亲的那个。大个儿乔移动起来四肢僵硬、威风凛凛,大脑袋上的头发好像从中间分开,像五十年代的银行家。年幼的倭黑猩猩粗野地把它推到一边,挤过去,没有注意到它正愤怒地盯着它们光滑闪亮的后背。年幼的倭黑猩猩好像有使不完的力气——跳跃、悬荡、和雌猩猩打闹、雄猩猩之间互相打闹。(我们尽量不盯着它们看。)

"噢,看!"母亲喊道,"在那块石头后面——你看到了吗?"

一只瘦瘦的窄肩小头的雄性倭黑猩猩蹲在那里;他有一张孩子气的讨人喜欢的面孔,但他的眼睛上盖着东西,很隐蔽。

"你看到了吗?是他——里克!噢,天哪。"

母亲开始发疯似的喊"里克!里克!",父亲在一旁让她安静下来。动物园的游客吃惊地看着一位衣着得体的中年妇女试图爬上栏杆,靠在玻璃墙上,两臂张开。"里克!回来,里克!你认识我们——对吧?里克!"——母亲恳求道。雌性倭黑猩猩瞪着她,深褐色的眼睛里充满同情。大个儿乔则瞪着眼睛,龇牙大笑,不停地跺脚,一边挠肚皮和生殖器,试图引起人们的注意。母亲冲它大叫的那只瘦瘦的倭黑猩猩很快躲到展馆后面,用手遮住眼睛。

母亲抓住父亲的胳膊才没有晕倒在地。

"你看见他了,对吗?噢——你看见了——对吗?"

"是——是的。我想——是的。我看见了我们的——儿子……"

我们一定引起了骚动,因为保安人员到场来护送我们离开动物园。母亲仍然激动不已,只能坐电动车离开,父亲沮丧地坐在她身边。

"噢,它们都对他做了些什么,那些可恶的猩猩,"母亲恨恨地说,"我们怎么让他如此失望,我们的儿子……"

父亲严肃地说:"是我们的儿子背叛了我们。他已经与动物为伍。"

圣地亚哥动物园拒绝合作。没有领导层认真对待我们的指责,他们甚至不再与我们讨论此事。动物园发来了一封律师函,声明我们的指责("绑架""诱导""胁迫"我们的儿子)完全是无稽之谈。

大猩猩部门主任在电话里坚持对我们说,他与律师沟通的结果是我们的儿子不可能用某种方式"消失"于倭黑猩猩族群。动物园只有三十七只倭黑猩猩,包括新生幼崽,每一只自然都有记录;大约一半倭黑猩猩生于非洲,另一半在动物园出生。"男性人类"绝不可能会藏身于倭黑猩猩族群,和它们住在一起——这简直荒唐到了极点。

父亲也认为里克的行为荒唐至极。之后,家人会与里克处理这件事。至少现在,我们坚信里克就住在圣地亚哥动物园倭黑猩猩展馆,他变成了一只倭黑猩猩;他已经,正如父亲所说,与动物为伍。

这份文件是份初稿,要交给我们之后的律师,这不是一份法律文件,也不是(还不是)递交给圣地亚哥县法院的文件。

每个周日我们都回去看里克。他的脸刮得很干净,我们儿子的脚步更加轻快;他的胳膊长长了,与身体和腿不成比例。他的脚趾肥大、醒目,似乎能抓住东西。他的脸仍充满稚气,但干瘦、神情古怪,好像充满古老的智慧。和他活泼的倭黑猩猩兄弟一样,他丝毫不掩饰自己对年轻雄性和各个年龄的雌性猩猩的喜爱。在上周日我们最后一次看望他的时候,母亲绝望地长叹一声,第一次这么说:"噢,也许——这不是我们的儿子。也许我们看到的——只是一只动物。"

我们手拉着手向展馆凝视。母亲无声地哭泣,父亲站得笔直,毫不畏惧,眼中无泪。我们凝望那一片人造的荒野之地——仿佛非洲深处的某个地方——在一群倭黑猩猩中,在大约三十英尺的山坡地带,四肢瘦长的倭黑猩猩后颈处有一圈奇怪的毛发,好像是衣领留下的痕迹,他带着高深莫测的表情在观察我们——悔恨、愤怒、不堪、反抗?我们看见他离开时不易察觉地挥了挥毛茸茸的手,便和他的兄弟姐妹一起走进了展馆后面阴暗的洞穴。

迷人的，昏暗的，幽深的[1]

布拉德乐福作家大会，佛蒙特州，一九五一年八月十八日。

这是第一个意外：眼前的大人物比我想象中的要高大、魁梧得多。你不会说他胖——那是不敬，也不准确；但他裹在衬衣里的身体着实像动物的乳房，套在夏季长裤里的腿则像中年妇女丰满的大腿。照片里年轻诗人的感性面孔——（至少是挂在我卧室墙上的那些照片）——变得粗糙、厚实；眼睛周围布满皱纹，似乎诗人经常皱眉、眯缝眼睛，或是要靠递眼色来传达他说出的词语中（暗藏的）邪恶。经常在照片中出现的、像魅影一样竖立的雪白头发比任何照片中的都要稀薄，也没那么白，乱蓬蓬的，好像诗人刚刚晕头晕脑地从床上爬起来。他的脸盘不小——比你想象中的诗人的脸要大——厚实的下巴上满是短胡楂，看来诗人有一两天没刮胡子了。眼睑下垂得好像眼睛就要闭上。

"打扰了——弗罗斯特先生？"

我的声音犹豫，带着歉意。我的心像生命短暂的小生物般狂跳——蝴蝶、飞蛾——在胸腔中跳动。

---

[1] 尽管以（选择性的）历史研究为基础，此为虚构作品。参见《罗伯特·弗罗斯特：传记》，作者 Jeffrey Meyers（1996）。

文中所引弗罗斯特诗歌均出自《罗伯特·弗罗斯特诗歌选》，Edward Connery Lathem 编辑（Henry Holt 出版社，1969）。

因为伟人就在眼前——如此突然。带着激动和紧张的心情,我本来以为要沿小路再走上好长一段才能到达诗人在树林中的小屋——也就是大家所说的"诗人的小屋"。我会敲门,等着门被打开。(当然不会是传奇的罗伯特·弗罗斯特自己来开门,也许是助手或秘书?我以前注意到一个事实,他从一九三八年就开始鳏居,因此应该不会有一个警觉的妻子来保护诗人。)可实际上,弗罗斯特先生在小屋外面的门廊里等着来访者,蜷缩在摇椅上,好像在打瞌睡;下巴微微张开,口水流了出来。他穿着老人常穿的那种宽松的长裤,裤裆处放着一本掀开的笔记本,前廊的木板地上有诗人的铅笔。

弗罗斯特先生似乎在写诗时不经意睡着了。我为这出乎意料的亲近感到激动不已——看着罗伯特·弗罗斯特睡去!而且还没有人知道。

前廊摇椅旁的桌子上有一个玻璃瓶,里面装的大概是柠檬水;两个杯子,其中一个大约四分之一满;一只响声巨大的闹钟;还有一把脏脏的红色苍蝇拍。

我迅速打量了一下四周:似乎没有人注意我。我在布拉德乐福会议中心见过的接待人员在山脚下让我一个人去找弗罗斯特先生——"他在等您,菲弗小姐。往上走到诗人小屋就行了。记住,就算弗罗斯特先生对时间不太在意,邀请您再待一会儿,您也不能超过一个小时。"

中年妇人对我礼貌地微笑,伊凡吉莲·菲弗也礼貌地笑笑。当然!肯定的,夫人。

布拉德乐福作家大会在这会儿非常繁忙;那里有几百位作家、诗人、不同年龄的学生(大部分是生活富裕的中年妇女)。但行政办公楼和主要行政主管白色房子后面的这一片地方却是私人地带。

我像认真的女学生那样挎着一个草编大书包,里面装了书、录音机、笔记本和钱包。这会儿我迅速把新买的柯达鹰眼照相机从草编书包里拿出来。

弗罗斯特先生似乎没有听到我颤抖的声音——他没有睁开眼睛,我哆嗦着举起相机——在取景器中注视这个有鬼魅般白发的模糊身影——壮起胆子按下快门。我非常小心地转到下一张胶卷。

此刻拍照的感觉就像是,停下来给猎枪重新上膛。你不仅仅是不停地"拍照"——每一张照片都是深思熟虑的结果。

真是不可思议,弗罗斯特先生此刻显得多么脆弱,就像一位年长的亲戚、一位父亲、一位祖父,你会看见他们不修边幅地躺在家里,衣着随意;据说诗人对自己的形象很在意,坚持行使对自己大多数照片的否决权,因此我能看到他在昏睡和清醒之间的这种类似催眠的恍惚状态实属不易。他光脚穿着磨旧的室内皮拖鞋。

我一边微笑一边想:也许他梦见了——一次访谈?一位悄悄靠近他的来访者?

那个下午我一共偷拍了七张弗罗斯特先生张着嘴在前廊摇椅上打瞌睡的照片,卖给了一位私人收藏家,照片后来又被转售给另一位收藏家,最后收入明德学院图书馆罗伯特·弗罗斯特特藏,全部编目为布拉德乐福,1951 年 8 月(摄影者不详)。

我知道,未经允许就给弗罗斯特先生拍照实在是无耻之举。我这辈子还从来没做过一件跟这哪怕有一丁点类似的事——至少,我不记得曾经做过这种事:占有不属于我、我却认为是我的、我应该拥有的东西。在整个过程中我都胆战心惊,怕弗罗斯特先生惊醒过来,发现我在拍照。我感到身体流过一阵兴奋感,像突然间的性休克一样——我会偷走诗人的灵魂！这是我的报应。

这是一九五一年的夏末,我时年三十一岁,是明德学院英语文学硕士研究生,因为《诗歌论坛》特刊的约稿开车去布拉德乐福作家大会拜访罗伯特·弗罗斯特。

这时的"伊凡吉莲·菲弗"已是诗坛新星,还在位于马萨诸塞州马伯赫德的普莱维特女子学校担任英文老师,那是我于一九三八年高中毕业的母校;从一九五〇年秋季开始,我进入明德学院攻读难度很大的硕士研究生学位。我希望自己能不断进步,也许拥有更多教学经验就能在四年制学院或大学教书。(当然,我非常清楚,能够得到这种教职的女性很少,除非在女子学院;但即使在那里,也是男性教师更受欢迎。尽管如此,我还是愿意相信明德学院的教授对我鼓励有加;因为我在几本不错的诗歌杂志上都发表过诗作,包括《诗歌论坛》,我还说服这本杂志的编辑让我专访七十七岁的罗伯特·弗罗斯特。)我在明德学院的论文导师正好是夏季布拉德乐福作家大会的主席,其实也不完全是巧合,他对我的诗歌创作和学术研究都给予了很多鼓励;狄格斯教授还好心地帮我出面说服了这位著名诗人,因为他总是拒绝大多数的访谈要求——尤其是那些来自"无名"之辈的要求,给诸如《诗歌论坛》之类不甚知名的刊物写稿。

我深知能专访罗伯特·弗罗斯特——美国当代著名诗人——是多么大的荣耀,因此也比平时更加费心准备。这包括阅读所有弗罗斯特的诗歌,其中有很多我还在念书的时候就能背诵。我还在读初中时祖母就读弗罗斯特的诗歌给我听,比如《未走之路》——《雇工之死》——《白桦树》——《修墙》——《雪夜林中小驻》(祖母最喜欢的一首)。在普莱维特女子学校的老师加深了我对弗罗斯特和对诗歌的喜爱;在伯克郡女子学院我主修英文,在《伯克郡之花》上发表过诗歌,四年级时我还担任了这本刊物的编辑。作为普莱维特的初级英文老师,我讲授雪莱、济慈、华兹华斯和拜伦诗歌的同时也讲罗伯特·弗罗斯特的诗。当然,我在马萨诸塞州和佛蒙特听过几次诗人朗诵自己的诗歌,诗人每次面对的都是一大群热忱、没有批判性的听众。这种热闹朗诵会的气氛总是虔敬而欢快,因为罗伯特·弗罗斯特已经成为北方圣人,同时也是北方智者——一位"质朴的"美国人,一位先知。

你是不是想知道我长什么样呢?没有人会对伊凡吉莲·菲弗是一位"女诗人"感到惊讶——(这时女性诗人有这样一个称谓)——但他们一定会注意到我是一个漂亮的——非常漂亮的——年轻姑娘,看上去比实际年龄年轻,这对女人来说,是最让人心满意足的欺骗。

男人也许会对自己在性魅力或富有程度上被高看而沾沾自喜。但对女人来说,年龄是最重要的。

诚然,我没有倾国倾城的容貌,那随之而来的是一种完全不同的对待(男性)世界的方式——那个世界要谨慎、含蓄得多——但我这种苍白、柔弱、金发女子的漂亮似乎比美貌更得男子欢心。国色天香的美貌女子男人根本无法控制,而柔弱、仅仅是漂亮的三十一岁金发女子却可以像十八岁的女孩那样讨巧。

还有,我身材娇小。男人总是认为他们更容易制服身材娇小的女性。

"伊凡吉莲·菲弗"未婚,甚至还没有订婚。这个你只需瞟一眼她左手的无名指就能知道——空空如也。像大部分她那个时代的那类女孩和年轻女子,菲佛小姐自然还是处女。

处女不只是简单的,或单纯是,一种身体状态,它还是一种精神状态。纯洁、天真、无暇、浑然天成——这些都是可以用来形容我的词,也会让我感觉飘飘然,就像任何那个时代的年轻未婚女性听到这些词一样。

尽管三十一岁、仍然未婚的伊凡吉莲·菲弗准确地说已经不再年轻,我希望七十七岁的弗罗斯特先生对我的看法会不一样。

"打扰一下,弗罗斯特先生?我是伊凡吉莲·菲弗。我们有——一点的预约……"

我的声音由于激动而颤抖。如果你把手指放在我的喉咙上——也许睡意蒙眬的诗人此刻正如此想象——你会感觉到颤动。

上了年纪的诗人的眼睑眨动了几下,睁开了眼睛。弗罗斯特先生吃了一惊,有片刻似乎不知道自己置身何处——外面?在前廊的摇椅上?他睡着了吗?现在是什么时候?

他惊慌的第一眼落在摇椅旁桌子的闹钟上。从我站的地方看不清闹钟的正面,但能感觉到玻璃因反射的阳光而刺目。闹钟比常见的尺寸稍大一些,四周有铜边,看上去像航海仪;钟的嘀嗒声异常响亮,速度似乎也更快。

然后诗人看见了我——又眨了眨眼,甚至还揉了揉眼睛。啊,一位年轻漂亮的陌生人!——站在他前面大约十英尺远的草地上,梳着整齐的浅金色头发,蓝紫色的眼睛睁得大大的,带着崇拜的神情,十足就是个热爱诗歌的女学生。就像任何身形臃肿、注重外表的男人会做的那样,诗人快速回过神来,扫了一眼自己硕大的身躯。他抬起一双大手拢了拢凌乱的头发,摸了摸没刮的胡子,然后整理了一下衬衣被皮带扣顶得突起的地方。他冲我皱眉、微笑,狡黠的笑意泛上已开始褪色的冰蓝的眼睛,现在出现的是在那些

291

著名的诗歌朗诵会上,幕布开启后登上闪亮舞台的新英格兰圣人"罗伯特·弗罗斯特"。

"是的!当然。我一直在等你,亲爱的。你很准时——一点钟。不过我更准时,因为我已经在这里。"

不幸的是随意放在诗人腿上的笔记本已经掉落在地上。弗罗斯特先生似乎觉察到自己的笨拙、慌乱、不敏捷,没有准备弯下腰把笔记本捡起来——因此,我出于礼貌把本子捡了起来。

(这是一本很普通的螺旋装订的笔记本,封面有黑色的石纹。我看见里面用铅笔写满了字迹。)

弗罗斯特先生有点窘,从我手里接过笔记本:"谢谢你,亲爱的。"

我像女学生一样站立在诗人面前,他则像经验老到的珠宝商一样上下打量我。女性在得到男性判断之前总是要经历难熬的时刻——不错!你合格。

(那天早上思量了很久,在出发去朝圣之前,我挑了一件印有粉红花卉图案的棉质"束腰衬衣"和一条过膝喇叭裙。纤细的脚上穿的是黑色漆皮"芭蕾舞平底鞋"。我的浅金色头发梳得溜光,用粉红色天鹅绒蝴蝶结绑在后面。当然,柯达鹰眼相机已经消失了,放回到草编书包里,好像它根本就不存在。)

弗罗斯特先生低声说,这真是个可爱的惊喜,《诗歌》派来的访谈人是——我。

"通常来说访谈人总是皱着眉头,表情严肃——如果是个年轻小伙子;要么就是膀大腰圆,朴素得像羊脂——如果是女性。"诗人淘气地笑了笑,搓着双手。

北方圣人就在眼前。更令人喜爱的是,这是一位淘气的北方圣人。

我脸红了。这种贬低其他那些不幸访谈者的赞扬实在是一件暧昧的礼物:接受是虚荣,拒绝则是无礼。年轻女性很快就学会了取悦年长(男性)的手段,只需轻轻蹙额一笑。

不过我必须小声道歉:"只是,弗罗斯特先生,不是《诗歌》杂志——而是《诗歌论坛》。"

弗罗斯特先生咕哝了一句,他好像没听说过《诗歌论坛》。

"您会出现在封面上,弗罗斯特先生。我已经在信中解释过了。"

弗罗斯特先生仍眉头紧皱,面色阴沉。

我很快地说:"我是说——整个十月刊都将献给'罗伯特·弗罗斯特'。"

这似乎让诗人有所释怀。他又平静如初,把笔记本放在摇椅旁边的桌子上,随手拿起红色苍蝇拍。

"你说你叫什么名字来着,亲爱的?"

"我的名字叫——'伊凡吉莲·菲弗'。"

弗罗斯特先生用愉快的眼神盯着我。"'伊凡吉莲?菲弗'——真是个有意思的名字。这是真名吗,还是为了试探诗人的好奇心,灵机一动临时杜撰的名字?"

多么奇怪的问题!我薄薄的脸皮,本来就红红的,现在更烫了。我结结巴巴地说:"我——我是——我的名字是'真的',弗罗斯特先生。"

"和'罗伯特·弗罗斯特'一样真实,对吗?"

在我看来这太聪明了!因为罗伯特·弗罗斯特对于写出了罗伯特·弗罗斯特那些诗作的人来说真是一个理想的名字。

"请坐,亲爱的菲弗小姐。恕我无礼,年纪大了,不能起身欢迎您……"

弗罗斯特先生彬彬有礼地微微做了个手势,模仿起身的动作,人却没动;他绅士般地伸出一只手给我,尽管我已不由自主走近他,把手伸进那宽厚的手掌,热烈地握手。

弗罗斯特先生咕哝着什么拉我走上前廊,让我坐在摇椅上他的旁边——但我还是小心地在旁边的藤椅上坐下。

"我想,亲爱的,那个椅垫是湿的?"

已经晚了,事实的确如此。但我还是轻松地笑了笑,坚持说没事,因为我不想紧靠年长的诗人坐在摇椅上。

弗罗斯特先生用苍蝇拍轻轻拍打膝盖,"如果太湿的话,亲爱的,请告诉我——我们就给你的——给你——另外找个地方。"

诗人假装一本正经地微笑,想让我知道他噎回去的半句话:给你那小嫩屁股。

我很尴尬,正准备打开录音机问第一个问题的时候,诗人问道,好像突然想到这个问题:

"'菲弗'一家又是些什么人呢,亲爱的?"

我的心黯然一沉。我从来没有把家人和亲戚看作菲弗一家——我几乎从来不会想到他们。

诗人褪色的冰蓝眼睛似乎盯在我的胸口。我感到呼吸困难,好不容易才勉强挤出一个回答:"我的家人和父亲家的亲戚住在缅因州,大多在邦戈市。"

"邦戈!我看,那不是个适合培养诗兴的地方。"弗罗斯特先生冲我微笑,用苍蝇拍轻轻拍打膝盖,"那么你母亲的亲戚呢,菲弗小姐?"

"她——他们——的祖辈住在马萨诸塞州塞林镇……"

弗罗斯特先生愉快地说道:"啊,亲爱的,这可是有历史的地方!你母亲的塞林祖先是女巫捕手吗,还是女巫?"

"我——我想不是的,弗罗斯特先生……"

"如果你不肯定,那很可能你的祖先是女巫。女巫捕手是清教徒殖民地的统治阶层,没有人会因为是统治阶层的后代而感到羞愧。"

这些在我看来完全没道理。弗罗斯特先生对我疑惑的神情感到好笑。这也许是诗人一直喜欢用的小伎俩——用他自己的问题先把来访者搞糊涂。

他把一双大手交叠放在肚皮上,皮带上的白衬衣被肚皮撑得紧紧的。我瞥了一眼诗人露在外面的肚脐,螺旋般的汗毛长在精巧得像风干蜗牛一般的一小团肉周围。诗人犹如一尊新英格兰大佛般斜倚着,俨然是志得意满的(男性)智慧的象征。

我问弗罗斯特先生访谈是否可以开始,但尽管如此他仍然没把我放心上,他用苍蝇拍轻拍手掌:"'你们不应让一个女巫存世'——美国人在他们杀手-灵魂的深处都懂得这个告诫。而它留给我们世人的启示就是去寻找我们中的'女巫'——为了这个目标,他们像最凶恶的猎犬一样需要引导。"弗罗斯特先生的笑容中有一种奇怪的满足,"我与世界有过情人般的争吵——不过我不是真的喜欢这样,如果这个'世界'与我有过任何形式的争吵。"

像一头既随意又不失攻击性的公牛一样,弗罗斯特先生随时可能在旁人不可预计的时候突发奇想,他久久沉浸在猎捕女巫、女巫和诗人的"巫术"之类的话题上,因为诗歌必须是"某种密码";这时候我已经打开了录音机,也已经开始在笔记本上速记,我可不想遗漏弗罗斯特先生说的任何一个宝贵的字。我想起弗罗斯特一首奇特的诗《库斯的女巫》——很久前一宗谋杀案受害人的遗骨走上新罕布什尔州一座边远旧农舍地窖的台阶,藏身于阁楼的一张婚床之后——仿佛惊扰生命的古老诅咒。如果诗人只写过这一首诗——再加一两首疯狂的新英格兰游吟诗人的作品——罗伯特·弗罗斯特会被看作是哥特派大师。

"您信女巫吗,弗罗斯特先生?"

在弗罗斯特先生停下喘气的时候提出如此笨拙的问题正显示出一个胆怯者的贸然和无助;提问遭遇的自然是不屑的皱眉,就像大人对待一个无礼的孩子一样。弗罗斯特先生面带讥笑地说:"诗歌和信仰无关,菲弗小姐。信仰是原始的,是其他更低级存在的特权。"

这番话是对我单纯的反击,但我还是很乐意记下这令人吃惊、我从未听过的警句。如果罗伯特·弗罗斯特以前也说过类似的话,或是在某处写过,我还真不知道。

诗歌……和信仰无关。

信仰……是原始的,是其他更低级存在的特权。

(这与像我祖母一样的人爱戴的"质朴的"弗罗斯特简直大相径庭!)

弗罗斯特先生说话的时候,他褪色的冰蓝色眼睛机警地环视四周,突然他敏捷地举起苍蝇拍——拍死了一只停在旁边前廊柱子上休息的大头苍蝇,已经被拍瘪的黑色身体掉落在草地上。

"如果我们当中那些无知的'仇恨诗歌者'也这么容易对付就好了!"——弗罗斯特先生笑道。

我想问弗罗斯特先生他是否认为世界上有"仇视诗歌者",这些人是谁;我还准备问他对雪莱豪言的看法:诗人是未经承认的世界的立法者,不过我根本没有机会说话,因为弗罗斯特先生像长者逗弄被困住的孩子一样又回到刚才的菲弗家的话题——似乎他对我的身份有怀疑,或是假装如此。他问我菲弗家什么时候移民到美国,从哪里,我只得告诉他,据我所知,菲弗家在十九世纪八十年代从苏格兰的某个地方来到美国。

弗罗斯特先生似乎有点失望:"啊——这样的话'你的菲弗家'并没有迫害女巫,至少没有在新世界迫害女巫!'你的菲弗家'显然不是奴隶主,他们也没有从内战前美国的奴隶贸易中牟取暴利——很多人都这样,他们的后人每当碰到这个话题时都狡猾地回避过去。"

"是的,先生。我是说——没有。他们没有。"

"他们从苏格兰的什么地方来,菲弗小姐?"

我的舌头在嘴里不听使唤。因为我的嘴很干。

诗人对我的观察和注视让我很不自在;在我看来他也以同样的方式看着那些在周围嗡嗡飞舞却拍不到的苍蝇。"我想——是帕斯,英凡内斯……"

弗罗斯特先生疾声说:"是吗!但不是利斯?"

我可不敢随便跟爱丁堡的这个港口城市搭上关系,因为我知道弗罗斯特的母亲出生于此。

"不是,先生。"

"那么你去过苏格兰吗,菲弗小姐?你是'苏格兰少女'吗?"诗人说出苏格兰少女这个词的时候嘴角露出讽刺的笑意。

我告诉弗罗斯特先生我根本不是什么"苏格兰少女",而且我们家里也没有钱花在这种奢侈的旅行上。

"啊,有责备的意思呢!告诉你吧,亲爱的,弗罗斯特家也没有钱花在这类事情上。我们都——非常——就像我的诗中所述——非常穷,非常节俭。"弗罗斯特先生看到我脸上的窘样,和气地笑了,"你喜欢罗比·彭斯的诗吗?'噢,我的爱人像一朵红红的玫瑰,在六月初放;噢,我的爱人像美妙的乐曲,在弦上轻拨。'"弗罗斯特先生用夸张的节奏朗诵,面带讥笑,"坏了打油诗的名声,嗯?所有的狗都要起诉了。"①

我被这个玩笑逗得轻声笑起来,如果这是个玩笑的话。

强势之人会强迫你为他的笑话捧场,即使是那些算不上笑话的东西。这是你辨别强势之人的方式。

诗人的前额紧蹙,嘲讽的眼神柔和下来。"不过我得承认,彭斯还是写了些好诗,或者说——诗行。'即使你为谋杀的琐事疲累,在简陋的家中形单影只,远离人群……'此人心有所感,这就是诗的开篇。"

(我感到一阵惊慌:如果这样下去我们永远都不了解诗人的生活,更别提罗伯特·弗罗斯特的诗歌了——这可是访谈的主要内容。诗人好像把这些都藏到身后,就像一个逗孩子的人,孩子知道好吃的东西藏在身后,但就是够不着。)

我壮着胆子决定问一个自己想问的问题:

"您的家乡在哪里,弗罗斯特先生?"

但这是个错误,因为弗罗斯特先生不喜欢这样突然的提问。他冷冷地说:"菲弗小姐,您应该了解那些基本的'传记信息'。实际上,您应该记住这些。我希望您已经花时间研究过访谈对象的背景资料,可别指望可怜的访谈人提供那些大家都能找到的信息。"

有一刻我说不出话来。我想,他会打发我走。他会嘲笑我,让我离开。

"哦,弗罗斯特先生,很抱歉——是的,我知道您出生于旧金山,而不是新英格兰——很多人都这么想。您并没有什么乡村背景——您在旧金山生活到十一岁,您的父亲是记者——"

---

① "打油诗"(doggerel)的词根为"狗"。

弗罗斯特先生不耐烦地说："表面上是这样。事实上我有很深厚的'乡村背景'——我父亲去世后，母亲带我回到东部，很快——很快我就在干农活——在我外公新罕布什尔州德里镇的农场。从一开始，'罗伯特·弗罗斯特'就和土地有自然的亲近感……没在英格兰出生，却是地道的新英格兰人。"

弗罗斯特先生闭上眼睛，向后靠了靠，摇椅发出嘎吱一声，他开始背诵《男孩的意志》和《波士顿以北》里的诗篇，一字不差。这些诗包括《修墙》《木堆》《摘苹果之后》……

我为自己一心向往的大丰收劳累不堪。

诗人背诵的声音非常柔和、放松、抒情。他的声音优美至极。带着新英格兰拖腔的冷幽默完全不见踪影。现在，在松弛、满是皱纹的脸上丝毫没有年轻的罗伯特·弗罗斯特的样子——年轻诗人梦幻般的英俊与威廉·巴特勒·叶芝、鲁伯特·布鲁克①都很相似。

诗人突然停住，好像猛然意识到《摘苹果之后》最后一行的含义。

我赶紧问："这一句是什么意思，弗罗斯特先生？'我劳累不堪……'"

"诗歌的'意义'就在它的字行之间，菲弗小姐。"

诗人朝我看了一眼，如果那目光是那只脏脏的红色苍蝇拍的一击，我的脸会被拍扁。这么想着，我不禁人往后缩起来。

弗罗斯特的第二部诗集《波士顿以北》中有他早期的另一首代表作《家葬》。诗人从来没有在观众面前朗诵过这首诗。我问

---

① 鲁伯特·布鲁克（Rupert Brooke，1887—1915），英国诗人，曾被称为"英国最英俊的男人"。

他诗中的"男人"和"女人"是否就是一八九九年的他及其妻子伊莲娜,那年他们三岁的长子不幸夭折;如果母亲没有基督教信仰的话,这本来是可以避免的悲剧。我引用了出自女人之口的震撼人心的诗句:"我不会如此悲痛/如果我可以改变一切。"

弗罗斯特先生盯着我看了很长时间,对我有些憎恶。他的眼睛眯成一条线,五官因为固执而变形。他是一位和蔼的新英格兰诗人,这没错,但他没有回答我的问题。似乎这个问题还需斟酌,他又回到之前的话题:"只有深入了解乡村生活的诗人才能写出我那样的'乡土'诗歌。美国诗歌中几乎没有类似的诗作。英格兰的约翰·克莱尔和华兹华斯有些类似的作品——不过他们的诗风截然不同。"

"是的,先生。非常不同。"

"您也这么认为,是吗?菲弗小姐?"

"是的,先生。我认为是这样……"

弗罗斯特先生把苍蝇拍扔到桌子上,开始搓那双大手。我心想,他手背的皮肤又老又皱,但掌心却很光滑,真是奇怪。他褪色的眼睛出现了一丝光亮:"我在想,菲弗小姐——"

"请叫我'伊凡吉莲',先生。"

"但你们知道的,你不能叫我'罗伯'。那可不合适。"

"是的,弗罗斯特先生。我当然不会那么想。"

"我一直在想,伊凡吉莲——你坐在那椅子上还舒服吗?"

我其实不怎么舒服。但还是立刻微笑说道,挺舒服的。

"你没有一点点——湿吗?"

我的臀部确实有点潮潮的,因为垫子上的湿气已经沁透我的裙子、丝袜带和纯棉内裤。不过我不想说出我的不适。

"你的屁股呢,亲爱的?你可爱的小屁股?你的白色内裤——湿不湿?"

我愣住了,不知道该如何回答诗人戏谑的问题。

简直是目瞪口呆!我的笔记本差一点从手上掉下去。

弗罗斯特先生看到采访者的狼狈模样,得意地大笑起来。他并不是特别有诚意地道歉说:"非常抱歉,亲爱的。我过世的太太批评过我这种'粗俗的'幽默。她很敏感——当然。不过我相信,的确有喜欢这种幽默的女人。"弗罗斯特先生顿了顿,注视着我。褪色的蓝眼睛又一次顺着我(光溜溜的)纤细的腿看到(光溜溜的)纤细的脚踝,又看回我的腿,我喇叭裙里面的(想象中的)大腿,还有紧紧束在我的细腰上的布面皮带,男人大概都会幻想用大手去轻握那腰身。

"你可能需要换条内裤,伊凡吉莲。然后坐到前廊的这个位子上来,这个椅垫不湿。"弗罗斯特先生再次拍了拍他旁边的摇椅空位,我还是装作没看见。

我知道弗罗斯特先生在逗我。不过我没什么高招,只能红着脸说我没法"换"内裤,因为我没有另外一条干的内裤可换。

"真的吗,亲爱的!你到布拉德乐福来拜访尊敬的弗罗斯特先生,却只有一条内裤。"弗罗斯特先生对我的窘样大笑不止,"这很危险,亲爱的。冒失。你一定知道名声不好的浪荡哥儿翁特迈尔就在这里——还有年轻帅气的约翰·西埃迪。"弗罗斯特先生直盯着我,想知道我如何解读这番模棱两可的话。(当然,我听说过路易斯·翁特迈尔和约翰·西埃迪,他们都是诗人的朋友,也是罗伯特·弗罗斯特的赞助人;诗人对朋友无限忠诚,据说他像敌人一样无限忠诚。)"你自己也是诗人——女诗人——吧?我觉得。"弗罗斯特先生往后靠在摇椅上,这是一个奇怪的角度,似乎他在邀请别人和他一起往后靠;旧摇椅发出轻轻的响声。他的手指张开,放在犹如一面粗俗的小鼓的肚皮上。"或许这是因为纯洁的处女缺乏远见?"纯洁的处女两个词的语气稍微有所加重。

他开着粗俗的玩笑,却发现这位年轻的、有一头金发的女人一脸茫然,弗罗斯特先生叹了口气,以此夸张地表示他的失望。也许他还冲无形的观众翻眼睛,换来一阵几乎可以听见的笑声。他眨了眨眼睛,说道:"是的! 你才是裁判,亲爱的姑娘,你才能决定内裤潮湿的程度。没有其他人能够做这个决定,我完全同意。"

内裤! 这个伟大的人为什么这么关心内裤! 我决心不理会这些下流话,它们实在无法和一位这么著名的诗人联系在一起;当然,我的录音机还是录下了弗罗斯特先生说的每一句话。

我的笔记本翻到第一页,上面写满标了号的问题,我用女生那种细心整洁的字体把它们记录下来;但是还没等我开始,这位淘气的老人就又看着我说:"看来你是个'好'姑娘,伊凡吉莲! 我应该知道。多么蓝的眼睛! 这是新英格兰'万灵草'的颜色——有人告诉过你吗?"

难道弗罗斯特先生以为我不知道他引用的是他那一首著名的诗作吗? 我羞涩地说:"只是如果万灵草是白色的,弗罗斯特先生。"

"嗯! 你说对了,我亲爱的。"

处女诗人委婉的挑逗多少让弗罗斯特先生有些吃惊。

这是绝好的机会! 诗人盯着我,好像在期待着更多惊喜。于是我开始用低沉、兴奋的女学生腔背诵那首精彩、充满寒意的诗,第一句是——"我看见一只有酒窝的蜘蛛……"

不过,如果你的耳朵足够灵敏,你能在女学生激动喘气的间歇发现远离学校,或者说远离女生风格的东西。

我读完后弗罗斯特先生笑了,拿起苍蝇拍。他拍打在前廊栏杆上,发出类似鼓掌的啪啪声音。如果是一个对诗歌完全不得其意的小孩子朗诵他的诗,他也不会更开心。

"这是我最精灵古怪的一首十四行诗,亲爱的。我实在是很诧异你竟然能够背诵。"

我回答说《设计》是一首完美的彼特拉克体十四行诗,很多年前还是个学生时我就能背诵——"在我懂得诗歌的意思之前"。

"那么你觉得自己现在懂了,是吗,亲爱的伊凡吉莲?"

你这个小傻瓜,你从学校老姑娘老师那里学了些诗歌,了解我些什么呢?

我不愿意接受这个挑战。我穿着潮湿的内裤,低眉顺眼,翻到笔记本的下一页,桌上的闹钟继续无情地嘀嗒、嘀嗒、嘀嗒作响——如果我们的谈话没有这么热烈,这会是很让人分神的声音。

弗罗斯特先生语气更严肃了些,说:"在伟大的诗作中总是有意外的'点睛'之笔——一个词、一个短语、节奏的转换、诗节的转换。普通的诗人无法做到。在艾米莉·狄金森的作品中,几乎所有诗歌都有这样的'点睛'之笔。在罗伯特·弗罗斯特的作品中,人们希望大部分诗歌如此。你看,亲爱的,刚才背诵的这首诗里,你读错了一个词——'道旁'。你读的是更常见的'路旁'。"

真的吗?我试图回忆,却糊涂了。路旁,道旁?

诗人真挚地说,并没有责怪的语气:"如果你不能体会到这两个词的区别,你便对诗歌更深层的技艺不够敏感。"

"弗罗斯特先生,真抱歉!这是个愚蠢的错误。"

"这不是个愚蠢的错误,这是大多数人都很容易犯的错误,试图记住一首'完美'的诗。当然,你无法记住,我亲爱的伊凡吉莲,因为你写不出这首诗。因为你无法模仿写作诗歌最初的原因:'喉咙里的肿块、错误的感受、想家、相思。'"

诗人这下满足了。弗罗斯特先生就是那种盛气凌人的人,女孩和女人对这种人都非常熟悉,他在喜欢自己的牺牲品的同时又瞧不起她;他对她的喜爱之情正是通过轻视表现出来,就像通过捉弄来表现一样。他靠在摇椅上,手指放在大佛般的肚皮上。

太阳在空中移动:此刻,午后的时光正在流逝。树叶在头顶飒飒作响。

我有意无意间闻到一股既香甜又微苦的清新味道——刚割过的青草的味道。童年的模糊记忆向我袭来,仿佛透过结满霜花的窗户看见的一片身影。诗人就是通向童年、通向一切失去事物的使者。我在想,他一定不是邪恶之人,因为他能指引我们回到那个地方。只要他不误用自己的能力。

闹钟的嘀嗒声和院子边荒草丛中蟋蟀的叫声连成一片。我不知道该做什么,只得一页页翻看笔记本,弗罗斯特先生叹了口气,又打起精神。他睁开一只眼睛,戏谑地看着我说:"在你写过的诗歌中,我想你写过闹钟,亲爱的伊凡吉莲?这是因为我讨厌手表,你知道。像傻瓜那样戴手表,就像佩戴你自己有限生命的徽章。"

我把这些犀利的词句在笔记本里记下来。

"你知道,诗歌永远都和'生命的有限性'有关。诗歌就是诗人抵抗死亡的主要方式。"

头上树叶的沙沙声既令人愉悦又使人心生不安,像情感不断累积其上的记忆。除非我们已经忘记情感。

弗罗斯特先生现在才想起来请我喝柠檬汁,我给自己倒了一杯,也给诗人的杯子加满;因为弗罗斯特先生看上去就是那种不会抬手照顾自己的人,更不用说关照他人。我当然并不介意做这些事,因为我早已对照顾他人训练有素,尤其是那些有权势的长者。

我喝了一小口温吞、过甜的柠檬汁。我很口渴。

我继续谈话,问了一个友好常规的问题:"弗罗斯特先生,您是否能告诉《诗歌论坛》的读者,您想在诗歌中表达什么呢?"

弗罗斯特先生不以为然地笑了起来:"如果我'想表达'什么东西,菲弗小姐,我会发电报。"

太棒了!我也笑了,把这句话记了下来。

我像女学生一样逐个问写好的问题,以期把诗人精彩、发人深思的言论带给《诗歌论坛》的读者,实际上这些读者本身也都是诗人。弗罗斯特先生往后靠在椅子上,神情愉快,双手交叉放在脖子后面,身体舒展,打着哈欠用他新英格兰式拖腔半自嘲半认真地回答我的问题。这位伟大的诗人接受过无数次访谈,也无数次回答过同样的问题,他记住了这些问题,也记住了自己仔细推敲过的答案。其他诗人碰到熟悉的问题总是难免不耐烦、急躁、无趣,弗罗斯特先生却似乎很享受这种熟悉感,像永远不会厌倦朝拜的佛陀。这位肌肉松弛的老人和我卧室墙上有着梦幻般眼神的二十来岁的诗人简直判若两人!很久以前他就想好了那些格言警句般的回答,它们到现在像经过打磨的石头一样光滑。散文——"打没有网的网球。"诗歌——"赶走困惑的片刻留驻。"抒情诗——"冰块在炉子上融化。"爱情——"希望被无限渴望的无限渴望。"参加诗歌"节"的邀请:"如果我不是主角,我就不去。"对对手艾米·洛威尔的看法——"一个骗子。"对对手T.S.艾略特的看法——"一个骗子。"对对手埃兹拉·庞德的看法:"一个骗子。"对对手阿奇伯德·麦克里希的看法:"一个骗子。"对对手华莱士·史蒂文斯的看法:"不值钱的骗子!"对对手卡尔·桑德伯格的看法:"草包骗子!老是弹他的吉他。桑德伯格的所有事情都被研究过了——除了他的诗歌。"

预言者的声音不时流露出奥林匹亚山的忧郁之情,犹如高高在上的神祇在思考人类的愚蠢。"我从生活里学到的所有东西可以总结为三个词：'生活会继续。'"

（然而即使是这些严肃的思考，诗人呈现给访谈者的方式也像一个人在掌心展现最精致的小宝石。）

"那么什么是诗歌呢，弗罗斯特先生？"

"诗歌就是——在翻译中消失的东西。"

弗罗斯特先生顿了顿，然后又若有所思地继续说道："一首诗就是一串词语，起初令人愉悦，结尾发人深省。但是，由于这是诗歌，不是散文，它也是一种音乐——也就是耳朵里的声音。我能听见我写的一切。"

我接着提了一个机智的问题："您是说您真的听见了，弗罗斯特先生？那些词在您的脑子里？"

弗罗斯特先生皱起眉头。虽然他喜欢有人听他说话，但他并不喜欢别人提问。"我——大声跟自己说话。诗歌是计算准确的音节，比如，短长格就能创作一首——诗歌。"他突然停下来。这是什么意思？做访谈的年轻女人睁大了蓝色万灵草般的眼睛热忱地注视着他，渐渐有些令人不安。

"诗歌是'声音高于感觉'？"

"不是。诗歌不是'声音高于感觉'——至少我的诗歌不是！那个自命不凡的家伙汤姆·艾略特的胡言乱语可能如此，还有那个幼稚的小写的 e.e. 肯明斯——但不是罗伯特·弗罗斯特的诗歌。"

我又一次机智地问道："您'听到过声音'吗，弗罗斯特先生？当您在创作诗歌的时候？"

弗罗斯特先生皱起眉头，咬紧下巴。暗淡的冰蓝色眼睛露出似乎是害怕的神情。"不。我没有——从来没有——'听到过声音'。诗人可不像苏格拉底说的那样,被'魔鬼'抓住——诗人是'魔鬼'的主人。"

"可是真有'魔鬼'吗?"

"没有!没有什么'魔鬼'——这只是一种比喻的说法。诗歌就是隐喻的语言。"弗罗斯特先生皱着眉头看着我,这是危险的信号;不过我还是坚持,继续提出幼稚的问题:

"但是,弗罗斯特先生——什么是隐喻?为什么诗歌是隐喻的语言?"

诗人用鼻子发出不屑的笑声,此刻如果下面有虔诚的听众,一定会引发他们的哄堂大笑。"亲爱的菲弗小姐!如果你要问诗人为什么要那样写作,还不如去问问知更鸟为什么要那样歌唱,问它为什么总是模仿其他鸟类的歌声。如果你要问,亲爱的姑娘,那可能是因为你不明白这一点。"

如此伤人的回答一定会让其他敏感的采访者无地自容,但对我却无妨,因为我知道诗人的观察非常正确,也不会对此产生怨恨。

"但是您从来没有'听到过声音',而且也从来没有'第二视觉'?"我提出这些问题,因为我知道弗罗斯特先生不会揭示任何有损其质朴的新英格兰诗人形象的一面。

"菲弗小姐,我已经告诉过你——没有。"

"而且您从来没有——'第二视觉'?"

弗罗斯特先生不屑地问道:"什么是'第二视觉'?"

"预见未来的能力,弗罗斯特先生。感知征兆——预言未来。"

弗罗斯特先生鼻子里发出轻蔑的笑声。他的眼中有一丝警惕的神色。"这是'老妇人'的故事,亲爱的。也许是你苏格兰家族的故事,但那不是我的故事。"

他又小声补充道:"为什么有人会想要'预见未来'!那是一个——一个——诅咒……"

老诗人脸上露出不可言说的痛苦、失落、悲伤和恐惧之感,我顿时尴尬不已,只得望向别处,一边心里想,他只不过是一个衰老、孤独的人。他需要仁慈和宽容,而非公正。

那一刻,我想也许我应该怜悯他,从毁掉柯达鹰眼相机里丢人的照片开始就应该怜悯他。接着,弗罗斯特先生继续用模糊、训斥、居高临下的阳刚声调说:"菲弗小姐!告诉你贪婪的读者,诗歌非常神秘。超过所有人的理解能力。无论诗人想告诉你什么。"

但我立刻反问道:"可是,诗人都对前人有所传承。谁对您产生过重要影响呢,弗罗斯特先生?"

弗罗斯特先生吃惊地看着我,似乎面对一个突然长大、勇于挑战他的孩子。"我受到的——'影响'?很少……生活对我影响最大。"

"不是托马斯·哈代吗?"

"不是。"

"不是济慈、雪莱、华兹华斯、威廉·柯林斯——"

"不是!他们对我的影响远不及生活本身。"

弗罗斯特先生脸上阴沉的表情警告我不要再继续追究这个问题。在所有敏感的话题中,关于"影响"的问题能让最伟大的天才也耿耿于怀,心怀怨恨,似乎它在暗示有人给了他们的事业至关重要的帮助。不过我还是忍不住问,为什么弗罗斯特如此小看埃兹拉·庞德,他们初次在英格兰见面时弗罗斯特是一位还没发表过作品、还在努力奋斗的诗人,那时庞德给过他十分慷慨的帮助。

弗罗斯特先生闭上眼睛,用力摇着头。无可奉告!

"当埃兹拉·庞德说《男孩的遗愿》是'美国很久以来最好的诗歌'时,他是错误的吗,还是在'骗人'?"

弗罗斯特先生的眼睛仍然闭着。但他满是皱纹的大脸盘上露出遗憾的神情。

"嗯——即使是'骗子'——也可以不时做出正确的事情。"弗罗斯特先生小心地睁开一只浅蓝色的眼睛,面带嘲弄之色,"就像一只走不准的闹钟,但二十四小时之内总有两次是对的。"

我还是不满足。我的下一个问题像把小尖刀,直刺诗人肋骨间的肥肉:"可是,弗罗斯特先生,您不曾经是埃兹拉·庞德的朋友吗?"

"菲弗小姐,你为什么要用庞德来折磨我?他是诗歌的叛徒,也是国家的叛徒。一个法西斯主义的傻瓜,一个忘恩负义之人。没有人知道他是什么时候变疯的——他现在就疯了。不要再说庞德了!"

"那您对富兰克林·德拉诺·罗斯福有什么看法?"

这是一个狡猾的问题。因为大家都知道弗罗斯特先生那北方佬的保守立场。罗斯福比埃兹拉·庞德更让诗人生气,以至于说话都不那么顺畅了:"那个——跛子!社会主义骗子!罗斯福的脑子跟他的身体一样畸形!试图掩藏他不是一个健全人的事实——那些傻瓜选民都被骗了。还有他的妻子——其貌不扬,从后面看简直就像大猩猩!我妻子伊莲娜是一个敏感、有教养的女人,连她都对罗斯福义愤填膺,声称如果可能的话,她一定会杀了他!——可见其人之可恶,能让一个像伊莲娜·弗罗斯特这样有修养的女士气成那样。你可以说我自私,菲弗小姐——是的,我是一个'自私的艺术家',因为我认为艺术必须是个体自发的,与集体无关。'做公益'完全是一派胡言!我不愿花一分钱推动社会'进步'——因为,如果这样,"——这时弗罗斯特先生的声音由于不好意思有些颤抖,因为他已经对无数来访者说过无数次同样的话——"那我们诗人到底还有什么可写呢?"

可以想见我的震惊。还有我睁得大大的蓝眼睛。

"为什么,弗罗斯特先生!您不可能是这个意思……"

"为什么不能!我就是这个意思,亲爱的伊凡吉莲。你没有读过我的诗《给予,给予》吗?——这是对弗罗斯特经济理论的简单提炼。你得养活自己,即使这意味着出卖自己——'买来的'友谊也比什么都没有强。"随之而来的是深沉、无情的笑声,"就是别指望我会养活你。"

"但是——您对贫穷很了解,对吗,弗罗斯特先生?极度贫穷?"

"不对。"

"不……不对?您童年时期不是这样吗,还有后来您结婚后,住在德里您祖父的农场里需要抚养家庭的时候?"

"不对!弗罗斯特家很节俭,但我们并不——从来不——穷。"

"您父亲在旧金山去世后,您母亲不——贫困吗?"

"菲弗小姐,'贫困'是一个很极端的词。我认为你这是对我家庭的侮辱。这个问题到此为止。"

弗罗斯特先生的脸因为愤怒涨得通红,像熟透的西红柿。他一直在用苍蝇拍拍打摇椅旁边的座位,好像他想要打的是我。

"您不认为我们从道义上来说有义务照顾他人吗?华兹华斯这样认为吗?"

"华兹华斯!华兹华斯知道什么!那个啰唆的老头不用对付

我们那可恶的税务部门的税务,菲弗小姐!他也不用对付虚伪的新政!"

我们四周的空气好像也变得焦躁不安。我杯子里的柠檬汁晃动起来,大地似乎在摇晃。

我知道诗人马上就要赶我走,就算我一头金发的可人形象也无法让他保持耐心,但我却铁了心问下去:

"您还是单身的年轻人时曾经非常绝望,试图在北卡罗来纳的迪斯摩沼泽地自杀,这是真的吗?"

弗罗斯特先生的双颊因为生气而胀鼓鼓的。"'迪斯摩沼泽地'!是谁告诉你这些——谣言的?这不是真的……"

"您是否怀疑过伊莲娜对您不忠,所以要用风流韵事来惩罚她和您自己?"

"岂有此理!只有像哈特·克兰这样软弱的诗人才会自杀——或者像查特顿和维切尔·林赛这样的大骗子或失败者——头脑健全的诗人不这样。一个有家室有牵挂的人不会到处闲逛和自杀。"

"可是您的诗歌中充满黑暗和毁灭的意象,弗罗斯特先生。'迷人、昏暗、幽深的'树林——只是诗人还有'诺言要守,临睡前还有长路要走'。这首诗的主题显然是渴望死亡,但又有对死亡的抗拒,和对这种抗拒的遗憾之情。"

"胡说八道,菲弗小姐!虽然你是个漂亮姑娘,你也够疯狂。从诗里读出那些根本就不存在的无聊意义,就像在镜子里看见一个蛇头女妖,那只是你自己隐秘的面孔。"

诗人言辞激烈,甚至都不太连贯。他通红的脸颊胀得鼓鼓的,突突跳动,好像马上就要中风。但我仍然继续说道:"为什么您从来不对听众朗诵您的'黑暗'诗歌,弗罗斯特先生?为什么只读那些大家喜欢的,听众还在上学时就能背诵的诗歌?您是否怕他们被那些更黑暗、更难懂的诗歌冒犯,不会像平常那样鼓掌?怕他们不会全体起立鼓掌,让您心神荡漾?怕您的书不再畅销?"

满脸通红的弗罗斯特先生说我完全不知道自己在说什么。还说我最好把那该死的录音机关上,要不然的话他就把它砸烂。"够了!这个荒唐的访谈到此结束。我建议你现在就离开——就像你悄悄溜进来那样。"

但是,我还是问起他一九四二年的爱国主义诗歌:"《纯粹的礼物》一诗中的经典诗句'土地属于我们,在我们属于土地之前'——您能为《诗歌论坛》的读者解释一下这句话的意义吗?"

弗罗斯特先生拿起不甚干净的红色塑料苍蝇拍,用力拍打摇椅的栏杆。他的声音充满讽刺:"如果《诗歌论坛》的读者真的懂英语的话,我不认为有必要对任何一个字进行'解释'。"

"弗罗斯特先生,这么说实在太让人气愤了!"

"该死,'菲弗',你到底想干什么?弗罗斯特并不'让人气愤'——弗罗斯特'给人抚慰'。听众热爱《纯粹的礼物》,不管他们是否理解其中的含义。这首诗告诉我们,我们来到新世界的祖辈以不同于后人的方式开创'这片土地',因为我们是美国公民;而'土地'——我们的国家,美国——是'纯粹的礼物'。它是我们的。"

看到我一脸茫然的样子,诗人不耐烦地问:"菲弗小姐,您是对个别的词还是对整首诗的意思感到困惑?"

"弗罗斯特先生,这首诗的意思应该是和《天命》一致的——也就是说,美国公民有权占有整个北美。它把美国原住民排除在外——无数印第安部落——他们在欧洲殖民者到来之前一直住在这里。英国和西班牙侵略者——'白人'。"

弗罗斯特先生冲我露出不可思议的笑容。"菲弗小姐！——你真认为印第安人是美国原住民吗？"

"是的！他们也是人，不是吗？"

"是人，但很原始。是生命，但更接近动物而不是我们的同类。"弗罗斯特先生用苍蝇拍拍打膝盖，不怀好意地眯起一只眼睛，"你可以把这句话写进访谈中，菲弗小姐，罗伯特·弗罗斯特相信文明的存在——但只是白人文明。"

"但是，弗罗斯特先生，您称之为'印第安人'的本土居民才是美国的原住民。从英伦三岛和欧洲来的白人作为殖民者、探险者和商人来到这块大陆——根本不尊重住在这里的美国原住民，他们夺取土地，压迫原住民，实行种族灭绝，直到现在还在这个国家的很多地方这样做，只不过做得更隐蔽些了。您的诗作《纯粹的礼物》本来可以以诗人敏锐的目光来讨论这个问题，可是——"

弗罗斯特先生冷笑着打断我，用苍蝇拍使劲拍了一下："菲弗小姐！'种族灭绝'用来形容我们勇敢的殖民者的行为实在是有些'夸张'——征服荒蛮之地，建立秩序井然的文明社会……"

"但是这里并不是'荒蛮之地'——印第安文明出现在这片土地上。当然，这些原住民并不是城市居民——他们在大自然中生活。但——他们的确有自己的文明，和我们不一样的文明！"

弗罗斯特先生为我谈及此事的热情而深感意外！

也许你会想，正如弗罗斯特先生可能也在琢磨的一样，这位带着录音机、笔记本和编织书包的《诗歌论坛》的采访者很不对劲，她不顾诗人表现出的愤怒一意孤行："弗罗斯特先生——是否有可能您的读者被欺骗了，您并不是一位'质朴的新英格兰诗人'而是完全不同的诗人？一位'黑暗之地'的使者？——一位看到并为我们最糟糕的东西辩护的美国诗人，而且没有歉意——相反，带着一种骄傲?"

"骄傲有什么错,菲弗小姐?"

诗人的浅蓝色眼睛里闪着愤怒的光芒。他的呼吸声越来越大,急促不已。你可以感觉到他胸腔里那颗衰老、肿大的心脏正像发狂的拳头般跳动,犹如激烈性行为引起的剧痛,有着不容侵犯的男人气概的诗人当然不想在这种事中败下阵来。

但是采访者心中也满怀斗志。她调整了一下瘦削的肩膀,身体前倾,柔软的浅金色头发垂到脸庞;她用深沉、兴奋的声音问道——这声音完全不像年轻处女发出的声音:"弗罗斯特先生,你是否有一次说过,如果您的话不会被录音,您宁愿不再见到自己的孩子——那些当时还活着,给您带来很多麻烦的孩子;他们曾经是——现在也是——'被诅咒的'——"

"我——我从没这么说过……谁在散播这种谎言?我——没有……"

"您这么写过——在那些行文巧妙、内容隐秘的诗歌中。您无法感知他人的痛苦——也无法打动他人。您心中隐藏的一切都在您的诗歌中呈现。这就是为什么您在公众场合拒不承认自己的这些诗作——就像一个人拒绝承认自己是畸形孩子的父亲。"

"这不对——这是错的!我已经解释过了,"——弗罗斯特先生深吸了一口气,紧闭双眼,咬紧牙关开始背诵——"对艺术家想要创造的客观过分带有主观色彩,对他来说太放肆了,这是一种践踏,对他在生活的困苦中坚守的……美好信念的践踏。"[①]

弗罗斯特先生一字一顿地说完这段话,似乎希望它能说服采

[①] 选自《罗伯特·弗罗斯特和西妮·考克斯:四十年之友谊》,William R. Evans 著(新英格兰大学出版社,1981 年)。

访者;只是它并没有取得预期的效果。

"弗罗斯特先生,这些话到底是什么意思?那些在您的诗歌中发现作者有缺陷而且不诚实的人是'无耻之徒'?——而诗人,像吸血鬼一样攫取他人的生命,却是'高尚之人'?"

"可是——诗歌就是这样。"

"不是所有的诗歌!不是所有的诗人。今天的话题是您。"

"我——我——我无可奉告,小姐。"——苍蝇拍从诗人的手指滑落到地上。他的手指似乎变得僵硬,由于痉挛而如同爪子一般——"不管你是谁,不管你从哪里来——见鬼……"

"但是您相信有'地狱'吗,弗罗斯特先生?"

"我——我想是的……我必须……我相信——'这就是地狱,我还在其间。'我倒是相信马洛肃穆美丽的诗句。"

诗人难得的让步根本没有让采访者得到满足,她像女猎手一样毫不留情地追逐着气喘吁吁的猎物。

"弗罗斯特先生,您记得您女儿莱斯利六岁时的事吗?那时您还是年轻人——一位年轻的父亲——住在新罕布什尔州德里镇那座死气沉沉的农场。——您手里拿了一把上膛的手枪把女儿叫醒,强迫吓坏了的孩子穿着睡衣、光着脚走下楼,在厨房里孩子看见她妈妈坐在桌边,头发乱蓬蓬的哭着。您的妻子原本也是个美人,可是,和您住在那与世隔绝的农场里,还得忍受您的坏心情、坏脾气。您懒惰、不干农活,她还要忍受您的性压迫和笨手笨脚,她三十一岁时已经变成一个憔悴不堪、心气全无的女人。您告诉莱斯利,她必须在母亲和父亲中选一个——哪个生,哪个死。'明天早上,只有一个人会活着。'"

"不对。没有发生——这种事……没有这回事。"

"可是莱斯利记得很清楚,她会责怪您,这种记忆会贯穿您的一生。她错了吗?"

"我的女儿的确——是的,记错了…… 我的大女儿怨恨我,她根本不了解我。她从来都不了解我……"

"那么您被关进精神病院的女儿厄玛呢?为什么您要放弃厄玛?您本可以给她更多帮助,您是不是对她感到气愤和厌恶,因为她像您一样性格极端?您失控的言论,多变的情绪,您的'黑暗之地'?您放弃厄玛就像多年前放弃您的姐姐珍一样。精神疾病让您惧怕,就像传染病。"

弗罗斯特先生表示反对,但却没有多少说服力:"我做了我能做的一切,为厄玛,为——我的姐姐珍。不能指望我为她们放弃我全部的生活,对吗?我做过的所有事,她们不但不感激,反而在疯狂中责怪我……"

"为什么可怜的厄玛总是害怕被绑架和被强暴?被强迫卖淫?您嘲笑厄玛的恐惧,她还是个孩子时您直截了当地告诉她,她长得这么普通,根本不用害怕被强暴;不会有男人对她感兴趣;她还不值'二毛钱'。后来,您跟罗伯特·罗维尔开玩笑说,厄玛·弗罗斯特连'去妓院都不够格'。"

"这不是真的。这是——谎言、诽谤…… 罗维尔是一个多病、忧伤的人。我说话总是给他鼓劲,让他高兴。他认为自己够坏,但老弗罗斯特更坏。但所有这些都不能从字面上去理解……"

"还有您的儿子。您唯一活下来的儿子。他说:'我父亲以我为耻。我父亲最多不过瞥一眼我写的诗,然后就推到一边。'他还说:'有时我觉得浑身紧绷——像琴弓。我觉得想要——我一定是——一枪直中心口……'然后您儿子的声音越来越小,他会用手把脸遮住。"

采访者声音不大但语气充满谴责。诗人盯着她,似乎不知所云,后颈的细小头发不断跳动。他连呼吸都变得很困难,好不容易才挤出几个字:"谁?'他'——是谁?你在说谁……"他感到一阵晕眩,脚下的大地似乎正在裂开。在绝望中他双手紧紧抓住笔记本,好像那是可以保护自己的盾牌。

"弗罗斯特先生,您知道他烧掉了自己的诗作。十五年来的诗歌作品。您如此小看他,您从未给过他活下去的许可。他一直是您的'儿子'——您从来没有抛弃过他,但您也没有爱过他。他三十八岁时死于头上的枪伤。他看起来比实际年龄年轻得多,就好像从来没有在这世上活过一遭。他需要的只不过是您的肯定,父亲的祝福——但您却如此吝啬。"

"我说过了——我不知道你在说——什么——说谁……"

"您的儿子,弗罗斯特先生。您自杀的儿子卡罗尔。"

"我的儿子没有——自杀……他死于一次不幸的意外事故。"

"您一时兴起给儿子取了一个荒唐的女孩的名字。他怎么也不喜欢'卡罗尔',就把名字的拼法改了——您却不高兴。但那时候已经为时太晚,伤害已经产生,孩童时代的印记再也无法消退。他在诗中描写过您是如何把骨髓从他的骨头中吸走。您没有给他留下任何东西,您夺走了他的人生。他知道您的秘密——您没法去爱任何一个孩子,您只爱自己。"

弗罗斯特不断摇头,紧锁着双眉,发灰的脸上沟壑纵横。

"我——我爱卡罗尔。他知道……"

"您从来没有告诉过他您爱他!他不知道。"

"卡罗尔很软弱——不成熟。他不是一个男人。那他怎么能写真正的诗歌呢?他是拙劣的诗人——他最好的诗也只不过是对我作品的苍白的模仿。他是用蜡笔摹画的孩子。他的韵脚也是从我这里偷去的——'然而'——'下雪'——'慢慢'——'附近'——'先知'。他尝试过的自由体诗其实更糟。"弗罗斯特先生笑起来,发出吓人的、像哽咽一般的气喘声。如同诉讼律师为案子辩论一般,诗人言辞中带有正义的信心,尽管有一丝遗憾的色彩:"我的儿子认为'没有人爱他'。这真令人遗憾!他的脑子就是一片怀疑的阴云……他的阴云成为我们的阴云。嗯,他带走了那片阴云。我们从来都没有放弃过对他的努力。他帮我们做了了结——结束失败的一生中无尽的痛苦和执念。"他沉思片刻后,又接着说道:"我的婚姻是个错误——由此开始了一系列更严重的错误,那就是弗罗斯特家的孩子。我不久后就明白了,尽管我想要保守这个秘密,我根本不在乎以后是否再见到他们——至少,在我亲爱的女儿玛吉丽死去以后。我的确爱她。我非常爱她。可是,我的爱又有什么用呢?我救不了这个漂亮的小姑娘。她像任何一个人的孩子那样死去——消失了。'世间唯有微风轻拂,雪花飘落之声'——世上没有什么比这种悲伤更痛苦。诗人不应该结婚生子。那也是我妻子伊莲娜所害怕的——她会把我拖向平庸,我们在一起会痛苦不堪,而事实正是如此。诗歌便是无尽的'生产'。生活是原材料,像面团——但它只是'生的',只是'面团'。没有人想只吃面团。"

诗人长着双下巴,皮肤松弛的大脸上露出不屑、厌恶的表情。他猛然站起身来,腿几乎支撑不住他的身体。前廊的摇椅吱吱作响,笔记本从他的大腿掉落在草地上。犹如受伤的公牛因为疼痛和愤怒而充满力量,诗人摇晃不定,瞪着折磨他的人。他的心脏,或五脏六腑,被击中了——但他不会认输。他的敌人残酷无情地攻击了他,就像他不堪回首的生活中的那些敌人那样,但他不会认输。

"你——不管你说自己是谁——一个三流诗歌杂志的'采访

者'——你能有多了解我？也许你知道一些我'生活'中的片段——但你不了解我。你没有理解我的诗歌的能力，就像一个盲孩子根本无法理解她用指尖读到的盲文以外的任何事情——她只能理解那些凸起的文字，却丝毫不懂得文字周围那深刻的、无法言说的静谧。"

这番完全出乎意料的话也让年轻的金发采访者踉踉跄跄站起来，满脸通红；穿着潮湿内裤和女学生式粉红花卉图案"束腰衬衣"的姑娘抓住编织书包，一脸惊讶和警觉地往后退。

愤愤不已的诗人用食指指着敌人说："你什么都不是。像你这样的人根本不存在。你从来没有被视作'二十世纪美国最伟大的诗人'——你从来没有获得过一次普利策奖，更别说得过几次了——你也永远不会获奖。你从来没有让观众激动流泪，尽情鼓掌，带给他们欢乐——你从来没有让全体观众起立，为你的天才致敬。你甚至不够格亲吻天才的裙边，或者——是诗人身体的其他部位。像你这样的人，可怜的无名之辈，精神上的侏儒，所能做的只是在诗人生活的碎片中翻翻检检，完全意识不到诗人的生活本质上对诗人毫无影响。你抓住的只是蛇那风干、蜕去的皮——活着的蛇却蜕去了这层外皮，自己以极快的速度脱离了你的掌控。你没有意识到只有诗歌才有意义——诗歌会在诗人离开后长存，而你和你的同类却会消失，被遗忘，就好像你们从来没有存在过。"

诗人跌跌撞撞走下前廊的台阶，有些茫然，不知所措。某个刺眼的东西在悄然爆炸——太阳？耀眼刺目的阳光？头顶树叶不安的沙沙声？他已经赶走了她，那个恶魔。他满是皱纹的脸由于愤怒而变形。暗淡的冰蓝色眼睛锋利得像碎冰锥。在草地上，诗人的腿不听使唤，他慢慢倒下，他无力阻止倒下去的力量，重重地摔在地上,草地下的土地竟然那么坚硬。他的一生都在躲避那些攻击他的脚踝或是小腿的小恶魔,那些在他耳边轻念咒语的小恶魔,他们说他坏、邪恶、残忍,说他毫不掩饰;他们一直都在想尽办法让他伤害自己,就像他唯一幸存的儿子卡罗尔那样伤害自己,走向疯狂。在一望无际的迪斯摩大沼泽地里,他第一次清楚地看见这些在之后几十年中都一直挥之不去的恶魔;在白昼,他似乎就要忘记大沼泽和黑夜那可怕的智慧,但危险重重。他这次疏忽大意犯了错误,但终究及时逃脱。他不会疯掉——尽管疯狂像强力催吐剂一样扫过他的身体。

然后,他躺在草地上。小虫子围着他潮湿的眼睛周围嗡嗡飞舞。他从那样的高度跌下来,仿佛轰然倒地的雕像,因为太沉重而无法被扶起来。他的愤怒让他窒息,像有一条毛巾堵在喉咙里。近处的闹钟仍在大声嘀嗒作响,仿佛在嘲笑这一切。他可以抓起该死的闹钟,把它扔出去——但是奚落他的姑娘——采访者已经消失了。

他的笔记本!宝贵的笔记本!它已经从手中滑落。他使劲去够它,想把它抓住贴在胸前。奇怪的是,他看上去好像前胸赤裸——这么突然。他柔软、松弛的躯体,像动物乳房一样的前胸,羞辱地暴露无遗。他不能大喊求救,这场面实在太过丢人。诗人从来都不是一个懦弱地大喊救命的人。他衰老的肉体一直让他感觉挫败、屈辱,但他却从未认输,以后也不会认输。

诗人勉强才抓住笔记本的一角。这一番努力使他颤抖、战栗——但他还是想办法把笔记本拉过来,抱在胸前。他保护怦怦跳动的心脏不受伤害,不会受到敌人的袭击。因为这是他的盾牌,正如在古代——勇士倒下了,但盾牌却让他免于死亡的痛苦。

"弗罗斯特先生?哦——弗罗斯特先生——"

他们很快就找到了他,诗人几乎还没来得及休息一下。他失去了意识,但还在呼吸。在一九五一年八月一个令人倦怠的下午,伟大的诗人在佛蒙特州布拉德乐福诗人小屋前的荒草丛中倒下了。

但是,诗人仍在呼吸。这点毫无疑问,诗人仍在呼吸。

IV

弑 父

我在看见之前就听见了:我们家位于纽约州上尼亚克①房子后面,通向河边的木台阶碎裂的声音。

还来不及看见父亲绝望地用手抓住栏杆,栏杆便已随着台阶轰然倒塌,乍看起来就像残酷的慢动作,我听见:父亲惊恐地大叫——叫我。

我在上面石头砌成的露台上站得笔直,静静地看着这一切。

如果我因为谋杀父亲受到审判,如果我被评判,这样的沉默会让我被判有罪。

然而,我无法呼吸、叫喊。

就算现在,我也无法呼吸、叫喊。

99

哦,天哪,我知道:他会生气。

他会怒不可遏。他甚至都不会看我。

而这不是我的错!我会请求他,请您理解,这不是我的错。这是乔治·华盛顿大桥上的一起事故……

"帮个忙吧,警官!这得要多长时间——?"

---

① 位于纽约州罗克兰县尼亚克村北部。

这是二〇一一年十一月的一个夜晚,我父亲罗兰·马克斯去世前五个月。

我绝望地摇下车窗,与一位交警交谈,他根本无视我的请求。在乔治·华盛顿大桥的上层,在阵阵雨雪中,交通堵塞的情况已经持续了三十多分钟;前面是灯的长龙,红色的灯光与闪亮刺目的灯光混杂在一起,这是一起至少有两辆车碰撞的事故,在又湿又滑的道路上的侧滑事故。拖车在窄小的空间里作业,慢得让人发疯,高音频的滴滴声让我心脏狂跳不止。

警官打手势让驾驶员停在原地,在车内等候。好像我们还有别的什么选择!

"该死。运气坏透了。"

这是我的老习惯,独自一人时自言自语。而我经常独自一人。我说话的语气当然好不了。

我盘算着,自己已经过了桥的三分之二。在这种天气里华盛顿大桥显得比平时更长。即使车开始走得快一些了,但还是慢得受不了,冻雨像钉子一样打在我的挡风玻璃上。

下桥后,我到父亲在上尼亚克石野县的家还有十二分钟车程。如果不出别的事的话。

现在是晚上七点五十分。我那天早上大概五点半起来,这漫长的一天让我既兴奋又疲惫。我已经晚了至少二十分钟,我用手机给父亲打电话,电话不通。

告诉自己这不是什么危机。不要这么荒唐!他不会因为这个就不爱你了。

身为罗兰·马克斯的女儿,你的神经总是绷得紧紧的,即使最轻微的压力也有可能让它绷断。

如果知道我已经四十六岁,而且是纽约州河谷镇一所著名小型文理学院的学务院长,你一定会笑。我不是一个未成年女儿,而是人到中年的女儿。我受过良好教育,工作经验丰富,履历无可挑剔。在河谷镇的这所文理学院,我甚至(被暗示)可能担任下一任校长。之前我在卫斯理安学院担任古典学教授,还做过系主任。来河谷学院工作其实是某种降职,但我很高兴地接受了这份工作,因为住在纽约州斯卡斯克能够更方便地看望住在上尼亚克的父亲。

不要因为我的缘故接受河谷镇的工作,我父亲不悦地说。我不会一年到头都住在尼亚克,更不会永远住在这里。

为了离父亲更近,我愿意冒这个险。

为了离父亲更近,我愿意在职业道路上自降一格。

在职业生涯中我总是自信、意志坚定、果断,但又不乏公正——我已经把自己锤炼成职业妇女的典范,也就是说,算是半个男人,不过是最棒的男人。在公众生活中我不习惯成为弱势一方,依赖他人。

但是,在我的私生活、我个人的家庭生活中,我极其懦弱,完全没有能力保护自己,就像一个生来就没有外皮保护层的人。我是罗兰·马克斯的女儿,而我的命运就是,罗兰·马克斯在所有的孩子中最宠爱我。

这是一个最受宠爱的女儿如何回报父爱的故事。

99

"你来晚了。"

这不是陈述而是指责。如果要换一种说法意思就是你为什么晚了?你去哪儿了?意思就是——宝贝,我很担心你。

"我不能指望你,露露。我必须在你不在的时候做决定。"

"做决定?这是什么意思?"

他要搬走。他准备再婚。他不会把我写进遗嘱。

"我决定雇一个助手。一个受过文学理论训练的专业人士。"

这并不奇怪,因为我父亲在过去这些年里有过无数"助手"和"实习生"。每一个都让他失望,把事搞砸,然后很快就从我们的生活里消失了。其中大多数是年轻女子,她们是助手和实习生中尤其脆弱的人群。

只是现在,自从我父亲结束第五次婚姻,自从我搬到河谷镇以来,在某种程度上说我是父亲的助手——我们在筹划一个大项目,准备把罗兰·马克斯五十年来收到的信件和他写的信件副本分门别类、贴上标签。这些信件将成为庞大的罗兰·马克斯档案的一部分,他和经纪人正在商谈把档案卖给一个合适的机构:纽约公共图书馆、得克萨斯大学奥斯汀分校特藏部,以及哈佛、耶鲁、哥伦比亚大学特藏部。(实际上,爸爸希望把档案以几百万美元的价格卖给出价最高的一方——尽管罗兰·马克斯不会用这么简单实际的方式来描述这些谈判。)

要说爸爸真在等我也不那么准确。至少不是平常意义上的一个人在"等"另一个人。在意识的某处他大概知道有人会来,在七点以后,七点半之前,因为这通常是我们周四晚间的作息。在克利夫街上一座古老的维多利亚式大房子里,他也许会在俯瞰灰蒙蒙的、波涛汹涌的哈德孙河的二楼书房里工作;他也许在写作,或通读改过的手稿,或最后校读清样——(对一个宣称写作是件苦差事、大部分时间都花在改稿上的作家来说,罗兰·马克斯居然出版了不少著作);他也许在听音乐——比如莫扎特的《唐璜》,这是他非常熟悉的作品,仿佛那些音符已经刻在他的脑子里,并不会让他分心。我父亲一定不会在等我,但他敏感的神经已经习惯于等待某人,等待某事,在解开这一悬念之前,他一直都感到不完整,情绪紧张、易怒,还隐约有种被羞辱的感觉。

可是,如果我早到了,爸爸也不会喜欢。"这么早,露露?你说你几点到来着?现在是几点?"

我那不可理喻的父亲!但我却如此爱爸爸,以至于我无法爱其他任何人,包括那笨拙、善良的自我。

"你到底为什么事来晚了?"

"乔治·华盛顿大桥上的一起交通事故……"

"一起交通事故!你应该把被那该死的桥耽搁的时间算进去,早点出发。我以为你到现在已经早就知道这一点了。"

"可是这是一起严重的事故,爸爸。桥的上层关闭了至少四十分钟……"

"你总是碰上事故,露露。或者说,事故总是在你周围发生。为什么会这样?"

爸爸是在调侃,在开玩笑。但是爸爸也很残酷。

事实上我的生活很少出错,可以说还从来没有因为我自己的原因而出错。班机延误,航班取消——这怎么会是我的错?——要么就是学校的突发紧急事件,如果我无视的话就是对工作不负责任;或者是某位老友的请求,在不合适的时候打来电话,而我非接不可,这正是几星期前发生的事。

我向父亲解释道,我在哈佛读研究生时的朋友打来电话,听上去情况不妙,似乎有自杀的倾向。我不得不和丹尼丝通话,又发了好几个邮件安慰她——"我总不能袖手旁观,爸爸。"

"你怎么知道我就没有'自杀倾向'呢?等着你来,不知道你到底在什么鬼地方?"

这实在太荒唐,我只得认为父亲在说笑。自大狂也会自杀吗?

爸爸坚持道:"你认为如果你处在这个人的位置,她就不会'袖手旁观'吗?"

尽管这里的潜台词仅仅是爸爸痛恨出现在我生活中的另一个人,任何对他作息最轻微的干扰都被视作威胁,但他就爱问这种问题,让人窘迫不安。他那些大胆、严肃的漫画小说总有这种道德悖论,让读者即使在发笑时也局促不安。

我说我很喜欢丹尼丝。我不想回避她。(虽然这是事实,但我们这些年并不在一起;是丹尼丝先不给我写信,也不给我打电话的。)"我邀请她来看我,如果她愿意。如果我能用某种方式帮助她……"

"露露,老天!我就是这个意思:你把事故揽到你身上。你才是事故制造者。"停了一下,爸爸忍不住加了一句,"还有失意者。"

这真是太残酷了。因为我知道爸爸认为我是"失意者"——不管怎么说,这算不上成功。

好歹爸爸现在调侃起来,没有生气——至少,他面带笑容。(因为"失意者"正是罗兰·马克斯小说中的主要人物,其中有些可爱,有些就不那么可爱了。)

他的幽默是给我最轻的一鞭,他并不想弄疼我:如果罗兰·马克斯想要让你痛,你会知道。

只有父亲需要的时候我才会来,在周四晚上和他共进晚餐。自从爸爸搬回上尼亚克后我们保持这样的作息已经有几个月了——(他之前在美国学院罗马分院担任驻院作家,然后在美国学院柏林分院担任访问研究员)——但是我也不能将周四晚上共度的时光视为理所应当,因为父亲不喜欢有"约束"。

也就是说,我必须把周四晚上留给父亲;但是父亲也有可能不通知我就在周四安排其他更有趣的活动。

在周末,父亲经常与友人在他们家中或餐馆共进晚餐。(我很少参加这些活动。)父亲总是在这些场合获得某项"荣誉"——通常都在纽约,大约需要四十分钟的车程(雇车)。我父亲时常接到在各大城市的各种讲座、朗诵会、公开访谈的邀请:近几个月来有芝加哥、洛杉矶、华盛顿特区、波士顿、西雅图、多伦多、温哥华。如果这些事不和我的工作日程冲突,如果父亲需要,我就会陪他去这些演出,这是他的说法;他的赞助人会负责两张商务舱机票和两个豪华酒店房间的开销。自从父亲最后一次离婚以来,他还没有找到新的女伴,所以我很乐意在他需要的时候陪陪他。

有时我也会参加访谈。说说有罗兰·马克斯这样一位父亲是什么感受!

我会事先想好既切实际又有趣的回答——至少,我希望我的回答有些意思。我口中的罗兰·马克斯永远都积极乐观;我作为女儿的赞扬温馨真诚;我从不暗示任何不那么"正面"的东西——那些就留给我的姐姐凯琳和哥哥哈里和索尔吧,他们总认为有人在乎他们对罗兰·马克斯的看法。

按照惯例,比如周四的晚餐,对罗兰·马克斯来说是神圣的,很多作家和艺术家也都是如此。正如父亲所说,是某种"神经质的"敏感导致了习惯和稳定。当然,如果爸爸自己改变了这些习惯,那是另一回事。

十二年前罗兰·马克斯被授予诺贝尔文学奖,随着这个大奖而来的是他家庭生活的巨变。他的第五次婚姻以离婚收场,给妻子的一大笔赡养费花光了他大部分奖金。(不过即使是朋友们也固执地认为罗兰·马克斯很富有。)爸爸很容易被女人吸引,尤其是年轻女人,他总是在和"某人"约会,又总是"失望"——但我还是害怕有一天我八十多岁的父亲会宣布他要"再婚"——又一次!——这样一来已经成为我感情生活重要一部分的周四晚间惯例就会结束。

今天晚上与平时不大一样。我意识到——没有《唐璜》的声音。一辆汽车停在房子前面的马路旁边,我肯定以前没见过这车。

父亲走出来,在老式维多利亚大房子的前廊上迎接我,那里有一盏昏暗的墙灯。罗兰·马克斯是一个节约的人,但有时花起钱来又大手大脚、铺张浪费。自从我最近这个继母离开他以来,克利夫街上的维多利亚式房子里只剩一半家具了;起居室有一个漂亮的深色大理石壁炉,但那里还缺一个皮沙发,一对扶手椅,一张中国式地毯,缺少家具的空间看上去就像极简风格的画廊,里面所谓的艺术品不过是一条打卷的绳子,一只水桶,和一个靠在光秃秃墙面上的梯子。用他的话来说,离开他的妻子趁他在欧洲时"打劫"了这座房子;我自告奋勇帮他添置东西,但他随手一挥表示拒绝——"我以后就是个单身汉了。我反正也不用这些该死的房间。"

房子后面有一间从前厅不容易看到的新装修过的阳光房,爸爸不在书房工作时经常待在那里。阳光房的后门通向铺着石板,虽然旧却还舒适的露台,走下露台有一段木头台阶,一直通向三十英尺之下的河岸,岸边长满无人修剪的乱糟糟的灌木和杂树丛。这里从前有一个小码头,但在父亲刚住进来的第一个冬天就被湍急的河水冲走了。

爸爸开玩笑说他和西尔维亚·萨克斯的婚姻就像这小码头一样——"被河水冲走了!"

尽管我住在河谷镇北边斯卡斯克村一套(还算像样的)公寓里,慢慢地父亲指望我负责他房子的修缮工作;我得用他的支票簿付各种账单,每年帮他准备会计需要的财务文件;如果父亲打不开一个瓶子或罐子,他会等我来开——"你的手指有力气,又灵巧,露露。你有农民的基因,你会长寿。"雇用清洁工、水电管道工、修剪草坪的工人也是我的任务,尽管父亲总能找到他们的毛病。

今天晚上父亲没有穿他平时在家穿的牛仔裤和松松垮垮的开衫毛衣,而是身着熨得笔挺的长裤,英国"乡绅"范衬衣和绿色苏格兰背心;他的脸刮得很干净,银褐色的头发看上去也梳过了,虽然顶部有些稀疏,但其他地方还很浓密,搭在肩膀上。显然,罗兰·马克斯这番拾掇不是为了给我看。

楼上有声音。低语声,似乎在通电话。

"有——人在吗?楼上?"

父亲的书房在楼上,那一层还有几间卧室。父亲的书房是他特别的避难所,他的圣地,那里有可以俯瞰大河的落地窗,一张很大的古董书桌和镶嵌式胡桃木书架。父亲很少邀请别人进他的书房,即使是我。

这会儿父亲脸上露出狡黠的表情。我想,一个女人。他带了女人来。

虽然年纪大了,罗兰·马克斯仍然是一个帅气的男人;他年轻时更堪称美男子,目光深邃,眼神迷离,像狐狸般的尖脸犹如精雕细琢过一般,笑容短促而有感染力。他那时候让很多女人为之倾倒——也有很多男人。我亲眼目睹过其中的一些事,不过更多的来自各类文章传闻。

当你与某位名人有关系时,你不得不相信,其他人,陌生人,对他的了解与你完全不同。你对这个人的观察既肤浅又天真——远距离的视角其实更正确。

"学界人士。一位'学者'。她来做个访谈。你知道——老一套。"

罗兰·马克斯对学界人士和学者总体上的轻蔑态度并不妨碍他对其中一些相当友好。像大部分作家一样,他对公众的关注沾沾自喜;即便是让他感觉尴尬、不安,甚至气愤的那种关注。每一位见过罗兰·马克斯、写过关于他的文章的学界人士和学者都以为自己是个例。罗兰·马克斯真让人意外!根本不是人们说的那样,他为人非常、非常好……也很风趣。

"这是你的新——助手吗?"

"我们在探讨这个可能性。"

这个人,不管她是谁,我一定不认识。我这么认为是因为爸爸从来没有提起过她,他一定也不太认识她。

"到楼上来,露露。认识一下'卡迈伦'。我们的讨论很热烈。"

人们到我父亲尼亚克的家中来做访谈并不罕见。不过一个采访者会待到这么晚倒是不太常见。

《巴黎评论》的访谈人曾经是个例外。她是一位文学记者,一九七八年在罗兰·马克斯上西区的公寓中采访过他后干脆就搬进去住下了,几个星期后被强制搬离。

爸爸领我上楼的时候有一股平常没有的活力。

在他书房里的是一位瘦高个金发女郎——一位非常年轻、非常漂亮的金发女郎——她正把一沓纸往挎包里装。书桌上还有笔记本电脑、小型录音机、手机和一罐可乐。

"卡迈伦?我想介绍你认识我的女儿露露·马克斯。露露,这是卡迈伦——她是……"

"卡迈伦·斯拉斯基。来自哥伦比亚大学。"

她说话的语气带着年轻女子的幼稚和不自然,好像有必要指出哥伦比亚是一所大学。

我们随便握了握手。哥伦比亚大学的卡迈伦·斯拉斯基冲我笑得如此灿烂,我感觉自己的脸就像西梅一样因为阳光太足而开始干缩。

当然,爸爸得拿我开开玩笑,称我为他的"院长女儿"。

"马克斯院长女儿"——这个说法让卡迈伦·斯拉斯基乐不可支,她带着有所保留的崇拜之情看着我,好像从来就没有这么近距离见过一位院长。

实际上,爸爸为我的学术背景自豪。不像我那些试图与"罗兰·马克斯"竞争写作的哥哥姐姐——(小说、诗歌、戏剧、新闻)——我是那个通过勤奋、聪慧和谦逊让他刮目相看的女儿;如果我发表文章,那一定是些冷僻的文学领域——例如,萨福的诗歌,埃斯库罗斯和索福克勒斯的悲剧——爸爸以对这些领域所知有限的知识分子的热情阅读这些文章。关键是,露露·马克斯知道自己的学术水平。

我猜卡迈伦刚才在通电话,也许因此有些烦躁;尽管她仍然面带微笑。

"马克斯先生?我们是否能确认一下日期——"

"我已经说过了:请称呼我罗兰。"

"'罗——罗兰'……"

"谢谢,亲爱的!以后就是'罗兰'了。"

亲爱的。我为父亲感到一阵尴尬。

罗兰·马克斯平时根本不会刻意表现自己的魅力,此刻却在表现。而且很卖力。

"——我们周一见面?按照原来的计划?"

"好的。只是请不要四点之前到。"

看来卡迈伦正在写一篇关于罗兰·马克斯"后现代辩论性"小说的英语文学博士论文。正是我父亲平时嘲笑的那种理论垃圾。

卡迈伦戴着浪漫轻喜剧中的那种金属框眼镜,剧中人物摘下眼镜后便会露出虽然近视但睫毛浓密的美丽双目。(卡迈伦的眼睛正是如此。)她很瘦,身材苗条,像一条意大利灰狗一样不停抖动,肩膀微微蜷缩。她是一个高个子姑娘,比我父亲还高;她应该能察觉到,罗兰·马克斯的虚荣心会让他受不了任何比他个高的女人。

卡迈伦最奇怪也最让人不能忍受的是她的头发:类似马尾的辫子梳在一侧,在左耳上面。稻草色的头发看上去硬得像画画的刷子。又长又直、长短不一的刘海挡住了她的眉毛,几乎遮住眼睛。如果她是条狗,应该是灰狗和西施犬的混种,脸被头发遮住了一半。

她性感的红唇一直在笑!我可以想象这个高傲的年轻女人只要一离开我们就会沾沾自喜——挺好,我看!不错!老先生一定很喜欢我。

爸爸看着卡迈伦的那副样子,皱眉、不解、眨眼、微笑——很显然,老先生喜欢她。

和小学生的马尾辫一样让人不舒服的是这个年轻女人的衣服,作为采访诺贝尔奖获得者的穿着完全不合适:她穿着一条愚蠢的膝盖磨破的牛仔裤,紧包着她像厌食症患者一样瘦削的身体,好似香肠的肠衣。我发誓你可以看见她的股沟。你可以看见——(尽管我不想去看)——她髋骨的边缘。她完美的小巧乳房包裹在紧身黑色高领毛衣里,上面的白色缎面五星颇像围兜。

她耳朵上的金色耳钉闪闪发光,左眉间有一个小到几乎看不见的金逗号。她的皮肤像珍珠般苍白。在傻乎乎的刘海下面,也许她的额头长满粉刺。

而她毫无生气的嘴唇一直在笑。

我几乎无法正视这个卡迈伦,我实在太不喜欢她了。我真想抓住她那荒唐的小辫子使劲摇她的脑袋。

我绝望地想她就是下一个!她是我的敌人。

在我父亲最畅销的一本关于情色迷恋的小说中——(不过,老实说,几乎我父亲所有的小说都有关性迷恋,只是披上了智性和悖论式政治术语的外衣)——不是悲剧,而是名为《亲密关系:一出悲剧》的有喜剧性发展的情节剧,他描绘了雄性对各种最显性性刺激的反应;刚出生的小鸭子对它们从蛋里孵出来之后所看到的第一种事物的反应:纸板剪成的鸭子轮廓、剪成卡通鸭外形的纸挂片、一块木头。最重要的是这些刺激物都在运动;小鸭子会盲目地跟着它们,似乎它们就是鸭妈妈。因此,罗兰·马克斯总结道,雄性因为纯粹的性机制而产生盲目的反应,因为某种视觉或气味而产生刺激。非关大脑,而是雄性生殖器。

这一认识并没有让罗兰·马克斯避免几次灾难式的婚姻,以及,我毫不怀疑,无数次的风流韵事。

卡迈伦满怀歉意地说,那声音真扎耳:"马克斯先生——罗兰——这真是让人失望,我非常抱歉,不过我不能留下来用晚餐——我现在得走……"

"但是我已经订了晚餐。我订了三个人的晚餐。"

"哦,我知道——我真抱歉!突然有件急事,我一直在通电话……"

"什么时候?刚才?"

"是的。有人——刚才打电话来,我必须接这个电话……"

爸爸感到委屈、生气。我真不理解，他怎么能这么快就能冲这个陌生人发火，就好像她背叛了他们之间的默契。

而在今天之前他甚至没见过她。他的反应完全不合情理。

"我真的不能留下来，这是私事……"

我父亲由于激动而脸色发青——惊讶、受伤、嫉妒。在过去的五十多年里，罗兰·马克斯已经习惯了成为与女人有关的事件的焦点。他执鞭于手。

"好吧，卡迈伦。随便你。"

爸爸干巴巴地说。我在想——他是否已经请这个年轻女人做他的新助手？他到底变得有多冲动？

"我可以再来吗，马克斯先生？周一下午，按照我们的计划？"

"最好来之前打个电话，看我在不在。晚安！"

就像商店的橱窗前放下的卷门——爸爸对这位年轻漂亮的金发女郎的喜爱戛然而止。

轮到我送浑身不自在的卡迈伦下楼出门了，她不断道歉，希望我父亲理解，也许他们可以再找个时间共进晚餐……

别想。你们不会。永远也不会。

我在她后面把门关上。我没有目送她驾车离开。我告诉自己，如果他让她再来，我不应该嫉妒，我应该为父亲感到高兴。如果这是他的心愿。

勇敢的露露·马克斯看着前厅镜子里模糊不清的自己。而在楼上的书房，我父亲罗兰·马克斯把门一关，已经开始大声谈笑，在和我无法想象出来的某个人通电话。

事实上，我的名字不是露露，而是露。不过露实在太唐突，又不可爱，这名字很自然地就变成了乏味的露露。

我父亲本想给我起名叫露露·安德烈亚斯-莎乐美,她是十九世纪的一位热血女知识分子,在公众想象中她最惊世骇俗的行为就是和情人保罗·李和弗里德里希·尼采组成三角家庭,还有一张以施虐姿态与两位男人的合照。

你应该看过这张著名的照片——露·安德烈亚斯-莎乐美坐在一架小推车上,拉车的却不是驴而是李和尼采。安德烈亚斯-莎乐美看上去体态怪异扭曲,身穿长裙,手拿短鞭。男人们本来应该露出宠溺的神情,或至少为后人表现得乐在其中,但他们看上去却像僵尸。据说安德烈亚斯-莎乐美是个美人,不过就像过去传说中的那些美人一样,照片中的她并不美艳,下颌突出的脸庞上目光炯炯,下巴坚毅(是的,我的长相有几分像安德烈亚斯-莎乐美,只是没有人会说我漂亮。)

我的同名人还是一位那个时代让人崇敬的"开放"女性,与马利亚·里尔克、维克多·陶斯克和西格蒙德·弗洛伊德都有风流韵事或亲密关系。她后来成为一位精神分析学家,并发表过让弗洛伊德称许的精神分析研究;她也写过小说和研究尼采的文章。多年前我曾试着去读她的文章,不过很快就放弃了,这些文章实在太过时,太伤感,也太——女性化。

有一次我问母亲为什么她会同意父亲用露·安德烈亚斯-莎乐美给我起名,而不是用家里人的名字——(这是犹太人的传统)——我母亲说她不知道——"他说服我了吧,我想。为什么要用别的名字呢?"

他的吐字非常轻,你得仔细听才能听出这一个字里所包含的不满、谴责、伤害和无奈。

根据最近一次的统计,我有四位继母。她们是莫妮卡、阿维丽尔、菲丽丝和西尔维亚。我也有同父异母的弟弟妹妹,不过他们都比我小很多,基本属于下一代人,并且因为我是父亲最喜欢的孩子而对我恨之入骨。

我把继母们看作童话人物,因为与罗兰·马克斯的婚姻而情同姐妹,不过当然这些罗兰·马克斯的前妻们互相仇视。

西尔维亚·萨克斯是纽约女演员,是最年轻的一位。虽然她已经五十六岁,但她做过整容手术,还光顾曼哈顿最好的发廊,因此看上去要年轻二十岁。

莫妮卡·格里克曼现在老了——也就是说,和父亲年纪相当。对女人来说,老了。

她住在佛罗里达坦帕。她从我们的生活里消失了——谢天谢地!

阿维丽尔·戈蒂是好争论的那个——她原来是记者,出生于意大利,现居纽约,(据说)和一位女性情人同居。

关于菲丽丝·布莱迪该说些什么好呢?她是上东区一位著名建筑师的女儿,或许曾经指望她的犹太作家身份的丈夫对她好一些,他的父亲只是皇后区一个(很小、生意不怎么好的)面包店店主。可是她错了。

我母亲萨拉是罗兰的第二任妻子。他们结婚时还很年轻——才三十二岁。妈妈当时一定想过,年轻英俊的罗兰·马克斯如此热情,又如此急切地要为了她而离开"难于对付"的妻子莫妮卡,他对她的爱一定会稳定、持久、可靠——当然,事实并非如此。生了四个孩子之后,就更非如此了。

"你一定想杀了他,当他为了——不管当时是什么人——离开你时。"——我有一天突然对母亲这么说,当时我们正在追忆往昔,追忆我们还是一家人时,住在恩罗普园的日子,那时候"露露"这个名字对我还没有特别不合适;我母亲用受伤的语气轻声叫道:

"噢,不,露露——不是他。"

一个中立的旁观者会把这句话的意思理解为——她想要杀死那个夺走他的女人。

不过我对母亲的了解远胜于此。

卡迈伦离开后,屋子里的气氛很微妙。

"不是个好兆头。如果她想做我的助手。"

爸爸以他一贯的方式小声嘀咕:怒气冲冲地自言自语,(也许)故意让你听到,并做出回答;不过有时候则不需要回答。

我随意地说,就像我在这种情况下经常做的那样:"她也许想利用你,爸爸。"

"哦,好吧——'利用'。这就是每个人要接近我的原因。"

"你不能信任采访者。他们可以随意编辑录音,让你显得——"

"可是她非常了解我的作品。我的全部作品,这是她说的。"

爸爸说话时带着被伤害的口吻。他也许一直在哀叹我的阳具。

爸爸当然不高兴。不仅美丽的金发女郎离开了,留下一股甜丝丝的味道,他还必须和我度过这个晚上。

他最喜爱的女儿。相貌平平,膀大腰圆,可怜的露露。

不是说爸爸不喜欢我,甚至可以说他爱我。(至少在他爱的能力之内。)但很显然,他不认为我漂亮,或是有女人味;他不欣赏我。这一点非常明显,还是小姑娘的时候我就可以从他的眼神里看出来,正如我可以看出他对某个妻子或我姐姐的赞赏,我的姐姐们小时候可都是很标致的姑娘,他欣赏她们身上的女性美和温婉典雅的女性特质。"美只涉及皮相:我们一眼就能看出来。藏在下面的东西,即使丑陋,也需要更多时间来发现。"——罗兰·马克斯不止一次得出这一结论,带着一股有仇必报的忧郁之情。

爸爸说,那天一整天,一直到采访者下午三点来"打扰、让他分神"之前,他都在书房工作。人们通常总认为诺贝尔奖获得者在获奖后会放慢工作进度,可是罗兰·马克斯并非如此,他仍然像五十年前离开中西部地区的那个勇于进取的年轻人一样投身于,或者说沉湎于他的工作。他一直在努力综合"我们时代的多种声音"——形而上的、智性的、诗意的,以及俗世的、乡土的、朴素的文字。这是一个野心勃勃的目标——这是惠特曼式的目标——它触动了文学界的神经,也给为数众多的麻木的美国公众带来震动——他们只对具有真正热情和审美愉悦的"艺术"作品做出反应。不过,总不乏诋毁罗兰·马克斯的人。在评论家赞扬过一位"才华横溢、前途无量"的青年作家之后,他们便不容易被他更为成熟的作品打动。就算我父亲获得过的众多奖项也无法抚慰那些刺痛给他带来的伤害,有些甚至来自他的老朋友,随着罗兰·马克斯日渐显赫的声名,他们的钦佩变成了憎恨。

其中一篇冗长、颇有同情意味但最后充满傲慢口吻的小说评论对他打击最残酷,作者是他的一位作家老朋友,也是文学上的对手。他实在不应该在《纽约客》上发表这种遮遮掩掩的言论,攻击另一位拥有罗兰·马克斯这样的地位和年纪的作家。

罗兰·马克斯从不写评论。不过如果他写的话,也不会反击——这种"下作、下流"的做法为他所不齿,他说。

他再也不理睬那位作家,认为他背叛了他。如果此人的名字出现,爸爸会绕开,因为伤害无法平复。

尽管如此,爸爸继续工作。这其实很讽刺,人们认为他是个追

342

逐女人的浪荡子,但事实上,他的真爱是工作。

爸爸最近完成了一项工作——一部以二十世纪四五十年代的纽约为背景的长篇小说,描写的是二战、战后和冷战时期的美国。他总是快活地告诉采访者他"改了几个名字,烧毁了一些大桥"——即使他坚持表示《弑父》完全是虚构作品。出版界都在拭目以待,因为罗兰·马克斯的小说一定会引发争议。女权主义者醉心于仇视他;仇视女权主义者醉心于称赞他;每一位文学圈子里的犹太人都对他持有鲜明甚至强烈的看法;还有他的那些前妻,其中一位是小有名气、已不年轻的百老汇演员,她会在未经审查的电视访谈中大谈罗兰·马克斯让人捧腹的糗事。无论如何,他会把手稿放进抽屉,整整六个月都不去看上一眼。他对自己的工作很在意,也很迷信。如果他等太久再修改,也许在他死前都不能完成!小说会在死后出版。他会在死后受到批评,因为没有达到罗兰·马克斯作品应有的那种高度。

"爸爸,不用担心!你总是这么说。"

"是吗?总这么说?"

"你从五十多岁时就开始担心'死得太快'。那至少是二十年前了。"

"那时是杞人忧天。可是现在……"

我一直希望爸爸会让我帮他完成这部小说——查证事实,重新编辑。但是他还不准备让任何人读《弑父》,时机还未成熟。

《弑父》。奇怪的标题。

这不是个好标题,我认为。但我不敢问罗兰·马克斯它是什么意思。

那天爸爸在读他为《纽约书评》写的一篇文章的修改清样,文章的标题很有意思:《塞万提斯、瓦尔特·本杰明以及数字时代线条艺术的命运》。罗兰·马克斯对非虚构作品像对虚构作品一样充满热情,甚至常常不近人情:他改动了很多地方,但还是不满意。然后头疼,眼睛也疼。(除了我没有人知道罗兰·马克斯患有轻微的黄斑病变,并且一直在接受注射治疗,他的医疗保险只够负担这笔巨大费用的一部分。)他今天不能再读了,他说——"或者想问题,我已经想问题想累了。"

我父亲在尼亚克一家餐厅订了泰国菜。我们周四的晚餐总是在几家餐厅换着吃——中国餐、意大利餐、泰国餐——我父亲觉得还过得去,不过当然比不上他喜欢的那些纽约餐厅,在那里他总是座上宾。

每周四晚上,我们通常一边在新装修的阳光房看电视,一边吃在微波炉里热好的泰国外卖。

"你想看什么,爸爸?"

"什么都行。什么都不想看。"

我知道他还在想着卡迈伦,他甚至都忘了她姓什么。我知道他有些焦虑、郁闷,但仍怀有希望——这就是罗兰·马克斯。

他刚才对我无缘无故地发脾气,但他已经忘记了为什么事。现在他无缘无故地对笨手笨脚、梳着马尾辫的金发女郎发脾气,也想不起来为什么事。他把遥控器从我手里拿走,说:"找点分散注意力的东西。娱乐性的。有点什么就行。"

不是这样。我父亲不能忍受电视广告。我得在没有广告的有线频道找个电影。

"《亡命之旅》怎么样——贝蒂·戴维斯和格兰·福特。《桂河大桥》——威廉·霍尔登。《艺人》——劳伦斯·奥利弗。"

"《艺人》。"

"你看过这个,我记得?"

"是的,我看过《艺人》——'我记得。'等你七十四岁,你就什么都看过了。不过最近没看过这部片子。奥利弗棒极了。"

我把热好的泰国菜放在托盘上从厨房里端过来。我用的是漂亮的陶盘和质量极好的纸巾,与餐布几乎没什么差别。我也可以开瓶酒,但是爸爸晚上不喝酒,因为那会让他昏昏欲睡。我尽量不去注意他那一脸怒色以及怒气之下的伤感。我像平常一样烦他,和他开开玩笑,口角几句,因为他知道露露就是这样,不管他高兴还是不高兴。

女儿与父亲之间的爱伴随着她的一生。没有一刻她不是她父亲的女儿。

我想的是,她们没有一个能取代我的位置。她们没有一个像我这么了解他。

确实如此,劳伦斯·奥利弗不愧为二十世纪最伟大的演员之一,他出色地扮演了英国一个死气沉沉的度假小镇——布里顿?——的一位二流杂耍艺人,他在舞台的聚光灯下,在充斥着平庸和低俗的日复一日的滑稽戏演出中不时发出天才之光。

奥利弗扮演的阿奇·莱斯实在是扣人心弦和逼真,我父亲和我都看得入了迷,一句话都不说。罗兰·马克斯也想不出什么妙语来评价这部影片——一位青春不再、伪善、冷酷的杂耍喜剧艺人为了东山再起而利用老父亲、最终将他杀害的故事。不过奥利弗扮演的这个角色却充满人性,我因为同情而泪水盈眶。他是骗子,但"风度翩翩"——女人们仍然迷恋他!他是个懒人、无赖、酒鬼,可是我却对他心生爱意,这是一种如同普照的阳光般非私人化的情感。

电影中有一场矛盾尖锐的戏,年轻的琼·普罗莱特扮演的阿奇·莱斯的女儿对"艺人"说,他不可能真的要和一个被他的魅力俘虏的幼稚的年轻女人结婚——"她和我年纪差不多大!你女儿的年纪!"

阿奇·莱斯受到指责,自然脸上无光。他的女儿吓坏了,但无济于事:他还是铁了心要娶这位选美比赛亚军,这样才能向她父亲借钱。

爸爸笑起来。爸爸一直在挑剔他的泰国菜,说太辣了,其实是他自己坚持要点辣菜。现在总算有让他开心的事了。

"露露,你知道吗:奥利弗在一年内娶了那位女演员,琼·普罗莱特。他跟费雯·丽离了婚,娶了能做他女儿的琼·普罗莱特。"很难想象罗兰·马克斯对流行文化如此了解,尽管他在书里和讲座中总是不屑一顾地称之为垃圾。说完爸爸发出拉伯雷式的笑声,对此我耸了耸肩。

虽然爸爸没有喝酒,但电影结束时他已经困了。(《艺人》最后的场景——面对一个个离场的观众,心酸的阿奇·莱斯在舞台上几乎崩溃——一开始让他哈哈大笑;但后来却心情黯淡,我只得装作没看见。)我扶他上楼,道了晚安,把楼下收拾了一下;把房子里的灯关掉,准备好离开,回到我在斯卡斯克的公寓,这一切都让我愉快。

还有一件事:我离开前去爸爸的书房找一张便条大小的纸。我知道它一定在什么地方,最后发现那纸条其实就在爸爸关上的电脑旁边:卡迈伦 S. 212 448 1439, cslatsky@columbia.edu.

我把纸条揉成一团,放在口袋里带走了。

我想,也许这不会有什么用。但至少我尽力了。

♋

这是我的事业:不让那些贪婪的女人靠近我父亲。

我并不称职,你也许会说。你是对的。

我试图保护爸爸不受伤害。至少在他不在国外旅行,不离我太远的时候。我是他生命里的常数,我愿意这么想。

一批批各种年纪的女人总是想以各种身份接近他。有的是富有的社会名流想请到名人作家来为他们的慈善募捐会压场——"零出场费",爸爸没好气地说;有的是卡迈伦·斯拉斯基这样的年轻人,没什么钱,未婚,以及,谁知道?——孤注一掷,如果还没有心智失常的话。没有人比女儿更能体会到名人身边的危险。

诚然,爸爸遇到过几个还算讲道理的女人,有的离过婚,有的是寡妇,只比他小几岁,还不是太离谱——只是爸爸不会让公众看到他和一个比他小二十岁以下的女人在一起。

几年前在华盛顿特区,爸爸在白宫参加了由总统颁发的国家勋章典礼。陪同他的是一位时尚瘦削的女孩,也许是模特,美艳异常,而且年轻,总统夫人不由得说,完全没有讽刺的意味:"马克斯先生,您能带孙女出席我们的典礼真是太好了。"

这已经是二十一世纪了。妇女解放运动是二十世纪七十年代,或者说应该是。可是,女人还是男人的附属。绝大部分女性,不分年龄。有名望的男人像火焰吸引飞蛾一样吸引女人——无法抗拒且致命。一些最美的飞蛾想要的只是扑进毁灭她们的火焰。

"走开。离他远点。你们难道不知道他是谁吗?"——我时常想对这些愚蠢的女人大喊。

实际上我想对自己的母亲说这话。在他们离婚后的好多年,可怜的妈妈一直患有抑郁症,有自杀倾向,尽管她一直在接受治疗,看"治疗师",开大把的镇静剂、抗抑郁药,吃有机和"全"食品。(罗兰·马克斯认识她的时候她是兰登书屋一位很有前途的年轻编辑,但在爸爸的坚持下,她在结婚后不久便辞掉了工作。)她说,她不是个全心全意的母亲,没有像她希望的那样把注意力放在孩子身上;因为罗兰·马克斯是她要求最多的孩子。

后来,萨拉努力做一名"尽心"的母亲——可是对我的哥哥和姐姐来说已经太晚,我想。

在离婚家庭中,孩子不可避免地会站在父亲或母亲一边。这不是什么秘密:虽然父亲搬走了,离开了我们的生活,我选择了父亲那边。

尽管我母亲是爱我疼我的那个人。

我父亲从来不知道,因为我他才没有面对前妻自杀的尴尬局面。

那时我十二岁。妈妈还算年轻——还不到四十五岁。爸爸已经在外面住了几个月,正在处理"分居"细节。(事实上,除了我和母亲似乎没有人知道"分居"一事。)她用一种说事的口气告诉我,就像在讨论天气:"我撑不下去了,露露。我累极了。生活没什么意思……"

"请不要这么说,妈妈。你知道你不是这个意思。"

我很害怕,因为我不清楚母亲是不是真的不是那个意思。在与罗兰·马克斯十六年先是慢慢出问题、然后迅速恶化的婚姻中,她变得慢性忧郁。听说我还是小姑娘的时候她得了产后忧郁症,但事实上,和我们家关系不错的朋友都知道,是我父亲的不忠毁了她。

她也许会跟他离婚——有人这么想。

我的姐姐凯琳、哥哥哈里和索尔对我母亲没有耐心。我们都害怕她的弱点。她让他们害怕,也让我害怕,但是他们就像那些知道如何沉湎于自己世界的青少年那样,忽略她、反击她,或干脆逃走,我却没有。

有一天放学回家后我没有看见妈妈,虽然我知道她一定在家。后来我终于找到她了,她把自己反锁在楼上的卫生间里。

我能听见她在里面的声响,夹杂在风扇的呼呼声中。她在自言自语,也可能在哭;我敲门的时候,她叫我走开。

我没有走开。我一直敲门,直到她把门打开。

我不想描述眼前的情景。

就放过我母亲这一次的愤怒吧,许多次中的一次。

我打了911电话。也许我还叫了,也许我哭了,但我只记得自己打911。因为十二岁的时候我就已经是那个勇敢、坚强、靠得住的露露。

这样最好,妈妈说着。她瞳孔放大,声音虚弱嘶哑。他已经都告诉她了——告诉她该做什么……告诉她该怎么做,在他最新的小说中。怎样为(愧疚、狂热地)爱上一个年轻女人的急不可耐的丈夫扫清道路……

妈妈说的是罗兰·马克斯最新的小说《嫉妒》。小说中,在这种情形下不再被爱的妻子选择了自杀,并因此备受怀念和追悔,人们甚至钦佩她的敏感和慷慨。

我抱着母亲,等待急诊医务人员到来。

我想,如果我不在这里,她现在已经死了。他杀死了她。

爸爸来医院看我母亲,显得懊恼、悔恨,也很平静。他带来了花,还带了封面鲜艳的新书,一看就是罗兰·马克斯不屑的那类女性小说。他陪着来医院探望的亲戚去高档餐馆吃饭。他也花时间陪我哥哥、姐姐和我。妈妈出院后,他起诉要求离婚。

除了在法庭上,在偶尔的家庭聚会上,罗兰·马克斯再也不和我母亲说话。

尽管如此,我还是最爱他。没办法。

99

"天哪,那是什么?一颗牙齿?"

他吓了一大跳,目瞪口呆。但是你可以看出来他已经在寻找词汇来描绘这一以后要向朋友转述的事件:他正值青春期的运动员女儿露露如何被曲棍球对手用球棒在嘴巴上来了一下,绊倒在地,跌在对手脚下,但她摇摇晃晃站起来,抓住球棒,试图继续这疯狂的比赛,直到——最后——虽然最多也就是几秒钟后——裁判把她拉出比赛。

"嗯,爸爸。我没事。"

运动员女儿就是我。喘着气,血从下巴流下来,把柠檬绿的曲棍球队服也弄脏了。一边骂人一边笑。裁判没有看到我被打得有多惨。

"天哪,露露!那是一颗牙吗?"

是的。下面的门牙,牙根上带着血,在我抖动的手掌里。

"我还有牙,爸爸。一点都不疼。"

这是真话。这会儿在肾上腺素的刺激下,我流血的嘴并不疼。为了不被血呛到把血吐出来也不疼。

能看到父亲眼里惊骇-钦佩的神情一切都值了。

在生活的物理性面前,罗兰·马克斯有时好像被迷住了,完全无能为力。他睿智的大眼睛一闪一闪,仿佛婴儿的眼睛,想要去理解世界,但又被这种理解所淹没。

"爸爸,嗨——不要那样看着我。这又不是,你知道——我是时装模特,现在我的事业完蛋了。"我又笑起来,吐出一口血。

我很害怕,但情绪高涨。肾上腺素带来的亢奋感真是美妙无比!

我是罗兰·马克斯最棒的女儿,他最喜欢的女儿,但我不是美人。

我父亲喜欢开玩笑地把我和古典名画相比——安格尔、雷诺阿,甚至是惠斯勒的画——但我爱斯基摩人的大脸盘,我那不争气的小眼睛,还有不顺眼的厚嘴唇怎么也与这些美化连不起来。我身材高大,要求又多,不过倒是能用极好的态度和笑声——用爸爸的话来说,像指甲划过黑板一样的笑声——来掩饰我的需求,而且我绝不理想主义。

我出生时体重九磅十二盎司。人们一遍又一遍告诉我。

我想吓唬一下我那挑剔的父亲。他差一点就错过这场比赛。其实他本来并不想来,但我头天晚上在电话里求他——我母亲已经做好安排不来看比赛,这样父亲就可以来——他到底让步了。但我知道他不喜欢看比赛。他在曼哈顿还有其他安排。即使我这会儿大咧咧地跟他说没事,我其实还是极度震惊,惊吓不已。那不怀好意的一棒来势汹汹,就算我这么大个子也承受不了。而且我想给罗兰·马克斯一点惩罚,他那么直勾勾地盯着我的几个队友——我的朋友阿迪斯和眼睛又黑又大的艾斯特拉,她浓密的黑发像一团爆炸的细线。他甚至使劲看圣安队的姑娘。

"也许牙齿还能镶回去?做个最好的牙齿矫正手术……"

罗兰·马克斯看上去很虚弱。双手绞在一起。血让他惊惶不安。他曾经描绘过女性出血——在一部早期小说中,这一段声名狼藉的文字经常被不怀好意的女权批评家引用,作为罗兰·马克斯不近情理的恐女症的证据。

但是爸爸不是恐女症。爸爸爱我。

我笑起来。我感到兴奋、激动。这是我年轻生命中的一个重要时刻——那时我十五岁。我很少这么快乐,也很少为自己感到这么自豪,尽管父亲总认为我无与伦比。我相信队友们为我担心——她们知道我父亲是谁——知道罗兰·马克斯是谁。我看得出她们眼中的好奇和羡慕,甚至还有点嫉妒。莱尔学校是一所顶尖学校(与劳伦斯维尔、埃克斯特、安多瓦学校齐名),不过它还不是波特小姐、圣马克,或格雷顿学校——这里没有多少名流的女儿入读。因此罗兰·马克斯——一位获奖无数、备受推崇,登上过《时代》杂志封面的畅销作家——一个为英语老师和校长熟知的名字——还是有点分量的。爸爸跟朋友抱怨说,发现你自己就是名人真是没劲。你知道格劳乔·马克思是怎么说的。

(我知道格劳乔·马克思是怎么说的吗?我好像不知道。还是一个孩子,我以为爸爸提到的名字是格劳乔·马克斯。)

爸爸让我用他的手帕压住流血的嘴巴。不是纸巾——是一条手帕。白色的棉手帕,熨得笔挺,叠得整整齐齐。要是我母亲来了,她一定会把我抱得紧紧的,不在乎血是否会弄脏她的衣服。

"露露宝贝!我们——应该告他们!总得有人负责!这比罗马角斗士的格斗还糟糕,你甚至没有像样的观众。"

爸爸水平不高的幽默。他越紧张的时候越想要"打趣"。

他一到学校,一看到我们和圣安队比赛开始前观众席上的人数,情绪就很激动,不太高兴。"学校精神"哪儿去了?为什么没有更多曲棍球队的朋友和同学来为他们加油?还有,他们的老师哪儿去了?(这其实并不公平:那里有老师和观众。他们没有选择,我们昂贵的私立学校要求教员尽可能多地指导体育比赛、音乐会、话剧和诗歌会。我们的老师就像替补父母。你可以看到他们脸上的紧张之情,然后才是给大家鼓劲的教练式的微笑。)爸爸机警的眼神扫过我队友的脸——和身材——捕捉女性之美,完全无法抗拒的女性美,这正是生活的意义所在——你会从罗兰·马克斯的小说中得出这种想法;在比赛中,我为了在他面前出风头跑得心脏都快跳出来了,像发疯的水牛一样满场跑,用青一块紫一块的手挥舞球棒,但即便这样我仍然能看见他的注意力转移到我的几个队友,还有一两个圣安队女孩的身上,激烈的曲棍球运动丝毫没有减少她们年轻性感的身体的魅力。

我父亲不知道该怎么办,除了感叹我的"勇气"——"体格上的勇气"——"莽撞"。他应该扶我,抱抱我——但是当然,这有可能弄脏他的普莱斯运动外套和花格衬衫。随意的亲密行为不是爸爸的风格。

我五英尺十英寸①的个头在称自己"六英尺差一点"②的爸爸旁边显得人高马大——但我不认为自己对他是一种威胁,至少不像对比我个小的同学那样有威慑作用。罗兰·马克斯体型优美——瘦削的身材,腰杆笔挺,衣着无可挑剔。在文学圈子里,人们知道他是那种会穿招摇的定制服装的人。花格衬衣是他的"乡绅范"行头——他还有其他更讲究、更昂贵的衬衣。他的领带都是价格不菲的意大利丝绸领带。不过在康涅狄格州莱尔镇的女子学校度过的这个下午,他穿的是一件奶黄色花格衬衣,没系领带,外面是驼毛外套,熨得笔挺的褐色长裤和锃亮的深褐色"休闲"鞋。即使你不知道我父亲是如此显赫的名流,你也能从他身上看出特别之处:他总是期待人们注意他,而且他期待某种刺激,甚至

---

① 约1.78米。
② 约1.83米。

是戏剧性事件,来赶走沉闷的日常生活。(这也是罗兰·马克斯自传体小说中的内容。)他年轻时帅气逼人——和那个时代的影星一样帅——(罗伯特·泰勒、格兰·福特、约瑟夫·科顿?)——现在中年将尽,他仍然魅力不减,他总是吸引女性的目光,是的,包括年轻女人,甚至是十几岁的少女——(我就看见过我的几个同学直勾勾地盯着父亲看,然后才发现他老了。)

我母亲不在的时候,他会开车到康涅狄格州莱尔镇来。妈妈现在是他的前-前妻,他原本对她混合着怜悯、不耐烦、厌恶的负面感情现在也平和下来,因为他对后来一位前妻,臭名在外的泼辣的阿维丽尔·戈蒂的感觉如同野猪刺那样扎手。在越来越多的前妻中,我母亲萨拉·德提科特不是最活泼灵动的一位;她的前任以及艳光四射的继任都在我父亲的小说中占据了更显要的位置,罗兰·马克斯那些引人入胜的文章无情、尖锐地描绘了这些典型的泼妇-女神形象,即使是那些女权主义者也不得不承认,就算你立场不同,你也会发笑——马克斯真是一位彻头彻尾的大男子主义者。

事实上,爸爸那年秋天有几次没来看我。他不得不取消见面安排——"实在没有办法,希望你会原谅我。"他坚持要我上莱尔学校,因为从纽约开车到那里不会"太累人"——(与我更想上的规模更小的缅因州卡姆登学校相比)——因此他打电话来取消探望的时候我非常失望,有时就在前一天晚上,尤其是我们已经安排好妈妈那个周末不来的时候。

犹如瑞士的布谷鸟天气预报钟,只要一个精心雕刻的小人出来,另一个就不出来,我这两个性格完全不同的父母总是不能同时出现在我的身边。

这会儿他用茫然、受伤的眼神看着我。我想,他真的爱我。但他不知道那意味着什么。

这时候一直在做裁判的我们的体育老师兼曲棍球教练蒂娜·罗吉格兹朝我们走过来。"露露！牙齿是怎么回事？"——如果我没有张开手的话，她恨不得把我的手掰开。

"并不是特别疼，蒂娜。只是流了很多血，但——算不上是真的受伤。"

"掉了一颗牙当然是受伤，露露。别犯傻了。"

乱了方寸的爸爸开始指责裁判，是她让整个球场"失去控制"，让她的女儿在一场"野蛮的混战"中磕掉一颗牙。

蒂娜被我父亲激烈的言辞吓了一跳。也许她知道他是谁。（我本想在比赛后介绍他们认识。）不过她倒没有一个劲儿地道歉；她没有为了讨好一位愤怒的家长而去尽量安抚他，保证他的女儿会得到莱尔镇最好的医疗服务。

所以，不顾我的反对，他们叫来了一辆救护车。医务人员把我带到当地一家医院的急诊室，在牙床和下嘴唇上缝了几针，打了一针破伤风，吃了止疼药。我气得直哭——我最害怕的事就是中途退出赛场。我只希望得到父亲和其他几个人的赞扬——我的队友；我们的教练蒂娜。我好像还傻傻地以为他们会让我继续比赛，因为一颗该死的被磕掉的牙和紧张的比赛相比算得了什么？（输赢对我并不重要，重要的是比赛，是我们这支女队。）

在急诊室被塑料帘子围起来的病床上，我闭上眼睛眼泪才没有流出来，我似乎看见队友们在场上奔跑，完全忘记了不在场上的露露，忘记了她们勇敢的队友，快活地挥舞着曲棍球棒，冲进暮色之中。

等一下，等等我！回来！我是你们中的一员。

但是她们不在乎我。她们走了。

我一直在回忆——三十多年后还在回忆——在那个十一月的下午,在康涅狄格州莱尔镇,我的命运是如何翻转的。只是走错了一步!没有弯腰躲闪猛挥过来的一棒!磕掉的一颗牙齿!爸爸后来像他许诺的那样为我支付了牙齿矫正手术的费用,新的人工合成牙齿看上去——现在还是这样——和我下面其他的牙没有区别:这不重要。击中我的是命运迅速而意想不到的变化:前一分钟你还在球场上挥舞曲棍球棒——(这时天上开始飘下小雨点,还夹杂着雪花,一碰到我发烫的面颊就融化了)——兴奋、雀跃——是的,也是在向罗兰·马克斯炫耀,虽然有点着急,有点粗心,因为我没法像我力图效仿的更好的选手那样灵活而有技巧,我就是做不到:她们脚下灵活,即便她们和我一样有双大脚——前一分钟还在场上,下一分钟就出局。

这是值得罗兰·马克斯一写的小说题材。前一分钟还在场上,下一分钟就出局。

总有一段时间——数年、数月、数周——他热烈地爱着他的那些女人。然后,他的爱不那么强烈了,或者,爱转瞬即逝。

在医院里,父亲绕着我的床踱步,很兴奋,又有点心不在焉。

"噢,露露。可怜的露露!这真是太,太……"

太意外了,爸爸可能是想说。他实在是为了给女儿一个面子才从纽约开车到康州莱尔镇来——而(即便处在心无旁骛的青春期的女儿知道)在纽约还有很多远比女儿更有趣的人在热切盼望罗兰·马克斯的注意。这一慷慨的姿态最后却变成这样,能怪谁呢?

还有,他和我一起疲惫不堪地在急诊室等待 X 光结果,没有我的比赛还在继续,也可能这会儿已经结束了——这一切真是无聊至极。

这也是我为什么害怕被带到急诊室。我怕父亲会因此失去耐心,烦我——他的本能就是责怪受害者。他不是那种"接受"他人弱点的人,尽管他自己的弱点会成为里尔克式的自怜自艾的诗句。

"……我们也许可以起诉。你们这些姑娘应该有嘴部保护措施——面罩——像冰球守门员那样……天哪,那球有可能跑到你的眼睛里去。"

"不是球,爸爸。是球棒。"

"球,球棒——反正都他妈的差不多。性质都一样,这是'疏忽'事件。"

"爸爸,你不是真的要告我们学校,对吧?"那样一来,每个人都会恨死我。现在,她们大多只是可怜我,同情我,有的还有点佩服我,有的容忍我。我在莱尔学校再忍耐一年半就能毕业了,如果我能毕业的话。爸爸,就让我读完吧。然后——我就自由了。

我就是这么想的。我的哥哥姐姐们都逃离了罗兰·马克斯的控制范围。他总是说,干巴巴地说——大孩子们都自由了。如果他们愿意这样——没问题。

"我们会镶一颗牙齿,露露——我保证。我们会做好。比新的还好。"

好多年我都得忍受矫正牙齿的铁丝套。现在我的牙齿总算整齐了,可是又少了一颗关键的门牙。爸爸没看出这其中的讽刺。也许,爸爸有其他更重要的事要想。

我那时不知道,或者说不想知道,占据我父亲心思的东西根本不在附近;甚至不在曼哈顿。

一个我(还)不知道姓名的人,一个会成为罗兰·马克斯下一任妻子的人;那时住在伯克利——他此时关注,或者说迷恋的对象。不过爸爸对西部人的看法让我觉得有点奇怪:"西部人看上去不知为什么显得更年轻、更天真、更幼稚。这里已经是下午六点——他们还是三点。我们是他们要面对的未来。"

我在镇痛可待因的作用下晕晕乎乎地反驳他:"爸爸,如果世界末日来了,那世界毁灭的时间对他们来说和对我们来说一模一样。别犯傻了。"

"犯傻!我好像是有点傻,宝贝。"

爸爸直盯着我,或者说朝我的方向看,但并不在看我,脸上带着怜爱、虚弱的微笑,似乎伤心欲绝。我知道我会爱他,原谅他,永远。

几星期后——(你都不会相信!)——圣诞节假期期间,在爸爸曼哈顿西 78 街的公寓里,我偷听到父亲的电话——会不会是蒂娜·罗吉格兹?

听上去他们好像已经至少在"市"里见过一次——也就是纽约市。很明显他们在一起喝过酒。他们在讨论一件"事"——听不出来到底是什么事。

蒂娜!和罗兰·马克斯!

我不认为会有什么事。我肯定什么事都不会有。罗兰·马克斯总是会和女人"喝上一杯"——朋友、编辑、经纪人、记者、崇拜者。有一点倒是值得称道,不是所有人都是年轻漂亮的女人;有些至少和他同龄。你可能会听说他正在和 X 约会,但很可能你不会再听到 X 了。相反,你听到的会是 Y 和 Z。

我感到震惊,也感到被背叛。不是被我父亲,而是被蒂娜·罗吉格兹。

为什么她愿意到市里来见我比她年纪大得多的父亲?她想过与罗兰·马克斯见面后会发生什么事吗?

我希望蒂娜没有失望。不像我对她那样失望。

我们都认为这位四肢瘦长结实、眼珠漆黑的体育老师至少是同性恋。不轻易对男人感兴趣。

我不会把这件事告诉队友。我也不会再打曲棍球。

❞❝

"您好,马克斯小姐!又见到您真高兴。"

"您好……"

我浑身不舒服,甚至想不起来她的名字——那个上星期来过,瘦瘦的,梳着马尾辫,总是带着平淡、讨好笑容的金发女郎。

不过今天她没有把头发在一侧梳成马尾辫,而是直直披在肩上。像模特的头发一样又光又亮,再不是稻草发色,而是类似凯瑟琳·德诺芙那样犹如画笔之下光彩夺目的浅金色头发。

她穿着一件修身、看起来像设计师品牌的淡紫色羊毛小西服和同色系的格子裙,配上连裤袜和高跟鞋。

眉毛上的穿洞不见了。奶油色耳朵上的金色耳钉恰到好处。

"'卡迈伦'——记得我吗?马克斯小姐,你父亲在阳光房里。我们差不多快完了,快进来吧。"

下一个周四,我正在用钥匙打开父亲克利夫街房子的前门的时候,门突然被这个微笑的金发陌生人打开了——哥伦比亚的博士研究生/采访者。我稀里糊涂地认为,既然父亲再没有提到她,她已经从他的生活里消失了。

这真是种侮辱,一个傲慢的金发陌生人竟然请我进来父亲的房子,这实际上也是我自己的房子。

父亲像帕夏①一样靠在阳光房的竹椅上,喝着一杯泥土色的咖啡,我想这一定是微笑的卡迈伦为他准备的。做罗兰·马克斯的助手也就是做他的用人。

我父亲好不容易才对我笑了一下。

"露露,你早到了一点,对吗?大桥上今天没发生'事故'?"

我本来想走到父亲身边,在他脸上来一个温柔的女儿的吻,给卡迈伦·斯拉斯基看看;但我知道父亲会躲开,也许会笑——我们很少有这种感性的女性动作。

"我没有早到。我非常'准时'。不过如果你需要,我可以走开,过会儿再回来。"

我的话里带有很重的青少年式嘲讽。父母在场的短短几秒就能带来这样的退化。

我不喜欢父亲对我——他最喜欢的孩子——的那种含糊和居高临下的口气,那个光彩照人的金发陌生人很可能就是这样认为的。

父亲前面的一张玻璃桌上有很多散页,有的是罗兰·马克斯著作的复印件,桌上还有一台笔记本电脑、一个录音机和一罐健怡可乐,那一定是这个大胆的采访者自己带来的,因为这正是我父亲不允许在他家出现的那种"有毒的化学混合物"。

我能看出来采访者一直在有条不紊地询问父亲关于他写作生涯的事,按时间顺序一部部著作问过来。她标了序号的问题似乎很全面。

我头一次有这种感觉,这个姑娘是认真的吗?对于罗兰·马克斯的著作?她的兴趣必定是一个谋算好的计划——不是吗?

---

① 帕夏,奥斯曼帝国行省总督、军队统帅或其他高级军政官员的称号。

我从来没有出于审美需要阅读父亲那些被认为是杰作的著作。虽然我入迷地读这些书——一读再读,但我读这些书只是为了寻找隐藏其中的我在罗兰·马克斯眼中的形象。

卡迈伦笑着说:"马克斯小姐,需要我给你拿点喝的吗?有咖啡和葡萄酒。我也带了健怡可乐……"

爸爸说:"拜托,叫她'露露',卡迈伦。'马克斯小姐'听上去像《纽约客》里特别不好笑的漫画。"

我冷冰冰地告诉卡迈伦·斯拉斯基不用了,谢谢。我才不要喝她的健怡可乐。也不要她的咖啡或酒。

实际上我倒是想要来上一罐健怡可乐。不过父亲在的时候不要喝。

"我们今天还没有完全结束,露露。卡迈伦刚才问了几个关于我小说'内在逻辑'的非常尖锐、刁钻的问题——我好像在被拷问。但这是一种很好的、从未有过的感觉。"

很好的感觉——拷问?这真是荒唐。

有着柔亮金发的卡迈伦垂下眼睛,以示谦虚。如果她把眼镜摘下来,那其实是双漂亮的灰绿色眼睛。

她穿着淡紫色羊毛西服站在我父亲旁边,光彩夺目,身材苗条,那衣服的质量很好,也有可能是在二手店买的;铜纽扣稍微有点褪色。她的肩膀微微蜷缩,就像大多个子太高的年轻人那样,这使她显得敏感、脆弱。在我父亲转向卡迈伦的一刹那,我感觉到最棒的女儿已经从他的意识里消失了,似乎脑子被切去了一部分。

当然,我感到不安。我没有料到这一切——又一次。过去的这个星期里我尽力把这个高傲的年轻女人从我记忆中抹去。

但是,作为大学管理人员我早就学会了掩饰不安。权威人士不允许流露情感。我用泰然自若的语气问父亲——面带微笑——

他晚餐想吃什么;我父亲殷勤地问卡迈伦她想吃什么。——"有中国餐、意大利餐、泰国餐——不过我们上周吃了泰国餐……"

我父亲说"卡迈伦"的语气——轻微地变调,喉咙顿了一下——并不让人信服。

卡迈伦就像一心要讨人喜欢的高中女生一样语调明快地说:"只管挑您喜欢的就行,马克斯先生——我是说,罗兰。我对吃不挑剔。我喜欢所有的食物。"这正是一种温柔顺从的态度,他们知道要在大事中处于主导地位就必须在小处让步:你应该制造随和的印象。

"除了寿司——一想到生鱼我就不舒服。"

卡迈伦身体颤动着笑了。罗兰·马克斯也身体颤动着笑了。

我不禁冷冷地想,卡迈伦是否知道多年以前,罗兰·马克斯曾经在东京一家出版社的宴会上吃了寿司后大病一场;从那以后,只要一想到生鱼他也会浑身不舒服。

我说:"我来订中餐吧。我会说明——不要生食。"

我离开他们,走进厨房。我一定很不自在,一路碰到了门廊、椅子和台面。在另一个房间我听到他们让我心寒的笑声。

我打扰了温馨的一幕——是这样吗?不可置信。

这一定和我父亲的年纪有关。一切都必须加速进行,即使只是重复。还有那些越来越年轻的女人们,不是和女儿搞混,而是和孙女搞混。

我咬住了下嘴唇。这真不公平!一点儿都不正义。

这个被骗的老人不能这么快就坠入爱河——又一次间隔这么近。

这也表明了我不安的程度,把父亲看作老人。如果思绪正常,我永远不会这么看待罗兰·马克斯。

过去这个星期中我给父亲打了几次电话,和他通了话,也留过言。我没有提到正在与他访谈的年轻的博士候选人,父亲也没有提到她,所以我自以为是地认为她可能已经与我们的生活没有关系了。

我向来是一位尽责尽心的女儿。爸爸根本不知道我在河谷学院工作有多努力,也不知道学院对我的期望有多大。我帮他打了几个他没空打的电话,安排了暖气修理工到家里来,因为爸爸的锅炉出了问题。(罗兰·马克斯就像生活在成人家里的无助的孩子:他不知道如何进行各种检修,怎么打电话,该付多少钱;他怀疑所有人都在占他便宜。)房子后面通向河滩的木台阶急需修理;夏天快结束的时候,我用黄色胶带纸把台阶的上面几级围起来,不让大家——主要是我父亲——使用;但爸爸理所当然地把胶带撕掉——"露露总是过分强调'安全措施'。"(带着尼康相机沿河岸漫步是为数不多的几个让爸爸身心放松的爱好之一。)我本想找一个信得过的木匠来修台阶,只是像石野县的管道工和装修工一样,这里的好木匠不多。

如果爸爸给当地的修理工或商家打电话而他们又不回的话,他会心生嫌恶地放弃。在罗兰·马克斯超然的世界里,最大的侮辱莫过于不回你的电话——尽管罗兰·马克斯总是那个不给别人回电话的人。但行政管理人员都知道,这种嫌恶是你必须时常攀爬,即便不是每天要爬的梯子的第一跟横档。

我在厨房里给"四川小舍"打了电话。我点了几个我们可以一起吃的菜。卡迈伦看着像要吃糙米饭的人,所以我点了白米饭和糙米饭。我镇定自若,但握听筒的手却一直在抖动,接电话的中国女人似乎也听不懂我在说什么。"您可以说英语吗?"她迟疑地问。我没好气地回答:"我在说英语!"

我可以听见他们在隔壁房间的声音。女人兴致高昂的女高音，男人低沉的声音。这是一曲我不受欢迎的二重唱——我的声音毫不悦耳。

我也妒意甚浓。因为罗兰·马克斯绝对不能容忍家人——包括成年孩子和妻子们——谈论他的"事业"：他的写作。那些都是罗兰·马克斯的职业生活，与家庭无关，就像他的孩子们不能问他一年挣多少钱，或他最爱哪个女人。

她能够进入他的灵魂，而你做不到。你无法做到。

过去的这个星期我特别勤于问候父亲，问他感觉如何，是否需要我开车带他去医院；有一段时间他在当地一家诊所做水疗，以缓解颈椎、腰背部和胯部的关节疼痛，只要有空我就会开车带他去；但我在学院的工作时间很长，我父亲不得不经常自己开车去，或者叫出租车。现在我很担心这个有心机的采访者会取代我的位置，而我根本不知道。

此刻罗兰·马克斯的生活中还有一个（新的）切近的危机。很快，一位曼哈顿法官就会对父亲第五任妻子西尔维亚告他的民事案做出裁决。这位性格张扬、"受尽伤害"、"遭受性歧视"的演员带着好斗的第三任妻子阿维丽尔·戈蒂式的信心，声称自己至少是两部我父亲畅销著作的合作者，理应得到比离婚时所得更多的赔偿。

这当然荒唐至极。简直是无耻。而且——这难道不是非法的吗？西尔维亚离婚时和她的律师已经接受了一大笔赔偿金，之后更展开了大波攻势，向一群俗气但着迷的观众大肆揭露我父亲的"私事"，这些喜剧化的恶毒描绘带有诽谤性质——（娱乐频道的访谈，《纽约》上的人物介绍。"这个女人已经把我当作她的嗜好。"爸爸懊恼地说。）不过，在法庭上什么事都有可能发生。即使是读过并喜爱罗兰·马克斯小说的法官也有可能和他对着干。在过去一些年里——过去几十年——我们已经注意到这个现象。前妻的要求越是荒唐,法庭就越会认真考虑这些要求。

我母亲萨拉是个例外。她在他们婚姻的最后几年已经在感情上脆弱至极,等到离婚的时候,她根本无心与他作对;尽管她的(女权主义,女性)律师一再鼓动,她也没有要钱,只是要了最低限度的儿童抚养费。(平心而论,像他朋友诺曼·梅勒一样,我父亲不但从来没少给抚养费,还经常多付。)可怜的妈妈!她真好对付,用爸爸的话说。他坚持认为自己爱过她,他说——"但是爱熄灭了。就像越来越小的火苗,最后灭了。"

离婚的时候他向孩子们保证,他对我们的爱永远不会变——后来证明并非如此,至少对我的姐姐和哥哥们来说。

为了对付西尔维亚的合作控诉,父亲雇了纽约一位很好——也很贵——的律师为他辩护,这案子本身就是在纽约递交的。和上次一样,他认为原告的要求一看就很荒唐,况且(文学)专家证人自会在法庭上证明这些要求的荒谬,这样一来法官一定会站在被攻击的作者,而不是怀恨在心的前妻这一边。不过我没这么信心十足,并且希望能够保护他免受另一波负面舆论的冲击。

在法官判给阿维丽尔·戈蒂二百五十万美元并要求罗兰·马克斯支付她的天价律师费时,我父亲想办法一路跌跌撞撞挺了过来,用他自己的话说,就像一匹三条腿的瘸马;他那些同病相怜的(男性)作家朋友乐呵呵地打电话来,感同身受地欢迎他加入俱乐部。大家都认为罗兰·马克斯"完了"——"快完了"。但是在顽强与绝望的共同作用下,他沉浸于工作,沉浸于"流放"——(也就是说,在这里,在尼亚克)——写了一部完全不同于罗兰·马克斯所有作品的小说,基本由对话构成,尽管还是一贯的情色主题,其尖锐的喜剧风格使小说名列畅销书榜首。

凤凰涅槃，于灰烬中浴火重生。可怜的凤凰！——我父亲在访谈中开玩笑说——他除了重生还有别的选择吗？

和天才一起生活你会认识到："天才"总是躲藏起来，深藏于浑身是毛病——如果勉强算得上可爱——的凡身之中。

在等中餐送来的时候，我来到阳光房，父亲和他年轻的金发朋友正准备一起走到露台上观看河水。

我父亲经常站在露台上摄影。在尼亚克恬静的环境中，他已经能够拍出一些非常优美的照片，捕捉转瞬即逝的光线和哈德孙河的天气，不过他总把这些作品贬低为"业余水平"——他就是这样一个对任何领域的"专业人员"都极其尊重的人。

当然，爸爸一定会邀请卡迈伦和他一起走下木台阶，来到河边。虽然天色已暗，台阶也不安全。

我很快地说："爸爸？你还记得这些台阶有些不稳吗？我贴了胶带纸，你给撕掉了……"

但我父亲根本没听到我在说什么。卡迈伦也没听到，当情绪高涨的年长绅士挽住她胳膊的时候只顾了笑。

你总以为一位聪明、富于观察的年轻女子会对踏上腐烂的木头台阶颇为慎重，即便手上挽着一位诺贝尔奖得主。但是在当时欢快的气氛下最愉快的事情莫过于陪伴罗兰·马克斯走下那三十几级台阶，来到下面的河岸——"都是我的资产，卡迈伦。一共二点五公顷。"

看到台阶没被他们压垮我松了口气。我一定是夸大了危险。如果有几级台阶松动了，一两级断了的话，至少整体结构还结实。

我听到下面传来他们的笑声。爸爸可以叫我也下去——可是他没有。

他把我忘了。恨不得我不在这里。

他们在下面待了好一会儿,这时要沿河岸走还得费点力气,因为涨潮了。我能听见父亲笑着谈到被冲走的码头——"被河水冲走了!"

我不知道父亲是否一直挽着卡迈伦的胳膊。或许他拉着她的手,以免她摔倒。

回到露台的时候,走上台阶对我父亲自然要更困难些,因为角度很陡,差不多像个楼梯。爸爸聪明地停下来好几次,向卡迈伦指出远处的景点,以此节约体力;他不愿让她听到喘气的声音,也不想让她注意到自己用(有关节炎的)右膝盖更多一些。

安全回到露台后他带着宽容的微笑对我说:"你担心得太多了,马克斯院长。'危险地生活'——就像你的老朋友尼采所说。"

你的老朋友尼采意指露·安德烈亚斯-莎乐美,我猜。卡迈伦·斯拉斯基大概不会知道我们在说什么。

中餐送来之后,我尽可能把饭菜摆得诱人一些,拿到阳光房给父亲和卡迈伦,此刻站在房间里可以远眺昏暗的河水;当卡迈伦看见我端着托盘时,起身要站起来帮忙。

晚餐时大部分时间都是父亲和卡迈伦在交谈。她甚至打开了录音机——"我希望您不介意,马——罗兰。您随意说的话都应该保存下来留给后代。"

嗯,这倒不假。但是爸爸不会喜欢我说这些,要是我建议他把私下的谈话"录下来",他一定会怒气冲冲,不屑一顾。

卡迈伦睁大了眼睛,认真地对我说:"马克斯小姐,您父亲一直都像这样。从我来之后。他们说斯温伯尼是一位极其健谈的人。当然还有奥斯卡·王尔德。还有——德尔默·施华兹。"

我父亲认识德尔默·施华兹。这真是一个(粗劣)的让他谈论德尔默·施华兹的手法,我看——但是爸爸,只顾忙着用筷子,仅仅嘟哝着表示同意。

"马克斯小姐——我是说,'露露',"(卡迈伦说出这个女孩子气十足的名字时,脸上的表情好像在用镊子抓一只不怎么灵活的昆虫)——"您一定知道,您的父亲——才智过人。"

我和气地笑了笑。我用筷子比卡迈伦·斯拉斯基好得多,这让我感到欣慰。

"当然。要不然人们不会求着他做访谈,排满他的日程表。"

"我认识的最出色的男人。"

"但不是您认识的最出色的人?"

卡迈伦不明所以地冲我眨眼睛。爸爸爆发出一阵笑声。

"露露,你今晚可能不需要待太久。我们不会看影碟。卡迈伦和我有更重要的事情要做,对吗?"

我能说什么呢?说每个周四晚上我都专门留出来给父亲;说这就是我生活中仅有的"家庭之夜"吗?说一想到冷冰冰、没几样东西的斯卡斯克公寓,一想到要在电脑上处理公务到半夜就心里发麻吗?

"当然。"

他们继续讨论父亲的著作。我诧异地发现卡迈伦·斯拉斯基确实仔细,而且(很显然)心怀愉悦地读过这些著作。早期"大有前途"的小说;二十九岁时"突破性的"、获得重要文学奖项的鸿篇巨制;以及后来的作品,有的"具有争议"——"挑战常识"。父亲的脸因为愉快而红通通的。父亲特别喜欢卡迈伦一页页翻她的复印件,大声朗读那些"俗气而幽默"的片段——他乐不可支,和她一道。

显然,这种永远也不会出现在家庭里的谈话给了他非同寻常的快乐。我能带给他的快乐根本无法与此相提并论。

我没什么食欲,尽管没人注意到。爸爸和他热忱的年轻拜访者喝了点葡萄酒。他们兴致高昂。他们在一起很愉快,似乎之间有一种由来已久、随意的亲密关系。

我清楚地看到:我父亲被卡迈伦·斯拉斯基迷住了,也就是说,被她举起的镜像迷住了,一个"才华横溢"的人,"非同寻常"的才子,"美国二十世纪最重要的作家"之一。要抵制如此的赞美需要钢铁般的意志,而我父亲的意志轻如游丝;像棉花糖。我想,尽管如此,她可能并不错。她说的话。他是一位伟大的作家,只要他愿意相信。

这是一个悖论:正如同辈的其他作家一样,罗兰·马克斯既自大又没有安全感;他相信自己是文学天才——(否则,他怎么会有精力写这么多书?)——但同时他又相信那些批评家和诋毁者所说的最恶毒的话。就是诺贝尔奖也没让他撑多久。

(二〇〇七年,八十四岁的诺曼·梅勒去世时,罗兰·马克斯公开哀悼说——"现在诺曼再也不能得该死的诺贝尔奖了!那是他们的损失。")

没希望了,我想。他会爱上这个卡迈伦·斯拉斯基——("斯淫斯基"?——我可不敢用她的名字跟他开这样的玩笑)——他已经爱上她了。理性,(男性)生殖器。不可抗拒。

我有点突兀地说:"那你呢,卡迈伦?我们对你一无所知。"

坐在那姑娘身边,你很难不被她柔柔散发的个性征服;如果不是决心要恨她,我可能会很喜欢她。她很美——但动作笨拙,对自己不自信。她自然聪颖异常。作为教授我总是喜欢学生的,除非他们给我不这样做的理由,卡迈伦·斯拉斯基比我在河谷学院的本科生也大不了几岁。

卡迈伦吃了一惊,说——"哦——我?我没什么可、可说的……"

"那么,你是哪里人呢?"

"我是哪里人……"

卡迈伦默默地摇了摇头。她的脸皱得像婴儿的脸。我刚开始以为她在笑;然后我发现她在忍住眼泪。

"哦——我的生活太痛苦了。我不想说我的生活——可以吗?"

这一出对我父亲有立竿见影的效果:他坐到卡迈伦身边,抓住她的双手,问她到底怎么了。我从未在他脸上见到如此柔情,自打——嗯,曲棍球场上的那次事故。罗兰·马克斯本来应该为生活中的其他事件深受感动——(比如,他最小的孩子们的出生)——但我没见到。

我怎么会犯这种错误,询问这个姑娘的私生活!我想当然地认为这一定会是个罗兰·马克斯不屑一顾的中规中矩、无聊乏味的郊区生活故事;哪知道完全事与愿违。

看起来他们已经做好了安排,出乎我的意料,也确实,令我沮丧,卡迈伦要在尼亚克过夜——"因为我们明天早上还有事,卡迈伦不用大老远跑回纽约也合情合理。"

大老远!那并不比我"回到"斯卡斯克远。

我父亲平静、茫然地看着我。他问我是否能去客房,看看那里是否还"干净整洁",可以住人?

我会去,当然。我去了。像个女佣——或是已显老态的妻子——我从隔壁浴室拿来了干净的毛巾。客房的窗户不严,有点冷,不过这我可管不了。

卡迈伦倒是适时地表示了尴尬。她把我送到门口,因为爸爸在两小时耗神的晚餐后根本不想起身。

我本想小声地说了再见就溜走,但卡迈伦坚持要和我握手,并谢谢我——为了什么,我想不出来。

"认识您非常高兴,露露!——还有您了不起的父亲。特别高兴,您都不能想象。"

不。我可以想象。

我离开了他们,因为生气而不停颤抖。汽车驶上乔治·华盛顿大桥的时候雨又变成了冻雨,路面湿滑,非常危险。

"事故。'事故体质'。谁?"

第二天我给父亲打电话时,电话里传来的是卡迈伦兴高采烈的声音。

"哦,露露——你猜怎么着!你父亲请我做他的助手,我说'好的'。我想这段经历可以加到论文中去——比如,作为附录的一篇日记?"

回忆录,最有可能是。你会在他去世后再写。

梦见我父亲去世。

"这是个事故。他不听劝……"

在遗嘱被改动之前,要快。在女遗嘱执行人被改动之前。

由于被憎恨和焦虑分心,我更加认真地对待院长的工作,比平日里更友善、更乐于助人、更警觉。我同情每一个向我投诉的人,甚至握起手来都格外温暖。我凌晨两点还在回复电子邮件,连"操心"的父母的邮件都回。我这么想应该是有道理的——(嗯,其实完全没什么道理)——如果我是个好人,命运就会奖赏我,而不是惩罚我。

371

22

我救过罗兰·马克斯一命。

那时我二十岁,还有一个月就是哈佛的三年级学生。

八月末我父亲与他的第三任妻子,美丽/情绪不稳的阿维丽尔·戈蒂,在玛莎葡萄园岛富有的朋友家中度假。我当时正在另一栋可以远眺大海的小客房里,这时一个穿比基尼的女子驾驶一辆红色法拉利敞篷车驶上了车道。

她嘴巴突出,像饥饿的海鸟。她染红的头发卷曲着,好像她把手指插在电源插座上触电了一般。

"罗兰·马克斯在这里吗?我要见他。"

"他不在。你们约好了吗?"

"他在哪里?他就在这里。"

"对不起,这不是罗兰·马克斯家,他不在这里。"

"我知道这是谁家。我知道他在这里。"

自从《嫉妒》出版以来,自从他身穿白色网球服的头像出现在《纽约时报》杂志封面上以来,就有很多人试图与他联系。常见的那些人,现在又加上其他人。更多的是美国郊区来的人,而不是以前那样主要是犹太背景的人。爸爸嘲笑这种变化,但也开始担心。

"菲利普一点没错,"——(爸爸指的是他的朋友菲利普·罗斯)——"人们总是天真地以为他们想要'出名'——但这跟你想的完全不一样。你没有失败的权利,只剩下孤家寡人,你还是所有傻瓜的目标。"

比基尼女郎粗鲁地盯着我,我只随便穿了一件"拯救鲸鱼"汗衫和抽带运动裤。连我的光脚丫也显得肥肥的,不甚优雅。

"你是他的一个女儿吧？凯伦？"

"不是。"

"那是另一个——'露露'。"

"路易丝。"

"露露。"

"嗯，我父亲不在这里。他在伦敦。"

实际上，爸爸和主人出海去了。他过几个小时就会回来。

"不对，他就在岛上。我在镇上问过了。这里没有秘密。"

比基尼女郎步步紧逼，让我感到不舒服。她的身材肉感丰满，脸却很松弛，眼睛下面的黑眼圈很深。她狐疑地环顾四周。"他在——哪里？海边？楼上？还有他太太——'阿维丽尔'。她在哪里？"

我想，她的挎包里有东西。

这是一个类似布鲁明德百货店款式的精致的大号草编挎包，配有玳瑁材质的提手。从女郎抓住它的样子来看，我知道里面有武器。

我挤出一个笑容，平静地说："我可以给父亲留言。他可以给您回电话。"

她笑道："给我打电话！开什么玩笑？他绝对不会给我打电话，他说过了。"

"那么……"

"原来那个混蛋伪君子还会给我打电话，但现在，我都不可以给他去电话；他从不回电话。你父亲是坏透了。你知道这点，我肯定。你看上去不傻——虽然脸太大，又胖。你父亲不应该活下去。"

比基尼女郎光着脚，脚趾甲上涂着花哨的指甲油，她开始往大房子的回廊那边慢慢挪动。那是一座木瓦板的房子,故意磨旧的颜色使房子显得有些年头了,大屋顶倾斜而下。房子里有声音传过来——不知道是谁的声音。我开始出汗。我的粗胳膊与胳肢窝粘在一起。我心想,也许我应该毫不犹豫地在几秒钟内把比基尼女郎的背包抢过来;如果她往后退,就可以拿出武器……

我嘴里发干,但还是继续微笑。我看见女郎背上有纹身,像是小朵的玫瑰花苞,又有点像噘起的嘴唇。彩紫色条纹的比基尼紧绷绷地包着她红红的屁股和胸部;她的呼吸急促。

"请等一下。"

"我只是去敲敲纱门而已。"

"不行。请——等一下。"

"我只是跟里面的人说'你好'。我他妈的不会进去。"

女郎经过我身边的时候,我倒下来扑到她身上,把背包抢了过来——很沉,不出我所料。

她开始大喊。骂我。她不停地抓我,但我没有交出背包。我们主人的成年女儿跑出房子,大惊失色。一只本来在附近回廊上睡觉的葡萄牙水犬开始狂吠。女孩跌跌撞撞走回法拉利,车钥匙还在发动机上;她一边在车道上倒车,一边咒骂我们。

在精致的草编书包里有一把短管左轮手枪。事实上这是一把史密斯威森①"短管枪"——半自动武器,贝壳柄里面有六个匣。后来我们听说这是一把偷来的枪,在纽约卖给了比基尼女郎;一种女性用枪,但近距离足以致命。

我们主人的女儿叫来了葡萄园警方,在半小时之内,女郎在试图买票渡船时被逮捕。

---

① 美国最大的手枪军械制造商。

人们说她是罗兰·马克斯的姑娘之一。一个没有结果的姑娘。

我父亲拒绝谈论她。我父亲假装不认识她——从来没听说过她。他的妻子阿维丽尔不相信。比基尼女郎的年龄比看上去大：三十二岁。她因为携带没有注册的武器，以及藏匿武器被逮捕。她住在翠贝卡，自称是与剧院有关系的演员。后来，我们听说她在前一年夏天还在康涅狄格州康华大桥堵截过菲利普·罗斯，尽管菲利普也像我父亲一样没有对她提出指控。

爸爸不想谈论比基尼姑娘。没有人可以让他开口谈她。就是阿维丽尔·戈蒂也没办法。对我，他就像个惹了祸的爸爸，魅力十足地笑着说："谢谢你，孩子。干得好。"

99

我又一次给父亲打电话的时候，卡迈伦接了电话。

"嗨！露露？我们有点事——我们明天要飞去迈阿密。"

因此那一周没有周四晚餐。下一周也没有。太无礼了，要我自己打电话才被告知此事，卡迈伦又回电抱歉地解释说她和我父亲要从迈阿密飞到基韦斯特——"你知道的，基韦斯特文学研讨会。罗兰要做主旨发言。"

我知道备受瞩目的基韦斯特文学研讨会马上就要举行。但父亲一直准备让我陪他去这次会议。

我最后终于和父亲说上了话。我的声音一定因为受到伤害而颤抖，因为他说我的时候语气温和。

"露露，现在情况不一样了。卡迈伦要和我一起去——这顺理成章。"

"你要我——'在日历上勾出来。基韦斯特'。你要我'别做其他安排'。"

我日历上一月初的那几天都用红笔勾出来了。这不会有错。

事实上,我还有别的聚会邀请,或——其他事情……当然我没有接受,因为我已计划好陪罗兰·马克斯去基韦斯特。

我差点想说带我一起去吧!我可以自己付钱。

我到底没有说。院长自有尊严。

他们毫无羞耻地,没有表示丝毫歉意就走了,没带我去。我父亲居然要我在他不在的时候去"看看"房子。

暖气终于修好了。坏了的烟雾探测器也修好了。我找了个木匠来检查需要修理的通向河边的摇摇欲坠的木台阶,他说会打电话给我报个价。他说至少要等到三月底天气暖和了,台阶上的冰都融化以后才能开始工作。

我壮着胆子——小心翼翼地——走下几级台阶,想看看到底有多危险。一月的空气寒冷,从钢铁色的河面上吹来的寒风凛冽。显然,每过一个冬天台阶都更不顶用了;它至少有二十个年头了。(房子本身已经有一百〇六年的历史——是上尼亚克的历史建筑。我总是想象有一天房子前面会挂起一面铜牌:诺贝尔文学奖获得者罗兰·R. 马克斯故居。)

我紧紧抓住扶手,想象着晃晃悠悠的台阶突然在我脚下裂开、倒塌,我的身体重重地跌落在下面的石头上……我父亲回来的时候会找到我摔碎、冰冷的尸体……

为什么我们不邀请露露和我们一起去!我怎么会如此自私!

卡迈伦会说,不要自责,罗兰!你想不到会出这种事。

我情绪低落,甚至情愿摔下去——反正有过类似这种念头。

我没有摔下去。台阶完好无损。虽然有几级台阶摇摇晃晃，但整个楼梯完好无损。

不过这可能发生在他身上。一次意外事故。意外死亡。

意外死亡总是出乎意料。至少，对死于事故的人来说是这样。

父亲和卡迈伦在佛罗里达旅行的十二天里，我在上尼亚克的房子里待了很长时间，没事的时候也在那里待着。

我在想罗兰·马克斯如何地厌恶出乎意料之事。出乎意料对他来说很庸俗，就像马戏团小丑的滑稽表演。

不过如果他是制造意外的人，那就没问题。这会被认为是"幽默"。

我懂得这点，因为我了解他——太了解他了。别人自认为了解我父亲，没有授权的传记作家到处挖他的材料，写了很多关于他的垃圾文字——但没有人抓住罗兰·马克斯的本质。

我在想在将来的某个时刻，卡迈伦·斯拉斯基会如何写他。那时我父亲已不在人世，不必满怀恐惧和厌恶地阅读这些文字。

我必须保护他不受她的伤害，我想。或许更妙——（因为会出现另一个"卡迈伦"，也许就在几个月内）——我必须保护罗兰·马克斯不受自己的伤害。

爸爸总是心有所敬，以他自己的方式。

怨声不绝，但心有所敬。

他总喜欢说，即使在我已经长大，不适合说这些的时候："你是我又高又大的丫头。你不需要男人保护你。你根本不是那种弱不禁风的人。"

重点是——你。意思是我和父亲周围或其他倒霉男人周围的那些弱不禁风、控制欲强的女人完全不同。

"对女人来说,性别是武器。刚开始是诱惑,然后——就是武器。但是也有一些女人,比如我最优秀的女儿,不玩这种肮脏的小把戏。她们不屑于此,她们胜人一筹。"

他甚至会在我在场的时候对别人说这种话。好像我是一个长过头了的孩子,而不是一个完全成熟的年轻女性。

有时候,他会喝上一点,然后就变得多愁善感、思绪万千,感叹其他孩子的"疏远"和他们的母亲"怪异、自我毁灭"的行为。

这让我很痛苦,但也有点洋洋自得——我父亲如此这般的吹嘘他"最优秀"的女儿。我时常感到他完全不了解我;他只是创作了一幅漫画肖像或一个卡通人物,安上我的名字。即使他直视我的时候也似乎目光涣散。

"露露是我最不可思议的孩子。她一点都不神秘或矫情——她总是一片真心。她从不模棱两可,也不绕圈子。她是运动员。"(尽管我多年前就不是运动员了。大部分女孩在高中以后就彻底放弃了团队运动项目。)"我跟你说过露露在莱尔学校打曲棍球的事吗——那种毫不含糊的摔爬滚打、竞技性场地曲棍球?在康涅狄格州?我有时候会开车去看她的比赛——在小镇住上一晚——在一场冠军赛中她被球打在嘴上——不,是曲棍球棒——但还在继续打球——嘴里流着血还在球场上跑来跑去——还为球队得了一分。后来她一瘸一拐地来找我,我站在看台前,急于知道到底是怎么回事,露露说'嗨,爸爸'——要不然就是'嘿,爸爸,看'——她手上有一小颗断裂的白色东西。我说:'那是什么,露露?'她说:'这看着像什么,爸爸?'我又仔细看了看,发现是牙齿,我说:'哦,宝贝——这看着像五千块。不过你值这个价。'"

这是一个好故事。罗兰·马克斯精彩的家庭故事之一。他小说中的大部分家庭故事都是喜剧性灾难,但是当他跟朋友或友好的听众聊天时,他的家庭故事总是精彩的。

在这种时候即便是批评者也会对罗兰·马克斯友好相待。即便是那些知道他在编故事的人,也知道他无非只是想讲述理想中的完美的家庭故事。

父亲不在的时候,我珍惜这些回忆。

父亲不在的时候,那是背叛,是背叛即将到来的警告。我来到父亲在上尼亚克克利夫街的房子,以"看看"房子为借口;我在冷飕飕的房间穿行,站在外面的露台上,注视着下面宽阔、雾气蒙蒙的河面,在一阵寒意中我不停战栗,告诉自己,我们有宝贵的回忆,哪怕谎言穿插其中。

99

"露露?这到底是怎么回事?又一个——?又一次——?"

人们开始给我打电话。在基韦斯特文学研讨会上,著名的罗兰·马克斯和哥伦比亚一位"极年轻、一头金发"的博士生俨然出双入对。

爸爸长年的经纪人打来了电话。马克斯·凯勒认识罗兰·马克斯已经超过四十个年头,为什么还会如此惊讶?他不可思议的愤慨中夹杂着遗憾,是的,还有嫉妒,对此我毫无共鸣:"至少告诉我她的年龄吧。人们都说——二十四?罗兰七十四?"

我咬紧牙关,告诉马克斯我不知道那个年轻女人的年纪。

"她叫什么?"

"我不知道她的名字。忘了。"

"她漂亮吗?"

"我不知道。我没怎么注意过她。"

"她聪明吗?人们都这么说……"

"马克斯,我不知道。我得挂电话了。"

"罗兰谈恋爱了?他是认真的吗?也许?"

"你看,他年纪大了,需要一个助手——他的档案、手稿、信件一团糟。他也需要一位全职人员来照顾他——他没精力管房子,他的生活能力简直就像个孩童。我不可能照顾他——我有自己的生活。她来跟他做访谈,后来就留下来了。她年轻,她是金发。还有什么?过去,爸爸只是找'女人'——漂亮、魅力四射的女人——助手和实习生另当别论。但这回,他第一次把两者结合起来,所以这没准是个进步呢。"

我语气轻松,以此来掩饰我的愤怒。我想开个玩笑,但马克斯好像并不认为我幽默。

"她会让罗兰签婚前协议。她会要钱,如果她够聪明。(她听上去很聪明。)她会成为他遗产的遗嘱执行人,露露——不是你。所以不要觉得好笑,亲爱的。"他挂了电话。

他遗产的遗嘱执行人。但我才是罗兰·马克斯的遗嘱执行人!

最后一次离婚后,他指定我为遗嘱执行人。在这以前,他没有立遗嘱:他总认为,正如他所说,他还会在世"很久很久——像那些永远活着的超级大海龟"。但六十多快七十岁的时候,在法庭争端之后,他体会到人的命数。他坦白地告诉我,他会把钱留给所有孩子,即使是那些让他非常失望的孩子,跟他疏远的孩子——"我不想单单把你挑出来,露露。他们会恨你。"但爸爸为我做的是,除了留给我金钱——(实际上,作为一个有份好工作的职业女性我并不需要这些钱)——他还指定我为他遗产的遗嘱执行人,这当中也包括文学遗产,这能为我带来每年五万美元的收入。

我深受感动。我甚至还可能掉了眼泪。

我说:"爸爸,我无法想象。我无法想象你——不在这里。但我会成为最好的'文学遗产执行人',比任何人都好——你配得上最好的。我保证。"

"我知道,露露。你是我的好孩子。"

基韦斯特之行之后,他们在尼亚克只待了很短一段时间。没有时间见露露——不过爸爸至少和我通了电话。

他们要去巴黎,罗兰·马克斯将风光地出席新译作出版的庆祝活动;然后从巴黎到罗马,在那里小说的另一个译本即将出版;再从罗马到巴塞罗那和马德里……

这时候,他们已经是恋人了。当然。

我想知道他们是如何成为恋人的。

(我七十四岁的父亲仍然有阳刚活力——看来是这样。)

(但是,他二十四岁的新情人也许会讨厌他——这难道不是很合理的假设吗?)

(不,这不合情理。)

(是的。这完全合乎情理——这很实际。她会为了钱和名气跟他结婚,而不是为了他的"阳刚活力"。)

躺在斯卡斯克自己的床上,我总是无助地被同样的思绪吞噬。

"他不会背叛我。即使他娶了她……"

(太荒谬了! 他几乎背叛了他生命里的每个人,每个女性。为什么不是可靠的、有珍珠般假牙的老露露呢?)

爸爸要我继续"看看"房子,所以我当然去了。一边痛恨自己像用人一样被使唤,一边——心怀感激。我去的次数比实际需要的更多。我把爸爸数量可观的信件拿进来;把它们分类,放在书桌上细心标示好的格子里——这本是助手的工作。但助手不在这里,我在。

在河谷学院,我现在通常五点就准时离开办公室,而过去我工作的时间要长得多。现在星期五下午我有时三点就走了("家庭事务"——"我父亲,约诊"),或者干脆整个下午都请假。

有一些我必须参加的学术活动,比如全国会议——我也只是去露个面,然后就回到尼亚克,开车来到那栋看上去门窗紧闭、无人打理的克利夫街上的房子。我用钥匙开了门,犹如笨拙的鬼魂在房间穿行。看见镜子里的自己——"哦,露露?怎么回事?你还只是个小姑娘……"

我按父亲的指示行事,但:我是入侵者。

而且很容易就会变成破坏者。

因为这个地方藏有秘密,如果我待得够久就会发现。尽管爸爸会生气,我还是翻看了他的书桌抽屉、文件柜;在书房和旁边的房间里,他保存有数千件档案、文件、手稿;他早年的手稿、清样、校样、草稿暂时保存在纽约公共图书馆,图书馆正在商谈购买全部的马克斯档案。我告诉马克斯·凯勒父亲的档案乱七八糟其实并不准确——不过它们的确需要更有系统的整理,我相信只有我能做这事。

只有我!最优秀最受宠爱的女儿。

我躺在阳光房的长椅上,凝视上面的蓝天和下面的河流。很快,我父亲和卡迈伦就会回来——她现在是他的"未婚妻"。

哈德孙河谷:如此美丽!不过它的美并不总是显而易见——河流的美取决于天气和光线变化。阳光和阴影的无止境的变化。云层聚集,晴空里的云彩。刺目的蓝色。乏味的金属灰。河流映照出天空,天空似乎也映照出河流。

我想到十七世纪早期受荷兰派遣沿河而上的英国探险家亨利·哈德孙,他大约向北航行了一百五十英里,一直来到河道窄得无法通行的地方。这对于我们来说真是不可思议,哈德孙本想找到去太平洋的路线,就像他的前辈克里斯多夫·哥伦布寻找去东印度的路……我想,我们以为自己要走的路并不是我们将要走的路。路在引导我们。

我一定是睡着了,因为我突然被一阵响亮的敲门声惊醒。

原来是我想找来修台阶的木匠。我已经好几个星期没有这个人的消息,现在,好像是一时兴起,当然更可能他正好开车路过房子,就顺便停下来找我。

我们走到露台上去看台阶。他给了我一个报价,不过我没法知道这价格是不是合理,因为我没有找别人。他说:"我可以下周开始,马克斯太太。我有木头,也空出了时间。"

"下周——真的吗?"

我沉默了好一会儿。我几乎忘了这个人,这个站在我旁边的陌生人,我们看着下面的台阶;然后我说:"很抱歉,不过我父亲改了主意。他想做的东西更多了。他已经找了建筑师谈这个事。"

"建筑师?就为几个台阶?"

我不自然地笑了笑。"嗯,他想把露台重新设计一下,除了台阶,还想在下面河边建个凉亭之类的东西。你也许认识我父亲罗兰·马克斯——他做任何事都不会简单。"

当然,木匠不认识罗兰·马克斯。他完全不知道罗兰·马克斯是谁,而且从他发出的不满的声音来看,他也不想知道。

他们回来了。未婚妻现在住在上尼亚克克利夫街47号。

他们不经常,不是每周,只是偶尔会邀请我共进晚餐。他们不在的时候,要我照看房子,取父亲的邮件。

卡迈伦左手第三指上戴着订婚戒指。一颗硕大的钻石——多么可笑! 罗兰·马克斯过去总是嘲笑订婚戒指和结婚戒指的荒唐;他自己也从来不戴婚戒。

你们准备什么时候结婚? ——我没有问。

至少卡迈伦对我还算好。比我父亲好,他看见我好像总是不耐烦,也许他真正感到的是歉疚,不过他不会承认。

不过爸爸有一天竟然问我是否和母亲保持联系,这真让我吃惊。我回答说是的,他又问她过得怎么样。

事实就是,她挺过来了。很久以前她又结了婚,和(衰老、病痛缠身的)第二任丈夫住在罗德岱堡,与成年孩子的关系也还过得去,对孙辈更是宠爱有加。而且她从来不过问罗兰·马克斯的事,正像人们永远也不会谈起差点让她送命的致命疾病。

我说:"妈妈挺好,爸爸。谢谢你问起她。"

"为什么要'谢谢你'? ——这话真奇怪。"爸爸降低了声音,这样隔壁房间的卡迈伦就不会听到,"我和你母亲结过婚,差不多二十年! 我当然想知道她过得怎么样。"

多年前我还是孩子的时候,听到父亲的这些话心里就会冒出希望。也许他会回来。也许他会再爱我们。但现在我懂得更多。我知道语言只是语言。

有一次我在尼亚克跟踪卡迈伦·斯拉斯基。我碰巧在街上看见她,一个穿着牛仔裤和套头毛衣的高个长腿姑娘,远看就像个少女。

她经过时头转到另一边。她似乎没有注意。

为什么她如此专注。神情严肃。她的头发在后面梳了一个普通的马尾辫,肩膀蜷缩。到四十岁时,她的肩膀会变成圆形。

不过到那时罗兰·马克斯不会还活着,也无从得见了。

我和她小心地保持着一定的距离。我那天不是完全没可能在尼亚克——如果卡迈伦看见我,我也能说得通。

她去了奶酪店。买父亲喜欢的那种奶酪和(粗黑麦)面包。她去了尼亚克药房。取父亲的处方药。她去了河景画廊,那里有当地一位艺术家的最新作品展览。

画廊有一个边门。透过门口我看见年轻的金发女人在每幅画前驻足,像学生般严肃认真。画廊好像除了一个女工作人员之外空无一人。

展览展出的是希尔玛·马修斯的作品,这是一位年近八十的女人,著名的抽象画家;她曾经在麦迪逊大道上有间画廊,但现在已经流放到尼亚克,住处离我父亲家只有一英里。他们是老朋友;不是情人,我想不是。有一次希尔玛不无痛苦地对我父亲说:"我们有些人没有成功。不知道为什么。"父亲的脸微微泛红,他想这可能是有意对他的羞辱,因为毫无疑问他成功了;同时,这也仅仅是影射,他完全可以置之不理。但他握住女人的手,郑重地说:"后人才可以评判,不是我们。我很喜欢你的作品,希尔玛。非常精彩——我们都知道。这才是最重要的。"

卡迈伦在画廊里认真思考希尔玛·马修斯画作的时候,我继续观察她。我在想她的动机——她是准备要谈论展览,以此取悦我父亲吗?她是否被邀请和父亲一道参加一个当地的活动,需要和艺术家寒暄?我不相信她没有任何动机,来这里完全是出于对希尔玛·马修斯这些比海伦·弗兰肯特尔画风更硬朗的大幅油画的纯然热爱。

卡迈伦与前台的女人聊了几句。她们似乎在谈展览,但我无法听清谈话的具体内容。

我听见女人问卡迈伦是否住在这里,卡迈伦说是的——"这段时间"。

我等着她说罗兰·马克斯。不过卡迈伦没有再说什么。

我很想走过去跟卡迈伦打招呼。她不会知道我跟着她到这里——我的问候会很自然,就像普通的巧遇。

我想,如果我不认识她,也许我会在画廊向她自我介绍一番。我也许会想,一个敏感、聪明的人。漂亮。我也许会问,你刚搬到尼亚克来吗?

那个春天。

我父亲生命里的最后一个春天。

我对河谷学院的工作越来越敷衍。一开始我以全新的精力投入工作,以此有意识地不去想父亲的未婚妻;然后,我发现自己在办公室总是走神,一遍遍演练与我父亲和卡迈伦·斯拉斯基的交锋。有时我感到必须尽快行动,在他们结婚之前;有时我又似乎被倦怠攫住,犹如巨蟒缠身。

我想,我应该在画廊里和卡迈伦说话。或约她出去见面。

就我们两个:罗兰·马克斯此刻生活中的女人。

我很谨慎地打听卡迈伦·斯拉斯基在哥伦比亚的情况,但小心不说出我的名字,如果让人知道我在四处打听那可太丢人了;父亲一定会生气,也许以后都不愿再见我了。很多人都知道,如果他认为自己没有得到足够的尊重,他会不惜与关系很好的人、他爱过的人决裂。

我在网上找到的关于卡迈伦·斯拉斯基的信息乏善可陈,和她告诉我们的也没有矛盾之处。她有伯纳德的英语和语言学本科学位;曾经做过纽约一家出版社和《纽约客》的夏季实习生;现在哥伦比亚读英语博士。她在威斯彻斯特县卡塔纳镇长大。她的父母应该有经济实力,因为有人为她支付哥伦比亚的学费。

自从搬到父亲家以后,楼上的一个房间变成她的书房,卡迈伦继续写论文,用她的话说,在现场写论文。和博士论文的研究对象在一起生活!对一个如此年轻的人来说真是不小的成功。

我不断演练和卡迈伦的对话。

向她指出任何与我父亲的恋情都注定不会长久;还有,即使他说爱慕她,实际上他也不爱慕她;他爱慕的是爱慕他的人。

然后我想,她知道这点。当然。

她知道,但不在乎。

如果他爱慕她,视她为灵感缪斯,或者只是想和如此年轻的人性爱——她为什么要在乎?她已经读过不少更为耸动的作家自传和书信,早已知道在所有的妻子中,只有最后一个妻子——遗孀——会继承遗产。

同样是不断追逐女人的风流浪子,你应该嫁一个有点年纪的风流浪子。

在爸爸这个年纪和她这个年纪,卡迈伦·斯拉斯基一定会坚持到底:她会活到最后。其余的妻子们像蜕去的皮肤一样被丢弃。

有多少美国(男)作家,包括我父亲的那些作家朋友,进入的正是这样的婚姻?有国际声誉、上了点年纪的名流早就厌倦了第一任妻子;后来妻子的年纪和他们的女儿相当,甚至更小;有的还生了孩子,年纪和孙辈差不多。强势的男性娶柔顺的女性:在这种婚姻关系中完全没有平等可言。

我父亲的诗人朋友莫德兹·卡普兰被比他小四十岁的妻子送

进了精神病疗养院；那时卡普兰八十九岁。这位凶悍的年轻女人自己也是一位诗人，她想办法得到了他的授权委托书——"当一个男人放弃授权委托书，他就完了。犹如被阉割，完全没有挽回的余地。"我父亲说。卡普兰的中年孩子试图反抗，试图获得法院禁令，把他带走；曾经是他学生的年轻些的诗人也来帮忙，或试图帮忙；罗兰·马克斯跑去劝她，但他们吵得不可开交，她不许我父亲再见到她丈夫，否则就叫警察逮捕他。她也许精神上不平衡，这位年轻的妻子。（不算太年轻：至少四十岁。）她把追逐和俘获莫德兹·卡普兰当作一项事业，最后终于把他从在一起三十多年的妻子手中抢了过来。卡普兰的婚姻本来还算幸福，只是，就像爸爸常说的——管事的不是脑子，而是雄性生殖器。

最后，事情捅到了媒体那里。《纽约时报》发表了一篇同情卡普兰及其支持者、暗贬妻子的文章。尽管如此，卡普兰夫人还是不让任何人安排她丈夫从疗养院搬走；其实他并没有老糊涂，仅仅是体力欠佳，需要坐轮椅。她成功地限制了来访者，这是最沉重的打击；她以法律官司威胁疗养院职员，得以控制他从疗养院写给家人和朋友的信件。他的遗嘱立她为遗嘱执行人，在他去世时，她拥有他所有遗产的所有权；她继承了他众多的版权作品、版税、信件、财产——所有东西。

我想跟父亲提起这个命运可悲的朋友，不过我知道爸爸会生气地回答："你看，莫德兹死的时候九十二岁。我比他小差不多二十岁。他的妻子是一个狠毒的变态。我的妻子会是我最好的朋友。"

我不能忍受听爸爸说出这个词——我的妻子。

"马克斯院长？您还好吗？"

我的助理奥利维亚站在办公室门口，看上去很担心。她是一个优雅的女人,年纪大概和我相当,我从前任那里继承了这间办公室和她这个助理。我立刻告诉她我父亲身体有恙——"不是很严重。小病。但让人担心。"

奥利维亚问是否需要她帮忙。

"谢谢,奥利维亚。不用。"

然后,几分钟之后,我给她办公室打电话:"我今天要早点走……请取消我的会议,好吗?"

"情况不妙,露露。消息糟透了。"

但这是父亲只和我分享的消息。

已是半老徐娘的百老汇演员西尔维亚·萨克斯提起的诉讼案对罗兰·马克斯非常不利。除了六年前他们离婚时他必须付给西尔维亚的大笔赡养费,他现在还要付七十五万五百美元。法官被西尔维亚的律师说服,认为她协助我父亲最新小说写作的说辞并不是无稽之谈——"提供了主要资料"——虽然每个人都认为这实在是荒唐透顶;法官还被说服,认为罗兰·马克斯是"性捕食者"和"女性压迫者"。西尔维亚声称,自从和她共同生活以来,罗兰·马克斯所有小说都是他们之间"亲密长谈"的结果;至少有两位女性人物以西尔维亚为原型。(这倒是真的,父亲在最近的一篇小说中,毫不留情地描绘了一位有仇必报、心胸狭隘的"准百老汇"演员,但这只是文学虚构,并非"真实人物"。)多年以前,父亲也被判在小说《闹剧》中通过英雄拉伯雷式文风"诋毁"阿维丽尔·戈蒂。《闹剧》当然不能与"现实主义"写作相混淆。这类小说是一种荒诞不经的传说故事,语言粗俗下流,是男人讲给男人听的故事,是对"真实人物"的变形描写,就像日本动画片中人物的变形一样。任何具有高中以上文学知识的人都能理解,罗兰·马克斯对其现实人物的描写就类似弗朗西斯·培根或毕加索肖像画与其所绘对象之间的关系。艺术中没有真实刻画。

但是,阿维丽尔·戈蒂的指控既有破坏力,又言之凿凿,被原告律师用拿捏准确的满腔恨意在安静的法庭上大声宣读。没人敢笑:没人想笑。我真想抗议:"但我父亲是伟大的作家,就像拉伯雷!你们不能审判艺术家。"

当然,这只能把事情搞砸。在民主国家,这种为艺术家的独特性辩护的言论没什么用。

即使现在,阿维丽尔·戈蒂的官司也还没有打完,父亲得到警告。而昨天,又加上这笔判给西尔维亚·萨克斯的要命的赔偿!

父亲的律师建议上诉。所以父亲准备上诉。

"至少,他们不能碰我以后的作品,"父亲坚强地说,"现在——我得活下去。"

这对我是个安慰,父亲和我讨论这个案子,而不是和卡迈伦。或者至少,除了和卡迈伦。

对他来说,我的意见比她的意见更重要。因为我认识那些原告——我那些凶悍的继母。

99

我不喜欢这些关于未来的谈话,这使我虚弱、焦虑。因为我实在不能想象一个没有罗兰·马克斯的世界,即使他的存在让某些人,包括我在内,痛苦不堪。

我不希望我那无与伦比的父亲死去。我又的确希望那个老糊涂了的父亲,居然被一个能做她孙女的姑娘迷住——嗯,过世。

爸爸同时既无与伦比又老糊涂让人很难理解。这就像在我头上抛两个又大又重的球,总有被其中一个甚至是两个砸中的危险。

在他一生中,爸爸总是相信人类的悲剧命运:他的图书室有好几层关于大屠杀的书,其中有很多回忆录。他自然认识一些大屠杀幸存者;有几个还是他从东欧来的亲戚。但在他的作品中,爸爸认同喜剧的阳光一面:人类的想象力能给任何故事带来意想不到的转折,无论悲伤有多么巨大。对罗兰·马克斯来说,喜剧意味着自由;悲剧意味着禁锢。

他对这个问题有过全面的思考,并就此发表过文章。他痛恨有些评论更注重他的"悲剧视野",而非"喜剧视野"——对爸爸来说,用喜剧来诠释当代美国生活比用悲剧要困难得多。他对于自己的全部作品有可能被视作次于悲剧的二流作品感到愤怒。其实莎士比亚最深刻的作品也是悲剧,而非喜剧,但这点并没有多大帮助。

在最近的小说中,爸爸不再沉迷于古怪滑稽的复杂情节,转而对神秘主义进行思考。不是犹太教神秘主义,不是卡巴拉——那倒也合情合理——而是他自己糅合佛教禅宗、印度泛神论和六十年代性解放运动的独特阐释。(爸爸从不"玩"毒品——他认为把毒品作为才智和想象力的"矫正器"极其危险。)

但是日常生活的理性局限和婚姻、家庭责任正因为其平淡无奇,对父亲也毫无吸引力。你不能因为写写普通美国人的日常生活就获奖——你不能获诺贝尔奖。

卡迈伦有一次对我说:"露露?罗兰真的——你知道——相信这些'灵魂之类的东西'吗?还是这只是一种愿望?"

"你得去问他。"

其实我也可以说,我父亲是不信教的犹太人,一位理性主义者。他可不是半生不熟的神秘主义者。

"哦,不——我不能问他,罗兰会不高兴。他说他写的小说是'虚构作品'——不是他自己。他说,小说里的东西有点像烤面包,要用各种原料和香料——还有酵母:它使面包发起来,烤熟。那是目的。并不是你'相信'酵母,你只是用它。"

卡迈伦说话的语气热忱,眼睛瞪得圆圆的,一眨不眨,我也只有瞪着她,无言以对。

我开始在河谷学院担任院长的时候,学院曾暗示过我,将来有一天,不用太久,我也许会接任校长。因此当校长邀请我单独和她在校长官邸共进午餐的时候,我做好了这种准备。非常感谢您。但是由于我目前生活中的危机——家庭生活⋯⋯ 我想这个责任未免太重。

不过,被选中当然是一桩快事!被考虑令人高兴。

尽管,正如爸爸所说,河谷学院是"小学校"。他希望我待在更好的卫斯理安,或者"往上走"进入某所常春藤大学。

我们学院的校长当然对罗兰·马克斯是谁一清二楚。午餐时她问起他,我因为昨晚一夜无眠脑子晕晕乎乎的,高声笑着说:"他正在走进最后一个错误。"

校长宁愿把这看成机智,尽管不怎么可笑的评论。

我随即正色补充道:"哦,他很好。他刚完成一部重要的小说——《弑父》。你大概过一年就能听到关于这部作品的消息。我希望春假时能抽空读一读,并有机会和父亲探讨,我们经常谈他的小说⋯⋯"

我们聊了一会儿罗兰·马克斯。多年以来,我们这所小学院的校长一直想说服——也就是说,邀请——我父亲来学校参观,在毕业典礼上接受荣誉学位；即使在我来之前，学院就曾给这位住在"乔治·华盛顿大桥那边"的著名作家发过邀请函。但罗兰·马克斯一向讨厌大场面和毕业典礼，因此只接受顶级常春藤大学的邀请，要不然就是付他出场费的小一些的学校。（爸爸毕业典礼演说的要价大概在一万美元左右，每一次他都把讲稿修改得与当时的场合相得益彰。一篇用了几十年的演讲稿就像只有一个尺寸的运动裤，为他带来了大约二十万美元的收入。）问题是，河谷学院的捐赠基金很少，而且在不断萎缩，因此他们想免费请到我这位名人作家父亲。有好几年我都勉为其难地在他们中间周旋。爸爸笑着说："露露，如果我全程参加你们的毕业典礼，发表一篇'鼓舞人心的演讲'，陪董事们吃午餐，却分文不收，我是不是太傻了。参加哈佛典礼分文不收已经够糟了，不过见鬼——那到底是哈佛。"

每次，我都尴尬地编出各种借口回复学院，比如我父亲要在毕业典礼时去欧洲旅行，或是已经答应了另一个毕业典礼。每次，热情洋溢的校长都表示下一年要邀请我父亲。

"……好像不能专注，露露。最近几个月以来。因此我在考虑，也许你应该卸任——也就是说，回去教课……"

我不能完全理解校长说的这番话。

这个女人是在用委婉的方式邀请我接任她的校长职位吗？她是否要我卸任院长，然后就可能升任校长？

"我——对不起——我不太明白？"

"……你对院长的工作越来越马虎。你的属下士气全无，教师也不满意……"

我神情恍惚地坐在校长餐厅的樱桃木餐桌边，而这个女人继续滔滔不绝；根本没有办法可以阻止她，她要说的话没完没了，语气亲切,但毫不迟疑。

"……当然要把这个学期做完,我们希望……我已经让爱斯特·康拉德来协助你的工作……搬到你隔壁的办公室上班。做个全面体检也许是个不错的主意……保险公司会支付费用……在教师会议上,如果……"

雾团像棉花一样盖住了我的耳朵,跑到不听使唤的脑子里。我盲目地伸手去拿水杯——把它撞翻了。水和冰块撒了一桌。校长往后躲闪不及,冰块掉在她腿上。我不好意思地笑笑,回想起小时候在家吃饭时把水杯撞倒后,我父亲会风趣地说,半带讽刺——嗯,如果桌上有一团火,现在就该灭了。谢谢你,露露!

那时他多年轻。留着浓密的深色山羊胡须,英俊中透出不羁。

我站起身来。我站立不稳,但并没有落败。我会告诉父亲这次事件。但我平静地说:"我会考虑您的建议,莱斯校长。我会考虑,再给您回复,很快。"

有尊严地退场。没有回头。

那个晚上开车回家的时候我还是不明白,她真的要给我降职吗,还是——升职?这是一个信号吗——我愿不愿意担任校长?

"谢谢您,恕我无能为力。现阶段我和父亲的家庭生活更重要。

99

二〇一二年四月十四日。这一天我本来并没有打算去上尼亚克。

这是一个晴朗温暖、空气芬芳的星期六。——谁知道呢？——也许我父亲和卡迈伦会出去度周末，或者在纽约；晚上他们经常去城里，或是在父亲（大多是富有的上东区）崇拜者的公寓里住上一晚。卡迈伦有时会不经意地谈到这些夜晚——"他们向你问好，露露。斯坦格拉斯夫妇。"

"谁？"

"伊迪丝和斯蒂文？斯坦格拉斯？"

我根本不知道他们是谁，但我还是笑了笑，似乎因为被某人记住而心存感激。

"好吧——谢谢！他们家还是那么棒吗？"

"是的。漂亮极了。"

"可以看到公园？"

"七十三街。是的。"

他们每个周末都不在，有时甚至不知所踪，我真怕事后才听说——露露，你猜怎么着！你爸爸和我结婚了。

或者，爸爸会更严肃地说，再来一个无助的婴儿式傻笑——露露，对不起！我们只想举行一个私人仪式，不要声张。

所以那天当我突然拜访克利夫街的房子，看到卡迈伦就在那里，穿着牛仔裤和短袖 T 恤正在打扫草地时，我大大地松了一口气。前院草地已经很久没有打理了，开着一丛丛的颜色鲜艳的黄水仙和长寿花。梳着马尾辫的卡迈伦冲我招手笑——"嗨，露露！我们很想你呢。"

这肯定是假话。不过倒也是中听的假话。

和我轻敲爸爸（敞开的）书房门时扑面而来的抱怨完全不一样，——"露露！太好了！我需要和你讨论一下这些该死的账单。"

爸爸总是搞混我替他从他支票账户中支付的账单，和他已经付过或是准备付的账单；这就难免会有错误。有时我们都付同一

395

个账单,有时一个都没付。我告诉爸爸,如果我用电脑付他的账单,事情就会简单得多,但他根本不听——"如果该死的电脑'死机'了怎么办?那该怎么办?纸支票至少还摸得着。"

这样已经好多年了。这是一种让人感到轻松和舒服的牢骚,就像穿旧了的卧室拖鞋。

我一边笑一边想,家就是这个样子。就这样。

那天下午晚些时候,他们似乎要我留下来吃晚饭,卡迈伦和我要一起准备爸爸最喜欢吃的西梅、杏干、杏仁、粗麦炖鸡,这时发生了一件事,让我觉得——如果还不能称之为希望的话——事情也许并不像我想的那么糟糕:我偶然听到父亲在隔壁房间用讽刺的腔调小声跟卡迈伦说话。

可怜的卡迈伦!我感到一阵同情。

我回想起罗兰·马克斯不知多少次用这样的腔调对他的这个或那个妻子说话,我有时听得清楚,有时模糊——我母亲、菲丽丝、阿维丽尔、西尔维亚。罗兰·马克斯总是能找到女人的错,或者更准确地说,女人的不完美会呈现出来。在这件事上,我猜大概是——(我真的不想偷听,尤其不想让人发现在偷听)——这位热心、好意的助手自己不经指示就把我父亲的一些文章挪动了地方;要么就是父亲办公室的某件东西由于助手的失职"弄丢了"。因此爸爸语气严厉地指责卡迈伦,她好像也没有为自己辩解;除了也许在低声说,好的,好的,对不起。如果一条挨打的狗能开口说话,此刻它恐怕就会这么说。

不是所有罗兰·马克斯的女人都会这么温顺地道歉,这么听话。即使我的母亲有时也会为自己辩解。其他人则会跟他吵,吵得很厉害,甚至满怀恨意,如果他们的关系已经变得不可挽回,如果罗兰无疑已经不再爱她们或是尊重她们。但是卡迈伦·斯拉斯基——如此年轻，没有经验——如此敬畏这个大人物——似乎被吓傻了。

指责不断继续，继续，再继续。我同情这个犯了错的助手，同时也感到满足，因为这是我第一次听到父亲这样对卡迈伦说话；我也知道这不会是最后一次。

后来，卡迈伦待在楼上"她"的房间里。她也许在眼泪和羞愧中躲了起来。她也许因为被责骂时有我在场而尴尬不已；但我不会表现出来，我们准备晚饭时，我会装作什么都没听见。我会聊其他的事，也许我会无意中说起镇上画廊的展览，希尔玛·马修斯的画作；或者，我会问她现场论文写得怎么样。

晚饭时，我会逗爸爸和卡迈伦开心，风趣地讲述我和学院校长的午餐——"我告诉她，要多优雅就多优雅，'当然我深感荣幸，但我不可能担任您这一职务。要照顾我那有名气的父亲已经让我忙不过来了'。"然后我们会一起大笑。

爸爸是调侃的好对象，尤其如果这调侃和他的名气、影响，或者他的"女人"有关。

如此快乐：记忆中多年以来最快乐的时光。

上一次也许还是我傻傻地站着，手掌上有一小颗牙齿的时候，爸爸看着我的眼神中满是毫不掩饰的、无助的父爱。那么久了吗？

只是这会儿，爸爸身体僵硬，满脸不高兴地从书房走下来，看见我，他说："你怎么还在这里？"我说："爸爸，你和卡迈伦要我留下来吃晚饭，你不记得了？"爸爸耸了耸肩说："好吧。你可以去看看她，看她在干什么，你知道情感让我有多不舒服。"我说："你是指别人的情感，爸爸——你自己的情感神圣不可侵犯。"他一边往外走一边说："聪明的家伙。"

我父亲对我说的最后的话，这句话他大概已经有三十年没说过了——聪明的家伙。

他手里拿着相机。他一定是打算去拍照片。我看见他在外面的露台上,同时在想着楼上的卡迈伦,他如何让我去看看她,这对我来说意味着什么,有多大意义;因此,当爸爸朝台阶走过去时,我看得并不很清楚,不清晰——只是站在阳光房里独自微笑,一个又高又壮,已经不年轻、长过头的女孩在父亲的家里。

我并没有想到——他面临危险。那些该死的台阶!

我并没有想到——如果我希望有人摔下去,我会在台阶上动手脚。我会把钉子或是支撑松开。

尽管打算上楼去看卡迈伦,我还是不由自主地跟着父亲走了出去。寒风从河面上吹来,阳光照在起伏的水波上。

近在咫尺的哈德孙河似乎有自己的生命。宽阔的水面被风吹得波浪连连,骚动不安,永不停歇,升腾的水汽如梦似幻,在这个下午呈现出一种奇怪的石头般的蓝灰色,熔化的石头的颜色。

"爸爸?小心……"

他没有听见。他不会听见。我已经警告过他太多次了,他对任何真正的危险都没有预感。他的步履矫健,似乎因为过于用力而显得不自然,似乎他相信有人——只能是卡迈伦,她是住在这里的唯一"女性"——在看他,在欣赏他;他很注意不减轻右腿的力量,他有关节炎的膝盖。

几只鹰在空中飞过。我有预感——但是,在河岸之上的露台我时常有预感。父亲嘲笑"预感"——尽管他总把自己的预感当回事,因为他是个迷信的人。我还在笑,真傻。我嘴里有股金属的味道,冷冷的。我不希望父亲摔下去,摔在石头上受伤,那一切都是最荒诞的幻想。我眯着眼睛抬头看天——它们是秃鹫。它们能感到切近的死亡。

然后，就像在梦中，在噩梦中，我听见木台阶碎裂的声音，一阵突然、听上去充满愤怒的声响，犹如反驳之声。这声音显得熟悉，仿佛我已经听见过——预想过——很多次。

我在看见之前就听见了：有一段台阶在断裂，在父亲的重量之下。

在过去的这个冬天爸爸胖了一些：尽管出于男人的虚荣心他不会承认，他至少重了十二磅。他总是说浴室的体重秤不准，不可靠。但罗兰·马克斯已不再轻巧，身形健美。

还来不及看见父亲绝望的手抓住栏杆，栏杆便已随着台阶轰然倒塌，乍看起来就像残酷的慢动作，我听见：父亲惊恐地大叫——叫我。

我想是这样。我想他在叫我。

或者也许——他只是在呼救。

或者也许——只是喊叫。

发生的一切既是慢动作又非常迅速。

比我所能理解的更迅速，那时我脑子里只有一种朦胧的傻姑娘的快乐之情。

我在倒塌台阶上方的露台上站得笔直，静静地看着这一切。

如果我因为谋杀父亲受到审判，如果我被评判，这样的沉默会让我被判有罪。

然而，我无法呼吸、叫喊。

就是现在，我也无法呼吸、叫喊。

不要，不要，不要，不，不！

卡迈伦歇斯底里地大喊。卡迈伦让我惊呆了——她年轻的脸蛋上五官扭曲，挂着泪珠。她年轻的身体好像散了架，彻底被击溃,毫无力气,我不得不扶着她。

在危机和慌乱中,我的院长自我占了上风:我拨打了911,一辆救护车来了,但已经太晚:我父亲死了。

后来发现,他的颅骨严重骨折,颅内出血。

过了很久我才能接受这个无可挽回的事实——罗兰·马克斯死去了。

也就是说,我父亲死去了。

死了。

(因为死亡是永恒的状态:所有活过然后死去的人都死了。)

我所能记得的倒塌的台阶、尖叫、坠落——我所能记得的冲到露台边上,看着父亲掉下去,面目全非地摔在下面碎裂的木头里——都非常模糊。

就像我汽车的挡风玻璃,又脏又模糊。阳光让视线更加模糊。

她在楼上躲了起来。她听见了台阶倒塌的声音和我父亲的叫声。

不要,不要,不要,不!

我们的行为很蠢,有风险,危险十足,但我们都压根没想到不去这么做——爬下去,滑下去,一路跌跌撞撞,一边害怕地哭泣,沿着几乎垂直的斜坡来到父亲跌落的石堆边。下去之后,发现他已经失去意识——(但还在呼吸?)——我们知道必须叫救护车;我们中的一个必须爬回露台,或回到房子的侧面。

失去了宝贵的时间。十几分钟……

其实不会有什么区别,我们后来得知。我父亲的颅骨严重骨折。

照相机摔在几尺远的地方,被石头撞碎了。

只有几码之外的河水哗哗流淌而过,欢快地散发出早春的气息,泥浊的河水水位上涨——漠然事外。

是马克斯院长爬了上去,一边哭一边气喘吁吁地打了那个电话。

而年轻的金发助手则太震惊、太伤心,根本无法从父亲身旁迈开步子。

他的身体从来没有显得如此弱小。如此微不足道。他的头扭向一个痛苦的角度。

他英俊的脸上布满鲜血。

"我父亲死了。两年前。我母亲——她五年前死了。我父亲从来也没有从她的离世中走出来,我想。我不断努力。让他关心别的事情——让他开心。陪他。大家都尽力了。但没什么用,我猜——他根本不想活下去,他死了。"

卡迈伦趴在我怀里哭。一个笨拙的高个年轻姑娘在我怀里颤抖。

我感到不可思议,父亲已然不在。

我还感到不可思议,这位陌生人似乎深深爱着他。

因为卡迈伦·斯拉斯基显然伤心欲绝。虽然有年龄的差距,我们因为悲伤而情同姐妹。我自然没法恨她。我不会希望,也许在那些可怕的幻想中我曾希望过,我父亲的助手和他一起摔下倒塌的台阶,一起死去。

那以后我病了几个星期。

因为悲伤,也因为悔恨。还有羞愧。

卡迈伦也生病了,由于对失去的震惊。但卡迈伦比我年轻、强壮,恢复得比我快。她来看我时,我躺在长椅上,浑身无力。我在想,但现在我是他的遗嘱执行人。那是我想要的。

"露露!我的天哪。他在哪里?"

这似乎不可能,我父亲已经不在了。不可能,如果我们找遍整个屋子,他都不会在这里——在某个地方。

在笑话我们,也许。但也被我们的悲伤感动。

他原本就知道我们爱他。他不会认为我们的爱令人窒息,或是负担;枯燥无趣,像大多数女性之爱。

罗兰·马克斯的讣告登在《纽约时报》头版显眼的位置,在版面中缝的左下方。

照片上的罗兰·马克斯面颊清癯,宽厚眼睑下的眼神梦幻,英俊的脸庞面带笑意。他一定会喜欢的,我想。

卡迈伦·斯拉斯基和我共同面对这一切。这是巨大、强烈的痛苦,我们都无法一个人承受。

在河谷学院剩下的半个学期我请了假。反正我在那里也没有前途了。

在遗嘱中,他没有给她留下任何东西。他还没有时间修改遗嘱,因此在罗兰·马克斯的遗嘱中,卡迈伦·斯拉斯基并不存在。

他把房子留给了我,这合情合理。我感到负疚,但又因为终于被公平对待而心生感激。

来参加罗兰·马克斯悼念仪式的人几乎都没听说过卡迈伦·斯拉斯基,更别说认识她了。我介绍这个沉默伤心的姑娘说,她是我父亲的未婚妻,又补充道,她一开始是我父亲的助手。没有人知道该怎么跟她说话,尤其是爸爸那些上了点年纪的朋友,对他们来说,她看起来就是他们孙辈的年纪。高个、缩肩、苍白、金发的卡迈伦一身黑衣,黑色的长裙搭在脚踝上。她悄悄地把钻戒转到掌心,这样人们就看不到那颗闪亮的石头。在悼念仪式上除了我把她介绍给几个人,她只是站在一旁,没有人注意到她,就好像她根本不存在。

我为她的处境感到不公和讽刺。她年长的未婚夫死得太快了,在她牢固地——合法地——与他的名字连在一起之前。

爸爸曾如此爱她!他生命的最后几个月这么快乐,这是多好的一件事,进入他最后的错误。

我试图向卡迈伦和其他人解释,那些来参加在纽约或我们尼亚克家里举行的悼念仪式的人,只要他们愿意听,我都告诉他们,父亲的死是我的责任——"父亲一直靠我来做各种房屋维修。你知道他——他总是看不到问题。他会在油箱空着或轮胎漏气的情况下继续开车——不过,他就这么过来了。就算阿维丽尔都在照顾他。还有西尔维亚!当她们还爱着自己的天才丈夫时,她们都一直照顾他。我们都为他提供缓冲带,保护他。他对我有信心,他的女儿。应该修理那些台阶。我告诉过他,他知道,但——他没采取什么措施。石板露台也该修修了。房子很漂亮,但毕竟是一百年的老房子。我在每个房间都看到他,都听到他的声音。我听见他喊——露露!你到底在哪儿?我让他失望了。他的死都怪我。"

他们拥抱我,那些爱过罗兰·马克斯的人。就连跟他打官司的前妻们也来悼念他,拥抱我,让我对"弑父"释怀。

或者,如果他们对此半信半疑,认为我也许有一点责任,他们也不认为父亲真正的死是我的错。罗兰·马克斯已经假死过很多次,像狡猾的猫。他的命都花光了,仅此而已。

"罗兰·马克斯差点在那次长岛车祸中死掉——蒙托克。那时他的事业还没起步。想想看,那时他刚刚出版第一部小说。还有那个在葡萄园岛想用枪干掉他的疯姑娘。还有东京不新鲜的生鱼片……"

他们不断讲述罗兰·马克斯的逸事。他们会把他变成神话。他的敌人、批评者,也有朋友。

他们都同意:罗兰·马克斯宁愿这样离开这个世界,突然地,没有时间反思;没有让人虚弱、丢脸的病痛,没有像可怜的莫德兹·卡普兰那样要命的衰退。在有些人讲述的罗兰·马克斯二〇一一年四月的死亡故事中,他时年七十四岁,和年轻的未婚妻或妻子在卡特斯奇斯徒步;他坚持攀登一处危险地带,然后坠落而亡。他根本不听和他在一起,求他回到平缓、安全地带的年轻女人的劝告……

我们一起开车回到上尼亚克。这现在是我的房子了,或者说将会是,等我父亲的遗嘱全部开始执行之时。卡迈伦轻声哭泣。卡迈伦几乎一直不停地哭。我感到一阵深刻、无尽的悲痛,一种我所体验过的最细腻的情感。当我们走进暗沉沉的房子时,卡迈伦抓住我的手说:"现在我们可以互相依靠。"

ᴖᴖ

这是真的。在某种程度上。未婚妻和女儿互相依靠。

作为父亲遗产的遗嘱执行人,我雇了卡迈伦做我的助手。原因很简单,卡迈伦·斯拉斯基是最适合这份工作的人选。我们一起整理即将出售给一家大型美国机构的父亲的庞大档案;在最后时刻,耶鲁百内克善本书和手稿图书馆出了一个意想不到的价格。爸爸一定会高兴!

罗兰·马克斯丰富的文学遗产超过了任何人的想象。我完全不知道他在硬纸盒中保存了数量如此巨大的未完成、未出版的手稿和初稿,其中最早的写于四十年代在斯图维森特读书的高中时期;一共数以千页的无价之宝。

晚上我们坐在阳光房里,或是坐在露台上。几乎没有人来拜访我们,因为我们从不邀请谁:不邀请我的姐姐和哥哥们,他们在父亲活着的时候就一直回避他,现在也无权悼念他,至少我在的时候不行;也不邀请我几乎不认识的"更小的孩子们",我相信他们甚至没有读过父亲的著作;更不邀请那些前妻们,除了我母亲萨拉,不过她和疾病缠身的丈夫住在罗德岱堡,几乎不可能专门赶来。

现在已是凉爽的夏日,空气温和,快九点才天黑。卡迈伦看起来比我更伤心,我想——(虽然我轻了十八磅,准确地说已经不再是父亲喜欢的那个高大、强壮、健康的丫头了);她的皮肤蜡黄,眼部显得疲惫不堪,她的美貌似乎也在销蚀。与露·安德烈亚斯-莎乐美和我一样,她的鼻子稍稍显得过长,眼神过于严肃,嘴部突出。

她每周回两三次哥伦比亚大学,回家的时候疲惫不堪。现场论文被耽搁下来,尽管她作为我的助手非常能干和勤勉,比我要耐心得多。有时我听见她在"她"的屋里哭。我走进去,悄悄靠近她。我用胳膊抱着她,她转过身,脸贴着我的腿。她说:"如果没有你,露露,我挺不过来。"

她跟我讲她父亲两年前中风而死的细节,以及三年之前她母亲死于快速发作的胰腺癌,那时她在伯纳德读大四最后一个学期。她说:"妈妈告诉我——'不要放弃!我还靠你呢。'她不想让我知道她快死了。我想我为此感到愤怒。我所能做的就是穿上我的盔甲。那感觉像真的盔甲——化妆,衣服。通过滑稽和女孩气的外表转移人们的问题。《嫉妒》中有一个角色就是这样的——这是预见!罗兰对她的描绘无懈可击!我需要东西来保护我,比如钢铁外套。这样的话如果有子弹或石头冲我飞来,我只会感觉到击打,而不会被杀死。"

她说:"我知道人们,比如你,露露,认为罗兰和我几乎不了解对方。但我了解他。在我认识罗兰·马克斯以前很久,我就读他的书,爱上了他。我能记住很多段落。他非常了解女人——你也可以说,女人自虐式的内在本我。罗兰·马克斯的所有特质都在他的书里,真的。他的'声音……'"

她温柔地说:"我会照顾你,露露。无论你需要什么,我都会去做。"

自从我父亲去世后,我经常感到气短,平躺着睡觉很不舒服。自然,我害怕去看医生,做心电图——(我和爸爸一样是个身体上的懦夫)——但卡迈伦坚持开车带我去哥伦比亚长老会医院,如果我要带爸爸去看病,他也会选这个医院。

我没有女儿。我从来没有怀过孕。

尽管爸爸会带着轻蔑的怜悯嘲笑我,我从来没有过性爱经历,和男人或女人都没有。从来没有过罗兰·马克斯以如此鞭辟的幽默和毫不掩饰的愉悦描写过的经历。

如果罗兰和卡迈伦结婚,她会成为我的继母。

那会多么奇怪,或许多么美妙,有一个年轻得能做我姐妹的继母。

奇怪,而美妙。尽管我们第一次见面时我不会这么想。

我们决定,我们将代表罗兰·马克斯共同出席洛杉矶书展,他最早的几本小说将重印成经典平装封面。然后,我们去纽约参加美国书展;然后,夏末在伦敦和斯德哥尔摩也有类似的版本推出。

我们会在文学节和电视上接受采访。

在台上,我们身着黑衣,并肩而立:人们可能不会把我们误认为姐妹,但会以为我们是一家人。

慢慢地,卡迈伦又变得美丽,她眼睛里又有了光彩。尽管她仍然苍白,柔亮的金发随意在后面绑成一个辫子,在我看来过于简单,太像寡妇。我没有这么白,面色发灰,卡迈伦便试图用"化妆"来补救——效果惊人,我不得不承认。(爸爸会怎么取笑我呢——"我能看透你的浓妆,孩子。")在这种场合卡迈伦会穿得体的长及脚踝的裙子,通常配上披肩或把围巾搭在肩上;我要她尽量站直,克服让自己显得矮一些的想法,因为现在已经没有让她变矮的原因。我喜欢穿深色套装,这非常适合我已经不如从前强壮的体形;我的灰发剪得跟男人一样短,事实上,比我父亲的头发还短。观众入神地注视我们。他们听说过一点卡迈伦的故事,也听说过一点我的故事。我们自然而然地在台上拉起手。我们没有事先安排这一幕。泪水像闪亮的珍珠从我们眼中流出。观众为之感动不已。

彼此热爱的女人。相互扶持的女人。

多么出乎意料,这就是罗兰·马克斯的遗产。

谁会想到,罗兰·马克斯身后的生活会这么辉煌!因为他有无数崇拜者;他的文学声誉也达到巅峰,据说《弑父》将于秋季出版,这将是作者最精彩的小说,和海明威、福克纳、菲茨杰拉德、梅勒和贝娄的代表作同样伟大的杰作。各种重印要求源源不绝,早已绝版、看上去被遗忘的作品也不断有再版的要求。美国图书馆将出版一大卷《罗兰·马克斯》,卡迈伦和我将合编此书。爸爸长期的出版商将推出传记,卡迈伦和我准备面试几个传记作家,包括著名的尼尔森·A.格里格森,爸爸非常推崇他写的《麦尔维尔传》。

当然,我们会编辑《书信选集》。这本书至少有七百页,汇集了精彩的散文、戏谑文章、八卦、丑闻、作家私密生活的抓拍照片,"有远见的"思想。

米拉麦克斯影业公司甚至有兴趣把《亲密关系:一出悲剧》改编成电影。

尽管罗兰·马克斯傲慢地拒绝所有好莱坞邀约,不让他们"篡改"自己的著作,卡迈伦和我却愿意和制片人谈一谈。我们拿自己的"银幕"色开玩笑……

特别想念他时,我们互相寻找支持。我们手拉着手。卡迈伦揉着眼睛说:"哦,天哪,他真有趣。我喜欢他的幽默,他的笑声。"我说:"我能听见他笑,有时候。"然后我们静听。

试图不去听最后绝望的叫声,也许是我的名字。

有一天卡迈伦精疲力尽地从纽约回来时已经很晚了,她进来时地板的嘎吱声把我惊醒;我去找她,她躺在洒满月光的阳光房的长沙发上。我给她拿了一条毛毯,因为夜里很凉;卡迈伦很瘦,容易感冒;我握着她的手,让手变暖。我想,我们都爱他。现在我们互相依靠。

这可不是仅仅几个月前我想象过的结局。这不是任何人能想象得到的结局,尤其是我的父亲,可是——现实就是如此。

这个晚上,我不能入睡时,便在长椅上蜷在卡迈伦身边,拉过毛毯的一角盖在自己身上。如果毯子盖住卡迈伦全身和她的光脚,却只盖了我一半,我并不介意:我是我们俩中身体强壮的那个。我拿来了一瓶红葡萄酒,在月光下我们从同一个不怎么干净的酒杯中啜饮。浓郁、醇厚的感觉从喉咙里扩散到胸腔、腹部和腰部。

我感到性欲的萌动,不过不是对快感的渴望;我想这是一种类似鲜花盛开的欲望,花瓣在阳光下绽放。这种纯粹的欲望需要他人的引导才会开放。

"我爱你,卡迈伦。谢谢你走进我的生活。"

"我爱你,露露。如果罗兰能够看见我们,他会——嗯,他会笑,不是吗?也许他会嫉妒。"

高悬的明月在夜空中移动。金星,最明亮的星。还有木星。我们在筹划罗兰·马克斯摄影展,展出他精彩一生中最后三年所拍摄的照片;有的作品展现的正是月光洒在哈德孙河上的夜景。爸爸也许会觉得尴尬,不好意思:他是"业余人士"——他没和"专业人士"竞技过。我们已经给尼亚克画廊看过哈德孙河照片的小片,他们希望立刻举办展览;但我们怕时机还不成熟,或许应该给切尔西或翠贝卡的画廊也看看。给我讲一个你父亲的故事吧,卡迈伦睡意蒙眬地说,于是我讲了莱尔学校的故事。"有一次我比赛场地曲棍球的时候,爸爸坐在观众席上——他那年来看比赛的次数特别多——一个女孩用球棒打中我的嘴,我的一个牙齿——这个,就是这里——被打掉了。爸爸说:'你手上是什么,露露?'我说:'这看起来像什么,爸爸?'他说:'这看起来像五千块,露露。不过你值这个价。'"

致　谢

本书中出现的故事,在形式上与以下内容略有不同:

《美国读本》中的《骆驼故事》
《纽约客》中的《马斯提夫獒》
《耕耘》中的《距离》
《弗吉尼亚季刊评论》中的《殉道者之书》
《耶鲁评论》中的《"斯特法内死了"》
《大道》中的《猎手》
《美国短篇小说》中的《消失》
《大杂烩》中的《逝者如斯》
《Vice》中的《叉河路圣堂,南泽西》
《弗吉尼亚季刊评论》中的《杰斯特一家》
美国《联合》杂志中的《背叛》
《哈珀斯》中的《迷人的,昏暗的,幽深的》
《EccoSolo》(电子书)的《弑父》
"2014年美国最佳短篇小说"中重印版《马斯提夫獒》

向所有编辑和有关刊物表示衷心的感谢。

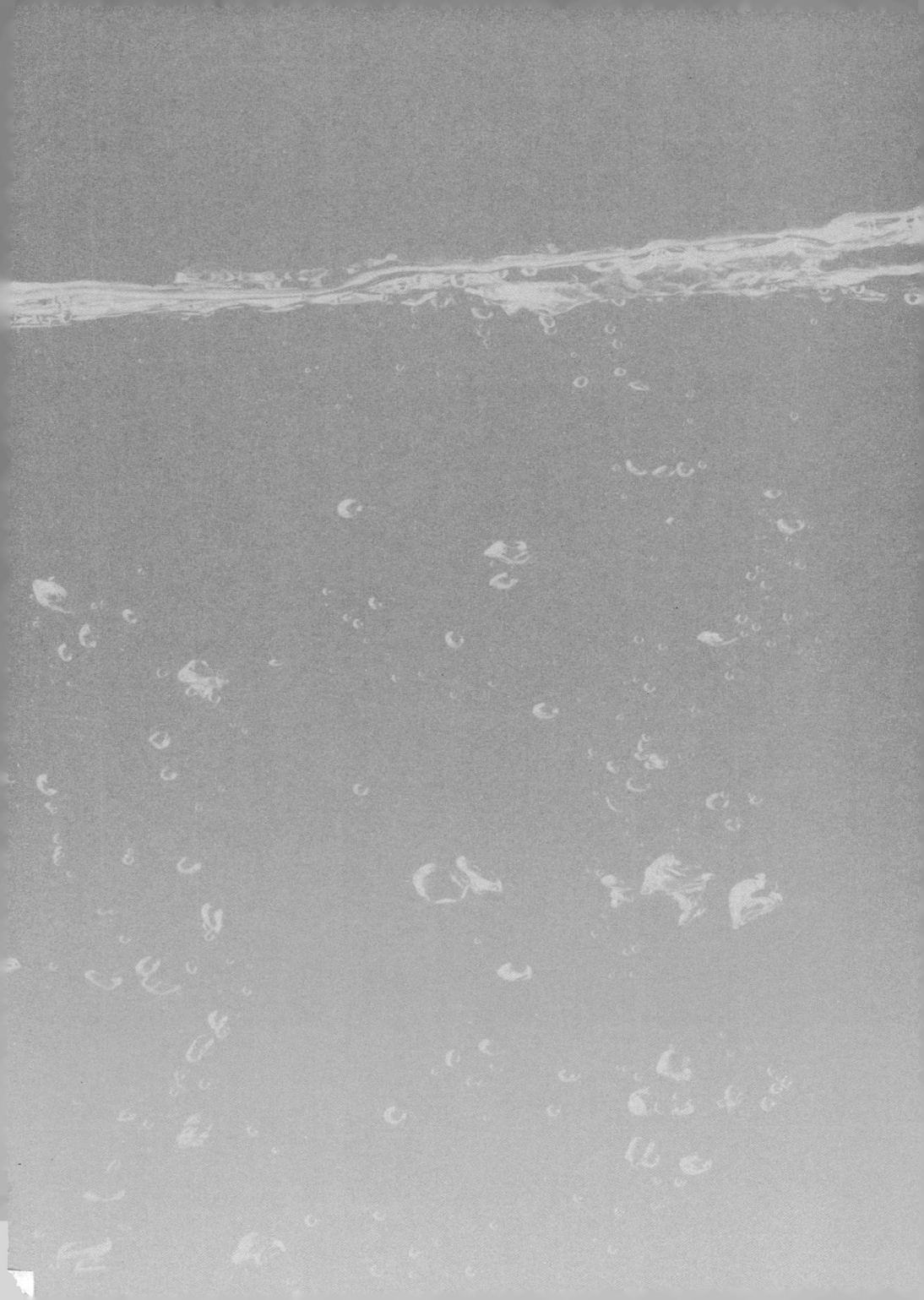